左川ちか論集成

川村湊・島田龍編

まえがき

本書は、萩原朔太郎に〈女流詩人の明星的地位〉にあると評された、満二十四歳で夭折した詩人、左川ちかの人と作品をめぐって書かれた文章、論考を網羅、集成したものである。左川ちかの詩作品については、つとに伊藤整の編集した昭森社版『左川ちか詩集』（一九三六年）、森開社版の『左川ちか全詩集』（一九八三年）と『左川ちか翻訳詩集』（二〇一一年）、『左川ちか資料集成』（東都我刊我書房・二〇一七年）などがあるが、このほど島田龍編集による『左川ちか全集』（書肆侃侃房・二〇二二年）が刊行された。左川ちかの死の直後に出された『左川ちか詩集』から数えれば、八十六年後の快挙である。これで〝左川ちか研究〟の土台ができた。次に考えられなければならないのは、生前、彼女の周辺にいた人物たちによる回想や記憶を集めた記録、同時代の批評や印象などをまとめることであって、それは彼女が所属していた同人誌『椎の木』の関係者（百田宗治、伊藤整）や、近親者（川崎昇）、それに友人（江間章子、中村千尾）、知人（北園克衛、春山行夫、阿部保）たちの感想や追想や記憶などである。

さらに、その早い没後に書かれた評伝、評論の類も少なくない。この本では、左川ちかの死後の評伝として、〝左川ちか〟伝（論）の礎石となった小松瑛子氏の「黒い天鵞絨の天使」を筆頭に、これまで書かれた左川ちか論の主だったものを収録した。この小松氏の論文は、『北方文芸』（一九七二年）誌に初出のもので、日大芸術学部の文芸科の機関誌『江古田文学』（第六三号・二〇〇六年）に再録されたことはあるが、単行本に収録されるのはこれが初めてである。

また、富岡多恵子の「詩人の誕生」は、文芸誌『文學界』（第三二巻八号・一九七八年）に掲載されたもので、戦後の文壇に、左川ちかがリバイバルしたことを鮮やかに証明した重要な論文だった。

これまで、〝伊藤整研究〟や〝女性（女流、時には閨秀）詩〟の脇役的な位置に置かれていた左川ちかを独立した個性と独自の資質を持った、日本現代詩の一人の完成者として遇され、認められることが編者の希望である（それは、水田宗子、新井豊美、エリス俊子、板東里美などの研究で達成された）。

『左川ちか全集』の完結と、『左川ちか論集成』の刊行が、日本の現代詩の歴史を読み替え、書き換えることを祈って、この本を広く江湖に呈する。

編者（川村湊）

凡例

○収録した論文は、雑誌初出のものはそれをテキストとし、単行本のあるものは、著者の最終的なチェックが入ったものと見なして、それを本文とした。

○旧仮名遣いのものは、旧仮名のままとし、旧漢字は現行の字体とした。現代仮名遣いのものは、原文通りとした。

○明らかな誤字、誤記、誤植、誤解はそれを正し、編者注として注記した。疑問のあるものは、ママルビを付して、注意を促した。

○論文中に引用された左川ちかの詩編は、原則として引用者の本文のままとしたが、誤字や誤解であると思われるものについては、島田龍編『左川ちか全集』（書肆侃侃房）の本文に揃えた。行替え、ルビも全集に揃えた。左川ちかの詩には異文が多いが、それらは注記せず、前記全集本の本文に揃えた。

○収録した文章の中には著作権（著者の死後五〇年あるいは七〇年）が存続するがその継承者が不明のものがあった。心当たりのある方は編集部までご連絡をいただきたい。

左川ちか論集成＊目　次

〈追悼〉

〈回想他〉

表紙絵　多賀　新
銅版画１９８７年『誘惑』

I

評伝・評論

黒い天鵞絨《びろーど》の天使——左川ちか小伝

小松瑛子

第一部　左川ちか——その生から死へ

風土の中から生まれた詩人

空を覆っていた雲が急に重く垂れると、雪になった。新宿の夜はネオンで明るく、正月も八日というのに、眠そうな人々の群が、右往左往している。ベーカの映画を観たあと、百田宗治は、喫茶店の長椅子で憩んでいた。一時間近くもたったころ、入口の扉があいて、大きな鞄をかかえた春山行夫が入ってきた。その喫茶店は、いつも編輯者春山行夫が夜更けてから立寄るという喫茶店であった。

——川崎さんの妹さんが亡くなりましたよ。

——昨夜おそく、自分の家で亡くなったそうです。

春山行夫はそうつけ加えた。百田宗治は、それからしばらくして、大きく首肯いた。詩人左川ちかは胃癌を患っていたのである。

あの左川ちかが死んだ。いつも黒い天鵞絨の洋服を着て訪ねてきた、左川ちかが死んだ。

冬の詩

ものうげに跫音もたてず
いけがきの忍冬にすがりつき
道ばたにうずくまつてしまふ

おいぼれの冬よ
おまへの頭髪はかわいて
その上をあるいてゐた人も
それらの人の思い出も死んでしまつた

昭和十一年一月七日午後八時三十分、一人の閨秀詩人、左川ちかが夭逝した。そのとき左川ちかはわずかに二十五才である。萩原朔太郎は、「左川ちか氏は、最近詩壇に於ける女流詩人の一人者で、明星的地位にあった。この人の死んだことは、何物にもかえがたく惜しい気がする。」と、「椎の木」昭和十一年三月号でのべている。朔太郎をして、何物にもかえがたい、といわせた左川ちかという詩人は、煌めく、知的な美しい詩をかくために生まれ、そして死んでいった。左川ちかが詩人として生きた五年間、それは日本の詩壇に於ける大きな変革期であり、詩が型とともに、内容をも変貌していく大きな渦の中の五年間であったといえる。

左川ちかは、北園克衛、岩本修三〔修蔵が正しい：編者注〕編集する「白紙」に参加、「マダム・ブランシュ」「VOU」と、これらのアルクイユクラブの会員となって、詩を発表するかたわら、「椎の木」の第三次の同人となり、百田宗治の指導を受ける。その頃春山行夫と北川冬彦によって創刊された季刊雑誌「詩と詩論」、さらにこれが改題されて「文学」になってからも、作品を発表していた。

これらのグループには、西脇順三郎、萩原朔太郎、三好達治、丸山薫、伊藤整、阪本越郎、北園克衛、安西冬衛、近藤東、吉田一穂、北川冬彦、春山行夫等が、詩やエスキースを発表していた。当時のシュールリアリズムの前衛的な若い詩人たちの中にあって、左川ちかという詩人は、詩的精力に溢れた、生命力のある詩を書いていたのである。

私が左川ちかを知ったのは、十年ほど前のことである。当時私は、札幌の枯木虎夫が主宰する「詩風土」の同人であり、たまたまそこから「小松瑛子作品集」を出したときのことである。「詩風土」のあとがきともいうべき「石狩平原の手紙」の中で、枯木虎夫は次のように書いている。

「(前略)余市町出身の左川ちかの詩を感動して読んだ私が、最近この町を訪れる機会があって、この女性詩人がこの土地で育成された自然というものを回想した。とくに、この人の自然の色彩、自然の起伏と躍動描写は、少女時代を車中から波涛をながめ、フゴッぺの古代文字をつつむ山野を見て通学している時期に、いつしか〈対象〉を具象の完極に追い込み、官能まで高める素質が生長していったものと一人合点したようなわけだ。(後略)」

そのあとで、枯木虎夫は、私の詩が対象に前向きで、ひたぶるな「詩」そのものは、かつての左川ちかのようであると結んだ。その日から私の心は左川ちかに傾いていった。

やがて昭和四十三年、北海道詩人賞を受賞するといった幸運な私の詩集「朱の棺」に対する批評は、「かつての左川ちかを思わせる詩集」という批評を受けることになった。

私が左川ちかに魅かれる理由は、現代詩史の出発点に加わって、知的で透明なモダニズムの詩をかいたという理由だけではない。

左川ちかの詩の発想と資質とは、稀れにみる昇華されたものであり、それらが、幼時育った北海道の日本海岸の、とある小さな漁村の風土の心象化であることを知ったとき、左川ちかの人間性の根強い基盤というものを、北海道の風土との関係において、もう一度再認識したいと思ったからである。

左川ちかの詩は、伊藤整の「雪明りの路」をはるかに超えるものがある。伊藤整が、求めつづけ、ついには詩を離れなければならなかったものの中から、左川ちかは生まれた。詩に「生命」という観念をうみ、詩に批評をもった。

左川ちかの詩は、いまなお新しい。ちかの詩は、彼女の磨かれた資質によって、適確に、現代の詩と一致する。それは、詩が燃焼度の高さと、その翳に形而上学的な、「死」の貌をもっているからである。

左川ちかの詩は、けっして、人工的でない。むしろ幻想的なリアリティにあふれている。これらの資質は、北方をむいている左川ちかの魂自身にあったと思う。

磨かれた言葉が、典雅にフォームを造った。私は、左川ちかに永遠の生命を感じないではいられない。あるときは、明るい天使の声に聞こえ、あるときは暗い海の、底鳴りのように聞こえる左川ちかの詩、この詩の中には、深く、ふかく根ざす歴史の転廻の声がする。

私は、いまその一片《ひら》に触れて、左川ちかの中に生きたいと思う。

余市町という故郷

左川ちかは、北海道余市町黒川町二十二番地で生まれた。本名は、川崎愛（ちか）といい、学友は、「ちかちゃん」と呼ぶ。ちかは、父親の顔をしらない。川崎という姓は、母方の姓で、母チヨは、川崎長吉衛門〔長左衛門の誤り：編者注〕とハナとの間に生まれた二女である。

伊藤整の親友川崎昇は、左川ちかの兄で異父兄弟にあたる。昇は、明治三十七年生、ちかは明治四十四年生で七つ年齢が違う。

大正五年、ちかに妹キクが生まれる。現在キクは、吉岡キクとなり、養鶏を営む夫虎一と共に、ちかが生まれた黒川町に住んでいる。

余市町は日本海に面した漁村で、やがて会津藩の入植があり、農業をはじめ、林檎の産地として有名になった町である。戦前は、「緋衣《ひごろも》」というデリシャスくらいの大きな、やや固いおいしい林檎で有名であったが、数がとれないという関係から、林檎園の殆どが、葡萄園に変ってしまったようだ。

川崎昇、ちかの祖父は、信州〔越前の誤りか：編者注〕の庄屋の息子で、会津藩ではないが、非常な篤志家で、余市町からやや離れた「登」という土地に、お金を寄附して小学校を設立、その年に生まれた男の子を、「昇」と命名したほどである。川崎昇は、その頃他人の土地を通らなくとも小学校に通学できるほどの地主の孫であった。

大正六年、第一次世界大戦のあと、いろいろの事業に手を出していた川崎家は没落、その土地も僅かをのこして人手に渡った。母親チヨは分家、三人の兄妹は、母親チヨの手で育てられる。

左川ちかは、病弱で四才の頃まで歩行困難であった、と「左川ちか詩集」の小伝にかいてあるが、川崎昇の話によると、肺炎のあとの衰弱ということである。やがてちかは、チヨの妹に連れられて、中川郡本別に移住、叔母の手によって育てられる。

小学校六年の春、大正十二年一月二十日にちかは中川郡本別小学校より余市町大川小学校に転入、母や昇とともに暮すようになる。

富谷数造〔敬蔵の誤り：編者注〕先生のクラスに入り、学籍簿によると、各課目八十五点以上、操行「甲」となっていて、成績の優秀な子であったという。

このクラスで、あとに四人組とまでいわれた奥村りゑ、根上律、小林次子と仲よしになり、大正十五年四月、小樽庁立高等女学校に揃って入学することになる。

小林次子の話によると、大川小学校に転校して来た頃のちかは、目が細く、色が浅黒くてどうみても健康そうな様子にはみえなかったという。その頃川崎昇は、伊藤整と第二次「青空」を、黒川町の自宅から発行していた。第一次は、川崎昇の従兄にあたる川崎尚（のちの田居尚）が札幌の青空社から創刊した。川崎昇はその十三号にちかを歌っている。

妹

入学《いり》たさに一途こころか夜更まで
妹は机に向って起をり

日を積める予習のつかれすべなしや

炬燵にうつ伏し妹は寝る
本を伏し疲れの寝につける妹《な》が
愛しさにマントきせけり

叔母に連れられて幾年かを離ればなれに暮した妹への思いは、どのようにいとおしくあったのだろう。妹にマントを着せる川崎昇は、中山省三郎の「海の天使」という左川ちかの思い出の中にも出てくる。

その年の六月頃、伊藤整は黒川町の川崎家を訪ねている。ここには、林檎の花がこぼれるように咲いており、その花のように淡い少女の左川ちかが十三才の春を迎えていた。小樽庁立高等女学校に通うようになった左川ちかは、伊藤整の「若い詩人の肖像」の中にモデルとしてときどき出てくる。

暗い夏

余市から小樽までの通学列車は、この小樽市の郊外の三つの町村から、子弟を小樽市の学校に送っている親たちが、連署して願い出た結果、特別に設けられたものであった。伊藤整の父親もこの運動に加わった一人である。

この通学列車には、坊主頭に鉄縁の眼鏡をかけて、絣の着物を着た川崎昇も乗ったはずである。

大正十二年四月、あこがれの小樽庁立高等女学校に入学した川崎愛、根上律、奥村りゑ、小林次子は、にぎやかな汽車通学をはじめることになる。三つ編にした長い髪を、さらに二つに肩のあたりで、ゴムで結び、銘仙の長着に羽織を重ね、袴をはいて通学する。奥村りゑだけはハイカラで、へちま衿のダブルのツーピースを着ているが、これが、当時の女学生の制服であったらしい。

川崎愛は、面長で、根上律は少し大人びた顔だち、小林次子は丸く愛嬌があり、奥村りゑは、小柄でちびちびとしていた。

四人は、余市駅から向いあって座った。女学校三年頃、小樽の中学校に勤めるようになった伊藤整をしばしば塩谷の駅でみかけると、川崎愛は、伊藤整より一足先に上京していた兄の川崎昇のことを話しあった。

川崎昇は、大正十三年の秋、「もっと勉強するつもりだ」と漠然といって上京したと、「若い詩人の肖像」に書かれているが、四十七年の六月、NHKのテレビ「二つの青春」の中で、川崎昇は、伊藤整の上京の準備をかねての上京だったと、「彼に見捨てられた」と書いている伊藤整の気持とは全く違った発言をしている。

事実、その頃川崎昇は、「椎の木」の百田宗治を訪ねたり、下宿の準備をしたりして、伊藤整の上京の下準備をすすめていたのである。

伊藤整が新しい中学校に奉職した大正十四年に、川崎愛は女学校の三年生になっている。「若い詩人の肖像」の中で、―女学校二年になった川崎愛子に逢うと、私は彼女の兄の消息を話し合った―と書いているが、このとき川崎愛は十五歳である。

川崎愛は、マリー・ローランサンのような、淡彩画がうまく、歌人の小田観蛍氏の夫人であった本間シゲ先生にいつも讃められていた。和裁も手早く、上手で、よく他の人の教材も手伝うほどの腕前であった。これは叔母さんにならったものだと、次子にもらしている。

汽車の中では川崎愛は話し上手であった。愛の話は、いつも昨夜みた夢の話である。話の内容は、いくらか暗く、人の心を誘うもので、その話は毎日違っていて、三人は非常に興味をもって聞き入っていたが、次子は、それが、川崎愛の「創作」であることを知らないので、「随分ちかちゃんはいろいろの夢をみるね」といったことを、おもしろおかしく思い出している。愛は、おそらく原稿にしない創作を、汽車の中で創っては、楽しんでいたのだ。

雪が解けて、緑が炎えたあと、愛が一番好物だといっていた苺の季節になる。余市町からいくらか離れた「登」という土地にあった愛の家の果樹園まで、四人は夢中で歩いた。

畠にすわりこむと、紅い苺を摘みながら無心にたべる。四人は笑いあい、真青な空にむかって、紅く染まった口をあけた。そんなとき、川崎愛は、三人のよろこぶ姿をみて、姉らしいふるまいをして満足気な表情であった。女学校の校内放送が、ときどき川崎愛の名前を呼んだ。そんなとき、愛はかならず「次ちゃんも一緒に来て」といって、二人して事務室へいった。東京の川崎昇から授業料が送られて来る日であった。たしか五円送られてきて、いくらか残るのを、愛は大事そうに袋に入れる。愛の学費は兄が出していたことになる。

そんな、学校がえり、愛は眼を悪くしてよく眼科に寄っている。

奥村りゑと、小林次子は、女学校四年生で昭和二年に卒業するが、川崎愛と根上律は教員の免許のとれる補習科にすすみ、根上律は卒業後旭川の小学校の先生をすることになる。

少女のころの汽車通学、ことに眼を悪くしたという頃について、川崎愛は、「暗い夏」と題した散文詩を書いている。

暗い夏

（前略）目が覚めると木の葉が非常な勢いでふえてゐた。こぼれるばかりに。窓から新聞紙が投げ込まれた。青い色に印刷されてゐるので私は驚いた。私は読むことが出来ない。触れるとざらざらしてゐた。私はこの季節になると眼が悪くなる。すつかり充血して、瞼がはれあがる。少女の頃の汽車通学。崖と岩の草叢や森林地帯が車内に入って来る。両側の硝子に燃えうつる明緑の焔で、私たちの眼球と手が真青に染まる。乗客の顔がいつせいに崩れる。濃い部分と薄い部分にわかれて、べつとりと窓辺に残された。草で出来てゐる壁に凭りかゝつて、私たちは教科書をひざの上で開いたまま何もしなかった。私は窓から唾をした。（後略）

昭和三年八月、川崎愛は、兄川崎昇をたよって上京する。

同じ年の四月、伊藤整も上京している。一年前から文通をしていて、尾崎喜八の「抒情詩」に三篇の詩を発表していた弟子屈の更科源蔵が、しばらく東京にいたいからというので伊藤整は同行している。

このとき、川崎昇は、伊藤整のために、上野ではなく仙台まで迎えに来ている。そのことで伊藤整は感傷的になり、涙が出そうになるのを我慢したとある。やがて、川崎昇のいる月島の下宿に行くのであるが、ここにも、伊藤整の友人が同居していたのである。

川崎愛は、伊藤整が兄の昇の下宿から北川冬彦と同じ下宿先に移ったあとに上京して同居する。

しばらくして、根上律は、旭川の小学校をやめて、画を勉強しに上京し、小石川の川端画塾に通学し、おいかけるように小林次子が、洋裁を志して上京する。奥村りゑだけは札幌に出て、北大に留学していた中国人と結婚、中国に渡っていった。

四人の友達が三人までも揃って上京したのも珍らしく、それぞれに、希望をもって出発した昭和三年であった。

川崎愛が上京する理由について考えてみると、伊藤整のように詩をかくために故郷を捨てたのではない。東京での生活は、生きていくための生活につながり、川崎家そのものが、余市町から生活をきり離し、兄妹は同時に文学への道を選ぶことになる。

眼鏡を透かして

エゴイスト版のジエムス・ジョイスの「室楽」を机の上に置いて、左川ちかは目を閉じた。いま別れてきたばかりの伊藤整の顔が一瞬浮んで消えた。やがてそれはジョイスの顔に変っていく。ちかは、一つ一つ単語をひきはじめる。夕暮が北向の窓いっぱいにひろがって、芭蕉の樹のあたりでは、暗い影がのびていた。「レオ」という犬は、ちかの視線をうけると、あわてて尾を振った。レオの目は涼しい。「あの犬を連れて眼鏡屋へ行こう」黒い天鵞織の短衣をはおると、ちかは、小さい脚に靴をはいた。夕暮の麦畠を兄が大きな鞄をかかえるようにして帰ってくる。咳ばらいが聞える。

ちかは、下をむいて口もとで笑いながら、しきりに、ジエムス・ジョイスのかけていた眼鏡のブリッジの具合などについて考えつづける。もし眼鏡をかけることで、哀しみを忘れることが可能なら、哀しみをおいやるまで詩をかきつづけようと誓う。

その年昭和五年八月、「雪明りの路」のファンであった少女、八雲町山越村野田生の小川貞子と伊藤整は結婚する。

伊藤整は、初期長編「青春」の中で、一つの芸術家の結婚についての仮定をかいている。主人公である信彦に対して、画家の沖はこんな風にいっている。

「(略) 君がもしなにかを君の生涯にしようと思うのなら、それは文学上の仕事でも、それ以上の仕事でもだが、女はよく選ばなければいかん」

伊藤整は、すべてを冷静に見て生きていく人間だったらしい。兄のようにしたっていた左川ちかは、そのときはじめて社会一般の倫理の中に奇妙に一致していく、覚めた詩人を見た気持がしたのであろう。

「若い詩人の肖像」の中では左川ちかは、川崎愛子として、ところどころにモデル化されているが、少なくともひとりの女性としてあつかいはうけていない。むしろ少女の面影で書かれている。

女学校二年生のときのちかは、「一寸ませたところがあって」という形容に終り、さらに、

女学校の四年(註・この年昭和二年四月は、左川ちかは補習科一年である)、彼女は面長で目が細く、眼鏡をかけ、いつまでも少女のように胸が平べったく、制服に黒い木綿のストッキングをつけて、少し前屈みになって歩いた。私が村の家へ帰る用があって駅にいる時、また帰りに朝の汽車で小樽駅に下りる時、この少女は私を見つけると、十三才の頃と同じような無邪気な態度で私のそばに寄って来た。私も

またこの女学生を自分の妹のように扱った。そういう時、重田根見子の、妹の留見子がいつも彼女のそばにいた。留見子は姉の根見子に似た丸顔であったが、性格は反対で内気らしく、私にものを言いかけたことがなかった。重田留見子は、どこか内臓でも悪いように艶のない蒼い顔をしていた。まだ青春はこの二人の少女を訪れていないように見えた。ある時、川崎愛は兄に甘えるような調子で私に言った。

「ねえ、伊藤さん、私に、私たちに『雪明りの路』を下さらない？　私も、それから留見ちゃんも、ほしいの」

　少し離れた所にいた重田留見子は、その話がわかったらしく、その蒼ざめた顔にぽうっと赤味がさした。私は二人あてに署名した本を贈った。


「若い詩人の肖像」は昭和三十年頃の作品である。左川ちかは、昭和十一年にすでに夭折、伊藤整が、内臓でも悪いように艶のない蒼ざめた少女とかいた重田留見子（本名根上律）も、妻子ある画家との結婚に破れ、一子をのこして、死亡している。肺結核であった。

伊藤整の結婚は、左川ちかの短い人生において、最も大きな傷手である。彼女はこの苦しみをどう受け止め、それに耐えていたかは関係者以外はわからない。私は作品の中で――私は人に捨てられたという「緑」という詩の一節をみて、思わず顔を覆った。左川ちかは山の道で溺れそうになり息がつまるのである。

　詩人としての左川ちかについて、伊藤整が書き残したものは、私の手許には一つもない。ただ乾直恵が、「椎の木」の左川ちか追悼号の中で、伊藤整の言葉として書き残しているものがある。

　　思い出すまま

（略）いつの頃だったか伊藤整君が左川さんの文章を私に示して、「この中に強烈な女性の肉体を感じないか」という意味のことを話されたことがありました。これは散文というよりは、ほんの短い散文詩風な文章でありましたが、なる程そう注意されて一読してみると、何如にも若い女性らしいそして左川さんらしい体臭がその中に如何にも濃厚鮮烈に盛り上ってゐるものでありました。そうしてそれは極端なまでに積極的な心臓や血管の脉動の汪溢さを伝えてくるものでありました。（略）

私は、その作品、すなわち散文詩風な文章をさがしたが、左川ちかの詩は、極めて中性的で、それとすぐわかる作品には、ぶつからなかった。伊藤整と乾直恵の亡くなった今、その確実性を欠くが、私は、比較的それに近い「前奏曲」を引用する。

この作品は、昭和八年、雑誌「カイエ」（饒正太郎編集）八号のために書かれたものである。

前奏曲

（前略）女達は空模様や花の色などで自分等の一日を組立てることばかり考へるやうになつた。お天気の工合が気になり、暖かさや寒さが爪の先まで感じられる。例へば着物や口紅の色が、家具の配置までが、その時の窓外の景色と何か連絡があるのだと考へる。常にそれらの濃淡の階調に支配され調和してゆかなければならないと思ふ。彼女たちは或る時は花よりも美しく咲かうとする。だから花卉の色や樹の生えてゐる様子をみていると女の皮膚や動作がひとりでに変つてゐる。

変化に富んだ植物の成長がどんなに潑剌としてゐることだらう。私は本を読むことも煙草を吸ふことも出来なくなつた。枝が揺れてゐる、焰々ととりまかれてゐる、と彼らの表情のどんな小さな動きをも見逃さないやうに、と思つてゐるうちに、私自身の表現力は少しも役に立たないものになつて手を挙げたり笑つたりすることすら表情のとほりを真似てゐるにすぎない。私のものは何一つなく彼らの動いてゐるそのままの繰返しで、また彼らから盗んだ表情なのである。どちらが影なのかわからなくなつた。私が与えたものは何もない。それなのに彼らのすることはどんなことでも受け入れてしまつた。かうしているうちに私は一本の樹に化して樹立の中に消えてしまうだらう。私は今まで生きてゐると思つてゐただけで存在してゐないのかも知れないのだ。（後略）

（一九三四年カイエ八号）

左川ちかの使用していた眼鏡は、よく目立つ黒縁の眼鏡であったらしい。阪本越郎は、「野の花」と題した文章の中で、左川ちかの眼鏡について、面白い風貌を表わしている。

かの女——左川女史といふには余り若すぎ、ちかさんといふのでは一寸おかしい。尤も近藤東は「おちかさん」と、かの女のことを僕等に話すときには呼んだが——。かの女は黒縁の強い近眼鏡をかけてゐて、縁にそのブリッヂのところが上方についてゐるやつで、集会などではよく目立った。ことに前髪を揃えて、面長の顔にその眼鏡がよく似合って、左川ちかといふ存在の仕方をしてゐた。若い詩人のうちではこのやうな左川ちかの押出しにまごついて、よう言葉を出し得ないらしかった。

（略）

眼鏡は、左川ちかを、詩人としてよく表わしていたのであろう。「左川ちか詩集」にはのっていないが、「樹間をゆくとき」というエッセイ風な散文詩は、伊藤整が川崎昇に捧げると題した短篇、「緑の崖」の手法によく似た文章である。

樹間をゆくとき

眼鏡をかけてゐるといふことは物をはつきり見るためではなかつた。つまり顔の幅だけで物を見てゐると、現はれてゐる事柄だけに錯覚を感じそのものがどんな拡がりをもつてゐるのか、どんなふうに浸潤してゆくかを知る前に現象それ自身の火花にごまかされてしまふ場合が多い。見ることは結果を知るのではなく、現象の中の一部分の終りに達するためである。こんなことを考えながら麦畠の中を歩いて行く。戦ひとつたやうに生々と伸びてゐる麦が黒い土地をくまどつて白く輝いてゐる。五月の太陽は今の日本の詩人たちにとつては少し明るすぎるのではないだらうか。それは幻影と夢に語るのみで、このあまりにフランス流の空気の中では調和する何物もない。向う側の樹木のつながりと彼らのイメヂとどんな関係があるといふのか。ライカの世界だけを詩に移入されたといふ過去は、眩暈を感じる程度で、菓子のやうな甘さも、羅列された言葉も、私が歩いてゐる道の側の欅の若葉ほどの新鮮さがあるとはいへない。他人の真似をしてゐる間だけ自己を失ひ、そのかたまりをなしくづしてしまつた時は疲労してゐる。眼鏡をはづした時のぼんやりした風景の中にも明瞭な美しさがあり、眼鏡をかけてゐる時にははつきり見えるものの中にも、ぼんやりしたよさがあるのに、誰もが、たつた一つの鏡を覗いて、黒白をきめなければならないと考へることは愚かだ。境界線を探すことではなく、その一本の線の両側の無数の伏線を、飛躍した視野の切断面にびしりびしりと、あはせてゆくことにあるのではないだらうか。ただ、この視野が近いか遠いかといふことに芸術的なリズムの高い低いがきめられると思ふ。詩は言葉の勉強だと思ふ。併しそれは話すやうな言葉とちがつて、表面から見えない心の言葉である。思惟の中から選ばれた言葉で空間を充すことであると思ふ。言ふために言はれた言葉を拾ひあげることではなく、何を言はうとし、又何物かを反映しやうとすることであらう。最もきびしくそして非常にわづかで、焰のやうに焼切るところの巧さである。沢山のおしゃべりをしながら何か一つほんとうのことを言ふことでもあり、或は背後から追ひかけてゆくことでもある。

火の消へない煙草の吸ひ殻を私は踏みつける。私の先を誰かもう歩いて行ったのだ。（後略）

東京での生活は、兄川崎昇を通じて詩人との交友をひろめていく。しかし殆ど文学の話をちかはしていない。上京した頃は、阪本越郎が世田ヶ谷の五丁目の家を訪ねるとかくれたりする少女であった。しかし親しみが湧いてくると、ベランダ風の縁側に食卓を出して、話に夢中になると口にいっぱい泡をためて話したりしたと「椎の木」の友人乾直恵はかき残している（「椎の木」左川ちか追悼号）。
百田宗治家には、いつも娘のように訪ねていて、その頃、萩原朔太郎のお嫁さんにどうかな、と川崎昇は話しかけられている。左川ちかは、その頃まだオサゲで兄からみるとまるで少女のようで結婚はまだかわいそうだと断ったのである。

左川ちかが、黒い天鵞絨の服を着て、黄金虫の指輪をするようになるのは、昭和九年頃からである。一人でデザインして縫ったものらしい。毛糸あみは好きで、真白いセータを何年もかかって編んでいる。気に入らないと殆ど全部ほどいてしまうので、川崎昇は、にがい顔になり、「さあ、勉強、勉強」ということになる。「兄ったら本を読め読めってうるさいのよ。だから女はだめなんだって」、中村千尾にこんな言葉も残している。

ムンクの絵のような、神秘的な雰囲気をもった女性であったと北園克衛はいっているが、江間章子も、左川ちかに似たタイプの詩人はそのあとあったことがないという。

左川ちかは、自から洗礼した詩人となって、詩人らしい生活を営んでいたようである。あるときは、西銀座のレストランで北園克衛とおそい夕食を一緒にして。

ある秋の帰省

昭和七年十月、左川ちかは、故郷の余市町の土をふんでいる。その頃、女学校時代の友だちである小林次子は、東京での生活を捨てて、両親のもとに帰っていた。十月の空に月が高く昇って冷え冷えとした夜である。ポプラの樹の先が針のように光っていた。大川町の桜小路で両親が料理屋を営んでいた小林次子は、その夜窓からぼんやりと空を眺めていた。そのとき、前ぶれもなく左川ちかが訪ねて来て、門灯の下に、風のように佇っていた。次子はあわててちかを押すようにして、外に出る。近くにある喫茶「青い鳥」で、はじめてちかの蒼い顔をみつめた。ハイカラに短く刈られた髪が、いっそう細い首を細くみせた。

「次ちゃんに急にあいたくなって」眼鏡をはずし、細い目が力なく次子をみる。

次子は、久しぶりに逢う古い友だちに、一体どんな言葉をかけてよいのかしばらく言葉をなくしていた。ちかはそんな次子に、ほっとしたのか、いくらか口もとに微笑を浮べて人なつっこいその瞳に、涙があふれた。「ちかちゃんは、まだ伊藤さんを忘れることができないでいるのだ」ちかと暮した東京での生活の中で、伊藤整の噂を聞かなかった日はなかった。詩をかくというよりも次子には、伊藤整との交りがちかの生き甲斐のように思えていたが、いまはその人の名前も口にしない。

スカートの上でもてあそぶハンカチに、ふれる小指の短いこと、汽車通をしていた頃、ちかは、ずいぶんと小指の短いことを、運命にみたてて、さびしがっていたことが、昨日のことのように思われる。

次子は、口数の少ないちかの胸の中を思うと、なにかその哀しみの原因が自分にあるのではないかと、落着かない不安にかられてくる。

あれは、もう二年も前の春のことだ。次子は、急にちかにたのまれていた洋服の仮縫いを思い出し、夜の九時近く世田ヶ谷の川崎家へいくと、ちかは伊藤整のところに行ったといって留守だった。せっかく来たのだからと、ちかの兄昇も一緒に、伊藤整の下宿である田園アパートにいってみることにした。

そのアパートは、瀬沼茂樹の「伊藤整」によると、馬橋から南に入った郊外のバラック建てのアパートである。震災後の建物のようで、だいぶいたんでいる三畳間ほどの狭い部屋に伊藤整は住んでいたのである。川崎昇と、次子は、伊藤整のアパートの部屋の電灯が消えているのを見た。次子は大きな声で「ちかちゃーん」と呼んでみる。間もなくその窓に電気がついて、ちかがあの人なつこい微笑で二人の前に立った。

次子は、この時のことを、一生後悔しているという。だが東京での生活は、次子にとって、川崎兄妹をのぞいて考えられないくらい頼りきったものだったので、ちかの身に、今どのような思いがあるのかを理解する余裕もなかった。三人は白く乾いた舗道を、一つの影のようになって歩いた。

やがて、夾竹桃の紅く咲く頃、本郷通りのあたりで、新しい妻貞子を連れた伊藤整にばったりと逢うことになる。その時も次子は、川崎昇と一緒だった。

次子は一瞬息をのんだ。そして、いまこの舗道に立っているのが左川ちかではなく、小林次子という人間だと思うと、ほっとした。

次子は、伊藤整に軽く頭を下げたとき、川崎昇は、一言二言なにかをいったようだが、風は、その言葉を消していった。

ちかは、伊藤整の結婚について、次子に少しも話さなかった。勤めのかえり、小さい花束を抱いて、ちかが次子を尋ねてくる。その小さい脚を揃えて玄関に立ったとき、花束をもった具合から、次子は、女として美しい、ちょっと新劇の女優のような雰囲気をちかに感ずる。

「伊藤さんのところに寄って来たのよ。内緒だけれど、今日も、さつま芋ごちそうになっちゃったのよ」ちかは、なにか思い出すようにクスクスと笑った。

その頃、左川ちかの余市の家は、祭りの夜留守居番の不注意から火災にあい、母親の千代は、妹キクとともに札幌に移り住んでいる。

昭和七年十月二十二日、ちかは、北園克衛に宛ててこんな端書を送った。(北園克衛評論集「天の手袋」)「札幌はあまり静かなので、不安で臆病になりそうです。」北園克衛は、「この言葉はよく詩人左川ちかの風貌を表してゐる」と書いている。北園克衛が知るかぎり詩人としての左川ちかは、家を焼かれ母親が働いている実情などは、おそらくわからなかったであろう。左川ちかは、人間においても、詩においても、知性が生活の告白を許さなかったのである。左川ちかの抑制のきいた適確な詩作法は、乾いた真珠の、輝きをもっている。ちかは、生きていくことに、自ら抑制をもっていった詩人ともいえる。

やがて春山行夫にも絵はがきがとどく。ポプラ並木が空をおおって、風の音がきこえるような絵はがき。この贈り主のいない絵はがきに、春山行夫は、ファンバンクの小説を思い出したと書いている(「椎の木」昭和十一年三月号「ペルシル・ラメント」)。

小林次子は、「青い鳥」の、うすぐらい灯の下で机をはさんで、別れの挨拶を交わした。左川ちかは、ふりかえらなかった。

昭和十一年一月、左川ちかの悲報を川崎昇からうけたとき、次子は疑うこともなく、「自殺だ」と思った。その思いは、今日まで四十年間つづいている。次子は、私と会ったとき、本当に心から左川ちかのために泣いている。私が左川ちかででもあるように詫びるのだった。四十年前、友だち故に、甘えて、恋の邪魔をしたと悲しむこの清純な友情を、私は左川ちかに伝えたいと思った。

「少しおませなこの少女は……」伊藤整は「若い詩人の肖像」の中でこう書いている。たしかに小林次子よりは、おませであっただろうが、左川ちかにとって、伊藤整は、兄川崎昇という男性とは違う、確かな異性だったように思える。

小林次子が東京を去ってから、左川ちかの仕事は、拍車の勢いであった。魂の歌のように煌めく詩をつくり、名声を得て、夭折したのである。北海道の奥地で、風のたよりにさえ左川ちかのことを聞かない次子は、いま私の持っていった「左川ちか詩集」を抱くようにして、「こんなに立派になって」と咽喉をつまらせる。

北海道の、殊に余市の文学を志す人々は、必ずといってよいほど川崎昇の、いや川崎兄妹の友情を受けている。泊る宿、あたたかい食事、それらのために、川崎昇は、体ごと親切であったと小林次子は話している。

これと同じことが、伊藤整の「若い詩人の肖像」の中にかかれ、川崎昇のアパートで、二人で食べる食事のあたたかさが伝わってくる。

川崎昇は「僕は、文学をやりたかった。だが、あの頃はみんな貧乏で、コーヒー代をもっているものがなかった。必要にせまられて僕は、金の入る編集の仕事をえらんだのだ」と。

ゴロダの丘には、伊藤整の文学碑が海を見おろして立っている。その碑の後ろの発起人の名前を刻んだ石には、川崎昇の名前も刻まれている。

川崎昇は、今も、かつて伊藤整が「私は自分の全部を川崎昇に預けているといっていいほど彼と親しくしていたけれども」といったその信頼のままに生きている。

この人が左川ちかの令兄なのである。

地上の婚礼

文化学院に通う保坂ユリの家庭教師になったのは、昭和十年二月のことである。ユリはフランス系の混血児で、左川ちかは、日本語を教えていた。その頃中村千尾を訪ねて、「夏にはこの少女とどこかへ旅行するかも知れない」と話した。旅行をするなら湖水のあるところへ行きたいとも話していた。田舎のそれも海のみえる余市に育ったちかには、湖が自分の健康をとりもどしてくれると考えたのかも知れない。しかし、この頃から腹部の疼痛をおぼえはじめている。

信州の諏訪へ子供たちを連れていったそれが、すっかり身体をこわすもとになったらしい。諏訪からかえって百田宗治をたずねたちかは、本当に憔悴して、血色が悪かった。一夏胡瓜ばかりたべて暮していたらしい。

——蟋蟀みたいに、と自分でそう言って笑った。不吉な予感が百田宗治の上を走った。

百田宗治が松江へいったとき買って帰った竹細工の小さい蟋蟀の片あしが、一昨日もぎとれてみえなくなった。

おなじ夏、三浦逸雄、江間章子、小松清、そして幼い三浦朱門等と、大島方面へ船の旅をしたが、船が揺れて、海も空もさえぎるものすべて青にみえるほどになった。左川ちかは、小松清に体ごとおさえられて、バケツにあふれてくる苦しみを吐きつづけた。江間章子は、あまりに苦しそうなちかの顔色をみて、葡萄いろをしていたという。

十月、長崎町にある財団法人癌研究所附属康楽病院に入院、稲田龍吉博士の診断を受けた。胃癌という診断、リボンのついた踵の高いパンプスをベッドの横に揃えて置くと、ちかは、長々とベッドの人になった。ちかが好んで使った倒れるという言葉のように——。

その日から原稿紙に鉛筆で日記をかきはじめる。

十月十六日

朝早く窓をあけたら、ここの病院の門から葬式自動車が出ていった。煙のやうな雨の中を黒いかたまりが動きだすのを見た時、胸のどうきがとまったやうな気がした。外を見たことを悔いた。午後、青木先生が廻診のとき手術をしなくてもいいとおっしゃる。手術をして胸の下の悪いところを切って切りきざんで私を苦しめてゐた病気といふ虫を征伐してもらひたかったのに、残念で不平でたまらない。一日中朝の黒いかたまりが目に付いて気分が悪い。

十月二十一日

午前中気分が悪くうつら〳〵眠ってしまふ。熱が少し上ってゐるのに夕方から元気が出る。パイナップルの鑵詰を切って貰ふ。食後手を洗って貰ったら、よけい気持がいい。ユリさんが来る。大塚へ靴下を買ひにゆくのだといふ。ヌガーを摑んでたべながら帰るのだといふ。すぐその後へ兄さんが来る。たいへんいそがしいとのこと。郵便物をカバンの中から出してくれる。九時すぎまでこの別荘以外の話をしてくれる。大部夜が短くなったやうな気がすると喜ぶ。睡眠薬を一服貰ふ。十二時頃まで雑誌を読む。それから薬をのんで眠る。一時頃急に苦しくなって、注射をしてもらふ。

十月二十二日　晴

ゆうべの注射が効いてか、とてもねむい。朝日が一杯窓から入って来る。ベッドの上で日光浴をする。汗だくになって。体中秋の日を浴びてゐると、とても気持がよい。今日で入院して二週間目になる。稲田先生の廻診の日なので廊下をすぎる人達もいそがしそう。新しい白いシーツに更えて貰ふ。青空をとんぼの群が上へ上へとあがって消えてしまふ。どこからあんなに沢山とんで来たのだらうと不思議に思ふ。窓から見える道を学生や勤人が健康さうな四肢を動かして通るのを眺めてゐると、私も太い脚や手がほしいと思ふ。腕を上に振りあげて二三度まわして見たら、やせて黒くてきたならしく感じられていやになった。夜ねむれなくて病院がいやだといったら、青木先生が家へ帰りなさいとおっしゃる。今日で病名が決定するらしい。ユリさんが夕方来る。学校の話をしてかへる。兄さんは来なかった。

日記は毎日つづいている。X光線の治療がはじまり、食欲のなくなって来たことをうったえている。札幌からきた母チヨが付添っていたらしく、ザクロをはじめてみてよろこぶ母親のことが書かれている。

内田百閒の随筆を読みつづけていたらしい。内田百閒のことを、百閒先生とかいている。随筆の中に漱石の臨終のことが書いてあって、死んだ漱石を解剖したら胃が破れて出血したのがどっさりたまってあったそうだ。涙が出るほどたまらなかった、と結んでいる。

十月二十六日、根上律から来信とある。

十月三十一日になると、一日中病んで注射を三本もしている。太陽がまぶしくてたまらない。ちかの泣き出す顔がみえる。

チヨは、殆ど帯を解かずに看護しているのを有難いと思うと日誌にかき、泣き哀しむチヨに、ちかはこんな風にいった。

「母さん泣かないで、死んでいくのが、わたしでほんとによかったと思う。もしこれが兄さんだったら、姉さんも、奎(註・川崎昇の長男)もかわいそう。そして母さんも——」

日記は十一月二日で終っている。このあと悪化したのだろうか。十一月二日には、キイラレンドの短篇集を読んで、なかなか味があるとよろこんでいたのに。

十二月二十七日、クリスマスも終って、街は静かだった。ちかは世田ヶ谷の家に帰る。

「誰か逢いたい人はないの」兄の言葉にちかは黙って首を振る。

江間章子が、白いフリージャの花束を持っていっても、目が重くって開かない。「いい匂い」と、小さく笑う。

明けて一月七日、枕元にいる川崎昇に「仲よくしてね」ちかはできるだけの力をこめてこういった。「仲よくしてね——」と。

閉じた左川ちかの目の中に、白い林檎の花ざかりの故郷が光とともにあふれ、まぶしいまぶしいと、それをはらうと、やがてそれは粉雪にかわって、音もなく降り積った。

Finale

老人が背後で　われた心臓と太陽を歌ふ
その反響はうすいエボナイトの壁につきあたつて
いつまでもをはることはないだらう
蜜蜂がゆたかな茴香《ういきょう》の花粉にうまれてゐた夏はもう近くにはゐなかつた
森の奥で樹が倒される
衰へた時が最初は早く　やがて緩やかに過ぎてゆく
おくれないやうにと
枯れた野原と褐色の足跡をのこし
全く地上の婚礼は終つた

第二部　左川ちか――七七篇の詩作品

詩における新しさというものを考えるとき、いつも社会的にまたは政治的に前世代が気になるような位置から批評されたり、あるいは作品化されたりすることが多い。

左川ちかは、そのように前時代が気になる位置で詩を書いていた女性である。左川ちかの最も親しい詩人の伊藤整が、詩集「雪明りの路」から詩の方法論に挫折し、詩壇に怖れを抱くようになった時期であり、そんな伊藤整を、左川ちかは信頼をこめた瞳でみつめつづけてきた。

やがて伊藤整は、英文学者でもあったので、英米文学の紹介をして、十九世紀の文学の殻を破れない日本に、変革を志すようになる。翻訳詩は、伊藤整の詩人の生命を、新たなものにした。

左川ちかは、おそらく女性として、一番これらの波動に接近し、詩の内容に時代への同時性を明確にとらえて詩をかいていた詩人である。伊藤整の「新心理主義文学論」が厚生閣から出版されたのもこの頃である。

左川ちかは、表象性と感覚性とを重視しながら、詩のもつ無限性、あるいは神秘性に、一つの方法をもつ主知的な詩をかく詩人であった。同時に左川ちかの中には、形而上学的な一つの論理がみられる。死というものの前に立ってみる生命への純粋さである。

雑誌「詩学」で「異端の詩人」の特集をしたことがある。座談会の中で、中野嘉一、西垣修、嵯峨信之等は、詩の世界観からみて、左川ちかを、最も異端の詩人として認めている。

左川ちかの場合、異質というのではなく、短い人生だったので、その作品の燃焼度において、認められたのではないだろうか。

「詩と詩論」

左川ちかが、日本の詩の新しい歩みの出発点にたっていたことは、詩を発表した同人誌をみると理解できる。春山行夫と、北川冬彦の主宰する「詩と詩論」は、一九二八年に創刊されている。主要同人は、春山行夫、安西冬衛、上田敏雄、飯島正、三好達治等で、同人の一人である北川冬彦は、「詩の話」(宝文館)で次のように回顧している。「それまでの詩にあきたりなさを覚えていた私は、春山行夫と語らい、新鋭詩人を糾合して詩の前衛運動を興そう」として創刊されたものである。「詩と詩論」は、新しい詩の運動展開のためだけでなく、文学的エスプリ・ヌーボー運動の一つの場となったのである。

西脇順三郎が「J・N」という名で「超自然詩学派」を発表したのもこの同人誌であり、北川冬彦などは、創刊号に、空腹について等十篇もの詩を発表している。

四号で、アンドレ・ブルトンの「超現実主義宣言」(北川冬彦訳)を紹介するとともに、ルドルフ・カイゼルの「ポオル・ヴァレリィ」も紹介する。

伊藤整は、第三号に「現代アメリカ詩壇」(ウンタメア)など多くの翻訳を紹介する。第五号に、阿部知二が、「主知的文学論」を発表すると、「詩と詩論」の同人たちは、こぞって主知的であるといった形式の詩を書きはじめたようである。

「詩学」の一九七一年に、中野嘉一は、「前衛詩運動史試論」を書き、その中で春山行夫が、当時の主知というものについて、一貫した考えを現在も持ちつづけているという手紙をもらったと書いて、その内容をみてみると、日本では観念→思想というタイプだけで、知能型(主知)のタイプが欠けていることを指摘している。

「詩と詩論」の殆ど中枢的な、支配的な詩的思想であった主知主義の発生ということも、知能を基本とした考えである。

これらの主張は、超現実的な方法論、もしくは思想と一致して、少なくとも芸術的な詩を書いていったことは明らかである。この「主知的文学論」ののった五号から、従来の同人制を廃して、寄稿者というのを扉にあげた。寄稿者の顔ぶれは、安西冬衛、飯島正、上田敏雄、大野俊一、神原泰、北川冬彦、近藤東、笹沢美明、佐藤一英、佐藤朔、滝口修造、竹中郁、外山卯三郎、西脇順三郎、堀辰雄、三好達治、横光利一、吉田一穂、渡辺一夫などである。

左川ちかは、第十号一九三一年一月号に、「ジエムス・ジョイス」の室内楽の翻訳をエスキイス欄に発表。承前を、十一号目に発表している。J・ジョイスの「室楽」(左川ちかはこう訳している)を最初に訳したのは、この女流詩人左川ちかで、参考までに書くと、西脇順三郎は翌々年一九三三年に訳詩を出版している。

その六月、十二号目に、詩作品、出発他四編を発表、その詩作品は、いかにも左川ちかの出発にふさわしいスケールの大きな詩であり、躍動する人々の生気に充満している。

出発

夜の口が開く森や時計台が吐き出される。
太陽は立上って青い硝子の路を走る。
街は音楽の一片に自動車やスカアツに切り鋏まれて飾窓の中へ飛び込む。
果物屋は朝を匂はす。
太陽はそこでも青色に数をます。

人々は空に輪を投げる。
太陽等を捕えるために。

つづいて、十四号目、青い球体他四篇の詩を発表(緑の焔、断片、ガラスの翼、季節のモノクル)。左川ちかは、安西冬衛や、北園克衛と並んで、第一人者としての風格を飾っている。およそ四百頁にもおよぶこの同人誌の中で、五篇の詩は、美しい衣裳を着た女王のような存在である。

北川冬彦は、「詩と詩論」の中で、詩の方法として、「新散文詩運動」を提案している。この運動については北川冬彦の「詩の話」にくわしいが、かいつまむと、詩の純化のために、詩を散文で書くことを主張したのである。韻文（音数律定型詩）によらずに、詩は書き得るというわけで、左川ちかの詩は、むしろその方式にぴったりという感がある。

やがてそこから、行わけの必要を認めて左川ちかは短詩をかくが、これは、伝統的な俳句からきた短詩ではなく、空間論的な必然性からきたもので、安西冬衛などの影響を受けて、形式とともに、内容にも新しさのある詩を書くわけである。

「文芸レビュー」と「新文学研究」

「文芸レビュー」は、一九二九年三月に、東京市外中野町二七五三の川崎昇の自宅を発行所として初号を出した。パリに留学した河原直一郎（「椎の木」同人・小樽出身）が資金を出し、川崎昇が経営にあたり、伊藤整が編集にあたった。菊判ザラ紙四十八頁で、黄色表紙がついていて、執筆者の名前を並べている。

「レビュー」というのは、批評雑誌の意味であり、モダニズムの尖端をゆくレビュー時代にあやかってつけたなどという風評が流れていた。

「文芸レビュー」の創刊号には、舟橋聖一、春山行夫、百田宗治、河原直一郎、堀辰雄、高村光太郎、北川冬彦、小野十三郎、阪本越郎、安西冬衛、伊藤整、尾崎喜八、三好達治等が執筆している。これらの人々は、当時大部分が無名新進であり、長い歳月の間に、それぞれ名をなしている。

「文芸レビュー」の目的は、「若い文壇と詩壇とを貫いて雑文を主とし、詩創作を配した雑誌」ということであった。「文芸レビュー」がいわゆる「批評雑誌として出発できたのは、伊藤整の若い文壇と詩壇との交友があったからだ」といわれる。

「椎の木」を中心とする三好達治、丸山薫、阪本越郎らの詩人グループ、また伊藤整が上京してすぐ下宿した飯倉片町にいた北川冬彦、仲町貞子、外村繁、梶井基次郎、淀野隆三がいて、「青空」グループとの交渉があった。

一九三〇年一月からは、「文芸レビュー」は同人制をしいて同人雑誌になる。このときいままで準同人であった瀬沼茂樹、衣巻省三、北園克衛、少しおくれて蒲池歓一が同人となり、旧「新思潮」の同人福田清人、那須辰造、小林勝、一戸務にも働きかけている。

「文芸レビュー」は、一九三一年一月号で終刊となり、「新作家」として、四月に一号を出すまで、全二十号を刊行している。

左川ちかは、「文芸レビュー」の事務所、銀座和光の裏通、京橋区銀座四ノ五井上ビルで、詩人北園克衛にはじめて会うのである。この出あいについて、北園克衛はエッセイ集「黄いろい楕円」(宝文館・昭和二十八年)に次のように書いているので引用してみる。

左川ちかのこと

一九三〇年の初夏の頃であった。僕が住むことになった西銀座の井上ビルの三階に「文芸レビュー」という同人雑誌の編集部があった。僕はそこで一人の若い詩を書くという少女に紹介された。そのいかにもしなやかな体つきの少女が左川ちかであったのである。当時彼女はまだ自分の書く詩が、他の詩人たちが書く詩とあまりかけ離れているので、戸惑いしているという状態だった。凡庸でない詩人が最初に経験することの不当な不安というのが、いかに無慈悲なものであるかを、平凡な詩人たちは想像することができない。

ちょうどその頃、僕は岩本修蔵とアルクイユのクラブをつくり、「白紙」という詩の雑誌を発行していたので、そのメンバアに彼女を加えることにした。彼女は最初から、あまり多くの詩を書かなかったが、一つ一つの作品はいずれも均整のとれたものであった。均整のとれた作品という意味は、単にレトリックの上でのそつのなさという意味ではない。レトリックの世界と、それからはみだしているものとの均衡という意味である。

彼女は一作ごとに堅実な生命をしていった。白紙が「MADAME BLANCHE」と改題し、四十数名の大きなグルウプとなってからも、目だった存在であった。ただ目だった存在といっても、それが言うところの人間的な華やかさという意味ではない。病弱であったし、口かずもすくなかった。そういうわけで、月一回のティパアティで顔をあわせるほかは、あまり逢うこともなかったし、手紙の往復もほとんどかぞえるくらいしかなかった。しかし二十歳から二十五歳までの五年間、つまり彼女が詩人として生きた期間の最も大きな部分を占めていたのはアルクイユのクラブに関する部分であったと言ってよい。彼女が癌のために入院するすこし前、西銀座八丁目の鉱業会館に事務所を置いて「ESPRIT」という小型雑誌を二人で編集したことがあった。この雑誌は一種の文化雑誌で、洒落たものであったが、四号で廃刊してしまった。もうすっかり夜となった銀座のオフィスの三階の暗い窓を背にして、一寸ビアズレエの少女を思わせる黒い天鵞絨の衣裳を着た左川ちかと、編集プランを練ったり、遅い夕食をとったことなどが想い出される。彼女は生れつき謙譲で静かな性質であったが、詩の世界では王女のように自由に大胆にふるまっていた。美も死も彼女の自由を奪うこともゆがめることもなかった。彼女は自分自身の詩を書くために生きたようなものである。ほんの少し、しかし永久に燦めくような作品をかき、そして、いそいで処女のままで死んでいった。今少しゆっくりと死んでもよかったのに。

「文芸レビュー」には、左川ちかは詩作品を一九三〇年十月号に発表。その詩は「朝の麺麭」他「モノクルの街景」となっているが、「左川ちか詩集」では「朝のパン」と改題される。これは「詩と詩論」十二号目から試みられている。その他はペンネームも左川千賀として、主に翻訳を発表する。

森本忠は、研究社の「ジョイス」の付録中でジョイス紹介をし、伊藤整にすすめられるままに今では思い出せない程の数多くの翻訳をしたと書いている。おそらく、左川ちかもその一人であったのだろう。左川ちかの翻訳したのは次の諸篇である。

第一巻第二号「髪の黒い男の話」　フエレンク・モルナアル、左川千賀訳、第四号「イソップなほし書」(一)　アルダス・ハクスレイ、左川千賀訳、第五号「イソップなほし書」(二)　アルダス・ハクスレイ、左川千賀訳、第六号「イソップなほし書」(三)　アルダス・ハクスレイ、左川千賀訳、第八号「蠣のスープ」　フエレンツ・モルナール、左川千賀訳、第九号「二つの話」(A・B)フエレンツ・モルナアル、左川千賀訳、一九三〇年一月号「闘争」(小説)シャウッド・アンダアスン、左川千賀訳。

伊藤整は、「文芸レビュー」の終刊後、クォータリー「新文学研究」の編集をはじめる。一九三一年一月で、かねてから新興文学に力を入れていた金星堂がその発行所である。この「新文学研究」の内容は、文学研究の評論やエッセイを主とし、それも新文学のそれを主とし、そして外国の新文学の翻訳に力点をおいている。創刊号はぼう大な厚さで四一六ページである。翻訳が多く、伊藤整が日本にも二十世紀文学というものを生みださせたいという意図がありありとみられる。

「新文学研究」は一九三二年五月までに六輯を刊行、殆どすべての号に、左川ちかの名前で翻訳を発表している。

第一輯「新レパアトリイ劇場の設計解説」　ノオマン・ベル・ゲッズ、左川ちか訳、第二輯「いかにそれは現代人を撃つか」　ヴァジニア・ウルフ、左川ちか訳、第三輯「いかにそれは現代人を撃つか」(承前)ヴァジニア・ウルフ、左川ちか訳、第四輯「いかにそれは現代人を撃つか」(3)　ヴァジニア・ウルフ、左川ちか訳、第六輯「遅い集り」　ジョン・チイヴァ、左川ちか訳。

このほかに、一九三四年一月号の「椎の木」に翻訳で「眠れる者からの帰り」ディヴィト・コオネル・ド・ジョンを一つ紹介している。

翻訳の内容、方法などについて左川ちかが直接に、書きのこしているものは、残っていない。関係者の言葉をかりると、伊藤整が海外の文学の紹介に専念した時期であったので、「丸善」から買い求めたものを、左川ちかに翻訳させ、その監修をしたことになっている。左川ちか自身翻訳の影響を受けたのは事実で、言語操作の上ではもちろんのこと、具体的な例をとると、詩の題「遅い集り」は、ジョン・チイヴァの短篇からとったものといってさしつかえないだろう。そして、左川ちかの詩質が、西欧風になっていったのは当然といえよう。

「白紙」「マダム・ブランシュ」

左川ちかの詩、というよりも、詩人としての左川ちかの人柄について、深い理解をしめしていたのは北園克衛である。

「左川ちか詩集」は、左川ちか夭折のあと出版されたものであるから、もし北園克衛が、評論集その他に左川ちかの評価を残していないとすれば、伊藤整、阪本越郎の亡い現在、その評価は実証性にとぼしいことを考えると、北園克衛の「左川ちかのこと」は、ただ一つの貴重な資料である。

西銀座にある井上ビルの三階の「文芸レビュー」の事務所で、川崎昇によって北園克衛に紹介された左川ちかは、まだ十九才の少女である。そのときすでに、一つ一つの詩は均整のとれた詩をかいている。そして一作ごとに、堅実な仕事をして成長していく。

伊藤整が少女の頃からの友人であるとすると、北園克衛は、詩人としてほぼ完成しかけたときの左川ちかの友人となる。その頃、ちかは、作品を発表していないで、むしろ伊藤整を通して、翻訳の仕事に夢中である。

「文芸レビュー」の事務所の机に坐って、机を鉛筆でコツコツ叩いて、詩を考えている左川ちかは、ここで衣巻省三などと逢うことになる。北園克衛は、井上ビルの二階に住んでいて、小柄の体に、いつも黒いワイシャツを着て、物ごしの静かな青年であった。

北園克衛のエッセイ集「天の手袋」は、一九三三年、春秋書房から刊行されたもので、「左川ちかと（室楽）」と題して、非凡な左川ちかの仕事と、風貌について、じつに丹精に左川ちかを表現している。北園克衛は、二科展にも入選するほどのシュールリアリズムの絵をかく詩人であるので、その適確な表現は、左川ちかを、絵画的な美しさでとらえることができる。

宝文館から、一九五三年刊行された評論集「黄いろい楕円」は、左川ちかとの出遇いと、交友について書き、左川ちかが、ちょっとビアズレエの少女を思わせる衣裳を着て、詩を書いていたことを、詩の世界の女王のようであると綴っている。おそらく、左川ちかは、詩の堅実な書き手としてばかりでなく、北園克衛の友人としても、謙譲で、品のよい女流詩人であったのであろう。

北園克衛の詩の歴史は古い。左川ちかが参加することになった「白紙」という雑誌は、一九三〇年に創刊されたものであるが、一九二一年には、すでに詩集を出版すべく、一綴りの草稿をもって生田春月を訪ねている。北園克衛が実際に前衛美術の洗礼をうけたといわれるのは、日本画家玉村北久斗の家にいて、彼の発行している美術雑誌「エポック」をみてからだという。そこで野川隆を知り、詩を中心とする「ゲエ・ギムギガム・プルルル・ギムゲム」という長い名前の雑誌を創刊するが、それは一九二四年である。北園克衛は、この運動のことを、ネオ・ダダの運動としてマニフェストしようと考えていたと、評論の中に、その考えを明らかにしているが、作家高見順は、北園克衛について「昭和文学盛衰史」の中で、きわめて強い批評をもってその生き方を追求し、「ユリイカ」昭和三十四年第四巻第二号では、清岡卓行との対談の中で、次のように話をしている。おもしろいので引用してみる。

高見　シュルレアリストとしての北園君は、始めは北園君と言わないで、橋本健吉ですが、その橋本時代は、社会的反逆というか、芸術上の反逆に必然的にともなってくる、すべての既成的なものに対する、全体的な反逆であり破壊であるという、出てきたのですが、それがぼくはやっぱり……これはぼくの見方ですけれども、あれね、そういう分け方はいけないという説もあるんだけれど、歴史的に見て芸術的革命と、革命芸術の二つに分れて行ったのは、初期のプロレタリヤ芸術運動のころは、その二つが一緒だったのが、真の革命芸術は、リアリズムでなければいけないということが出てきて、今までロマンティックなかたちでいろんな形式上の革命をやっていた人たちも、読んですぐわかるようなリアリズムの詩をやってゆかなければならなくなっていったわけなんです。そこではっきり芸術革命と、革命芸術の二つに分れて来たんですね。そのために北園君なんかは、ムリやりに芸術革命、つまり形式革命的な芸術の方に追いやられていったところがあると思いますね。自分達の仕事をはっきりさせるためにも、北園君なんか形式上の革命、芸術上の革命みたいなものをはっきりうち出さなければ立つ瀬がないみたいなことになったのですね。（後略）

やがて北園克衛は、徳田戯二の出している「文芸耽美」に寄稿し、そこで上田敏雄と交友をもち、シュールリアリズムの渦の中に巻き込まれることになる。

プロレタリヤ芸術の持っている素朴な芸術に対する反抗みたいな、批判みたいな形で「詩と詩論」が出てきたとき、北園克衛は、春山行夫との接近をあつくし、処女詩集「白いアルバム」が厚生閣より刊行される。この時点において、左川ちかとの交友がはじまる。それは、一九三〇年のことである。

北園克衛は、岩本修蔵と知りあい、「アルクイユのクラブ」という名のクラブをつくり、その「アルクイユのクラブ」から「白紙」を創刊したのである。左川ちかもそのクラブのメンバアの一人であった。この「白紙」がやがて「マダム・ブランシュ」と改題されて、次第にメンバーがふえ四十人ほどになった。

「マダム・ブランシュ」は一九三二年創刊、一九三四年八月終刊、ボン書店発行となっていて、北園克衛と岩本修蔵が編集している。創刊号から十二号までアルクイユのクラブから発行された。このアルクイユという名称は、フランスの作曲家エリック・サティが住んでいたパリ郊外の地名である。判型は十二号まではB5判、十七号までA5判である。当時の前衛的な若い詩人の多くが参加した。主な詩人の名をひろってみると、江間章子、岩佐東一郎、西脇順三郎、西崎晋、中村千尾、近藤東、左川ちか、阪本越郎、城左門、田中克己、上田修、山中散生、山中富美子等で、これらの中には、後に「詩法」「二十世紀」「新領土」などで活躍する詩人の名もみられる。

同誌の（Part6-Part10）までの合本を椎名勇という人が所蔵しているそうだが、目次をみると、詩のほかに書評がのっているのがおもしろく、北園克衛は、この雑誌の活動について、一種のニュークラシシズムの運動だったといっている。終刊号に近づくとシュールリアリズムの詩風から外れて抒情性への回帰が目立っている。

一九三五年、七月にはアルクイユのクラブに属していた三十四人の詩人に新しいメンバーを加えてVOUクラブが結成される。そこから機関誌「VOU」が創刊されるが、この誌はシュールリアリストの雑誌ではない。VOUのスタッフは、日本に全く新しいポェジイのドクトリンを作ろうとしていたのである。ここでも左川ちかは、VOUクラブの会員となり、活躍したが、個人的には、西銀座八丁目の鉱業会館に事務所を置いて、「ESPRIT」という小型雑誌を発行していた。北園克衛の説明によると、一種の文化雑誌で、川崎昇が企画したといわれる。菊刊の細長の変型で、表紙はアート、中を色ザラで、刷っていた。

この頃のことを、中村千尾は、「葡萄22号」（堀内幸枝発行・一九六二年七月）に、「左川ちかの詩」という題で、なつかしげに、しかも生き生きとした文章で、左川ちかの人間描写を行なっている。

（前略）私が左川ちかと知りあうようになったのは「室楽」が出版された後だった。彼女は北園さんと「エスプリ」を編集していた。Xマス近い街で彼女からそのしゃれた小雑誌を貰ったのを記憶している。新宿の武蔵野館前にあったフランス屋敷で時々一緒にお茶を飲んだ。そんな時別に詩の話をするのでもなく、日常のことや男性詩人の話をしてお菓子を食べて別れた。彼女は明るくてかなり話し好きだった。彼女は行き届いた趣味で整えられ、恋をしていたようだ。ある日デパートの書籍部で彼女は書棚から聖フランシスの「小さき花」を取り出して、一生に一度は自分もこう云うものを書きたいと思っていると真剣な表情で話したことがあった。彼女から文学への希望らしいものを聞いたのはその時だけであった。（後略）

中村千尾の私宛の手紙には、次のような補足があった。「恋をしていた」ようなそのお相手は、伊藤整であったという。左川ちかは死ぬまで伊藤整を愛していたようである。

私は、ここで愛において完結しなかった左川ちかの魂に、一つの献花をする。左川ちかの成長期には、彼女自身神を求めていたはずなのに、なぜか、その葬送は、儀式がなかった。詩人祭で、友人たちによって、世田ヶ谷の自宅からそのまま、火葬場へ送られたと江間章子は話してくれた。

しかし、左川ちかは、書籍部で、フランシスの「小さな花」を手にしている。これは信仰の書であり、聖女小さき花のテレジア伝記である。偶然にも私のカトリックの霊名が「小さき花のテレジア」であり、テレジアのあつい信仰を尊いものにしている。

「小さき花」は天国から薔薇を撒く聖女といわれている。詩の中で殆ど、信仰について触れていない左川ちかであったが、棺の中に白い薔薇をいっぱいに入れた春山行夫の友情の中から、おそらく左川ちかは、天国で「花などの間をゆくとき」という詩をかきつづけていることだろう。

話は横道にそれたけれども、北園克衛との交友によって、左川ちかが学び得たものは、クラシシズムの手法であろう。おそらく、北園克衛の影響を受けないでは、不法として抒情詩の形式から入っていくことになったであろうに、直接に、第一作からモダニズム（新精神）的な詩をかいている。

しかし、左川ちかは、北園克衛が、実験的に行なっている方法論はとっていない。北園克衛が詩集「サボテン島」（一九三八・アオイ書房）でみせた、詩全体が一つの群運動であるという、一つ一つとってみて意味のとれない作品は造っていない。しかし、エヅラ・パウンドの世界に師事していた北園の新しさのもつ感覚性は、左川ちかの内部でさらに消化されて、左川ちかのスタイルというものが、できあがったと私は思う。

ここに、北園克衛と同じ題名の「白と黒」という詩がある。北園克衛はこの詩を一九三一年「詩と詩論」十四冊目に発表。左川ちかの作品は、その発表の詩誌は判明しないが、一九三二年にかかれたもので、あきらかに北園の影響を題名に受けているが、内容は全く違ったものになっている。

白と黒　北園克衛

砂礫をくぐる時計の鳩を殺害する僕
僕は軽蔑した
僕はシャボテンのなかでサルタンの歌うのをきいた
それはサルタンの優婉なシャボテンであつた
それは歌うサルタンであつた
それはサルタンの優婉な歌であつた

もしこの詩に意味を見出そうとするのならきわめて難かしい。もし許されるならば、意味のないところに美学を感ずる。

白と黒　左川ちか

白い箭が走る。夜の鳥が射おとされ、私の瞳孔へ飛び込む。

たえまなく無花果の眠りをさまたげる。

沈燃は部屋の中に止ることを好む。

彼らの燭台の影。拷《むし》られたプリムラの鉢、桃花心木の椅子であつた。時と焔が絡みあつて窓の周囲を滑走してゐるのを私は見守つてゐる。

おお、けふも雨の中を顔の黒い男がやつて来て、
私の心の花芯をたたき乱して逃げる。

長靴をはいて来る雨よ、

夜どほし地上を跳み荒してゆくのか。

この詩は、リアリティに富んでいるだけでなく、イマージュの統一ができ、ヴィヴィアンな伝達がある。雨に対する、即ち対象に対する直截な表現力は読む者の心をとらえ、想像力を与えてくれると思う。人間の触手に響く、音楽性もこの詩からは汲みとれ、白と黒は意味の上でもナィーヴに伝わってくる。

「室楽」

ジェムス・ジョイスの「室内楽」(CHIMBER MUSIC)は、一九〇七年、ロンドルのエルキン・マシューズ社から出版された。淡緑の紙装に、扉にはハープシコードの図案がはいっている。

左川ちかの「室楽」は一九三二年、椎の木社から出版された。体裁は、横十二糎、縦十五糎というフランス装、紙はフランスコットン紙である。表紙に、右によせて横がきで「室楽」とかき、竜の落し子の図案が入っている。部数は、限定三百部で価は四十銭。

訳者附記によると、一、原語の韻を放棄し、比較的に正しい散文詩調ならしめるようにつとめた。二、従って各スタンザ毎に書き続けの形式を執った。三、テキストはエゴイスト版を使用した、と書いている。

「室楽」を散文詩調に翻訳することによって、左川ちかは、「室楽」を左川ちかのものたらしめた。椎の木社から「室楽」が刊行されたとき、佐藤春夫は、異論を申しのべたと伝えられる。おそらく、それは訳詩の「韻律」についての正確さについてであろう。翻訳の場合、殊に「ジョイスの室内楽」の場合は、そのリズム、韻律が日本語に適当でないといわれる。

また、非常に難しい引用がおおくて、その翻訳まで忠実にすると、詩のもつ音楽性どころか、詩の雰囲気さえこわれてしまう。

左川ちかは、詩を「散文詩調と、短詩」で書いた詩人であるので、むしろその形式は、個性的なものがある。

二十一才のしかも高等女学校の語学力で、難解な訳詩を果したことは、左川ちかの頭脳の明解さを賞むべきである。「ポオ」の訳詩を椎の木社からだした阿部保の話から、百田宗治は、椎の木社としての翻訳は、すべて散文詩調にという指導があったということも明らかである。

わが国でジェムス・ジョイスの名が、ひろく知られるようになったのは、一九三〇年ごろからで、最初は安藤一郎らの訳による短篇集、ついで森田草平、名原広三郎、龍口直太郎による「ユリシイズ」の訳業があるが、詩の翻訳も、比較的早く、その古いものは、「佐藤春夫詩集」の中におさめられている「金髪のひとよ」で、これは「室内楽」の第五連である。「室内楽」には、全部で三十六連おさめられており、各連に題名がなく、たんにローマ字で番号が付されているだけである。

次に佐藤春夫の訳を引川してみる。

窓にからだをよせかけて
　金髪のひとよ
うっとりと君が歌ふのが
　わたしに聞える

わたしは本を閉じる
　もう読まない
ストオヴの床に躍る火を
　わたしは見つめる

一九三三年、この詩を本格的に紹介をしたのは、西脇順三郎の「ジョイス詩集」である。試みに、同じ五連を引用してみる。

窓から躯をさし出し給へ
　黄金の髪よ
君が歌ふ声がした
　楽しい唄を。

僕は本をふせた
　もう本は読めないし
ただ見つめるものは
　牀の上を踊る火

左川ちかは、題名の数字を、ローマ字でなく、普通の数字で1から36までつけている。

窓に凭れよ、金髪のひとよ、私はあなたの楽しい歌をきいたのだ。

本をとぢ私は読むことをやめた、床の上に踊る焔の影を見ながら。

佐藤春夫の訳が、この五連だけなので、三者の翻訳の紹介を、この連だけにとどめるが、永松定は、英宝社の「ジョイス研究」の中で「ジョイスの生活と文学」を発表、その中で佐藤春夫に触れて、「佐藤春夫が、エヅラ・パウンドのものなどとともに、早くも翻訳していられるのは、ほほ笑ましい」と書き、西脇順三郎は、同じ英宝社の「ジョイス研究」に「ジョイスについて」と題し、西脇自身の翻訳について次のように書いている。

（前略）一九〇七年に詩集「室内楽」を出した。彼は歌うことを好んだためにその詩は音楽性に重きをおいたもので、その思想はきわめてリリカルなものであったが、変に通俗的であると同時にきわめて象徴派の影響を示している。僕も、きわめて拙劣なその訳を公けにしたものであるが、今は恥かしくも思っている。実は非常に訳しにくいものであった。なにしろ学問や文学からの引用やあてこすりばかりあるので困ったことを記憶する。たしかマクベスからの言葉などもあったと思われる。（後略）

西脇順三郎のいわれるように、詩集「室内楽」は、形式においては、一見単純にみえるが、訳はきわめて困難であったらしい。

左川ちかは、その指導のことごとくを、伊藤整のもとで受けていた。その頃伊藤整は、ひろく海外の文学を日本に紹介すべく、翻訳の仕事に専念し、「詩と詩論」「文学」「文芸レビュー」など当時の同人誌にその翻訳を発表している。

殊にジエムス・ジョイスの作品は、永松定と共に「ユリシイズ」を紹介、ジョイスの「意識の流れ」を主題として、自からの創作にもその方式をとり入れたりしていた。

左川ちかが、このジョイスの「室内楽」を好んだ理由は、ジョイスの中に、共有しうるなにかがあったのだと私は思う。けっして、左川ちかは、詩の表面にみえる恋愛の心理的推移だけにとらわれたのではない。左川ちかの目は、愛のかげにある死の姿を見据えたのであろう。ジョイスの「室内楽」には、ジョイスの研究家のティンダルが解説している次のような言葉がある。

これらの詩の滑らかな完璧性によって、ただそれだけで捉われて、われわれはジョイスの言っていることに気づかないでしまうかも知れない。つまり愛はむなしく、たまゆらのものであり、また愛は死であることを。最初の詩は、この点を明らかにしている。エリザベス朝の楽器を奏でながら、「愛」の神「エロス」は「ほの白い花」と「黒い葉」をつけて登場する。こういうラファエル前派風の装飾は、愛をあらわすものでなく、死をあらわしている。

これらの深い理解をもって、すべての翻訳を左川ちかがすることは不可能であっただろうが、ジョイスの持っている一つの予感というものは、左川ちかの詩の世界にもある。

地と空は弦の美しい音楽をつくり出す。柳の集まる川の傍にある弦は。
川に沿ふで音楽が響く。愛の神がそこをさまよつてゐるので。彼のマントの上の青ざめた花。彼の髪の上の暗い木の葉。

軟らかに弾きならしながら、音楽に熱して彼は頭を曲げ、楽器の上に指はさまよひ。

この連にも左川ちかの詩的色彩がよく出ている。例えば「Pale flowers」が「青ざめた花」といった具合に。ところで、左川ちかの「室楽」については北園克衛の批評（「天の手袋」春秋書房）が最も適切である。北園克衛は、左川ちかの最もよき理解者であり、資質を認めた人である。北園克衛の磨かれた言葉は、左川ちかの世界を表すにふさわしいブーケである。

左川ちかと（室楽）

J・ジョイスが彼れの（室楽）の中でくねらせてゐる優婉なサンチマンはそれ自身七絃琴をさまよふ

美神の illumination に飾られた指のやうに美しい。ひと若し真の詩人であるならば、彼の如く古典への愛惜の歌をもって絶望の夜々を光りあるものとなすことを彼のやうに企てたであらう。

唯新しいフォルムのロマンチズムに耽り、言葉の流行に追すがる他仕方のない浮薄な詩人を不安にし吃驚させるこうした書物が(ユリシイズ)の作者J・ジョイスに依つて書かれたといふことは、文学者の頭脳の複雑なメカニズムを惟はせると同時に、人間のサンシビリテといふものがその「文学の方法」に依って如何に改造され変化されるものかを理解するに非常に役立つのであらう。

ともあれ(室楽)の最初に彼は、可見的な世界から非可見的な世界に投げかける影を、彼に最も近い事物から選び出した。最も近い最も単純なものから。この最初の意図は最後まで彼を俘にしてゐる。即ち僅かな樹木と、幽かな身じろぎとに充ちたこれらの image が、彼の技術の適確と微妙を支持してゐることに人が思ひ到るならば、J・ジョイスの技術家としての優れた素資を見遁さないであらう。そしてそれらこそはすべてのクラシズムの真髄なのである。

昨日、札幌から、突然この(室楽)の訳者である左川ちか氏の端書が到着した。それに依ると、札幌はあまり静かなので不安で臆病になりさうなのである。あまり静かなので不安で臆病になる。この言葉はよく詩人左川ちかの風貌を表してゐる。彼女が好んで着ける黒天鵞絨のスカアト、細い黒い線のある絹のシャツ。紺色の裏のついた黒天鵞絨の短衣。広いリボンのついた踵の高い黒い靴。一本の黄金虫の指輪、水晶の眼鏡がすべての現実を濾過して彼女の小さな形の好い頭の中に美しい image を置く。それ等は彼女の、華奢の限りをつくした身体を寧ろいたいたしいものにして居る。それは美しい人間と言ふよりか、人間の精髄をより鋭く感じさせる。それは燃え上る火の紅ではなく、消えることのない焰の青さだ。そしてネオン燈の賑やかな街路ではなく、リラダンやフイオナ・マクラオドが描く古びた庭園や古城の廻廊にふさはしい彼女の澄んでゐるが弱い声。その澄明な弱い声が語る単純な数語が、幾多の高い哲学的思想や厳しい知見に一致する。

彼女の様な特殊な頭脳は、教養や訓練に待つまでもなく、生れ乍らに完全なのかも知れない。そのやうに彼女の詩も亦、最初の一篇より完成してゐたのだった。その類推の美しさが、比喩の適切が、対象の明晰がそれらに対する巧妙な詩的統制が僕を驚かせた。そして今日まで一篇の駄作を作らせなかつたことを僕は彼女の詩に対する純粋にして高尚な態度に帰さうとする者である。さうして斯の如き完全な詩人に依ってなされた（室楽）の Translation が最早や散文として訳し得べき如何なる部分も texte に残さなかったことは改めて言ふまでもないことである。

1932・8・23

北園克衛の完璧な批評のあと、私は、一つの事実をもって、左川ちかの「室楽」について、書き残して置きたいことがある。それは兄川崎昇と従弟田居尚の言葉である。

「厚い英和辞典を買ってやったんです。単語を夢中でひいていました。型が整うと、愛は伊藤君のところにいって、みてもらっているようでした。」

田居尚の書簡には、「室楽」の殆どは伊藤整の仕事です、とあった。もちろん私は、この二人の言葉を信じないわけでもなく、左川ちかを翻訳者として必要以上に高く評価する気持はないが、もし左川ちかが、「室楽」を訳していなかったら、左川ちかの詩の世界はうまれなかったと思う。例え、伊藤整の必要以上の助力があったとしても、J・ジョイスの手法を、理解しえた者だけにできる、詩の世界の神秘性が左川ちかにはある。あらためて、「室楽」の訳者について問う必要は私にはない。これは、確かに左川ちかの仕事であり、彼女しかなし得なかった翻訳の形式である。

これらの疑問に答えてくれるのは、おそらく瀬沼茂樹であろうが、私は、あえて質問する気持にはならなかった。瀬沼茂樹は、新潮社の「伊藤整全集」の編集後記で、よく答えていてくれる。

初期同人誌には変名または匿名による訳詩の存在することは、関係者の証言によって明らかであるが、これは原則としてここに採録しないことにする。

左川ちかの詩の中にある「死の予感」といったようなものは、J・ジョイスを研究したティンダルの言葉どおり、「室楽」の中に秘んでいる質のものと同一であると思う。
左川ちかの詩に「季節のモノクル」という詩があるが、この詩は、秋のもの哀しい季節感を、死の予感にまで高めていく、聡明な典雅な詩である。この詩の意味を考えるとき、J・ジョイスに傾倒している左川ちかの世界を疑いをもってみることは不可能となる。

季節のモノクル

病んで黄熟した秋は窓硝子をよろめくアラビヤ文字。
すべての時は比処を行つたり来たりして彼らの虚栄心と音楽をはこぶ。
雲が雄鶏の思想や雁来紅を燃やしてゐる。
鍵盤のうへを指は空気を弾く。
音楽は慟哭へとひびいてさまよふ。
またいろ褪せて一日が残され
死の一群が停滞してゐる。

「椎の木」の頃

第三次「椎の木」の創刊は、昭和七年一月一日、同人数五十人をもってはじめられる。最初の「椎の木」をやめてから殆ど四年の歳月が経っている。この間の詩壇の変りようは詩史にかつて見られなかったものがあった。「椎の木」の主宰である百田宗治は、

「椎の木」をまた出すといふ考えは、殆どそれこそ天来（アンスピラシオン）のやうに僕の上に来た。こんなことは三ヵ月以前まではまるで考えもしなかつたのである。前の「椎の木」を止めるときに、室生（註・犀星）が百田はまたいつかこの雑誌を復活させるだらうと書いたが、そんなことも実をいふと僕は完全に忘れてしまってゐたのである。こんど愈々また始めることになつて、最初に思い出したのはこの室生の言葉だつた。雑誌を出すといふことは一つの病気のやうなものかもしれぬ。室生がそれを見抜いたやうに、僕にとっては、或はこれは一つの避けがたい痼疾のやうなものであるかもしれぬ。しかしすでにそれが僕生来の一つの痼疾であるとしたら、僕には出来るだけそれをうまく養つてゆかねばならぬ義務があると考へる。（後略）（「椎の木」第三次第一冊）

この第三次の「椎の木」において見のがすことのできないのは、詩壇の変遷のために、めいめいの方向に詩作を異にして進んでいった有力な同人が、再び「椎の木」の傘下に集って来たということである。

三好達治、伊藤整をはじめ、丸山薫、高祖保、河原直一郎、蓼沼三郎、乾直恵、田居尚、阪本越郎は、第一次、第二次の「椎の木」の同人であり、新たに、三浦隆蔵、田沢俊三、北河好一、田島致夫、左川ちか、今野恵司、山中富美子、高松章、阿部保、滝口武士など多数の参加があり、同人外の執筆者に室生犀星、山内義雄、春山行夫、安西冬衛、竹中郁の支持がある。

この頃左川ちかは「白紙」のメンバーから「椎の木」に結ばれる。

椎の木　第一冊

室生　犀　　文学雑誌　……………………四
山内義雄　　野にそよぐ海風　プルースト　…………六

（全文七十四頁）

左川ちかの「室楽」は、前述の訳詩の一部であるが、三十二連から三十四連までで、伊藤整のイ・イ・カミングスの詩と並んでいる。その詩は、「若し私が君を愛せば」に始まる愛の唄であり、左川ちかの「室楽」は、「恋の終り」の唄である。

「室楽」三十二

終日雨が降つてゐる。おお、さびれた樹等の間へおいで。葉等は記憶の道の上に推積してゐる。

記憶の道にちよつとの間止つて我々は別れるだらう。やつて来い、恋人よ、其処では私はあなたの心臓に話かけるだらう。

ここで私は、非常におもしろい左川ちかの言葉の発見をする。左川ちかの詩の中に、「葉等」「樹等」おどろくことに太陽さえ「太陽ら」と呼ばれている。これらのすべてが、翻訳による直接的な方法から来た言葉である。「葉等」は、Leaves のSである。

早稲田大学の教授、出口泰生は、最近白凰社から「室内楽」の対訳本を刊行した。白い箱の中に、二冊の詩集が入っている。ちなみに、出口泰生の訳を引用してみる。

終日　雨が　降っていた。
　朽葉の　残る　樹下《こした》かげ
想いの　つもる　道すじに
　木の葉が　厚く　つもっている。

思いの　つもる　道すじに、
　しばし　とどまり　別れを　言おう。
愛する　ひとよ、きみの　心に
　話せる　ところまで　来ておくれ。

（白凰社・「室内楽」一九七二年）

左川ちかの詩の中に「心臓」という言葉が出て来る。例えば「葡萄の汚点」をみると、

蒼白い夕暮時に佇んで
人々は重さうに心臓を乾してゐる。

「heart」を「心臓」と訳し、そしてそれを自分の言葉にして、詩の主観性を示しているあたり、「葡萄の汚点」という詩は、ぞっとするほどの内面の描写力である。「循環路」は「椎の木」の第一号に掲った作品である。

循環路

夜がぬけ出してゐる時に。
青樹の中はがらんどうだ。叩けば音がする。
季節は四個の鍵をもち、階段から滑りおちる。再び入口は閉ぢられる。
思出は記憶の道の上に堆積してゐる。白リンネルを拡げてゐるやうに。
葉等は赤から黄に変る。
ほこりでよごされた桓根が続き
その日
空は少年の肌のやうに悲しい。
永遠は私達のあいだを切断する。

あの向ふに私はいくつもの映像を見失ふ。

この詩については、後述したいが、最後の連は、左川ちかの叫びでもあるだろうに、抽象化されたその関係は少年の肌のように美しい。この詩を書いたあと、左川ちかは札幌への汽車に乗るのである。

「椎の木」における百田宗治の詩業は大きい。私もかつて札幌に少しのあいだ住まわれた百田宗治に、面識のある一人であるが、少女の頃の私は、百田宗治を外国の詩人かと誤解するほど、都会的な批評眼をもっていた。ところが、今日の詩壇においては、どうかすると、その詩業が薄れ気味で、「近代詩」の中からも次第に名前の消えていくのはおしまれてならない。

百田宗治が、左川ちかについて書いたものは、私の調べでは二つしかない。一つは「詩と詩論」十二冊目（昭和六年）と、「炉辺詩話」（柏葉書院・昭和二十一年）である。「詩と詩論」の中では「左川ちかと山中富美子」という文章で、二人を併称して当時の進歩的な詩人として紹介している。しかしその中でも、左川ちかの資質を認められながらも、若くして逝った左川ちかが、今後どのように見られていくかと、案じた言葉で結んでおり、左川ちかの資質を具体的に認めた文章はない。

左川ちかにとっては、詩人というよりは、むしろ父親に似た存在であり、百田宗治自身も、娘のようであったと書いている。

詩というものに批評というものを持ちはじめ、その変革の途上にあった左川ちかという詩人を認めながら、その行く末を案じていた百田宗治の温厚な人柄がしのばれるのである。

しかし百田宗治は、西脇順三郎、北川冬彦、春山行夫とも交友があり、最も多くこの新しい詩の運動に同情を持った人であった。この結果、百田宗治自身もモダニズムの手法をとり入れ、詩集「ぱいぷの中の家族」（昭和六年）を出している。

「文学」（昭和四十三年五月号）に、安藤一郎の書いた「西脇順三郎の詩的世界」がのっており、その中で、詩集

「Ambarvalia」は、昭和八年九月に椎の木社から出版されたとあり、「椎の木」が次第に主知的な仕事をしてきたことをのべ、そのグループの中に左川ちかの名前をのせている。これらの実情からかみあわせて、百田宗治の詩それ自体は、民衆派のそれから抜けきらなかったとしても、常に前衛作家たちのよき理解者であったとみてよかろう。

殊に西脇順三郎が、詩人としての出発を、「あむばるわりあ」によって椎の木社からしたことと、伊藤整が「雪明りの路」を出版したことは、詩人百田宗治の偉業である。

やがて百田宗治は、「行動」（昭和八年十月創刊）に「若き詩壇を語る」というタイトルで、「詩と詩論」における歴史的なエポックを論じることになる。百田宗治がこの中で、「詩と詩論」が新しいジェネレイションの運動としてあったことを認めている。

このような温厚な人柄は、左川ちかの詩の行く末についても案じていた。左川ちかが、戦争という傷手の中で忘れ去られようとしたときも、札幌に疎開した百田宗治は、「炉辺詩話」の中で次のように書きのこしている。これは、昭森社の「左川ちか詩集」の「詩集のあとへ」と同じ文章である。

（前略）これらの花々——作者のゐないこれらの詩が、どんな風に人々に受け取られて行くだらうか。彼女の生きてゐたときと今と、どんな風に人々は「詩」といふものを違へて考へてゐるだらうか。おそらく数少いであらうこれらの詩の読者の苗床のなかで、この花々の匿し持つてゐる小さい種子が、どんな風に根をおろし、のびて行くかを、いつまでも私は見まもってゐたい気持でいまはゐるだけである。

この文章を読んだ時、私は、百田宗治のもつ詩の批評の具体性と、積極性の乏しさにじつは驚いたのである。民衆派といわれる百田の世界観は、左川ちかの異端性を高く評価したわけではけっしてないらしい。むしろ前衛的な作家に対しては、消極的であったと思われる。

一般論にもどるが、百田宗治が、近代詩の中から次第にその姿を消していっているのは、詩の内容も、一貫性をもたず、戦争の傷手で生活を失い、暗い生涯を終った悲劇さにもある。伊藤整が「若い詩人の肖像」の中で、百田宗治の詩について、俳句的な枯淡な詩—と批評している。百田宗治の詩に心から心服して「椎の木」に入ったのではないと書いてもいる。伊藤整は、詩壇に出るために、「椎の木」を選んだのである。

しかし「椎の木」の長くつづく理由は、やはり百田宗治の人柄によったもので、例え現代では評価されないとしても、左川ちかにとっては温室にいるような温かさを感じたのであろう。

三原色の作文

左川ちかは、作品の中で自己を語ることの少ない詩人である。魂において超脱したかたちで詩を書いていたといえるかも知れない。

経験によってできる詩の形象化は、こちら側でよほど左川ちかの内部に入っていかないと理解しがたい。それほど作品は具象化されている。

読者が、詩人の作品の内部にまで入り込むことは、危険であるが、事実が許すかぎり二、三の作品について、発想の過程を考察してみることにする。

「三原色の作文」という散文詩がある。そこには篤志家であり、財産家であった祖父、長左衛門の没落の悲嘆さがかかれている。祖父の慟哭は、仮名で書かれ、叫びとなって聞こえてくる。「三原色の作文」は、風刺の型をとっている珍しい内容の詩である。

大正六年、株式相場の暴落をしめし、果樹園を手離すことになるその時代の、生活苦を左川ちかは、一つの経験として持っていたわけである。米価の値上げで大家族であった川崎家の事情は、手にとるように悪くなったといわれる。

四才まで歩行困難といわれた左川ちかの幼時の頃の生活は、母チヨにとって、社会事情の悪化に、さらに拍車をかけたような、苦悩の日々であったろう。左川ちかはそのことをよく知っていて、人間の声として「三原色の作文」は造られる。長い散文詩であるが引用してみる。

（前略）裸の樹木は穂の奥まで透きとほつて眺められる。木の切株にあがつて、盲縞の袷に羅紗のマントを着た男が蝙蝠傘を杖にして大勢の子供や大人に取り囲まれて威張つてゐる。『コノ気狂奴ガ、キサマタチハ知ツテキルカ、コノ道路ガイツ出来タノカ、コノ欅ノ歳ハイクツニナルノダ。オレガナ、オレガナ、大正六年ノ好景気ノ時ニダ、サウダ、相場ニ失敗シナカツタナラ、ナポレオンガコーカサスニ来タトイフコトヲ聞イタノデハナイ。オレノ舎弟ハ二千町歩ノ田畑ヲモツテキタ。ソレナノニ米ハ高イ。笑ツテヰルナ、イマニキサマタチハ、コロンデシマフゾha ha ha ha ha……。』なんと冷い叫びだらう。歯の見えない口中が真赤にただれてゐた。向ふ側の菓子箱のやうな病院の窓を早くしめなければ、あちらから悪い風が吹いてくる。若い者の脳髄を侵す寒さが。汽車の時間に間に合ふために駈けるなどといふことは、あまり例外をつくらない。

二つの循環路

伊藤整が「雪明りの路」を出版した大正十五年は、詩壇にとってはめまぐるしい変革の時期が、もうその入口までできていた年であった。

民衆派作風から逃れて俳句的静寂の詩境に入っていた百田宗治の「椎の木」で、詩壇の動静をじっとみつめていた伊藤整は「若い詩人の肖像」の中で、自作について次のように書いている。

静かな環境の中で、こっそりと書きつづけていた私は、詩人として、また散文家としての表現術においては奇妙に成熟していたが、この新時代の不安定な空気に応ずる詩法を持っていなかったのである。私が賞讃されながらも、新しい詩壇から無視されたことには、多分私が旧詩話会の詩人の雑誌に加わっていたということもあったであろうが、私の詩に新しさと言うべきものが無かったことが原因であった。芸術家にとっての新しい意匠は自分の属する時代への抵抗であり、それは思想からも形式からも湧き出るものである。そして多くの芸術家は、自ら作り出した抵抗としての意匠に埋められて芸術の本質を見失う。しかし時代の意匠を通ることなしにはその時代の新しい芸術が生れないということもまた真実なのだ。この時まだ私はそういうことを考えず漠然と自分の詩法の行きつまりを感じて、それからの脱出を摸索していただけであった。

こうして、伊藤整は、詩の世界から離れていった。昭和五年九月「詩と現実」に「忘却について」をかいたあと詩はかいていない。

瀬沼茂樹の『伊藤整』（冬樹社・昭和四十六年）によると、「緑の循環路」という詩が、昭和八年一月の「尺牘」という雑誌にのっているので、その後も詩は書いていたのではないかという疑問があるが、私の調べでは、「緑の循環路」は昭和五年七月一日発行の同人誌「文芸レビュー」第二巻第七号に掲載されており、この作品を、のちに昭和八年二月十七日の椎の木社発行の「イカルス失墜」に収録したものである。「尺牘」は菊判細長型の月刊雑誌で、主にエッセイを中心とし、百田宗治が椎の木社から出版した雑誌である。第三次「椎の木」では伊藤整は翻訳の他、詩集評を書いているだけである。

伊藤整の、おそらく最後の詩であろうと思われる「緑の循環路」は、「雪明りの路」とは全く違った形式で書かれ、ここから短篇への世界へ入っていく伊藤整の実験的な手法がみられるので、少し長いが前の部分を引用してみる。

緑の循環路

――頭韻のある散文――

現実は彼女の夢を完成するためにある。彼女はその夢をひとつも人に話さない。それに、弟が死にかかってゐる。弟を待ちくたびれるペリカンの赤い欠伸《あくび》。将軍邸の衛兵。雨に濡れた葉裏に眠る昆虫。雲から釣り下げられた天使等の揺籃。

★

航海長のナプキンの海図。コックの薔薇のやうなネクタイの前で笑ひ崩れる若い夫人。笑ひかたを知らぬ粘土細工の少女。鯨群のT字形の尾に囲まれて航路を失った一等客船。港は幾日も白く坂が光ってゐる。税関署長は朝食の卓でチイズを切ってゐる。

夜が停滞し、星群は旋廻し、発光虫群の大移住がある。

朝がアルミニュムの飛行艇で来る。

島の真中に木が一本ある。外になにもない。(後略)

この詩には、一貫したところのマチエールがない。形式の新しさに追われて、イメージの展開に終ってしまっている。「雪明りの路」における抒情性を全く否定して、求心的な仕事から遠心的な仕事にかわり、絵画的な美学におしとどまった世界である。

循環路　　左川ちか

ほこりでよごされた垣根が続き
葉等は赤から黄に変る。

思出は記憶の上に堆積してゐる。白リンネルを拡げてゐるやうに。
季節は四個の鍵をもち、階段から滑りおちる。再び入口は閉ぢられる。
青樹の中はがらんどうだ。叩けば音がする。
夜がぬけ出してゐる時に。

その日、
窓の少年の肌のやうに悲しい。
永遠は私達のあひだを切断する。
あの向ふに私はいくつもの映像を見失ふ。

昭和七年一月、第三次「椎の木」第一号に掲った左川ちかの作品である。

統一された思考は、マチエールに対して、直裁的であり、適確な言葉は、左川ちかの世界をヴィヴァンに表現している。「循環路」の中において、切断するものと、人間の存在とが大きな比重をもち、読むものの心にエーテルのように浸透する。

伊藤整は、昭和二年九月処女作「丘」以来、昭和十一年一月「葡萄園」まで四十五篇の短篇を書いている。これらの初期短篇の中で、伊藤整が自ら自作案内の中に書いているように、「アカシアの匂いに就て」と「生物祭」は、発想と言葉の操作において、伊藤整が最も気にいったものであるらしい。ところで、この短篇の中に表われる感覚は、左川ちかの場合、詩において完全性をもって表現されている。左川ちかの詩の中には、伊藤整の短篇にあらわれて来ているところの、感覚と観念との分裂といったものを理知的に、じつに幻想的に表現している。

伊藤整の「生物祭」は観念的な思考を多分にもった難解な文章である。しかし、この作品は、伊藤整が愛惜し、作品集にくりかえし再録している。これらを引用すると長くなるのでやめるが、父親が現在重い病気で死のうとしているとき、その父親が、溺死者のような手を、季節にむかってさし伸べ、それが絶対に春という季節感から拒まれている状態を書いたものである。いたましく死んでいくものと無言のうちに生殖し、生殖している外界の息づまるような猥雑さを、見事な手法でかいている。李の匂いの中に、女の匂いを捜し、これらの花の列の尽きそうもない観念の世界に入っていくのである。

現実と観念との間において、分裂したような思考は、分裂したままで美しく、一つの世界になっている。これらの手法は、イギリスの作家ジエムス・ジョイスを研究した伊藤整の「意識の流れ」の手法であり、左川ちかの世界もまたジョイスの「意識の流れ」の手法を意識しないでは理解しがたい。

瀬沼茂樹は『伊藤整』の中で、「意識の流れ」の手法について次のようにかいているので引用してみる。

二十数年前に「心理の表現」という文章で伊藤整は、バンジャマン・コンスタンの「アドルフ」について、こんな風にいっている。この小説は普通の小説とはちがって、恋愛生活の心理の「理詰めのみと思われるほど深い描写に満された作品」であり、一句毎にその意味を考えていかなければわからないフランス流の「考える小説」の一極致である。こういう「アドルフ」の見かたは今日では珍らしくないが、ぼくがこの文章を思い出したのは、これが伊藤の小説をつらぬく特色の一つで、日本語の文脈に「理詰め」の小説を生かして成功していることとである。(後略)

「意識の流れ」の手法の中では、人間存在の複雑な関係を、内部から外部へ押し出す方法で、生の不安や、死の不安を、あくまで「理詰め」で固執していく方法である。

伊藤整は、これらの世界を、更に認識にまで高めていった。伊藤整が、変則的な眼だといっている現象の二分性が、左川ちかの場合異端といわれるほどの、世界観となって詩を書かせたものと私は思う。

左川ちかと伊藤整とのこれらの作品を見るとき、二人が、どんなに接近した環境で、それらの仕事を進めていたかを思い知らされる。

左川ちかはジョイスの「室楽」を、伊藤整は永松定等と「ユリシイズ」の翻訳に入っていたのである。「左川ちか詩集」には、その全部の詩をのせられているという刊行者の言葉であったが、私が資料をあつめているうちに、「椎の木」昭和十年三月号に、「夜の散歩」という長い散文詩を発見した。

「夜の散歩」は、完成度の高い散文であり、詩集刊行者の伊藤整が見落したことが納得できない。伊藤整の「イカルス失墜」の世界を思わせるものがある。

この夜の散文詩を読んでいると、「椎の木」時代の友人であった江間章子や中村千尾に「私は小説をかきたい」といっていた左川ちかの輝やくような出発の言葉がきこえる。わずかに二十五才で夭折した左川ちかが、いま生きていたら、おそらく伊藤整もそうであったように、小説を書いていたかも知れない。

そんな要因を含んだ「夜の散歩」の世界は、人間もまた一本の老樹となるための世界であり、傷みを超えた沈黙の死が用意されている。左川ちかが、ここまで水分や養分をひき離した独自の世界をもっていたことが、私には怖ろしい気がする。

夜の散歩

（前略）裏町の脂粉を醸し、掌のうへで銀貨の数をしらべ、十二時二十八分の風が吹く。夜中から朝へと往復する風が私の双手を切つて駆けだす。その揺れてゐる襞の間からフィルムのやうに海が浮びあがる。

雪が降つても積らない暗い海面、丁度私が歩いてゐる都市のやうに滑らない花の咲かない一角で、何か空しい騒ぎを秘めてゐる波の群、滅びかけた記憶を呼びかへし、雲母板のやうな湿つぽいきらめきを与へつつ一度に押寄せて来て視野を狭くする。あの忌はしい外貌は歎くだらう。思惟の断層に生彩をそへながら消えてしまふまで、傷口を晒す。

角を曲らうとする。誰れがこんなじめじめとした区域に、根を下さうとするのか。星の囁を忘れよ、夜の脇腹を縫ふピストンに合せて散る頭上の花苞は輝く。軒下に首へハンカチを巻きつけた一人の男が蹲つて、たつたいま下界に墜落して来たかのやうに天空を窺つてゐる。妙に古典的な表情とくすんだ静脈が透いて見える。早く帰らなければならない。もう帰るんだぞと言ひながら、独白が歯のあいだからこぼれる。

伊藤整が「イカルス失墜」の中で、「私の存在を制約している原罪と私の日々の表現の無限の無駄との間にとりかえしのつかぬ一瞬」これを、思惟の停止とよび、その停止が思想自らの断層を露出する瞬間といっている。左川ちかの「夜の散歩」を読んでいると、後半は、まさしく、その思惟の停止であり、この一瞬をすぎればたったいま下界に墜落して来た男の目が、突き刺るような表情をおびるかも知れない。
絶対に蔽うことのできない裸形の姿で、左川ちかと伊藤整は類似し、自らなすべき作品を書いたといえる。

おわりに

「左川ちか詩集」は、昭和十一年十一月昭森社から刊行された。三百五十部限定、内五十部特製、奥付には次のように書いてある。昭和十一年十一月十五日印刷、昭和十一年十一月二十日発行、定価二円、編纂兼・発行人東京市京橋区木挽町三ノ二森谷均、印刷人東京市神田区三崎町二ノ二堀内文治郎、コロタイプ印刷人　東京市小石川区表町五河住友次郎、発行所　東京市京橋区木挽町三ノ二昭森社。

詩集の終りに、「左川ちか詩集覚え書」があり、これは刊行者が書いている。川崎昇の話によると、刊行者は伊藤整である。「詩を発表した雑誌――詩と詩論、椎の木、文学、文芸汎論、セルパン、今日の詩、今日の文学、マダム・ブランシュ、海盤車、カイエ、作家、女人詩、呼鈴、闘鶏、書帷、モダン日本、るねっさんす、エスプリヌーヴォー、白紙、ヴリエテ、文芸レビュー、新形式」（註・刊行者が発表の時を明らかにしていないという「The street fair」は、「行動」に載っていた。あわせて二十三の雑誌に詩を発表していることになり、その詩の総数、七十六篇であるが、「椎の木」の昭和十年のものに散文詩一篇を発見、加えて、七十七篇になる。）

詩集の挿画、装画は、三岸節子である。

百田宗治は、第三次「椎の木」の中で、二、三度にわたって「左川ちか詩集」を椎の木社から出版したいという記事を書いているが、「左川ちか詩集」は椎の木社からは出版されず、左川ちかが夭折した年の秋に昭森社から出版される。おそらく、作品の原稿整理は、百田宗治のすすめもあって整理されていたものであろうが、刊行者の伊藤整の言葉をかりれば、発表誌の不明のものが、二つあり、「The street fair」は「行動」ということでわかったが「1.2.3.4.5」が未だ不明である。

なおこのほかに散文詩「夜の散歩」が「季節の夜」の前に一篇追加されることになり、これで発表された詩のすべてを収録することになる。

左川ちかの詩集を幾度もくりかえして読むと、左川ちかの先天的な資質をうち消すことはできない。カントのいう純粋性である。詩の世界は、永遠回帰の世界である。幽玄で、神秘性を含めた人間の、あるいは植物のそのすべての転廻を感じさせる。

左川ちかの詩は不滅の星である。

ここに左川ちかに捧げる献歌がある。作曲家三善晃が左川ちかによる四つの詩に、曲をつけたものである。「白く」「他の一つのもの」「Finale」「むかしの花」。この楽譜に作曲者はつぎのようなことばを書いている。

左川ちかの詩に
不思議な絶望がある
失った声　向う側の音　見えない花
そして　もう近くに居ない夏
しかしそれは艶冶な装いにくるまれ
ほとんど　誇り高きものの姿をしている

微量の毒を含んだ刺が　老人を嗤ひ
少女らの指先に虚しい情感を植え
　私を刺した

この曲は、ハラウイと鎮魂歌を歌う瀬山詠子に捧げられている。
私はこの曲を、海のみえる余市町にねむる左川ちかの墓前に捧げたいとねがう。あなたの詩が、いま音楽となって、海のむこうからやってくると……。

初出・『北方文芸』第五巻第一一号（一九七二年十一月・北方文芸刊行会）

詩人の誕生

富岡多恵子

左川ちかは、昭和十一年一月に二十五歳で病死し、同年十一月『左川ちか詩集』が三百五十部の限定版で昭森社より出版された。みじかい生涯のあとに、ただ一冊の詩集をもつ詩人である。『左川ちか詩集』の最後に、次のような「左川ちか小伝」が出ている。

明治四十四年二月十二日〔十四日の誤り：編者注〕北海道余市町に生る。本名川崎愛。
幼時から虚弱で、四歳頃までは自由な歩行も困難な位だつた。
昭和三年三月庁立小樽高等女學校を卒業。
同年八月上京、百田宗治氏の知遇を得。
同六年春頃から腸間粘膜炎に罹り約一年間医薬に親しんだ。
同七年八月椎の木社からジョイスの『室楽』を刊行。
同十年二月家庭教師として保坂家に就職。夏頃から腹部の疼痛に悩み始めた。
同年十月財団法人癌研究所附属康楽病院に入院、稲田龍吉博士の診療を受けた。
同年十二月廿七日本人の希望で退院。
同十一年一月七日午後八時世田ヶ谷の自宅で死去。

左川ちかの兄である川崎昇は、若い日の伊藤整の文学上の親しい友人であった。『左川ちか詩集』は伊藤整が編纂した。左川ちかの死んだ昭和十一年、伊藤整は三十二歳であった。

伊藤整の『若い詩人の肖像』に左川ちかは川崎愛子という名前で出てくる。その川崎愛子は、伊藤整の恋人だった女学生の妹の親友である。小樽への毎朝の通勤通学の汽車で伊藤整は川崎愛子とよく出会った。その川崎愛子は十四歳の女学校二年生であり、伊藤整は小樽高商を出て市立中学の英語教師になったばかりだった。ふたりは上京した川崎昇の消息を話しあった。ところが川崎愛子は、伊藤整が恋人だった女学生の消息を知りたがっているのをいかにも察するように、なにかにつけて同じ女学校へ通う親友のお姉さんのことをいうのだった。そういう、友人川崎昇の妹を、伊藤整は〈ちよつとませた所〉があると思っていた。伊藤整は、〈面長で目が細く、眼鏡をかけ、いつまでも少女のやうに胸が平べつたく、制服に黒い木綿のストッキングをつけて、少し前屈みになつて歩い〉ていた友人の妹に、学生時代の恋愛をちょっとからかわれているようなところがあるのだった。

ところがその後伊藤整は上京して商大の学生となり、川崎愛も小樽高女の補習科を終えて兄を頼って上京する。東京で伊藤整の前にあらわれた川崎愛は数え年の十八歳になっていた。女学校時代から英語のよくできた川崎愛は伊藤整に翻訳を見てもらい、詩を書き出すようになる。発表順に並べてあるという『左川ちか詩集』の最初の詩篇は次のようなものである。

昆虫

昆虫が電流のやうな速度で繁殖した。
地殻の腫物をなめつくした。

美麗な衣裳を裏返して、都會の夜は女のやうに眠つた。

私はいま殻を乾す。
鱗のやうな皮膚は金属のやうに冷たいのである。

顔半面を塗りつぶしたこの秘密をたれもしってはゐ
　ないのだ。
夜は、盗まれた表情を自由に廻轉さす痣のある女を
　有頂天にする。

この時から詩の発表当時の名前がどうであれ川崎愛は詩人左川ちかになってしまった。その左川ちかが、伊藤整と兄妹のようなつきあいを越えて恋愛関係にあったというのは、曽根博義氏の『伝記伊藤整』を読むまでわたしは知らなかった。わたしは、左川ちかの伝記的事実をいっさい知らぬままで、詩集を読み、その才能のただならぬ気配に感じいっていた。

曽根博義氏の『伝記伊藤整』は、伝記作者の立場をわきまえた冷静な書き方であるが、伊藤整と左川ちかのみじかい期間の恋愛について幾人かの証言者の話を紹介しながら記されている。伊藤整は二十二歳で詩集『雪明りの路』を椎の木社から上梓していた。左川ちかが上京したのはその二年後の昭和三年であった。商大生の伊藤整はアパート住いをしており、そこへ左川ちかがしばしば訪れていた。そのころすでに一方で『雪明りの路』の詩人に手紙をよこした女性と伊藤整は文通をはじめ、その女性に会っていた。その女性のことは川崎昇にも左川ちかにも話されていなかった。ところがその女性と伊藤整は結婚し、その女性は伊藤整の妻として東京にきた。それは昭和五年であった。〈整の結婚に一番ショックを受けたのは、いうまでもなく川崎愛であった。しかし愛は身を引かず、整もまた新妻に悪びれもしないで愛と逢い続けた。多分、一番深く傷ついたのは妻〉だったろうと伝記作者は書いている。川崎愛は左川千賀の名ですでにハックスリーなどの翻訳を『文藝レビュー』に載せていたが、左川ちかの名前で詩を書きはじめるのは伊藤整が結婚したころからである。

緑

朝のバルコンから　波のやうにおしよせ
そこらぢゆうあふれてしまふ
私は山のみちで溺れさうになり
息がつまつていく度もまへのめりになるのを支へる
視力のなかの街は夢がまはるやうに開いたり閉ぢたりする
それらをめぐつて彼らはおそろしい勢で崩れかかる
私は人に捨てられた

『伝記伊藤整』に、次のようなエピソードが記されている。左川ちかが翻訳の原稿、詩の原稿をもって新婚の伊藤整の家に訪れ、書いたものを見てもらい、それについて伊藤整と左川ちかが熱心に話し合っているすぐ隣の部屋に結婚したばかりの伊藤整の夫人がいる。左川ちかは、伊藤整に甘えているような口のきき方をし、時々、伊藤整の側に寄ってその肩にぶらさがったり、膝に手をのせたりした。狭い家の中で夫人はそれを見ているのに我慢できず外へ出てしばらくぶらぶらしてから家に帰っても、まだ左川ちかはいた。夫人は再び外に出て、カラタチの垣根に夕陽が透けて見えるのを眺めているとかなしくてナミダがあふれた。またこういうこともあった。昭和八年ごろ、伊藤整とその家族にとって生活の苦しかった時で蚊帳が買えない。ところが或る時、金が入ったので蚊帳を買ってくるといって出かけた伊藤整は、蚊帳を買うかわりに愛ちゃんと映画を見てきたといった。

このエピソードにあらわれるような左川ちかの態度は単純に若い娘の図々しさといえるかどうか。不良っぽい女学生だという評判の伊藤整の恋人だったひとの噂をすることで、マジメにいつも本ばかり読んでいる伊藤整をどこかでからかっていた、あの少女の川崎愛が左川ちかの中にいる。伊藤整の結婚及びはじまったばかりの結婚生活を左川ちかは意識的に無視している。無視しているから新婚の家に男を訪ねていく。無視しているから、夫人のそばで男と長い間喋っておれる。夫人及び夫人の思惑はその無視してしまっているものの内部の出来事であるにすぎない。英語の師匠であり詩の先輩である男、また同郷の人間であり、兄の親しい友人であり、少女のころから兄のように接した男、しかも恋愛の感情によって親密であった男が、今、やはり結婚している。やはりそうなのか、と左川ちかは思ったにちがいない。左川ちかの、先のエピソードにみられる図々しさは、夫人への嫉妬やいやがらせ、または自分が夫人の立場にとって代りたいための行動ではないようである。男の或る部分を観察し、どこかでからかっている。これは若い娘川崎愛でなく詩人左川ちかの態度である。これは嫉妬よりはるかに孤独な作業であり、孤独な姿勢のとり方である。左川ちかが、先の「緑」という詩で、〈男に捨てられた〉と書かずに、〈人に捨てられた〉と書きつけたのはこういうことではなかったか。女の詩に限らず、詩は〈人に捨てられる〉ゆえに〈人を捨てる〉ことでだいたいがはじまっていく。

　近代詩以降の日本の詩は、男の詩の歴史である。女の詩人もいることはいたが、〈男を捨て〉〈男に捨てられた〉体験はあっても、〈人を捨て〉〈人に捨てられた〉認識がほとんどなかった。かといって、男の詩人のすべてに、〈女を捨て〉〈女に捨てられた〉のでなく、〈人を捨て〉〈人に捨てられた〉認識があったかどうかは知らない。

海の天使

揺籃はごんごん鳴つてゐる
しぶきがまひあがり
羽毛を掻きむしつたやうだ
眠れるものの歸りを待つ
音楽が明るい時刻を知らせる

私は大聲をだし訴へようとし
波はあとから消してしまふ
私は海へ捨てられた

『左川ちか詩集』では「海の天使」となっているこの詩は、昭和十年八月一日発行の『詩法』十二号に発表された時「海の捨子」という題だったとして『伝記伊藤整』には次のように引用されている。

海の捨子

搖籃はごんごん音を立ててゐる
真白いしぶきがまひあがり霧のやうに向ふへ引いてゆく私は胸の羽毛を掻きむしり　その上を漂ふ　眠れるものからの歸りをまつ　遠くの音楽をきく明るい陸は扇を開いたやうだ　私は叫ばうとし訴へようとし　波はあとから消してしまふ
私は海に捨てられた

「海の捨子」が、「海の天使」と改作されたのであるが、あきらかに「海の捨子」の方が詩としてはいい。「海の天使」は、詩にどうしても必要なものまで切って捨て去ってしまった。切り捨てたものは単なる感傷や情緒ではない。「海へ捨てられ」るはずの自分を切って捨て、不在にしてしまった。伊藤整にも次のような「海の捨児」という詩がある。第二詩集『冬夜』に収録されている。

私は浪の音を守唄にして眠る。
騒がしく　絶間なく
繰り返して語る灰色の年老いた浪
私は涙も涸れた凄壮なその物語りを
つぎつぎに聞かされてゐて眠つてしまふ。

私は白く崩れる浪の穂を越えて
漂つてゐる捨児だ。
私の眺める空には
赤い夕映雲が流れてゆき
そのあとへ　星くづが一面に撒きちらされる。
ああ　この美しい空の下で
海は私を揺り上げ　揺り下げて
休むときもない。
（以下略）

なぜ左川ちかの「海の捨子」が「海の天使」になったかは、その間に伊藤整の「海の捨児」をおくとわかるような気がする。詩としての良し悪しや新しさ以前に、そのキッサに於て「海の捨子」は「海の捨児」をはるかに超えている。左川ちかは自分を海へ捨て去り、それはすぐに海の水の中に消え去って見えなくなるが、「海の捨児」の伊藤整は浪の穂を越えて漂いながら美しい夕映雲を見ており、〈いつか異国の若い母親に拾ひ上げられる〉のである。「海の捨子」を書いた時の左川ちかは胃ガンで死ぬ一年前の二十四歳だった。その左川ちかは、「海の捨子」ではまだ足りずそれを「海の天使」に書き改めていた。「海の天使」は詩というより、そのコンセプトにかたむいている。そして「海の捨子」はあきらかに「海の捨児」を思い浮べて書かれている。これは〈人に捨てられた〉人間が、〈人を捨てる〉行為ではなかったか。いや、それよりも、ひとりの詩人が、先に歩いていると見えた詩人を捨てたのではなかったろうか。伊藤整が書いた若い日の失った恋をうたった詩は次のようなものである。『雪明りの路』に収録されている。

果樹園の夜

おゝ風が吹いて渡る。
木はまつ暗い山の中腹で　いつせいに
恐しい騒音を立てゝゐる。
空は長くほうけてあかるみ
星がうすくまたたいてゐる。

私は果樹園の木となつて揺られ
みなし児となつて吹かれて
戀の消えた寂しさに
今夜泣きもせずに死ぬのかも知れない。

今夜も忘れずにゐるんだ。
あゝ泣けるならば　涙のあとの白い空のやうに。
今夜あたり　ふと何かに誘はれれば
嵐のゆれる果樹園で
私は死なうとするのかも知れない。

これを左川ちかの「緑」や「海の捨子」と並べる時、詩の技法に於ても詩の認識に於ても左川ちかは同時代の詩から飛び出しているのが読みとれる。だからといってこのことは散文作家となった伊藤整の不名誉ではない。また『雪明りの路』全体に流れる叙情の価値をひきおろすことにもならない。「若い詩人」伊藤整には散文世界が残されていたが、左川ちかの詩は最初から詩としての新しさも完成されていなければならなかった。左川ちかは、その詩で、最初からうたうことを拒んでいる。「海の捨子」から「海の天使」への道すじにこのことはよくあらわされている。しかし左川ちかの、詩に於てうたうことの拒否は散文への道につづくものではなく、詩の内部へ、さらに内部へと向う質のものである。伊藤整の叙情詩が散文への道すじをゆき、しかも伊藤整が散文作家としてさまざまな新しい実験的小説を書き得たことを思い合わせると、逆に詩及び詩人の質のちがいを考えさせられる。

左川ちかの死後、雑誌『椎の木』は左川ちか追悼号を出した。そこに多くの詩友、知人が追想記を書いたが、伊藤整は書かなかった。この他にも、伊藤整は、左川ちかのこと及び彼女との関係についてはいっさい書かない。伊藤整には、左川ちかは、学生のころの別れた恋人をうたった時のように、彼女についてうたうことも書くこともできぬ詩人だったのかもしれぬ。彼女は川崎愛でなく左川ちかだった。ただし、百田宗治の手で出されることになっていた左川ちかの詩集は、故人となった左川ちかの遺志で伊藤整が編纂した。その時左川ちかの詩篇を読んでいく伊藤整の心中を想像するとドラマティックである。

若い女が〈人に捨てられる〉より〈人を捨てる〉ことはいっそう孤独である。左川ちかは詩の力でその孤独を手に入れてしまった。もしこのひとが男であればどうなっていたか。またもし、おそらく最もよく詩人としてだけでなく女としてもそのひとを識る伊藤整が、その詩人及び詩を大いに評価し喧伝する文章を書いていたらどうなっていたか。伊藤整が左川ちかについていっさい書かなかったことに、男としての節度とはにかみを感じると同時に、詩人としての敗北も多少、感じとれる。詩集『雪明りの路』は、伊藤整ののちの文学活動全体がその背景となって押し出してくるところがあるのに比べ、『左川ちか詩集』は一本の細い小さな木のように、それを支えまた照明するものはなにもない。幼い時から病弱で、目が悪く、二十五歳で胃ガンで死なねばならなかった女の才能は一冊の詩集となって、女がうたうという華麗や絢爛を捨てたゆえに世俗が期待する女詩人への興味ももたらさなかった。おそらく左川ちかの生きていた時代には、女の詩人はひたすら女をうたうことに於てのみ評価された。また左川ちかの才能は詩を書く男たちに珍重されたとしても、それはあくまで珍重されただけで、その詩の新しさを詩の歴史の中の出来事のひとつとして受けとめ得る男の詩人はいなかった。「詩集」のあとがきを書いた百田宗治にさえ彼女の詩への批評、評価はない。病弱の肉体、恋愛、詩の方法、それが受ける評価と、二重三重にこの詩人のこころは屈折していただろう。『雪明りの路』はその時代の詩にとどまっているが、左川ちかの詩は次の時代の詩であった。いいかえれば「若い詩人」伊藤整の詩は「近代詩」以前の詩であり、左川ちかの詩は「現代詩」である。ただし、伊藤整が北海道の〈小樽市の西二里、高島と忍路《おしょろ》との間の塩谷《しほや》村〉で、〈詩壇に一人の先輩も知友もな〉く、〈全くの獨りぽつちで〉、〈何時になつたら自分自身を捉へられるのかと、それのみの爲に苦し〉み、結果として当時の詩の「流行の型」に煩わされずにきたのに対し、左川ちかの詩は、東京の新しい詩人及び詩を知る機会がその出発からあった。次のような詩には「流行の型」の影響が見える。

花

夢は切断された果実である
野原にはとび色の梨がころがつてゐる

パセリは皿の上に咲いてゐる
レグホンは時々指が六本に見える
卵をわると月が出る

結婚した恋人の前に（と同時にその家庭の中へ）、翻訳を見てもらったり、詩の話をするというように文学を武器にしてのりこんでいった左川ちかは、その男の文学や仕事のもう片側にある生活を見なかった。見えなかったと同時に、おそらく敢えて見なかった。男には文学のもう一方にも家族とともにする非文学の生活、日常もあった。そこには男の妻たる女の主人公もいた。そこのところを左川ちかは見ようとしなかった。男は、金が入ると辞書も買わねばならぬだろうが、幼い子のために蚊帳も買わねばならなかった。しかし男はそんなことはいわないで映画をいっしょに見てくれたのだった。青く固い、強い草の茎のような左川ちかの、あの「緑」という詩も、他の多くの息苦しいほどの才能を圧縮した詩も、シーソーの片方であるといえばそうであった。向う側の端には、カラタチの垣根のそばでナミダをこぼしている妻である女の空間がのっかっているのだった。そういう人間空間の重量を左川ちかは計っていなかった。もし左川ちかが二十五歳という若さで死なずにすんでいたら、そこのところはどうなっていただろうか。左川ちかの詩はどうなっていただろうか。もともと詩は、人間の日常の雑駁で具体的なものの重量を計ることを拒むものなのだろうか。詩はそこでホコロビを露呈するからだろうか。詩がホコロビを見せずに、そのことで豊饒を得るしたたかな作戦をもっているのかどうか。左川ちかの詩が、その詩の才能が、詩が拒むかもしれぬものまでも包摂しうるかどうかに興味は走る。

女の詩人に限ることなく、秀れた女の芸人にあっても、その芸が女の生活の拒絶によってつくられた果てに、両手を開いて拒絶したもの全体を抱きかかえることで豊饒を示す時、すでに女の芸でも、女の芸人でもなくなっている。〈彼女は男のやうな顔をして寝棺のなかにその足を延ばしてゐた。しかし彼女は女であつた。わかい女であつた。〉と百田宗治は詩集のあとがきに書いている。〈男のやうな顔をして〉死んでいる若い女。百田宗治は彼女を自分の娘のように思っていたというから彼女を〈わかい女〉だと知っているが、知らぬ者には〈男のやうな顔〉をした死者は〈わかい女〉ではなかったかもしれない。〈女のような顔〉をして死んだ秀れた男の詩人がいるだろうか。このことは、詩人左川ちかの痛ましさを思わせる。しかし、この若い女の詩人は詩をつくる上で、無視し、拒絶した世界からの返り討ちに出会う前に死んだのである。

死の髯

料理人が青空を握る。四本の指跡がついて、
――次第に鶏が血をながす。ここでも太陽はつぶれ
　てゐる。
たづねてくる青服の空の看守。
日光が駆け脚でゆくのを聞く。
彼らは生命よりながい夢を牢獄の中で守つてゐる。
刺繍の裏のやうな外の世界に觸れるために一匹の蛾
　となつて窓に突きあたる。
死の長い巻鬚が一日だけしめつけるのをやめるなら
　ば私らは奇蹟の上で跳びあがる。

死は私の殼を脱ぐ。

左川ちかが無視し、拒絶したのは〈刺繍の裏のやうな外の世界〉であったとしたら、彼女の「夢の牢獄」は刺繍された美しい表の世界である。ところがそこには死があった。左川ちかの不幸は、死が刺繍の裏の世界にないことだった。死は詩を透して見えた。金が入れば蚊帳を買わねばならぬ世界、夫の文学の友であり恋人であ

る女がぬけぬけとやってきては居つづけることにナミダを流さねばならぬ女の世界、つまり人間のとりとめない日常世界は左川ちかにとって刺繍した布の裏側に渡される糸のように入りくんで、ムチャクチャな世界だった。彼女は死をそこにおかず、美しく刺繍された表の方の世界にもってきて、しかもその攻撃の力をすでに感じとっていた。それにしても、〈刺繍の裏のやうな外の世界〉とは痛々しい実感の秀れた比喩である。

二十歳のころより、左川ちかは腸間粘膜炎という病気で腹痛に悩まされていた。しかし幼い時から病気に慣れた者にとって、新しい病気も特別扱いは受けなかった。二十四歳になった時、混血児の家庭教師となって日本語を教えることになった。その夏、腹部に疼痛を覚えながらその家庭の子供たちとともに諏訪にいったが、それでからだをすっかりこわしてしまった。その年の秋に入院し、次の年のはじめに亡くなった。しかしその前に本人の希望で退院したのは、すでに死を受けとめていたからであろう。

ところで先の「死の髯」の改作だという「幻の家」という詩も詩集に収録されている。『左川ちか詩集』の刊行者による覚え書には〈思ふところあつて二者とも収載した〉とある。

幻の家

料理人が青空を握る。四本の指あとがついて、次第に
　鶏が血をながす。ここでも太陽はつぶれてゐる。
たづねてくる空の看守。日光が駆け出すのを見る。
たれも住んでないからつぽの白い家。
人々の長い夢はこの家のまはりを幾重にもとりまい
　ては花瓣のやうに衰へてゐた。
死が徐ろに私の指にすがりつく。夜の殻を一枚づつ
　とつてゐる。

　この家は遠い世界の遠い思ひ出へと華麗な道が續い
　　てゐる。

「死の髯」より「幻の家」の方に、死の予感が具体化されている。そしてもう左川ちかは死から生を眺めている。「遠い思ひ出」は死から見た遠い思い出である。この二篇は別箇の詩といっていい。刊行者のいう〈思ふところ〉とはなんだろう。「幻の家」が「死の髯」の改作というより別の詩だといいたいのだろうか。生涯にただ一冊の詩集も自分の目で見ず、自分の手でかかえてみることもなく死んだ〈わかい女〉の詩人。この詩人が、だれにもとめられるわけでもなく、ただひとりでコトバをひっつかんで自分の無残な人生にたたきつけている時、その「幻の家」の内部はだれにも見えなかった。世間の〈わかい女〉たちは男の間にあって花咲いており、コトバをひっつかむ必要も、それを自分の「幻の家」の壁にたたきつける必要もなかった。左川ちかの恋愛は、〈わかい女〉の夢のような恋ではなく、死と接近する肉体の熱を処理するように、不機嫌に行われた気配がする。この詩人には恋の詩はない。はたして伊藤整の伝記作者がいうように、伊藤整との関係が世にいう恋愛だったかどうか。左川ちかが伊藤整のアパートをしばしば訪ね、或る時はふたりのいるその部屋にデンキの消えていたことがあったりしても、それが恋愛だったかどうか。また結婚後の伊藤整宅へ訪ねては話しこむことがあったにしても、それによって伊藤整の結婚後も左川ちかとの関係はつづいたといえるのかどうか。かつてそうであったように妹のごときつき合いでなく、左川ちかが伊藤整とつき合ったとしても、それは兄さんの親友としてではない、また女学校の時の親友の姉さんの恋人だった男としてではない人間への興味、好奇心の実践たるところもあったのではないだろうか。そこに恋愛感情もあったろうが、その実践は彼女の詩に必要だったからである。彼女も詩人であるからは、自己への残忍と同時に、必要な他人にも残忍だったはずである。だからこそ、このひとは作家伊藤整の恋人でなく詩人左川ちかであり得たのである。もって生れたこの詩人の肉体的な弱さは〈人を捨てる〉だけでなく、たいていのものを捨てさせた。もし真実、このひとが兄の親友である詩人と恋愛したとしても、その恋愛はこのひとの詩人が必要としたからであった。男に恋するよりも、兄の親友である詩人のもつ才能のありかを恋愛によってうかがうことで、自分の詩を見きわめる必要があった。そして男も必要であった。その男は女の死後、いっさいなにも女について、また〈わかい女〉の詩人と詩について書かぬはずである。
左川ちかの生家は北海道余市町の林檎園であった。兄川崎昇は歌人である。

雲のやうに

果樹園を昆虫が緑色に貫き
葉裏をはひ
たえず繁殖してゐる。
鼻孔から吐きだす粘液、
それは青い霧がふつてゐるやうに思はれる。
時々、彼らは
音もなく羽搏きをして空へ消える。
婦人らはいつもただれた目付で
未熟な實を拾つてゆく。
空には無数の瘡痕がついてゐる。
肘のやうにぶらさがつて。
そして私は見る、
果樹園がまん中から裂けてしまふのを。
そこから雲のやうにもえてゐる地肌が現はれる。

初出・『文學界』第三二巻八号（一九七八年八月・文藝春秋）⇩『さまざまなうた――詩人と詩』（一九七九年四月・文藝春秋）他

埋もれ詩の焔ら——華麗なる回想・左川ちか

江間章子

(一)

左川《さがわ》ちか(一九一一~一九三六)の詩の世界は暗い。その暗さは、夜の海のようで、生きもののような、波うつなかに手を浸《ひた》すと、指先にからまって、私たちに引きあげられようと欲する、一輪ずつの花をつないだ、花環《はなわ》なのである。

花環は暗い水滴を垂らしながら、ずっしりと重たく、だれをも眩惑《げんわく》せずにいない光を放つ。

海の花嫁　　左川ちか

暗い樹海をうねうねになつてとほる風の音に目を覚ますのでございます。
曇つた空のむかふで
けふかへろ、けふかへろ、
と閑古鳥《かんこどり》が啼《な》くのでございます。
私はどこへ帰つて行つたらよいのでございませう。
昼のうしろにたどりつくためには、
すぐりといたどりの藪《やぶ》は深いのでございました。
林檎《りんご》がうすれかけた記憶の中で
花盛りでございました。
そして見えない叫び聲《こえ》も。

防風林の湿《しめ》つた径《みち》をかけぬけると、
すかんぽや野苺《のいちご》のある砂山にまゐるのでございます。
これらは宝石のやうに光つておいしうございます。
海は泡だつて、
レエスをひろげてゐるのでございませう。
短い列車は都会の方に向いてゐるのでございます。
悪い神様にうとまれながら
時間だけが波の穂にかさなりあひ、まばゆいのでございます。
そこから私は誰かの言葉を待ち、
現実へと押しあげる唄を聴《き》くのでございます。
いまこそ人達はパラソルのやうに、
地上を蔽《おお》つてゐる樹木の饗宴《きょうえん》の中へ入らうとしてゐるのでございませう。

私は気恥ずかしいタイトルをつけてしまった。『華麗なる回想』などと。——いろいろ考えたのだけれど、これが、左川ちかに、ふさわしい気がする。

そのように言うと、或いは、(左川ちかって華麗だったのか)と、思うひとがいるかもしれない。そういう人びとには、「これからありのまま、彼女を想い出してみるつもりなので、彼女のページが終ってから、決めてください」と、私はお願いしよう。読んでくださる人びとといっしょに、私も、やがて書き終った場所に佇《た》って、もういちど、このタイトルについて省みてみたい。

最近、詩人で、精神科医で、詩誌「暦象」の編集人・中野嘉一《なかのかいち》から届いたハガキに「左川ちかさんには会ったことはありませんが——」とあった。

昭和初期の詩人たちを、かなり知っていられるらしい彼にしても、会ったことがない、といわれるので、彼女を直接知っているひとは、極めて少ないことを、認めないわけにはいかない。

いまは、左川ちかをよく知っている詩人は、春山行夫《はるやまゆきお》（かつての『詩と詩論』、『セルパン』の編集者で、近著では『花の文化史』《講談社》などの豪華本の著者）、モダニズムのシンボル的詩人・近藤東《こんどうあずま》、そして戦後北大でヨーロッパ文学史を講義し、名誉教授でもある詩人・阿部保《あべたもつ》（『ポー詩集』《新潮文庫》の訳者）と私ぐらいであろうか。

そのほかに、左川ちかを強烈に記憶しているひとが、一人いる。——彼は作家・三浦朱門《みうらしゅもん》である。

左川ちかが亡くなる一年半前の夏、私は彼女にさそわれて、新島、式根島へ旅をした。同行八人、その八人の中に小学生の少年がいた。かぼそい、弱弱しい少年は、汽船の甲板でもお父さんの傍《かたわ》らに、ひっそりと腰かけて海を眺めていたが、馴れるにつれて、左川ちかと私の近くに来て「お姉さん——」と声をかけるほど親しくなった。

私たちは「しゅもんちゃん」と、少年を呼んだ。

彼が、現在の三浦朱門である。作家として、名をなされてから、座談会、TVなどでごいっしょになったとき、同乗したクルマのなかで、

「ぼくは、あの旅をよく憶えています。あなたと左川さんが、終始だれのことを話していたか、——書きたいと思っています、本当に、書きますよ」

往年のひ弱な少年の面影がない、堂々とした体躯《たいく》の、温かい人柄が伝わってくる彼に、そう自信ありげに言われれば、（はて、——）と、私は首をかしげてしまう。彼があげるそのひとの名、その男性について、左川ちかと私は、少年の生涯の記憶に残るほどに語りあっていたのであろうか。

しかも、彼女はその旅の一年後、大塚の癌《がん》研病院に入院している。

そういうことからも、私にも忘れられない、その汽船の旅を想い出してみたい。

三月末日、私は見知らないひとから、次のような一通の手紙を貰った。

拝啓
初めてお便り差しあげます。

不躾をお赦し下さいまし。

小生、全く独りで出版活動を致して居る者でございます。いつの日か機会が巡って参りましたらば……と密かに想っておりました『左川ちか全詩集』が、このたびようやくおゆるしを得られました。詩作品の調査も、いかんせん旧いことですので思い通り進行いたしませんでしたが、何とかその目度もつきましたので、往時の詩友の方々へご報告を差しあげ、ご指導を仰ぐ次第です。

恐らくは、もう編まれる機もないかと思われますので、その名に恥じない内容に致したく考えて居ります。幸運にも、前詩集未収録作品等も数点入手できましたので、内容も一新できるように考えて居ります。別紙の計画で進めております。詩篇のヴァリアントの調査を進めて居りますが、なかなか雑誌の確認ができません。どなたかおもちの方、ご存知ございませんでしょうか。(後略)

栄《えい》　硯《けん》
小野《おの》　夕馥《ゆうふく》

(原文のまま)

江間章子様

私は、東京に、私以外に『左川ちか』を考えていた人がいたことに、おどろいた。数年前から、私も左川ちかを想っていた。時代の流れとおなじように、『詩』も、確かに変っていき、すべては過去へと押しながされて行くとき、私は、私たちの時代を書き残したい、いまも記憶に色褪《あ》せることのない左川ちかを、いつか書こうと、ひそかに願っていた。

私は、届いた手紙をくり返し読みながら、せっかく求められた五枚ほどの原稿を間に合わせることができなかった。気がついたときは、締切日がとっくに過ぎていた。

私信とは謂っても、これはそれを超えたものと思うので、紹介させていただく。手紙は、おそらく、十人近い人びとに、おくられたのではないだろうか。

私は、小野夕馥という人物とは一面識もない。しかし、左川ちか全詩集を出版したいという願望に、古代の遺跡を発掘しようとする、考古学者の情熱に似たものさえ感じられてくる。

左川ちかが、亡くなってから、やがて半世紀になろうとしている。二十歳半ばで、癌でたおれて、逝《い》った女詩人。それだけで、ひとの心を魅きつける神秘と悲しみが、漂っていると思われるのに、決して多いといえない、彼女がこの世に残した詩の数篇（それは少ない数ともいえない）は、そのような事情を除いても、彼女の存在は燦然と光りを放ち、今後も、それを止めないだろう。それが、左川ちかなのである。

「左川ちか全詩集」の編集人に名をつらねている曽根博義《そねひろよし》（『伝記伊藤整・詩人の肖像』六興出版社の著者）は『伊藤整《いとうせい》』を書くに際して、左川ちかについて聞かせてほしいと、私宅に訪ねて来られたが、私の応えは期待はずれだったと思う。川崎法典《かわさきのりすけ》〔浩典の誤り：編者注〕というひとは、左川ちかの兄上川崎昇《かわさきのぼる》に近い人であろうか。

（二）

『左川ちか全詩集』が森開社から出版された。編集者の、資料集めから、その確認などの苦労は大変なものだったと思う。その証しともいえる、重厚な、豪華な本であることも、手にして、しみじみとうれしく感した。

私はそのよろこびとこの感想を書いた。

詩人としてこの世に生まれた女性――
『ポエジー』というケープを肩にかけて逝く――

　左川ちかを想うとき、半世紀という歳月も、一瞬のまに過ぎ去ってしまうものであることを、考えないではいられない。いま銀座のコーヒー店で、左川ちかと逢ったとしても、不思議でない気がしてくる。新宿や渋谷とちがって、銀座には戦前の面影がいくらか残っているからだろう。

『椎の木』で、東京に住んでいる女の詩人は、彼女と私だけだったし、彼女はいつも銀座うらの、北園克衛《きたぞのかつえ》の狭いオフィスにいることもあって、私はそこを訪ねたり、お互いにさそいあって、コーヒー店で逢うことがしじゅうだった。

　私が左川ちかを知ったときは、すでに彼女にはジェイムズ・ジョイスの『室楽』の訳書もあって、私は彼女を尊敬し、親しくしてもらえることに感激した。

　そのせいか、当時の記憶が、いまも脳裡《のうり》に鮮やかである。

　たとえば、妹さんである彼女を、羨ましいくらい大切に考えていた兄上の川崎昇氏のこと、それから、私たちが知り合ってから上京して来て、川崎家の家族となった、見るからにすなおな、おっとりした妹さんのこと。

　そういえば、左川ちかも、おっとりした性格の上に、『ポエジー』というケープを肩にかけたような感じがあった。おっとりした性格は、北海道育ちの女性特有のものだったのかもしれない。

『ポエジー』というケープを、肩からとったときの左川ちかは、年下で、詩でもはるかに後輩の私を相手に、自分たち兄妹の、かなしい生い立ちを話して聞かせた。そこに登場してくるのは、生母であるひとりの女性だった。

　そういうことを話しているときでも、左川ちかは、とくべつ気持ちをたかぶらせることもなく、とつとつと話し、話し終ると、「嘘だと思うかもしれないけれど、私が言ったことは、本当のことなの」と、さびしく微笑んだ。

　一週間に、いちどならず、二度も三度も、私たちは逢うのがふつうだったが、それは、三年足らずの短い期間だった。

癌に冒されて、半年の闘病生活のあいだ、青味がかっていた彼女の顔は、人形のように透明になり、話しかけることも、ますますつらくなったころ、老婦人が現れて、日夜、彼女につき添うようになった。彼女が話して聞かせていた生みの母上だったのである。

曽根博義著の『伝記・伊藤整』に、左川ちかが、かなり濃く出てくる。曽根氏は書くに当って、私宅を訪ねて来られたが、その問いに、私はこたえられなかった。二人の問題を、私はまったく知らなかったからである。そのせいか、ここに書かれている女性は、左川ちかという名であるだけで、彼女らしいものが、何ひとつ感じられない。しいていうなら、伊藤整が結婚した後も、二人で隠れ家のような場所を持っていたということであろうか。

『詩と詩論』『椎の木』で、主知的詩人の代表として、輝く星であった左川ちかは、あまりにも早く消えた。だれも予想しない、冷酷な事実だった。

彼女の死後数年たって、三岸節子《みぎしせつこ》の装幀で、黒い表紙の『左川ちか詩集』が出版された。編集者の名は伊藤整だった。この詩集を持っている人も、いまは少ないので、こんど森開社から『左川ちか全詩集』が出版されることは貴重である。

ひとは、生れて、やがて詩人となると思うけれど、そうした人たちとちがうものを、左川ちかの詩に、その想い出に、感じられてならない。たとえば、他人との交渉を拒んで、生涯を、自分ひとりの世界に生きたというエミリー・ディキンソンも、『詩人』として、この世に生れてきた女性であったとするならば、左川ちかは、自分だけの世界にこもる女性ではなかったが、確かに『詩人』として生れてきたひとだったと思う。(『図書新聞』一月一日号)

『左川ちか全詩集』のページをひらくと、どの詩にも憶えがあって、郷愁に似た、身がひきしまるものがあふれ出ている。

詩が脈うって、生きていたのであった。

幻の家

左川ちか

料理人が青空を握る。四本の指あとがついて、次第に鶏が血をながす。ここでも太陽はつぶれてゐる。

たづねてくる空の看守。日光が駆け出すのを見る。

たれも住んでないからつぽの白い家。

人々の長い夢はこの家のまはりを幾重にもとりまいては花瓣《はなびら》のやうに衰へてゐた。

死が徐《おもむろ》ろに私の指にすがりつく。夜の殼を一枚づつとつてゐる。

この家は遠い世界の遠い思ひ出へと華麗な道が続いてゐる。


この回想を書くにあたって、私は仕事机の傍《かたわ》らに、次のような本を用意した。

冬至書房版『詩と詩論』と、その改題『文学』の復刻版全冊と、おなじ冬至書房版（昭和五十五年）の『詩と詩論・現代詩の出版・モダニズム五十年史』。

札幌の北書房版（昭和五十八年）『「セルパン」と詩人たち』（高橋留治著）、神戸の蜘蛛出版社版『春山行夫ノート』（小島輝正著）、そして詩誌『芸術と自由』No.一一一（芸術と自由社）と、はじめに書いた『伝記・伊藤整』などである。

さいわいにも、いま私に揃った資料といえるこれらの本の他、必要なとき、どなたに何をうかがったらいいか、大体見当がついた。

安心して、私は、これらの貴重な資料を傍らにおいたまま、『左川ちか』の想い出を辿《たど》って行こうと思う。

当時は、観光などという言葉すら、無いにひとしかった。新島ゆきの汽船は、たしか十日にいっぺんか、半月にいちど、という不定期船に近いものだったような気がする。

はっきり憶えているのはその汽船は霊岸島岸壁を午後八時出航したということである。私は、「兄さんが二人ぶん切符をとってくれたのよ。行きましょうよ」という左川ちかのさそいに、遠慮しながらも、内心興味深く、喜んでつれて行ってもらうことにした。参加費用を出した記憶もない。

「セルパンで、東京湾をルポルタージュする、という企画らしいの。私たち、ただ、いっしょに行けばいいのよ。ちょっといい話でしょ」と、左川ちかは、いまふうに言えば、ごきげんだった。

ルポルタージュという言葉は、日本のジャーナリズムの世界で、はじめて用いるのだとも、彼女は私に教えてくれた。

その日、といっても暗くなった時刻、約束の岸壁へ行くと、すでに同行の方々が集まっていられた。

最近、フランスから帰国したばかりという、がっしりした体格の紳士が、重たそうな鞄を「弟子」と呼ぶ若者に持たせて、

「泳げるかな？　釣りは？」

と、傍らの、少年を伴った紳士に、しきりに訊《き》いていた。

他に、『セルパン』の若い編集者と、カメラマンもいっしょだった。

そこで、左川ちかから、私は、その方々に紹介された。

「詩人の、江間章子さん」

私は深く頭をさげながら、恥ずかしかった。あらたまって詩人、といわれたのは始めてではなかったろうか。

それぞれの紳士は、左川ちかの紹介で、私に型どおりの会釈を返してくださった。

フランス帰りの紳士は、小松清《こまつきよし》。若者が持っている鞄のなかには、彼の訳、アンドレ・マルローの『征服者』のゲラ刷りが入っていて、彼はこの旅のあいだに校正を済ませなければならない。出版社が待っている、と話した。

日本でマルローの著書が出版されるのもはじめてで、小松清はパリで、マルローの知遇を得、その翻訳権を持っているとも聞いた。

少年をつれた紳士は、三浦逸雄《みうらはやお》『セルパン』の編集長。

（編集長とは、こういう紳士なのか）と、私は心のなかで、眩しく思った。

たしかに、編集長の肩書にふさわしい、教養と知性の風格。寡黙な年配者に見うけられた。

「三浦さんはイタリア文学者としても有名なのよ。イタリア文化のことなら、イタリア帰りの人も、訊きに行くのよ」

と、左川ちかは、小さな声で私に話してくれた。

その三浦逸雄とは、旅のあいだ、私はいちども話した記憶がない。彼から話しかけられなかった、というほうが正しいのかもしれない。

私はTV局さしまわしのクルマに乗って、三浦朱門邸の門前で、ほんの四、五分、彼が出て来られるのを待ったことがある。

彼は、私がクルマのなかにいたことに、おどろかれ、

「江間さんが待ってくださったとは知りませんでした」

と言って、すぐクルマに乗るのを、何やら躊躇《ちゅうちょ》なさった。

そして、彼はクルマが動き出してからも、

「父が知ったら、さぞ残念がることでしょう。父が、どんなに、あなたをなつかしいか、お会いしたかったと思いますよ」

と言われた。

私から、すすんでご挨拶に門のなかに入って行くべきだったと、私は、三浦朱門の思いの深い言葉で、自分の気のきかなさを心のなかで悔んだ。

このことも、振り返ってみれば、十年ほど前のことになる。

彼が朝日新聞紙に、週にいっぺん連載した『四世同堂』は、ご自分の家庭・家族をかなりそのまま披露して、問題を提供し、多くの読者に、深い感銘を与えた。その反響は、大きいものであったと思う。私も『四世同堂』の愛読者で、金曜日の朝刊をひらくのが、待たれた一人である。

ここに登場される父上三浦逸雄には、往年の気むずかしいような印象さえ与える、イタリア文学者でも、教

養高い知識人でもなく、子息ご夫妻に甘えたい、極くどこにでもいる老人であった。……

（十年は短く、一年は長いのだ——）

このごろ、私はしきりに実感をもって、そう思う。

私より十歳ぐらい年下の筈の彼が、連載が終りに近づいたころ、「やがて遠からず私も——」という心構えを、くり返して書いていられたのに、私は頭を垂れた。

さて、左川ちかを語るために私はもういちど、半世紀近いむかしの、あの旅へ戻って行きたい。

明治につくられたという汽船は、三百五十噸《トン》という、幽霊船のような老汽船だった。左川ちかの兄上川崎昇は、この幽霊船のような汽船に一行が乗り込むのを見とどけて、暗闇の中へ消えて行った。

ちかの、日ごろのさりげない言葉に、いつもこの兄上が出て来て、妹さんにいかに愛情をそそいでいるかということが、私にもわかった。私は、あるときは羨望に近い、思いさえした。

昇が、妹左川ちかをどれほど深く大切に思っていたか、それはやがて、悲しいほどわかることになる——など、もちろん、そのときは夢にも考えなかった。

海泡石　　　　左川ちか

斑点のある空気がおもくなり、ventilatorが空へ葉をふきあげる。

海上は吹雪だ。紙屑のやうに花葩《はなびら》をつみかさね、焦点のないそれらの音楽を鋪道に埋めるために。乾いた雲が飾窓の向ふに貼りつけられる。

うなづいてゐる草にlanternの影、それから深い眠りのうへに、どこかで蟬がゼンマイをほぐしてゐる。

ひとかたまりの朽ちた空気は意味をとらへがたい叫びをのこしながら、もういちど帰りたいと思ふ古風な彼らの熱望、暗い夏の反響が梢の間をさまよひ、遠い時刻が失はれ、かへつて私たちのうへに輝くやうにならうとは。

いま、私がひらいた『伝記・伊藤整』の五二六ページに、曽根博義は、次のように書いている。

昭和九年八月末。左川ちかは、第一書房で雑誌「セルパン」の編輯《へんしゅう》をしていたイタリア文学者の三浦逸雄や、フランスから帰ったばかりの小松清や、「椎の木」の詩人江間章子らといっしょに伊豆大島先の新島に旅行した。三浦逸雄は息子の朱門を連れていた。いうまでもなくのちの作家三浦朱門であるが、当時はまだ小学校三年の痩せこけた少年にすぎなかった。しかし三浦朱門はその頃からすでに恐るべき子供であった。それから四十何年の歳月が経った現在でも作家三浦朱門氏はこの時の新島旅行のことを細かい部分まではっきり記憶されているらしく、昭和五十年秋、日本近代文学館で七回忌を記念して伊藤整展と講演会が催された折、「伊藤整さんのこと」と題して演壇に立たれ、伊藤整さんの名をはじめて知ったのはまだほんの子供の頃だったとして、この船旅の時の思い出から話をはじめられたのである。もっとも氏は左川ちかや江間章子のことをたしか若い女流詩人たちといっただけで、名前は挙げられなかったし、そのうちの一人と伊藤整が恋愛していたなどということは、仄《ほの》めかされもしなかった。さすがの三浦少年も、多分大人の恋愛までは見抜けなかったのであろう。ただ船の中で彼女らが熱心にしていた話の中に、イトウセイという名がひんぱんに出て来た。朱門氏の尊父三浦逸雄氏は前に述べたように当時「セルパン」の編輯長をしており、整もその雑誌や「ユリシイズ」の出版などで第一書房とは縁が深かったから、二人は面識があった。が、朱門氏はそれまで父親の口からイトウセイという名を聞いたことはなかった。しかし、船の中で若い姉のような二人の詩人たちが、さかんにイトウセイ、イトウセイというので、十歳の朱門氏は自然に、立派な詩人らしいそのイトウセイなる人の名を記憶してしまったのである。

ここまで読んできて、私は溜息をついてしまう。三浦朱門が講演ででも、はっきりと言われたのであれば、私の記憶のページは、なぜ、そこが空白になっているのだろうか。それはあとで考えることとして、もう少し、そのつづきを読んで行こう。

それほどまでに伊藤整の名をひんぱんに口にし、話をそちらへ持って行こうとしていたのが左川ちかであったことはいうまでもない。三浦朱門氏は、彼女が水色のピケに白い線の入ったセーラー服風の寒色の服装をし、つぶやくような、思いつめたような話しぶりだったことを記憶しておられる。江間章子によれば、新島には一泊しただけだったが、帰りに海が荒れて三五〇噸《トン》の船は大揺れに揺れ、左川ちかは吐き続けに吐いたという。それにもかかわらず、あるいはそれ故に、整のことを熱っぽく語り続けずにいられなかったのである。船に揺られながら魘《うな》されるように整のことを想い、こみ上げて来る苦しみと絶望感を吐き出しながら、彼女の耳に聞こえて来たのは、七年前に整が見せてくれたあの「海の捨児」の、人を眠りに誘うような緩やかな旋律だったのではなかろうか。

海の捨児

伊藤　整

私は浪の音を子守唄にして眠る。
騒がしく　絶え間なく
繰り返して語る灰色の年老いた浪
私は涙も涸《か》れた凄壮《せいそう》なその物語りをつぎつぎに聞かされてゐて眠ってしまふ。

私は白く崩れる浪の穂を越えて
漂ってゐる捨児だ。
私の眺める空には
赤い夕映雲が流れてゆき
そのあとへ　星くづが一面に撒《ま》きちらされる。
ああこの美しい空の下で
海は私を揺り上げ　揺り下げて
休むときがない。

この詩の発表一年後〔七年後の誤り：編者注〕、昭和十年八月の『詩法』に、ちかは次の詩を発表していると曽根博義は二人の心を結ぶ堅い鎖を想像する。

海の捨子　　左川ちか

揺籃《ようらん》はごんごん音を立ててゐる　真白いしぶきがまひあがり霧のやうに向ふへ引いてゆく　私は胸の羽毛を掻きむしり　その上を漂ふ　眠れるものからの帰りをまつ　遠くの音楽をきく　明るい陸は扇を開いたやうだ　私は叫ばうとし訴へようとし　波はあとから消してしまふ

私は海に捨てられた

『左川ちか全詩集』にはこの詩に手を入れたと思われる「海の天使」がある。やはりこの詩は、詩として「海の捨子」よりいいものだと思う。

海の天使

左川ちか

揺籃はごんごん鳴つてゐる
しぶきがまひあがり
羽毛を掻きむしつたやうだ
眠れるものの帰りを待つ
音楽が明るい時刻を知らせる
私は大聲《おおごえ》をだし訴へようとし
波はあとから消してしまふ

私は海へ捨てられた

いま、私の目に泛《うか》んでくるのは、彼女が蒼白になって吐きつづけた、新島からの、幽霊船のような老汽船の、帰りの旅である。

左川ちかは、一見無口な人のように見えたが、親しくなれば、極くどこにでもいる、よく話もするし、ふつうの若い女性だった。

彼女が、気分がわるくなったのは、汽船が出航してまもなく、船体が揺れはじめる前だった。

「吐けば、よくなるの。心配しないで――」

そう言って、彼女はなんべんかよろめきながら廊下へ出て行った。

「吐きたくても、吐けないのよ」

彼女が船室の敷物の上に、横たわったころから、小松清ら同行者が彼女の異常な様子に気がついて、「どうしたの？」と寄って来てくれた。

名前は思い出せないけれど、そのときカメラマンの青年が、

「寝ていたほうがいいです。吐きたくなったら、これに——」

と、洗面器を持って来てくれた。

「揺れて来たから、船酔いしたンだな」

という人もいた。

みんなが彼女を取り囲んでくれたので、よかったと、私は安心した。

彼女が二、三度、苦しみながら洗面器に吐いたものは、青いどろどろした少量のものだった。それは、踏みつぶされたカイコの内臓にも似ていて、こんなものを吐く胃の内部は、どんなに苦しいだろうと思った。

それからちかは、吐くこともおさまったようで、静かに眠っていた。その顔からは、心地よさそうにさえ見えたので、やっと私は胸を撫でおろした。

島へ来るときとおなじように、乗客は少なかった。

東京辺に身寄りがいて何かしらの事情でそこを訪ねようとする十人足らずの島の人たちの他は、僅かの行商人と、私たち一行が、それぞれ侘《わび》しく、ひっそりと、そこしかいる処がない船底の船室にたむろしていた。

船体は、縦に、横に、相当激しく揺れはじめた。左川ちかは、何も感じないふうに、深く眠っていた。彼女をそのままにして、私は同行の人たちにうながされて、階段をあがって、甲板へ出てみた。

ここは別天地だった。

私は思い切り深く、大海の空気を吸い、黒潮の匂いを嗅いだ。

船体はいっそう激しく、揺れてきた。船体が大きく横にかしぐと、波しぶきが凄い勢いで襲いかかって来て、甲板を洗った。汽船がすすむ前方には、果して乗り越せるかと危ぶまれるような大波が、次から次へと待ち構えていた。

「揺れて来ましたね」

と、だれかが言った。

とび魚が、あちこちの波がしらで、姿を現して、光って消えた。

三浦朱門は、その旅をよく憶えていられて、

「二人のお姉さんとぼくは、一枚の毛布をかぶって寝ましたよ」

と仰有る。

それは島へ行く船内のことである。

そのときは左川ちかも元気で、夜は「しゅもんちゃん」を真中にして、軍の払下げ品だったにちがいない、カーキ色の薄くなっている毛布をかけ、唸るエンジンの音を子守りうたと聴きながら眠ったのだ。

東京へ帰る汽船の中では、私たちの近くから、三浦父子の姿は、消え失せていた。私たちから避難して、船長室にでもいられたのではないかと思う。

もちろん、霊岸島の岸壁で、たしかにこの父子の姿が現れたのである。

(三)

目覚めるために　　　　左川ちか

春が薔薇をまきちらしながら
我々の夢のまんなかへおりてくる。
夜が熊のまつくろい毛並を
もやして
残酷なまでにながい舌をだし
そして焔《ほのお》は地上をはひまはり。

死んでゐるやうに見える唇の間に
はさまれた歌ふ聲の
——まもなく天上の花束が
開かれる。

新島が、新聞の一面に、社会面に、大きな見出しで載ったのは、七〇年代であったろうか。島は、自衛隊の射撃演習場となるとかいうことで、反対闘争が盛りあがり、人びとがぞくぞくと島へ上陸して行ったころがあった。

闘争は、どのように解決したのだろう。闘争に参加した学生たちや、人びとと共に、かんじんの射撃場の予定も、消え失せてしまったのだろうか。

一九三〇年代の新島にあったのは、素朴な船着場。

昼近く、そこに三、四人、顔も、躰も陽焼けして、光っているような男たちがいて、二、三人の子供たちが上陸する私たちを、怕《こわ》いものを見るような表情で、離れた場所でのぞいていた。

男の一人は案内人だった。

彼は、一行が運び込んだ荷物を持ってくれて、彼のあとに従って、私たちは一列になって狭い坂道をのぼって行った。

人家も見えず、樹木といったら、背の低い椿の木が一、二本あるだけで、ふりそそぐ明るい陽光を浴びて、海から吹きあげてくる微風さえ、紫色にけむっているように感じられた。

山だったろうか、丘だったろうか、いちめんに芝生だった。汗ばみながら、ここを歩いて、こんどは急な坂道をおりて、見るからに建ったばかりの、新島温泉ホテルへ入った。

「温泉ホテル」の看板も、この離れ島には、少々異和感があった。ともかく、左川ちかと私は、離れのような部屋に落ちつくと、まもなく、浴場に案内された。

「君よ知るや南の国……」と、うたい出したい気持ちでいると、ちかもごきげんだった。

「江間さん、見て、見て。ホラ……本当に、石けんが溶けない……やっぱり兄さんの言う通りだったわ……」

石けんが溶けない温泉だったのである。それにしても、彼女が気げんがいいとき、すぐ「兄さん」が出てくる。

二十歳の私と、いくつか年上の彼女と、石けんが泡だたないと言っては笑い、浴場の窓の下が断崖で、底に海が少し見えるのに、大げさに驚いた。

「ここをおりて行くと、海辺なのよ、兄さんがそう言っていたわ……」

と彼女は言う。

彼女の話の様子で、川崎昇がこんどの旅の下調べに、すでに島へ来ていることがわかった。それならば、この旅の企画は、彼だったのであろうか。

一行揃っての昼食のお膳で、皿に盛ったてんぷらの美味しさ。それにとまったハエが、なんと大きかったことか。

食後、みんなで、庭から危ない崖の道をおりた。そこは狭くて、汚れのない白砂の、清純な浜辺だった。都からくる船を待ちわびる、芝居の俊寛のポーズで、男性たちは沖を怨《うら》めしそうに凝視した。

「諦めるンだな……仕方がないよ、舟が出ないというなら……」

「浪が荒いというンです……この一週間ずっとこうだそうです……明日、舟が出せるようになるとは思わない、と言っています……」

「ここまで来て、残念だが……宿の主人がそういうなら、本当だろうよ……われわれは、ここの空気を吸っただけでも、いいということにしよう」

その会話から、旅の目的は目の前に見えている式根島へ渡ることだったと解った。

式根島の周辺は、いつも波が立っていて、汽船は航行せず、小舟で渡る習慣だった。それが不可能になったのである。

岩にもたれて、スケッチブックを拡げていた小松清（渡仏するときは絵描き志望の少年だったという）は、それをたたんで裸になった。

彼と弟子は、褌姿となって、白砂の上で角力《すもう》がはじまった。

沖は荒いといわれる波も、浜辺にはしずかに寄せていた。

左川ちかと私は、角力がはじまってから、岩蔭へまわって、白砂の上に寝ころんだ。いつのまにか、二人とも眠ってしまい、眼が醒《さ》めても、そのまま仰向けになって、南の空を見あげた。

「私、小樽の、暗い海しか知らないから、こんな明るい海、びっくりしたわ……また、来ましょうよ」

私も彼女と同感だった。

新島で、人家のある場所とか、神社がある処などへ行った記憶がない。

一行は温泉ホテルに一泊して、乗って来た老汽船で、東京へ帰ることになった。汽船は、船着場に錨《いかり》をおろして、停泊していたのである。

汽船は、午後おそく、新島を出航した。と思うのは、海上に出てまもなく、見事な日没の情景に遭遇したからである。

左川ちかも、それまでは元気だったし、みんなはしばらくのあいだ、思い思い、甲板に佇った。

そのとき、突如、巨大な太陽が深紅に燃えて、水平線の彼方に沈みはじめた。だれもが茫然として、その動的な瞬間にみとれたとき、それに背を向けて、立って本をひらいていた少年を、三浦逸雄はやにわに、頭に両手をかけて、半回転させた。（この太陽が沈んでいく様子を見るように——）ということだったろう。

少年は、父上の意図するところがすぐわかったふうで、ベンチの、その横に腰かけて、太陽が海の中に沈んで、あたりが暗くなるまで、身動きもしないでその光景を眺めていた。

船内での、左川ちかと私の会話をよく記憶している彼は、このときの太陽も、きっと憶えているにちがいない。

そういえば、自分から、まわりの人たちに声をかけることもなかった三浦編集長は、島に上陸して宿へ着くまでのあいだ、道ばたの草を採っては、少年に教え、それを手渡した。いまでいう、教育パパの印象だった。作家三浦朱門の文学の奥深い処には、十分、父上のイタリア文学、西洋文化がひそんでいるにちがいない。

その旅は、船内で一泊する旅だったので、四日ぶりに、私たちは東京へ戻ったことになる。汽船が霊岸島の岸壁に投錨《とうびょう》し、タラップをおりると、『セルパン』の若い編集者がちかを、小田急の祖師谷大蔵の家まで送って行くことになった。

「連絡するわね………心配しないで……」

彼女は、顔が蒼ざめたまま、手をふって微笑んだ。

黒い空気　　　　左川ちか

夕暮が遠くで太陽の舌を切る。
水の中では空の街々が笑ふことをやめる。
総ての影が樹の上から降りて来て私をとりまく。林や窓硝子は女のやうに青ざめる。

夜は完全にひろがった。乗合自動車は焔をのせて公園を横切る。

その時私の感情は街中を踊りまはる
悲しみを追ひ出すまで。

私は、左川ちかが大塚の癌研究所附属病院に入院したのは、その旅から一ヵ月たたない九月半ばと思っていたので、『伝記・伊藤整』の著者・曽根博義から、その一年後と指摘されて、すぐには信じられなかった。

しかし『左川ちか全詩集』で、年譜もさることながら、彼女が「文芸汎論」に私を書いたエッセイ（昭和十年八月号）を顔を赧《あか》らめながら読み、私の思い違いであったことを、納得した。

彼女は、忙しい日を過していること、「江間さんと一ヵ月にいちどくらい会う」と書いていること。私たちが一週間にいちど、二どと銀座でいっしょだったのは、その一年前だったのである。

それにしても、左川ちかから、私はさまざまなことを、話して聞かされていたことに気がつく。

「兄は可哀そうなのよ。嫂《あによめ》が学校の先生なンだけれど……兄はロマンチストでしょ……嫂には、兄を理解できないと思うわ……居候《いそうろう》させてもらってる私がこんなことを言うなンて、いけないことよね……」

そういうとき、私は、彼女になんとこたえていいか、まごついた。

「私たちきょうだいは、兄と私だけでないの……まだ妹たちもいるの……みんな父がちがうのよ……あなた、父がちがうきょうだいの気持ちってわかる？」

凝《じ》っと、彼女にみつめられて、私はたじたじとなった。彼女はやがて小説を書くのではないか、だからこのように、私に話しているのではないか。

「めがねパンは、子供が大好きなものよね……子供には値段が高くて、めったに買ってもらえないものだったのよ……それを、母が沢山買って、私たちにくれる……兄は小学生だったけれど、事情がわかるのね……母がお嫁に行くということが……兄は、めがねパンを地面に投げ捨てて……母が乗った人力車を、泣きながら追いかけたものよ……そんなことが、なんべんもあったわ……母も運がわるかったのね……なんべんもお嫁に行かなければならないなンて……北海道って、そういう土地かもしれないわ……兄は、とても私のことを心配してくれるのよ……居候の私のことを。……」

私は、左川ちかを、なんと愛らしい、いい人だろうと思った。

こういうとき、私たちがいるコーヒー店へ、川崎昇が現れるので、私はおどろいた。彼は、私たちの支払いを済ませて、店を出て行った。

最近、私は郷里の岩手日報にエッセイを書いた。

何日ぶりかで町へ出て、食料品などといっしょに、花屋で、紫と黄のパンジーの小さな束を、一つずつ買って帰った。それを、ガラスの花瓶におさめて、目の前におくと、気分も落ちついた。

庭の隅の雪は凍ったまま、先日の大雪の名残りをとどめているけれど、立春も過ぎると、あたりも何やら華やいだ感じをうける。私の好みの緑白梅の蕾《つぼみ》が、ふくらんできたからだろうか。

私は半年ほど前から、かつての仲間、若くして逝った詩人たちのことで、頭が一杯になっている。第二次大戦に入るまでの、ほんの数年間（すでに満州事変は起きていた）、わが国の、芸術の世界には（少くとも、詩、洋画などの一部）、不思議にも活発な運動が生まれ、シュウルレアリズム、モダニズムなどという詩が、その理論と共に根づいたかに見えた時代があった。

そのリーダーは『詩と詩論』の春山行夫氏であったが、ちょうど堀口大学《ほりぐちだいがく》、西脇順三郎《にしわきじゅんさぶろう》がそれぞれ帰国し、ここで新鮮なヨーロッパの芸術運動と詩を紹介することとなった。ここに参加しなかったのは、人生派、社会派という詩人たちだけだったといっていいと思う。三好達治《みよしたつじ》も伊藤整、滝口修造《たきぐちしゅうぞう》、丸山薫《まるやまかおる》、田中冬二《たなかふゆじ》のほかに詩人でなくても阿部知二《あべともじ》、堀辰雄《ほりたつお》など、参加者は多彩だった。

昨秋私は、詩誌『幻視者』を主宰する詩人の武田隆子《たけだたかこ》から「毎号あなたのためにページをさくから、なんでも書きたいものを書いて――」といわれて、心が動いた。そうだ、私が書かなければならないことがある。武田さんの好意をうけよう、と。そして、書きはじめたのは「若き詩人たちへの鎮魂歌」である。

私が書こうとする詩人たちとは、若き日の詩の仲間。それぞれお互いの個性を認めあいながら、純粋に、自由に生きることができた僅かの年月。私たちは『詩と詩論』運動に刺激を受け、先輩たちにつづいた。

私が「左川ちか」を書きはじめると、まもなく、五、六年もかけて纏《まと》めたという、『左川ちか全詩集』が出版された。『詩と詩論』運動をぬきにしても、いま『左川ちか』を認め、研究しようとする詩人たちが出てきている。それは喜ばしいことだけれど、いまは、彼女の人間像を知っている詩人は、四、五人になってしまっている。私も、当時、あまりにも若かったので、十分わかっているとは思われないが、なぜか彼女と交した会話など、鮮やかに憶えているし、事実を、かくさず書こうという決心がついた。

左川ちかを書き終えたら、饒正太郎《ぎょうしょうたろう》、伊東昌子《いとうまさこ》の二人の詩人に想いを移したい。彼らは、詩も、その存在も魅力ある人たちだった。それを記録することが、せめてもの、生きている私の務めのような気がしてきた。

資料も、本も私の傍らに積んで、ある種の確認を得るために、多くの人たちに問い、教えを乞い、饒、伊東を書くときは、まだ行ったことがない台湾へ出掛けなければと思っている。それは一年後だろうか。

それにしてもパンジーの小さな花束は、私の心を慰めてくれる。それを眺めながら、私はスウツケースを、へやの隅においている。

長女のさそいで近く、アメリカへ、旅立つことにした。そこは南部なので、おなじアメリカでも、旧い建物がならび、保守的で、人情厚いといわれるニューオーリンズ。この街では、私はのんびりひとり歩くのが好きだが、こんどは、歩きながら、若くして逝った詩人たちを想って感傷的になりそうだ。

（岩手日報　一九八四・二・一六日号・パンジーの花束を前に）

掲載紙と、学芸部の六岡康光《むつおかやすみつ》の手紙は、私が成田を発つ日の朝、届いた。「左川ちかの名は知っていましたが、他にも、私たちが知らないいい詩人がいたのですね」と、書いてあった。

知らないというのは当然のことである。いい詩人——というよりも、私にとっては珠玉のような彼女たちと彼。私にはそれを書くときが来たと思う。

葡萄の汚点　　　　　　　　　左川ちか

雲に蔽《おお》はれた眼が午後の揺り椅子の中で空中を飛ぶ黒い斑点を見てゐる。
歯型を残して、葉に充《み》ちた枝がおごそかに空にのぼる。
かつて私の眼瞼《まぶた》の暗がりをかすめた、茎のない花が、いまもなほ北国の歪《ゆが》んだ路を埋めてゐるのだらうか。
秋が粉砕する純粋な思惟と影。
私の肉体は庭の隅で静かにそれらを踏みつけながら、
滅びるものの行方を眺めてゐる。
樹の下で旋回する翼がその無力な棺となるのを。

押しつぶされた葡萄の汁が
空気を染め、闇は空気に濡らされる。
蒼白い夕暮時に佇《たたず》んで
人々は重さうに心臓を乾《ほ》してゐる。

出発近く、ＮＨＫ・ＦＭ放送の『日本の心・うた』の録音も、済ませた。話のお相手は、久しぶりに逢うダークダックスの愛称・ゲタさんこと喜早哲《きそうてつ》。

話題は歌曲の詩のこと。『夏の思い出』、『花の街』は、どのようにしてつくられたかという問い。どなたも、私に向っていわれる言葉である。

はじめ独唱曲として世に出たそれらの歌曲は、合唱曲となって人びとにうたわれて、いくつもの伝説などを生みながら、作者の手の届かない、遠い彼方へひとり歩きして行ってしまった。しかし、作者はこたえなければならないのである。

私は、告白した。じつは、私の内部にあるものは『大正文化』なのだ、と。

一見ひよわで、哀しく、甘美と遠いものへのあこがれの交叉。その底には、人を愛さずにいられない、争いの苦手な……そのような精神。夢二《ゆめじ》、虹児《こうじ》、雨情《うじょう》。北原白秋《きたはらはくしゅう》と初期の西條八十《さいじょうやそ》にひそむロマン。堀内敬三《ほりうちけいぞう》の訳詩業など……。

それらは、どのような時代にも、私の心の中で、ひとつの海となって波打っていた。

私は、それを『地下水』という言葉で、表現した。

「それがなかったら、私は詩を書くということがなかったでしょう。……願わくは、私の仕事も、そうした地下水の一滴になりたい」と。

アメリカから私を迎えに来た筈の娘・美保子は、五日ほど前から横浜の家に泊っていて、私の処へは、出発予定の前日の夕刻、「お仕度《したく》は出来ましたか」と現れた。

私は、約束したものは書き、どうやらホッとしたところだった。当日は、気になる先や、人たちへ、三週間の留守を電話で告げなくてはならなかった。

それも、済むと、心安らかに家を出た。

母娘で、旅らしい旅をするなどと、なん年ぶりだろうか。

夜九時半、雪の成田を飛び発ったノースウエスト機が、日付変更線をこえ、前日の午前十時ホノルル着。各社の旅客機がつづいて到着する時刻らしく、入国手続きが混雑を極め、行列の中で一時間も立つ。

しじゅう来ているわけではないが、入国手続きが済んで、空港の建物の中を、ハワイ諸島へ向う飛行機が、離着陸するほうへ歩いて行くと、やはり風景を知っている気安さ。

立春が過ぎたあと、いっそう寒さがきびしくなっている東京から、七時間ほど飛んで、常夏の地上に立つと、次元のちがう世界へまぎれ込んだ気分になる。

ここからコナ行きの便に搭乗する。私たちは、美保子の生活の本拠があるニューオーリンズへ行く前に、コナへ立寄らなければならない事情があった。

緑色の透視

左川ちか

一枚のアカシヤの葉の透視

五月　其處《そこ》で衣服を捨てる天使ら　緑に汚された脚
私を追ひかける微笑　思ひ出は白鳥の喉となり彼女の前で輝く

いま　真実はどこへ行った
夜露でかたまった鳥らの音楽　空の壁に印刷した樹らの絵　緑の風が静かに払ひおとす
歓楽は死のあちら　地球のあちらから呼んでゐる
例へば重くなった太陽が青い空の方へ落ちてゆくのを見る
走れ！　私の心臓
球になって　彼女の傍へ
そしてティカツプの中を

――かさなり合った愛　それは私らを不幸にする
牛乳の皺《しわ》がゆれ　私の夢は上昇する

軽く飛び立った機内の窓から、眼下にダイヤモンドヘッド、賑やかなワイキキの浜辺、珊瑚礁《さんごしょう》の碧い海を眺めながら、ここへ来ても、私は『左川ちか』を、幻か何かのように、心の中で追う……。

「私ね……もう、これからこれから詩を書かないつもり……小説を書くだろうと思うでしょ？　そうじゃないの……私、歌になる詩を書こうと思う……」

それとも（歌われる詩）と、彼女は言ったのではなかったか。……

「この道はいつか来た道……からたちの花が咲いたよ……海は荒海……向うは佐渡よ……雀鳴け、鳴け、もう日が暮れた……』

『ではなくて青い目をしたお人形は……かしら、それとも赤い靴履いてた……いえ、唄を忘れたカナリヤは……だろう』

と、私はめまぐるしく、歌のあれこれを思った。

そして、彼女が『椎の木』に発表した、最近の詩に、それが現れていることを思った。

いままでの彼女の詩と異って、牧歌的で、童画的でもあった。

そのころ、私などの知らないところで、彼女に何かしら変化があったのかもしれない。

「おちかさん（阪本越郎《さかもとえつろう》はかげで、ときにそう呼んだ）が、小説を書けば、林芙美子《はやしふみこ》よりも、うまいと思うなア」

と、阪本越郎が言っていたことがあった。

そう言ってから、彼はニヤッと笑った。

当時、林芙美子といえば、『放浪記』で一躍文壇の寵児《ちょうじ》となった、まれな女流作家だったのである。

左川ちかの周辺に、やはり何かの変化があるのではないか、と私は思った。しかし、たとえどんなことがあろうと、彼女が話してくれない限り、私のうかがい知ることではなかった。

ハイビスカスの花を描いた機は、マウイ島に着陸し、殆《ほとん》どの客をおろしたと思うと、おなじ数の乗客が入って来て、機内は満席となった。

マウイ島を離陸すれば、機はまもなくハワイ島のコナに着く。ホノルルを発って、一時間ほどの旅である。

二年前と、何もかも同じだ……ちがうのは、あの日、美保子は柵の向うで、観光客の中から私たち、私と彼女の妹夫婦をみつけて、手をふった、いま、私たちは、いっしょに飛行機からおりる。

「ここの空港、他処《よそ》とちがうのね……大胆なデザインね」

「名前は憶えていないけれど、有名な設計家の設計よ……ここの設計でも、賞をとったのよ」

と美保子はいう。

ポリネシアンの住居を集めたようなものである。

私たち、母娘の会話も、最も大切なことを逃げているようなものだった。

美保子がレンタカーを借りに行っているあいだ、私はいくつかのスウツケースと、彼女が肩からかけてきたビデオカメラを傍らにおいて、ベンチに腰かけた。
心地いい微風。深い屋根の下からのぞいて見る珊瑚礁の海とおなじ光の空。カラッとした温かさ。……一年じゅうおなじ温度と低い湿度。

波

左川ちか

水夫が笑つてゐる。
歯をむきだして
そこらぢゆうのたうちまはつてゐる
バルバリイの風琴のやうに。
倦《う》むこともなく
彼らは全身で蛇腹を押しつつ
笑ひは岸辺から岸辺へとつたはつてゆく。

我々が今日もつてゐる笑ひは
永劫《えいごう》のとりこになり
沈黙は深まるばかりである。
舌は拍子木のやうに単純であるために。
いまでは人々は
あくびをした時のやうに
ただ口をあけてゐる。

ここまでくると、左川ちかはなまなましさを失い、幻影になってしまいそうだ。

「私に、リッチャンという親友がいたの……あなた、憶えてる？　リッチャンを……」

と、彼女の声。

（私、リッチャンという方とお会いしたことはないけれど、左川さんが、しじゅうリッチャンと仰有ってたので、よく憶えていますよ）

と私。

「たいへんなのよ、重大なことになったの……じつは、リッチャンは猛烈な恋愛しているの……なん年も前からよ……リッチャンが妊娠してしまったのよ……弟さんがR大学の水泳選手でしょう……彼は何も知らないと思うのよ……私は、リッチャンに赤ちゃんを産みなさいって言ってるのよ……なぜって、リッチャンは、とても、その人を愛してるンだから……絶対に産むべきよ……私たち二人でその子を育てましょうと、リッチャンに言ったわ……」

左川ちかの表情からは、困惑よりも、たのしい決意が感じられた。

リッチャンの名は、彼女から、ときに聞いていた。会ったことがなかったが、リッチャンは画家志望で、そうした学校へ通っていること、水泳選手の、大学生の弟さんとアパートぐらしをしていることなど、左川ちかから聞かされていた。

「リッチャンは、そのことを、とても心配しているの、自信がないというの……私は、断然、自信があるの……私とリッチャンと、二人がお母さんになれば、子供を育てられないことはないわよね……」

左川ちかは、思いがけない『愉しみ』が手に入ったことに、夢中になっている様子に見えた。

リッチャンの愛人は、妻子があって、リッチャンは相手の生活を破壊することもできないし、結婚できる望みもないという。

「リッチャンは決心したのよ……赤ちゃんを産むの……ただ、弟が真実を知ったとき、どんなに愕《おどろ》くかって……怒るかって……リッチャン悩んでいるわ……可哀そうよ……でも、相手にはなんの負担もかけたくないというの……きっと、リッチャンは弟と別れて、内職をして生きていくことになると思うわ……私も、それがいいと言ってるの……」

私には、遠いところの話であった。

それは、彼女が私と一ヵ月にいちど会うと、エッセイに書いた、ともかく怖ろしい癌がひそんでいるとは見えない昭和十年の春ごろのことではなかったろうか。

このころ、保坂家のお嬢さんという名も、よく耳にした。彼女は、その少女たちの家庭教師になったという。私は、あらためて、左川ちかの明るい面、積極性を知った。チェホフの「桜の園」の舞台に登場する、あの凛《り》々《り》しい家庭教師。

左川ちかも、あの家庭教師のように、自立心にとみ、聡《さと》く。他人の心の痛みがわかり、周囲を励ますためなら、道化の役もすすんで引きうける、といったところがあった……。

当時『椎の木』の女の同人は、左川ちかのほか、沢木隆子《さわきたかこ》、山中富美子《やまなかふみこ》、そして荘原照子《そうはらてるこ》〔荘原の読みは「しょうばら」が正しい：編者注〕と私だったと思う。私が『椎の木』に参加したときは、沢木隆子は結婚して、東京に住んでいないとのことで、私はお会いしたことがない。山中富美子の名は、九州の人ということと、東京へ出て来れないばかりか、その土地でも外出できない不自由な躰だということだった。彼女の詩はポール・ヴァレリー（一八七一～一九四五仏の詩人・思想家）的だともいわれた。そのころ、彼女と会いに、はるばる九州へ出掛けて行った男の詩人もいた様子だった。

ある日私は、一通の速達をうけとった。

差出人は『荘原照子』

活字で識《し》っている女詩人からのはじめての呼びかけだった。

（あなたとぜひ会いたいことがあります。どうぞ、私の家へ訪ねて来てください。待っています）

手紙の内容はそうしたもので、こんどの日曜日の夜に——と日時を指定してあった。

手紙を手にして、私は思案にくれた。心が迷った。しかし、いわれるままに、彼女を訪ねて行くことができたのは、その住所が私の住んでいる世田谷から便利な東急沿線で下車する、横浜の六角橋だったからである。

めざすお家はすぐわかって、母上と思われるつましそうな老婦人が玄関に出られ、通された部屋の中央に、華やかな花柄の掛け布団がパッと眼に入った。

布団の中に、頬と唇にきれいに紅をさし、白い肌の顔を、いっそう化粧した、眼の大きい美女が寝ていた。

「やっぱり、来てくださったのね……あなた、私、想像してた人とおなじだったわ……私は結核、カリエスで、一年じゅうこうして寝ているのよ……ねえ、処女だったら詩を書けないわよね……」

美女の言葉に、私はうろたえ、抱えて行った花束をおいて、そうそうに辞した。

『マルスの薔薇』の詩人・荘原照子は、山陰の地で健在と聞く。

(四)

クルマが走り出すと、島の道の両側は、ポインセチヤ、ブーゲンビリヤの花ざかり。花の色がさまざまなことに、いまさらおどろく。青く、高い空と湿度のない空気が、身も心もさわやかにしてくれそうだ。(心軽く、ここへ来たわけではないのに――)と思う。

空港から民家のない丘陵を登るように斜めに走り、やがて街の中心地を抜けて、古い住宅街を海辺に沿って行く。かつて、一ど来ただけなのに、すべてが見慣れた風景に思われる。そして、現れるコンドミニアムの群落に沿って、丘陵の中腹を走ると、彼方にコナ・サーフ・ホテルの建物が見えて来て、眼下にゴルフ場がひろがると、前庭にクルマを乗り入れる。クルマからおりると、周囲はブーゲンビリヤ、ハイビスカス、香り高いプルメリヤの花ざかり。(いまは冬ではなかったのか。東京を出てくるときは、雪だったのに――)と思う。

「スウツケースは管理人が運んでくれるから、このまま行きましょう」

石段をおりて、彼女がドアに鍵をさし込む。

広間のカーテンをあけると、ゴルフをする四、五人の移動する気配が感じられ、白いホテルの建物が遠景となって、それらを、水平線が円い、広いカーブを描いてひろがる。

なんの物音もしない。椋鳥によく似た鳥が、ポーチの前を跳ねるようにして、歩いている。イエロー・バードも混じっている。

(何もかも、一年半前の夏とおなじなのだ――)と静寂の中で、不思議な想いが、重なってくる。

「お墓へは、明日行きましょう。食事は、レストランへ行きましょうか、それとも、いろいろ買って来ましょうか」

この前、私がここへ来た目的は、手術後療養している娘の夫への見舞いであった。ドクターは、あと五ヵ月と宣告した。いまのうちに、彼が行きたい処へつれて行き、したいことをさせるようにといわれたと、私は娘から電話で、なんべんも聞いていた。

心重い、というよりも心苦しい旅であったことが、私には、おなじ波動で蘇《よみがえ》って来そうだったが、「買って来るほうがいい」とこたえる私に、娘は頷《うなず》いて、「お疲れになってなかったら、すぐ出掛けましょうか」という。こうして、私たちは、再び明るい空と、花が咲き匂っている街へ向い、コナ滞在の第一日が始まった。

それにしても、私は彼に、何をしてやれたといえるだろう。二十年のあいだに、言葉の問題はあるとしても、まごころらしい何を伝え、何が出来たといえるだろう。想いは向うからだけではなかったか。たとえば、私が彼らの家庭に滞在した日日、私へのきめこまかい心づかい。深夜、パアティのあと、しずかに口笛吹きながら、ひとりで台所であと片づけをしていた彼。二人の子供に数学を、気長に教えていた姿。数年前の冬、夜が明けない早朝、電話のベルで起された。「東京で大きい地震があったのでしょ？　みんなで心配しています。彼は、二人ですぐ成田を発って、ニューオーリンズへいらっしゃるようにと、言っています。いかが？　私も、そのほうがいいと思いますよ」そういわれてみれば、先刻、震度4の地震で、緊張させられた。その三十分後、彼が勤務する研究所では、その地震をキャッチしたのだろう。

二人でくるように、とは、私は末娘とくらしているからである。

こうした数々の、心やさしい想いだけを残されて、私の悔いは、罪のように深い。

「彼はパリを好きだったから、彼が旅行できるあいだに二人で二どパリへ行きました。一どはパリからマルセイユまで、フランスご自慢の急行にも乗り、もう一どの旅では、ルルドへ——ホラ、東京へもルルドからお便りしました……」

私たちは、同時にその旅を想い出していた。そのとき、彼女は、病床にいた末の妹のために、ルルドから小瓶に入った聖水と、ルルドのマリアのメダルを、知人に托して東京へ届けてくれたのであった……。

私たちは、遠くからの慰めと、励ましに、どれほど力づけられたことだったろう。

「パリでは、コンコルド広場に面しているホテル・デュ・クリヨンに泊ったの。三晩予約していたへやを、二日目に、急にきょうだけ他のへやにお移りいただけないでしょうかと、マネジャーが恐縮しながら頼みに来たのよ。女優のメリル・ストリープが、このホテルの常客で、私たちが泊っていたへやが、彼女のお気に入りのへやだとわかって、私たちは喜んで、他のへやに移ったのよ。彼も私も、彼女のファンですから——」

彼女は、彼に宣告された短い月日を、如何に充実した、よき想い出のためにつくしたかを私に話して聞かせて、涙をうかべながら「悔いがない」とも告げた。そして、「なんでも相談にのっていただける、懇意な神父さまと、すばらしい精神衛生学のドクターがついてくださるから、私のことは心配しないで」と言った。

私は、いまにも華奢なステッキをついて（発病前には、こうしたことはなかった）、歩いてくる彼の姿が、鮮やかに浮ぶようだった。もの静かで、落ちついた彼の性格は、最後の時まで変らなかったという。

ありのまま見せてくれるこの島、マウナ（成長する山）を彼は地球上で、いちばん気に入っていると言っていた。来るたびに、様相を変えているキラウェアの広大な周辺は、部門はちがっても、学者である彼の、最も興味を唆《そそ》るものだったらしい。そのためにも、家族で休養できるようにと、離れたこの島に、その目的に添った住居を持った筈なのに、主の姿は、再び見ることが出来なくなってしまった。

「ここへ来るたびに、来たときと、帰る日に、お墓へおまいりに行きます」

と美保子がいう。

私は彼女に案内されて、新しく造成されている丘の上に眠る、娘の夫の墓をたずねた。

私たちは町の花屋で、念を入れて、ピンクのアンスリュムの花を、一抱ええらんだ。それを彼の墓前に供える。美保子の妹たちと、私の従妹からの気持ちも伝えなければならなかった。だれが、このような日が来ようと想ったただろう。——私たちの重い心を救うように、ここからも木の葉がくれに碧い海が眺められる、明るい南の島の風景であった。

毎日私たちは島をドライブして、そこここにけむりがたちのぼっているキラウェアの火口を、いくつも巡った。林の中にまで、ガスがたちこめて息苦しくなる道も通り抜けた。三ヵ月ほど前に、震度6の地震があったという道には、亀裂が生じたまま、「危険」や「禁止」の立札が、やたらに目だつ。噴火するたびに巨大な滝となって流れる熔岩の光景が国際ニュースとなって、報道される。あちこちからけむりがたちのぼる広い火口の底には鮮やかに、人間が歩く道も見おろすことができる。この道を、家族でハイキングしたと、彼女は指さし、二時間かかったとも言う。

ハワイ島の大噴火は、女神ペレが棲居《すまい》を変えるたびに起きるのだといういい伝えがあると、この前来たときに聞いていたが、「それにしては、人騒がせな引越しね、そのたび国際ニュースになるなンて——」

と、私が言う。

「ペレが恋人の若者を木に化《か》えてしまったンですって。あのまっ赤な花が咲いているハワイ島にしかないオヒアの木です。オヒアの木になる赤い実は、ジャムなどにして食べるおいしいベリーですが、いまでも島の原住民は、そのベリーを食べる前に、ペレにひとつ捧げるそうですよ」

私たちは一夜、ボルケーノ・ハウスに泊った。ここの食堂から見る雄大な火口のパノラマは、彼がとくべつ気に入っていた風景だという。

また、ある午後は、彼女がウインドサーフィンをしているあいだ、私は椰子《やし》の木の下に寝そべって、東京から持ってきた読みかけの本を手にして、ゆるやかに寄せる波の音を聴いた。

さすがに、そうしているときは、東京に残してきている仕事を想った。世間は、新しい年を迎えて、騒いでいるとき、私はおくられてきた一通の短い手紙を、眼前の壁に、ピンで止めた。

頌春。

是非是非、「墓場の奥からの回想」を書いて下さい。時の彼方へ流れていった過去の時を、再現して、時代の証言、生きていた者の証言を、ぜひ書き残して下さい。顔が赤くなることも、臆せず、かいてみて下さい。真実だけが強いのです。

では、いい年を！

――江間さんの机の横へ――とあって、差出人は服部伸六。『椎の木』『新領土』時代からの旧い仲間である。

それは、シャトウブリアンの本のこと。彼に電話で、その内容を訊ねると、

「まア、自伝ですよ。子供のころの、貧乏で、呑んだくれの父親を書いているあたりが面白かった」

という。

「江間さんが書いているのは、つまり『墓場からの回想』でしょう？　そう変えたほうがいい」

と。

（みんなが、左川ちかを考えている）

と、私には解る。

私たちにとって、『左川ちか』を考えることは、遠く過ぎ去って行った『私たちの時代』を想うことであった。

花咲ける大空に　　　　左川ちか

それはすべての人の眼である。
白くひびく言葉ではないか。
私は帽子をぬいでそれ等をいれよう。
空と海が無数の花瓣《はなびら》をかくしてゐるやうに。

やがていつの日か青い魚やばら色の小鳥が私の頭をつき破る。
失つたものは再びかへつてこないだらう。

ハワイ島では、一年半前とおなじように、火曜日の朝は、水平線に、島めぐりの白い汽船の美しい姿が現れる。ポーチで、私はいつまでも飽きないで眺める。

私は、コナの浜辺で寝そべっているときは、書きかけの原稿用紙をひらいたまま、慌《あわただ》しく家を出てきたこんどの旅を思った。

さいわい、旅に出て来ていても、『左川ちか』は、私の身近にいた。

そのように思いながら、私たち母娘は、日になんべんも、食事に、買物に、日本人を見かけることもないしゃれた店が並んでいる海岸通りへ出掛けては、くつろいだ時を過ごしたことだろう。

こうして一週間を過ごして、私たちはニューオーリンズへ発った。

私にとって、八年ぶりの、マルデ・グラの祭に湧く、ニューオーリンズであった。

本場のジャズが鳴りひびく、喧噪の街で、私の心によびかけて来た、忘れられない女性があった。

詩人の近藤《こんどう》多賀子《たかこ》(生亡年不明)

彼女は、発表した詩よりも、その人柄で、知っている人には、印象に残る存在であった。

あれは、十年前の、むし暑い夏の日の、けだるい午後だった。

思いがけなく、アメリカにいる筈の彼女から私に電話があった。

「いま、羽田の税関の中にいるの。忙しい用事で来たので、これから帰らなければならないのよ。私はひとりでくらしているの。一週間にいっぺん、お掃除女はくるし、お友だちは沢山あるので、さびしくないワ。ねえ、あなた、私の処に来て、いっしょにくらさない?」

予想もつかない、さそいだった。

「お嬢さんの処へ来られたら、私の処へいらしてよ。そして、一ヵ月なンていうのは、短か過ぎるワ。半年でも、気に入ったら一年でも、……」

彼女の真剣さが伝わってきて、私の心を温めてくれた。

「そうできたら、どんなにうれしいでしょう」

と、私もうきうきした。

「きっとよ。きっといらしてよ。……待ってるワ。もう時間がないの。……こんどは、詩人のどなたにも連絡できなかったワ。みなさんによろしくね……。では、お約束したわよ」

その夜、私はなんべんも寝返りをうって、太平洋の空をまっすぐ東へ翔んでいる、機内にいる彼女を想った。

泉のうた　　　　近藤　多賀子

しめったグラウンドキャンバスに
薄陽がえがく木々の影絵
春の乳房はにおってはずむ
みどりのスポンジ
あおざめて不安角度を計って
貧血する遠景
灰色に病み

鉄骨ビルの谷間をのたうつ肋の中景

にじんでしみるほんのわずかの
あかるさはあのあたり

ことしもかなしい芽がもえ
芽は知っている

ためらう水いろの
ふきあげる緋《ひ》いろの

あふれるライトグリーンの
すきとおるシルバーゴールドの

逆にねじを巻くことは
不可能だ

木よ
立ちつくすもののあしのうらがゆれる

太陽にむかって放射する
樹液波紋

生み！
生む！
生め！
スプリング・ソング！

（『日本未来派』詩集一九五七年刊）より

この詩は、彼女がアメリカでくらすようになってからのもので、日本にいた当時の詩とちがっている。それは当然のことで、また興味のあることである。

一九五七年は日本では酉年《とり》だそうで、定めしみなさまも本年は有形無形にラッキイないろいろを山と取りこまれることと思います。

早いもので、私も渡米以来、ちょうど昨日で丸二年になりました。

しかしいわばアメリカに生れ変って満二歳というべーびイ族であります。大人の顔をしていてもベービイですから、大方の人々におあいそをいわれたり、かあいがられたりすることがあります。そんな時べービイはたいへんくすぐったいのですが、うまくペラペラと舌がまわらないので、ただニコニコとほほ笑みをかえすばかりです。

ところが、このほど私の住居から二つ目のタウンのデッキソンというところのメソディストチャーチの婦人会から「こんどの十五日に、何ぞ仏教のお話をして下さい。プリーズ」と電話がかかってまいりました。遠い昔学校へ行っていた頃、長井真琴先生から仏教概論の講義を聞いたことがありましたけれど、記憶はこの頃のテキサスの朝霧のようにもうろうとしていますし、何しろたいへんな御注文をうけてしまったとベービイはあきれております。

しかし日本人の少いこの地方ですからベービイ族は勇気を振いおこして、一役買わなければなりません。このようなむずかしい仕事は日本未来派の重鎮植村諦大僧正氏だったらお茶の子で、お得意の巻なのでしょうに、何事も思うにまかせぬ浮世とも感じましょう。

あの戦争以後、アメリカ人は日本人を理解するものがふえ、日本に深い関心をよせていますので、この話も日本を知りたいというところから起ったものと思います。

（テキサス通信一九五七年『日本未来派』74号）

とくべつ、気を惹《ひ》くような通信でないが、この飾り気のない言葉の奥から聞こえてくる、彼女なりの誠実な息吹きが、読む者をたのしくさせる。好感を持たせずにおかない。「アメリカに生れ変って満二歳、大人の顔をしていてもベービイ――」とは、なんとナイーヴな、大らかさ。

詩を書いていても、所属するグループ、立場で、お互いに知り合うこともない。私は、ある人に紹介されるまで、彼女がどのような詩を書く詩人か、その名さえ、知らなかった。

逢ってみて、一目で屈託のない、彼女の性格が判った。しかし、示された詩の形体は旧《ふる》く、陰鬱なものであることは、意外であった。

話していると、彼女は極めて、自分に正直で、ねらったものには体当りにぶつかっていくことを知って、私は不思議な感動をおぼえた。私たち詩の仲間には、見られないタイプの女性だった。まして、第二次大戦に入るころ、結束していた私たちの詩のグループは、『人間性』というなまなましさよりも、男女とも透明な水晶と化したように、見うけられた。もちろん、いまになって、グループの一人だった、詩人であり、アルチュウル・ランボオ、ルイ・アラゴンの訳者大島博光は告白する、「あの頃は、くる日もくる日も、ぼくらは酒びたりだった……女の詩人の近くへ寄ろうと思ったこともない……」と。

二ど目に、私が近藤多賀子と会ったのは、彼女から電話をもらって、急遽《きゅうきょ》彼女の住居を訪ねたときだった。

「母が亡くなりました。ずっと母娘で生きてきたのに、いまの私は、身の置きどころもないほど、悲しいです」という電話をうけた私は、何処をどう歩いたか、電車か、タクシーか、乗ったものも思い出せない。ともかく、蒲田の裏町の彼女の家を捜しあてたときは、仏さまの出棺後で、これもどうしていいのか、思案にくれた顔の若い女が二人――多賀子の詩の弟子だといった――と、隣りのおばさんという、人の良さそうな老女が、話しあうでもなく、ちんまりと坐っていた。私は、すすめられて、その中に加わった。一時間ほど待つと、喪服の多賀子が位牌を持って、これも意外だった男の詩人が、彼女の母上の骨壷を持って、ひっそりと戻って来た。私は彼女にお悔みを述べて、何やら安堵して、そこを辞したことを思い出す。

私は、彼女――近藤多賀子の最も近い、友人となってしまっていた。世間にはお節介な人もいて、私に、彼女の経歴をこまごまと話して聞かせる。彼女は札幌では女学校の国文の教師をしていたことは事実らしいが、それは戦前のことで、東京へ出て来てからは、ダンスホールでダンサーを、その他さまざまな職業を転々として来たという。げんに、一年前まで、熱海に近い温泉地で、小ぢんまりした、洒落《しゃれ》た和風の離れ家でくらしていたのも、パトロンあってのこと、という。

私は、話して聞かせた人を、忘れてしまった。私には自分の好みにあわないことは、記憶の中からあっさり捨ててしまう習性があるようだ。

ともかく、近藤多賀子という女性は、そうした生活をしながら、満足できず、詩を書くようになったことを、大切なことだと思う。そして、どのような場合も、母娘で生きて来たことも、ホロリとさせられる。その母上と死別したときは、蒲田の裏町の借家の軒先で、お惣菜屋をひらいていたのだった。

彼女が、私の家を訪ねて来たのは、それからなんヵ月もたってからだとは思われない。彼女は、私の家の古ぼけた門の前に、運転手づきの外車で乗りつけた。そのころは、毛皮のオーバーを着た女性を見ることもない時代だった。彼女は立派な毛皮のオーバーを無雑作に肩からかけて、降り立った。

そして、はじめて会う私の娘たちに、持参のお土産を配り、いまはさる大会社の重役たちのための寮に務めていると、告げた。お手伝いが二人いて、掃除その他はしなくてよく、彼女の役目はその日の食事のメニューを、コックに相談されるぐらいのもの、でも、重役たちは麻雀をするので、夜更しがいちばんつらいと、話した。

そのとき、（美女だけれど、この人は私より相当年齢が上ではないだろうか）と、私は、自分でも奇妙な感想を持った。

その後、重役のクルマを借りられたからと、彼女はなんべんか、かなりの距離を、本郷から私の家へ来て、慌《あわただ》しく帰って行った。

「アメリカでキング・オブ・ライスと呼ばれる、知名度の高い日系人が、再婚の相手を探しに来日し、かつての華族、上流階級からも候補者が殺到し、さる元宮家の姫君も、加わっている」という記事が、新聞のニュースを賑《にぎ》わせたのは、その頃であった。彼女は、文字通りそうしたライバルをふり切って、見事にライス王の心臓を射止め、一ヵ月ほど後に内輪の結婚式を挙げるまでにこぎつけた。

そして、彼女は美しい、壮《さか》んな、めす鷹が大空に翔びあがるように、アメリカへ飛び立った。

彼女は、なん年かにいちどと、日本へ来るたびホテルから私に電話がかかった。

「なつかしいワ、会いたいワ」と、いわれて、私はホテルへ彼女を訪ねた。

彼女は、東京へ来るたびに、華やいでいた。彼女は、農耕になくてはならないものは飛行機であること（ヘリコプターでなく）、それは数機で、婚家先のテキサスの農場では監督は、日本の首相よりも高い給料をとっている、とも披露した。

それは、彼女らしく、似合った環境に思われた。

彼女から紹介された夫君ライス王は、教養あるヨーロッパ風な感じさえする老紳士であった。日本ふうな、旧《ふる》いタイプの男性らしく、傲慢な紳士にも見うけられたが、彼女はよく夫君にかしずいて、妻として、十分満足されているように見うけられた。

ライス王の後添いとして、その地位が確かになっていくように、彼女は帰国する毎に、ダイヤモンドずくめで、身を飾っているのに、私も、私を彼女に紹介して友人とさせた人も、内心喜んだ。彼女は夫君と共に挨拶まわりに忙しく、「ぜひ、ぜひ」と乞われて、私たちがホテルへ出掛けても、東京滞在中、彼女の自由になる時間は僅かなようだった。それでも、彼女は、私たちと会って、心からうれしそうだった。

ライス王は、そのようによばれるだけに十分その資格がある人物であったろうけれど、彼が黄綬褒章《おうじゅほうしょう》とやらをうけることになって帰国したときは、「私、こんどのことで、とても運動したのよ。元気なうちに、主人を喜ばせたいもの。……そうでしょ？」と、私たちにささやいた。

彼女は、アメリカで十分、しあわせそうであった。「日曜日、教会へ行くときは、とくべつお洒落して行くの。帽子をかぶってね……。ミセス・サイハラは可愛いって、頬っぺたにキスぜめで、大変よ……」とも、言って聞かせた。

彼女は、すでに、教会その他あらゆる婦人会の会長という名誉職を引きうけて、夫と並んでその地方ではなくてはならない、実力のある婦人であった。

話のはしから、そうした生活が偲《しの》ばれて、彼女が自分に似合った環境を、その努力でかちとったことを、しん底からうれしいと思った。私たちの友情は、海をへだてた処にいて、深まっていったと思う。

その後、ライス王はたおれ、彼女はその看病にあたった。「八年も、私の看護生活はつづいたのよ。……でも、いまは気らくな生活よ。……ですから、待ってるワ。かならず……いらしてよ」羽田からかけているという電話の声が、私の耳に残っていた。

今年はマルデ・グラは三月三日だったが、八年前は二月下旬だった。マルデ・グラの翌日、灰の水曜日という日の夕べ、私は、彼女をおどろかせ、喜んでもらおうと電話をかけた。電話の向うに、彼女は現れず、若い女性の声が「彼女はもう、ここにいない、彼女は亡くなった……」と伝えた。「明日で、ちょうど一年になる……」と。

私は、彼女の旧くからの詩の友人であることを告げると、電話の相手は「彼女の持っているもので、分けたいものがある……。こちらで、彼女の出身地へ問い合わせたが、何も解らないので、困っている……。日本へ帰ったら、彼女の親戚を捜して、どうぞ教えてほしい」という。心から、それを期待している声だった。

当時、私は週にいちど、東京新聞の婦人家庭欄に、生活に添った詩を載せていた。私は、そこに詩を書いた。

旅の終わり

江間　章子

あなたとの再会も　たのしみの
ひとつに考えていた旅だったのに
あなたはヒューストンの墓地に
眠っていた
詩人で　華やかなことが似合い
努力家で
二十年前　永住の地とえらんで
渡米した
あなたの夢も情熱も　すでに
アメリカの土と化したのだ
私は一夜　あなたを想って
涙をながし　帰途につく――
グランド・キャニオンを眼下に
雪のネバダ山脈に　眼をやりながら

その旅から戻って、私は、近藤多賀子と親しかった詩人たち、彼女をよく知っていたと思われる人たちに問い合わせたが、彼女の親戚らしい人や、それに類する人たちを捜し出すことが出来なかった。

娘のオフィスは八年前とおなじくシェル・ビルディングの一階に在るので、ここから五分ほど歩くと、フレンチ・クォーターへ入る。

アンティック通りの店のウィンドウにも、ピエロのお面などおいて、観光客相手と変ったのは情ない感じだ。

鉄のレース模様のバルコニーの旧式な西洋館。バーボン・ストリート、ロイヤル・ストリートと歴史で歪んだ石畳に、二人、三人と佇《たたず》んで話している土地の男たちの風俗も、一時代前の感じで、完全に、テネシー・ウィリアムズの世界。時の流れが停止したような雰囲気の中では、サマになっている。

私は、こんどのニューオーリンズ滞在中は、月曜日から金曜日までは、中心地の閑静な住宅街にある娘のアパートで過した。彼女は、私が気がつかないほど、朝早く、クルマで五分ほどの距離のオフィスへ出て行く。私は、正午近く、二階の住居から、プールと木蔭と、ベンチのある中庭のわきを通って、厳《いか》めしい制服姿の黒人（これも南部ふうか）の門番がいる玄関から、外へ出る。そして、アパートの前で停まる市電に乗って、娘のオフィスへ向う。彼女の処に立寄ってから、れいによって、私はひとり、フレンチ・クォーターへ歩き、あるときは、電話でよび出した娘と昼食を共にしたり、絵を売る画学生たちのあいだを通って広場に行ってみたりした。ここでは、大道芸人が逆立ちをし、手風琴を弾き、ピアノを路傍に持ち出して、ジャズを演奏する黒人、白人の群れ、印度の人形芝居も出て いる。ぶらぶら歩きの果て、私は気まぐれに、ジプシー風な女から手相を見てもらってから、土堤の石段をのぼっていった。

錆びたナイフ

左川　ちか

青白い夕ぐれが窓をよぢのぼる。
ランプが女の首のやうに空から吊り下がる。
どす黒い空気が部屋を充たす——一枚の毛布を拡げてゐる。
書物とインキと錆びたナイフは私から少しづつ生命を奪ひ去るやうに思はれる。

すべてのものが嘲笑してゐる時、
夜はすでに私の手の中にゐた。

そこは細長い公園とも、散歩道ともなっていて、眼の前に古くから歌にうたわれたミシシッピーが、長い旅の終りを見せていた。私はベンチに腰かけてなん万噸《トン》という外国貨物船が航行している、巨大な流れに見入った。私の頬からいまミシシッピーに流れおちる一粒の泪《なみだ》があるとすれば、それは近藤多賀子を想っての熱い泪なのだ、と思った。

彼女は、つねにせい一杯、体当りで、自分の人生を描き、駆け抜けた、その見事さ。次第に深まっていった、彼女への私の友情は、そうした彼女の姿への感動がいつくしみ、育ててくれたものにちがいない。

そして、一夕、娘の親しい友人、貿易商の平林夫妻と江原夫妻から、日本料亭の『将軍』へ招待された席で、かつて『サイハラ・タカコ』の名の詩人がいたことを、聞かされた。それは、さまざまな話題のはてから、出たことだった。彼女は、近藤多賀子にちがいなかった。サイハラ・タカコは、ロサンゼルスで発行されている邦字新聞に、しじゅう詩を寄稿していたらしい。その詩は、いつも広大な農場をうたったものだったという。その詩を読みたいものだが、その邦字新聞社ででも探し出すより方法がないだろう。

それにしても、彼女が最後まで、自分の世界を持ちつづけていたらしいことは、私に、ほのぼのとした救いを感じさせた。

左川ちかと近藤多賀子。この二人は、おなじ北海道でも、ちかは余市、多賀子は札幌と、育った土地もちがい、学校もちがう。年齢も、多賀子がちかよりも上で、お互いに知っていた筈はないが、偶然にも、私の近くにこの二人がいることは、私の心を温かくしてくれそうだった。

私は、こんどの、ニューオーリンズ滞在中は、気ままに、鬱蒼《うっそう》とした樫の古木の街路樹の町を歩いたり、博物館へ入ったりした。ここには、東京にいては考えられない不思議な時間の流れがあった。

ある日、孫娘のオデットがテューレーン大学のキャンパスを案内してくれた。彼女は小学校のころ、一学年ずつ、二回とび越えて進級したので、十六歳でこの大学へ推薦入学をして、寄宿舎生活をしている。

ここの古色蒼然とした図書館の内部は、掃除もいきとどいて、二階にラフカディオ・ハーンのコーナーがあった。担当の事務員が、親切に鍵を持って来てあけて、棚から蒐集《しゅうしゅう》された書籍、文献のようなものを示した。恭々《うやうや》しく、取り出して拡げて見せた大きな軸は、落合直文などの寄せ書きで、ラフカディオ・ハーンの署名もあった。南部のハーバードといわれる大学であれば、その図書館には、ハーンが、日本へくるまでの十年間、この町の小さな新聞社の記者として住んでいたという、彼の著書を、とくべつに手厚く、保存している気持ちが、察しられた。ハーンに関する小冊子四ドル五十セントを買いたいといい出す前に、事務員は贈呈するという。恐縮してしまった。これが『サウザン・ホスピタリティ』といわれるものであろうか。

近藤多賀子のテキサス通信は、ニューオーリンズにもおよんでいた。一九五七年のことだから、娘たちがここに赴任する前である。

さて、南風が吹いている間は、ここメキシコ湾沿岸地帯は温かい冬。今日は八十度（華氏）にもなって、冷房装置にスイッチを入れたいほどです。

窓の下の花壇には、一時霜にやられたあとからべっこう色の芽がふき出しております。みんな熱帯植物です。それらの間に混って菊もとりどりに、椿も赤と白とのしぼりに咲いています。

菊も椿もそしてこの花壇にはありませんが山茶花《さざんか》も日本人が何十年か前にこの地に移し植えたものです。しかし椿はヨーロッパ系のものもたくさんあります。

こちらでは山茶花は日本の発音通り。「サザンクヮ」といいます。椿は日本産のものは「キャメリヤジャポニカ」と呼んでいます。

去年の二月、ニューオリンズ市に行った時に、街中にその「キャメリヤジャポニカ」の花がまっ赤に咲いていたのを忘れません。日本の豪華な美がアメリカ人の頭の上に咲きほこっているようで、胸がうずきました。

去年の二月、ニューオリンズへ行ったのは毎年その街で催されるフランス風な祭、マーデグローカーニバル（マルデ・グラ）を見るためでした。

この祭はルイ十四世時代のスタイルで沢山の山車《だし》が街を行進するのですが、全米から集った見物人は、この行進のほかにも、フレンチ・コーターという古いフランス風の街が、保存されているのを見、その歴史を聞くわけですが、私もその時、アメリカにも古いフランスがあることを知りました。

アメリカがヨーロッパの植民地であった頃の名残《なご》りです。

私は行進を見、その古い街を見たあと、アントワンというレストランへ参りました。純フランス風でメニューもフランス語で書いてありました。

アメリカで一番おいしい料理をたべさせるということで、歴代の大統領もたべにくるということでしたが、その酒倉にはまず、びっくりしました。

二百年ぐらいたつという葡萄酒の大瓶、小瓶、それからウヰスキーの古いさまざまな形のびんが、ずらりと鉄の扉の奥に、何段もぎっしり、つまっているのです。

お酒のみだったら一生ここから離れたくないと思うことでしょう。

私は実はこの時のディナーはS領事御夫妻に招待されたのですが、料理はたしかにおいしく、味がたいへんこまかいのに感心しました。中でも一番舌の記憶に強烈に残ったのはロックフェラーという名のオイスター（カキ）料理です。これは有名な富豪の名をとったものですが、貝がらのまま、ボイルした上に緑色のどろりとしたソースをかけ、お皿の上に半ダースずつ花びらのようにならべて供するのですが、舌にとける味はたしかにリッチでした。冬でも今日のように温かいと、お餅をいただく気にはなりません。

暮の二十九日に私のところに、日本人の一世が集ってお餅をつきました。一世は年寄りなので、二世の若い人たちがきねをふるいました。お餅はすぐかびが生えますから、電気冷蔵庫にキープすることになります。

日本人の三世はすでに最高は十八歳になりました。三世は純然たるアメリカっ子ですけれど、血は争えません。大福餅、ノリ、タクワン、カキモチせんべい、など日本的食品よろずO、Kと召上るのには驚かされます。

（テキサス通信一九五七年『日本未来派』74号）

金曜日には、美保子はオフィスの仕事を、早く切りあげる。私たちは郊外のハイウェイを一時間ほど走り、松林の中のスライデルの家へ着くころ、オデットと、兄のアンディも、それぞれ大学の寄宿舎から帰ってくる。そして、週末を家族で過し、買物に、食事に、芝居に行き、月曜日の朝はそれぞれの生活の場所へ戻って行く。

ここで松籟《しょうらい》の音を聴こうとは、思いもしないことだった。天に向って、まっすぐに伸びた松林の中が、ひどく明るいことも、意外だった。低い、植込みの竹は、この冬の寒さで、葉が褐色に縮んでしまっていた。

朝、裏庭の芝生を埋める夥しい五葉松の松かさが、どれにも実がないのは、リスが木の上で実を食べるからだった。

突然、杏の花、迎春花、こぶしの花が、いっせいに咲きはじめた。私が、東京へ帰る日が来た。娘の美保子は、一家の主を失っても、母子が、それぞれ目的を持って健やかに生きている様子を見て安心してもらおうと、母の私を東京へ迎えに来たのであった。それは、二週間の滞在で、十分達した。この上は、私は私で、東京の自分の生活へ戻って行かなければ、と心が焦った。

私の心は、どこかで魔法にかけられたように、半世紀前の世界に息づいた。

——左川さん、あなたは、あのころ、恋愛をしていらしたンですって？　本当でしょうか。相手は、伊藤整さんだと、みんな言ってますよ……。なぜ、それを私は、気がつかなかったのでしょう——

左川ちかは、微笑むだけで、応えてくれない。

左川　ちか

雲のやうに

果樹園を昆虫が緑色に貫き
葉裏をはひ

たえず繁殖してゐる。
鼻孔から吐きだす粘液、
それは青い霧がふつてゐるやうに思はれる。
時々、彼らは
音もなく羽搏《はばた》きをして空へ消える。
婦人らはいつもただれた目付で
未熟な実を拾つてゆく。
空には無数の瘡痕《そうこん》がついている。
肘のやうにぶらさがつて。
そして私は見る、
果樹園がまん中から裂けてしまふのを。
そこから雲のやうにもえてゐる地肌が現はれる。

三週間ぶりで、私は東京の自分の仕事机に向った。

「墓場の奥からの回想」を書いて下さい。時の彼方へ流れていった生きていた者の証言を、ぜひ書き残し——

それは壁に止められたまま、眼の前にあった。

「あなた恋愛してるでしょ？　相手はだれ？　当てましょうか」と、私が左川ちかからきつい口調で、問いつめられたのは、彼女が亡くなる前年の初夏だったと思う。そのころは、彼女は保坂家の家庭教師となっていたので、忙しく、私たちは会う時間もなかった。そうした束縛から逃れてきた彼女と、久しぶりに待ち合せたのは、いつものように銀座のコーヒー店であった。

恋びと。悲しいことに、私には、彼女に聞いて貰いたい相手というものはいなかった。胸の何処かに、影のように佇むものがあったとしても、自分でもその正体が摑めない。それが二十歳の若い女が、だれに信じて貰えなくても、本当のことだった。

私が「無い」とこたえると、ちかは私の言葉を信じてくれなかった。

「嘘よ！　阪本（越郎）さんでしょ？　隠したって駄目。わかってるンだから」

「それは、絶対にちがうのよ」

「では阿部保さん？　まさかと思うけど……」

阿部保も、私が『椎の木』に参加する前からの同人で、東大の美学の学生だった。彼は、いつも夢を視《み》ているような目をして、会合に現れた。彼は、阪本越郎に可愛がられている感じだった。私は、ちがう、と言った。

「では、だれなの？　名前を言わないなら、私、あなたの言うことを、信じないわよ」

「春山行夫さん――もちろん、これは私だけよ」

問いつめられて、言った言葉に私は自分でも、びっくりした。

左川ちかは、一瞬声をのんだようだったが、次の瞬間、明らかに、私を軽蔑した。

「およしなさいよ。兄は、春山さんを嫌いよ。……それに、冗談じゃないわ、春山さんには、奥さんがいるのよ」

彼女の言葉は、私の心の痛みになるものでなかった。私の彼女への告白は、もっと遠く、もっと近い処にあったのだ。

私たちがいっしょになると、何もかも話してしまうような私が黙ってしまったので、彼女は、しらけたものを繕うように、

「ごめんなさい。私、あなたに余計なことを言ったのかもしれないわ……私、自分が失恋したときのことを、思い出していたのよ。……郷里へ帰っていた彼が、結婚して、奥さんをつれて東京へ戻ってきたと知ったとき、私は、全身冷汗でびっしょりになってしまったの。そして、坐っていた二階の端から、階段を階下まで転がりおちてしまったのよ」

そう言って、彼女は私をいたわるように、さびしそうに微笑んだ。

その言葉によって、私は、現実の世界に立ち戻った。

階段を転がりおちたとき、怪我をしないまでも、どんなに痛かっただろう。私は、悲しかった。私は、彼女に微笑みかえして、たまらなくさびしく、悲しくなった。

彼女が恋していた人とは、だれだろう。——私が知っている人のような気がした。『詩と詩論』、『椎の木』に関係のある人にちがいなかった。

しかし、その人たちの中から、ひとりを選んで、左川ちかと結びつけて考える想像力は、私にはなかった。

私が『春山行夫』の名を言ってしまったのは、そのころ彼は、ヨーロッパの、多くの斬新な文学書を、それぞれ適した小説家、詩人をえらんで、訳させ『詩と詩論』に紹介するといった、輝かしいリーダーで、彼によって、若い詩人たちが啓発されつづけていた尊敬からであったと思う。

The street fair

左川　ちか

鋪道のうへに雲が倒れてゐる
白く馬があへぎまはってゐる如く
夜が暗闇に向つてわめきながら
時を殺害するためにやつて来る
光線をめつきしたマスクをつけ
窓から一列に並んでゐた
人々は夢のなかで呻き

眠りから更に深い眠りへと落ちてゆく
そこでは血の気の失せた幹が
疲れ果て絶望のやうに

高い空を支へてゐる
道もなく星もない空虚な街

私の思考はその金属製の
真黒い家を抜けだし
ピストンのかがやきや
燃え残つた騒音を奪ひ去り

低い海へ退却し
突きあたり打ちのめされる

記憶の海

左川　ちか

髪の毛をふりみだし、胸をひろげて狂女が漂つてゐる。
白い言葉の群が薄暗い海の上でくだける。
破れた手風琴、
白い馬と、黒い馬が泡だてながら荒々しくそのうへを駈けてわたる。

高橋留治著『「セルパン」と詩人たち』の、12ページ―17ページには左のようにある。

『セルパン』はもっと注目再認識されてもよい文化誌と思うのに、見捨てられている感が強い。

注――『セルパン』は昭和十六年三月通巻第一二二号をもって『新文化』と改題。昭和十九年第一書房の廃業とともに廃刊。

文化月刊誌『セルパン』は、創刊時(昭和六・五)に「詩・小説・思想・美術・音楽・批評」を標榜して、内外の新エスプリを紹介するとともに、新人に門戸を開放する純然たる芸術中心主義として発足した。創刊号はわずか六四ページの小冊子。もちろん第一書房の刊行にかかるから、巻首巻末に第一書房の既刊または近刊広告があるのは当然だが、ノンブルに関係はない。

当初の編集人は福田清人で、創刊号は発売翌日店頭で売切れとなり増刷された。それだけの魅力が集ったのはなぜだろうか。昭和初年度から大旋風を巻き起した『詩と詩論』を主軸とする西脇順三郎らの超現実主義文学の台頭や目まぐるしい西欧の新文献紹介頻《しき》りだった当時の文芸風潮をそのまま反映して、この新しい文化誌に飛びついたと解するのが妥当な見解といえようし、他社ではとても出版の運びにならぬ斬新な書籍の刊行に、渇を癒《いや》していた青年たちの、第一書房の新刊書が呼び寄せた魅力も要素として加えられよう。こうしてスポーティブなモダーニズムと時代感覚の清新方針のもとに、臨時増刊「山岳号」「野球号」や特輯《とくしゅう》「海外文学」が編まれ魅力を加えてゆく。

一三号(昭和七・三)から編集のバトンは三浦逸雄に移されるが、ここで時事批判に進出する。マルキシズム、満州事変、ファッシズム、対ソ・対中国、軍備などの特輯号が編まれ、総ページも四七号(昭九・九)までは七五ページ程度だったのに、その後は普通号でも一四〇ページに増頁され、『セルパン』の読者層は広い領域に亙って拡大された。芸術中心主義に則るむずかしい階級を読者とする雑誌が、かくも好調に最大読者層を獲得できたのはなぜだろうか。諸情勢の行先見通しが随時変転して混迷していた、当時の知識階級の求めていたものを提供したと見るべきであろう。政治・経済・財政・外交など時事的なトピックへの強化編輯方針、換言すれば、当時新聞・出版両ジャーナリズムに挟まれ極度に行き詰りをみせていた中間地帯に存在する雑誌ジャーナリズムの向うべき方向として正しかったとみてもよかろう。この方針に副《そ》うために採られた取材方法は、特別寄稿（外人・邦人）や踏破報告による現地ルポルタージュで、注目されて時好に投じ、昭和十年以降の異色本格的ルポルタージュの源となった。

四七号（昭和一〇・一）以降は編集人が春山行夫に代り、編集方針が綜合的週刊誌『ステイツマン』『ネオナション』などを基本とした。それとともに国民的風潮さかんなとき忘れがちになる、国外と国内の文化への融合を計る方針を打ち出している。

すなわち、通巻第七八号までにおいても、新映画展望、新美術展望、大学の生活、ルポルタージュ、能動精神、美術人は語る、山と海、シナリオ、国境警備、オリンピック、ジイドのソヴィエト訪問などの特輯のほか、それに類する特別記事があり、毎号の世界名作テーマ小説、カメラ訪問、現地ルポルタージュ、外国文献、絵と文、女と影、季節の風、など多彩である。

しかし、芸術部門においても初心を忘れず、その部門は依然過半以上を占め、概《おおむ》ね新年号に発表される文学・美術・映画などの年間展望は、執筆者の宜しきを得て、去る年を知る好資料となっており、新エスプリへの探究――海外文化情報や行動主義文学運動への協力――に一貫して頁を割き実証した。

七五号（昭和一二・四）に編集人春山行夫は、

「専門誌以外で、雑誌の全体が各部門の専門雑誌と同一のレヴェルで編輯されてゐる雑誌は本誌以外にあまり類がないと自信してゐる」

と書いているが、あながち自信過剰と否定しきれぬものがある。ところで私は、純然たる芸術中心主義を離れて綜合誌となった昭和十一年から購買をやめ、友人に借りて新刊予告と芸術部門だけをみるようになった。これは純粋さを愛する性向から出ており、何か品格が落ちたと当時感じたからで若さのいたすところであろう。

はじめに『セルパン』はもっと注目再認識さるべきだと私がいう理由は、右の詳述でおのずから了解されると思うが、こと芸術分野に限って要約すれば、

当時としては月刊文化誌は珍しい存在で、創刊時掲げた標榜を貫きとおし、内外の新エスプリ精神を探究して清新な刺激を文壇に与え、新人を発掘登用し他の綜合雑誌の欠ける面を補って、文化誌本来の使命・役割を果たし、文苑興隆に貢献した。またこれにより、昭和六年以降文苑を彩《いろど》った人たちの軌跡を辿る場合、客観的にみて閑却放置されるべきものではないと信ずるからである。

死の髯《ひげ》

左川　ちか

料理人が青空を握る。四本の指跡がついて、
——次第に鶏が血をながす。ここでも太陽はつぶれてゐる。
たづねてくる青服の空の看守。
日光が駆け脚でゆくのを聞く。
彼らは生命よりながい夢を牢獄の中で守つてゐる。
刺繍の裏のやうな外の世界に触れるために一匹の蛾となつて窓に突きあたる。
死の長い巻鬚が一日だけしめつけるのをやめるならば私らは奇蹟の上で跳びあがる。

死は私の殻を脱ぐ。

左川ちかが、私に、兄上の川崎昇が春山行夫を嫌いだという理由を話して聞かせたところによれば、春山が新しい文学を志して上京して来て以来、昇は、彼の就職の世話から、校正の方法まで、教えたという。

「それなのに、春山さんは編集長になったとたんに、兄に、これから『くん』はやめて『春山さん』と呼んでほしいと言ったのよ。周囲の人たちにみせしめがつかないっていったらしいのよ。兄は、何気なしに言っていたのよ、ネ……。そればかりじゃないと思うけれど、兄は、あの人、名古屋人だって、言うわ……」

左川ちかは、そう言ってから、気の毒そうに私を見た。

「あきらめることね……。もちろん、片想いってものもあるけれど――」

左川ちかの、いつにない厳しい剣幕に、私は思慮なしに応えてしまったことだった。これを白状といえるか、どうか。そして、それは本当のことでないともいえないが、事態はどうであろうと、私の心が傷つくたぐいのものでもなかった。私が怖れたのは、私が、そのとき何かを応えなければ、以後彼女が友だちとして私に対してくれないのではないかという、全身を駆けめぐる不安だったのだ。

そして、私は黙って聞いていたが、それが、本当のことだとすれば彼女兄妹の考え方には、疑問を持った。私は、春山行夫の考え方が理解できた。かつて、どのような関係があろうと、人間は過去を、いつまでも引きずって歩かなければならないものではない、と思った。（春山さんの言うことは当然だ）と思ったが、私が意見を言う場合ではなかった。

このようなことがあってから、その後、左川ちかとなんべん会っただろう。会ったにちがいないけれど印象に残るようなことはない。私たちの話題といえば、最近観た映画の話、ちょっとそれに加わるのは『椎の木』の同人あれこれの人の消息であった。

『「セルパン」と詩人たち』によれば、昭和十年一月「セルパン」の編集は、三浦逸雄から春山行夫に移っているので、私と左川ちかの話し合いは、その直後のことであったのだろ

当時、私は『椎の木』の同人の集りのほか、個人的に会う詩人といえば、左川ちかと阪本越郎であった。

阪本越郎は、私を百田宗治家へ伴い、『椎の木』の同人にしてくれた。その事情は、詩誌『いしゅたる』（堀場清子主宰）№5に、「書きはじめのころ」と題して、書いたが、その終りを次のように結んでいる。

そのころ、私は外務省の外郭団体である、丸の内にあった事務所に務めていた。私の主な仕事は、目を病んで、失明寸前にあった一外交官の、口述筆記で、それは年刊の国際情勢の原稿であった。

私は、ふとした機会に、文部省社会教育局におられた阪本越郎氏と知り合った。氏が『雲の衣裳』という詩集の、詩人であることに、私はおどろいた。私が『詩と詩論』の読者と知ると、「一週間後に、詩を二つか三つ書いてくるように」といわれた。

私が詩を書く。それはとんだ誤解だったのである。しかも、私はこんなことから詩というものを書き、阪本氏は、どうやら私が書いたものを、百田宗治氏の許へ持って行かれて、私は『椎の木』（あれは第三次というものだったと思う）の同人となった。〔第三次が正しい：編者注〕『椎の木』に、詩を書きつづけているうちに、ある日、『文学』（『詩と詩論』改題）に詩を、と編集者・春山行夫氏からの、突然の手紙。果して、私にそんな資格が、力が——と、おどおどしながらも書いて送った。だれの真似もいやだった。私が影響をうけているとすれば、それは『詩と詩論』の精神《エスプリ》そのものからだった。

何しろ、それまで、私はこの世に詩の同人誌があるなどと、知らなかったのである。

そのころ、私はよく、阪本越郎に呼び出されて、銀座の書店で、またはコーヒー店で、彼と待ちあわせた。「ぼくが、あンたの書いたものに、いっぺん目を通さないと。……直接、百田さん（『椎の木』主宰者）に送っては、危いよ。何しろ、はじめて詩を書くひとなンだから……」

阪本越郎は、私を百田宗治の家へ連れて行き、——そのとき、私はなぜそこへ行かなければならないか、彼の意図するところが解らないまま、伴われて行って、『椎の木』の同人となったのだが、彼は、私が『詩と詩論』の読者であっても、いままで詩など書いたことがないことを十分知っていたのだ、と私は顔がほてった。

私よりもっと顔が赫くなったのは、彼だった。

（わるかったかなア）

と、私に聞えた。彼は、口のなかで、何かしらぶつぶつ言ったようだった。

彼は照れ臭そうにわらって、「詩は、少なくとも三、四篇書いてくること、ぼくが、それを、たぶん必要ない部分など消すと思うから、できるだけ長い詩を書いてくるほうがいいでしょう」と、言葉をつけたした。

確かに、阪本越郎には、何も識らない人間に講義する、教えるといった、大学の先生的なところがあった。私は、完全に彼の弟子、学生であった。それなのに、彼を「先生」とよぶこともなく「阪本さん」で通した。いまは、「先生」がなんの不思議もなく通っているのを考えると、あの時代のほうに、はるかにのびのびした人間関係が在ったのだ、と思う。

始めのころ、私は行わけをしない、散文スタイルの詩を書いていた。私が書いた詩を、阪本越郎に見てもらうことも、無駄だと思われる個処を消してもらうことも、案外早く、一年足らずで終った。

卒業したというべきかもしれない。

彼は、私の書いた詩に、首をかしげて、ペンを加えることもあったが、かならず、あとでそれを消した。

「やはり、あンたが書いたままのほうがいいと思う……」

彼が「あなた」といわず、「あンた」と言うことが、少し気になった。東京の人はそういうのだろうか、それとも彼が高等学校時代を過したという東北のその地方では、そういうのだろうか、と私の心の中で、奇妙なことが気になった。

「ぼくの家へも来て貰いたいけれど、手狭《てぜま》なので……」

彼が、そう言ったとき、突如、私は詩というものへの目が開かれた気がした。

（詩人とは、他を傷つけることがない嘘は言っていいものなのだ）

それは『嘘』でなくて『願望』かもしれなかった。彼は、手狭な、そうした生活にあこがれていたのかもしれない。

阪本越郎の兄上はそのころ、外務省で、スウェーデン公使、また外務省に戻っては条約局長だった。彼の父上は枢密顧問官とかいう、最高の要職にあったが、新人作家高見順《たかみじゅん》の自伝的小説に書かれているように、世間知らずの小娘であった母を、老境に近い年齢で弄び、産ませた子（高見自身）に、なんの責任もとらない冷血無比の男が、その人物でもあった。

青い馬　　左川ちか

馬は山をかけ下りて発狂した。その日から彼女は青い食物をたべる。夏は女達の目や袖を青く染めると街の広場で楽しく廻転する。

テラスの客等はあんなにシガレットを吸ふのでブリキのやうな空は貴婦人の頭髪の輪を落書きしてゐる。

悲しい記憶は手巾《ハンカチーフ》のやうに捨てようと思ふ。恋と悔恨とエナメルの靴を忘れることが出来たら！

私は二階から飛び降りずに済んだのだ。

海が天にあがる。


子と親は、人格としては、まったく異なるものである。そう思いながら、私には、ふと、何かがその人物を連想させた。

運命とはいえ、日蔭にこぼれおちるように出現した、貧しい母子が哀れであった。若い母は、生計を支えるために、他家の仕立物を夜も寝《やす》まずに縫いあげ、ときにその仕上がった包みを持って、得意先へ届けに行った、小説の中の少年の姿が、たまらなく不憫であった。

「長年かかって詩を書いていても、いい詩が書けるわけでもないし、……もう、ぼくが見なくても、十分だと思います。これからは直接、百田さんへ詩を送ってください」

そのとき、彼に、お礼を言うべきであったろうけれど、おそらく、ここでも私は礼を失したのだと思う。詩についても、自信も何もなかった私は、阪本越郎からひとり立ちの許しを得ても、あるいは見離されたとしても、淡淡としたものだった。「はい」とこたえたと思う。

そうしたことがあってから、ある日、左川ちかから呼び出しを受けた。

――急いであなたに逢わなければならないことがあります。かならず、いつものコーヒー店へ来てください――

といったハガキの速達が届いたのである。

私は約束の時間よりも早く、コーヒー店に着いたのに、彼女はすでに来ていて、奥まったテーブルで、私を手招いた。

いつも顔色が冴えない、蒼い感じの彼女の頬が、いつになく上気して、いつもとちがうのが、私にはすぐわかった。

私が椅子に腰かけるのを待って、左川ちかは言った。

「大変よ、あなた……殺されてしまう……」

いままでにないことだった。あきらかに、彼女は、はじめて興奮していた。

私が、その事情を解しかねていると、彼女はいらだっている様子だった。

彼女の話によれば、いままでだれにもいわなかったが、じつは、だいぶ前から阪本越郎の秘密を知っているという。

彼女の親友のリッちゃんとおなじアパートでくらしている女性がいて、そこへしじゅう訪ねて来て泊って行く男性が、偶然なことから阪本越郎だと判った。二人は、勤務先で知りあい、恋愛関係になったのだが、女性は周囲に気づかれないうちに、辞職して、いまは他に就職しているのだという。

「そのひとは、経済的には自立しているし、阪本さんに何も望まないンですって。身分がちがうから、結婚できるなンて、到底考えていないと、割り切っているらしいのよ。ただ、阪本さんが、家柄ということで、親がきめた結婚をするならあきらめるけれど、そうでなかったら、ただではおかない、きっと殺してやるって……」

私は溜息をついた。

私が、その話に、少しでもかかわっているというのだろうか。それは、ちらと私の脳裡をかすめただけで、『女』の話として、私には、無性に哀れだった。

たか。

「あなたに話して聞かせて、私、肩の重荷をおろした感じよ……」

左川ちかは、そう言うと、いつもの、おっとりした彼女に戻った。

彼女を興奮させ、いらだたせたのは、なんだったろうか。その女性から「殺される」相手は、『男』ではなかったか。

私は、いままで知らない左川ちかをかいま見た気がした。

なぜ、他人の恋愛に、こうまであわてるのだろう、と私は思った。

数日後、会合の帰り途で、阪本越郎と駅まで歩いた。彼は黙っていたが、思い切ったように言った。

「最近、おちかさんは、川崎君の家にいないらしいなア。どこに住んでいるか、あんた知ってますか」

「いいえ」

と、私は知らないままに、こたえた。

それっきり黙った彼は、(あンたは、親しそうにしていても、左川ちかのことを何も知らないのだ)と、心の中で思ったと、歩きながら私は感じた。

そうしたことは、私には、どうでもいいことだった。なぜと問われたら、その返事に困ってしまったろうけれど……。

私の写真　　　　左川　ちか

突然電話が来たので村人は驚きました。
ではどこかへ移住しなければならないのですか。
村長さんはあわてて青い上着を脱ぎました。
やはりお母さんの小遣簿《こづかいぼ》はたしかだつたのです。
さやうなら青い村よ！　夏は川のやうにまたあの人たちを追ひかけてゆきました。

たれもゐないステーションへ赤いシヤツポの雄鶏《おんどり》が下車しました。


十月、秋風が吹きはじめた。

そうした日、私は、川崎昇から、一通のハガキを受けとった。

——妹は大塚癌研附属病院に入院しています。訪ねてやってくだされば、喜ぶと思います。——

私は、数行書かれたこのハガキを、なんべんも繰り返して読んだ。

当時、『癌』という病名は、いまのように話題になることはなく、何やら油断できない病気というくらいの知識しかなかった。

私は、古いその木造の病院へ出掛けた。

左川ちかは、二階の病室の窓際のベッドで、画集のページをめくっていた。

「検査があるらしいの……。活字は疲れるから、絵を見ているほうがいいの……」

顔は蒼白だったけれど、気力は十分感じられて、彼女はまもなく家へ帰れるように思われた。

私は、ホッとして、病院を出た。

彼女から、追いかけるようにハガキが届いた。

——私は、あなたが帰って行くのを、窓から見ていたのに、あなたは振り返ってくれなかった——

私は彼女の病室が、玄関の真上であることを知らなかったのだ。

そのハガキに、私の胸は痛んだ。

私の母が、彼女のために掻巻《かいまき》を縫ってくれたので、折返すように、それを持って大塚の病院を訪ねた。

この前来たときから、一週間もたっていないのに、ちかはベッドに寝たまま、うつろな目で、私を見た。私が、、母からといって掻巻をひろげると、彼女は「うれしいわ、お母さんにお礼を言って。……まもなく冬が来るでしょ、とても有難いわ」と、心から喜んでくれた。

彼女の入院は長びきそうに思われて、その日は私は心重く、病院を出た。

「毎日、夕方、兄が来てくれるのよ」

と告げる彼女の言葉に、「私も、また来ます」と言えたのが、せめてもの救いのような気持ちだった。

彼女の病院生活は、そんなに長くはなかった。

そのうちに、と思いながら、大塚へ行けないでいた私の処に、川崎昇から「愛《あい》（ちかのこと）は家へ帰りました。自分でもそれを望んでいたし、そのほうが、いいと思います。これから自宅で療養させますから――」という報《し》らせがあった。

病気についての知識もなく、若かった私は、ちかが冒されている『癌』が、肺結核よりも怖ろしいものだとは考えなかった。

「自宅で療養できる」彼女を想うと、それだけで私は心も明るく、彼女を見舞うよりも、訪ねる気持で、小田急に乗って、なんべんか訪ねたことのある祖師谷大蔵で下車した。

その日は、日曜日だったと思う。

玄関で、出迎えてくれたのは、昇だった。彼から、緊張とも、無表情ともとれる印象をうけた私は、ただならぬ事態を察した。

左川ちかは、玄関わきの四畳半のへやに寝かされ、一ヵ月少し前までは、街を歩いていたひととは想像できない、病人の姿と変っていた。

「左川さん、早く元気になって……」

と、私は声をかけた。

悲しかった。たまらなく、悲しかったと、いまもそのときの情景を想い出す。

「私も、そうなりたいわ……。また、江間さんと銀座で逢いたい……」

「それまでに、もうひとつか、二つ、ちがうコーヒー店をみつけておきますよ。左川さんの気に入るような趣味のいい店を、ね……」

ちかはうれしそうに微笑んだように、私には見えた。

私は、昇から居間へよばれた。

「手遅れなンです……。病院では、どうしてこうなるまで放っておいたか、と言うのですが、……愛は我慢強い娘で、いちども、苦痛をいわなかったものですから……まさか、このような病気とは考えもしませんでした」

彼は、私にそう言い、最初に、妹の健康に疑いを持った経緯を、話して聞かせた。

十月になって、ある早朝、ちかは、散歩してきたと、外から帰って来た。それは夜明けと同じくらいの時刻だったので、なぜこんなに早く散歩に行ったのかと訊《たず》ねると、だいぶ前から、寝ていると背中が痛んだが、その日の痛みはいつもよりも激しいので、散歩をすれば気分が快くなると思って出て行ったと、彼女は告げた。

「ぼくは、叱りましたよ。どうしていままで黙っていたかと。そんな考えは間違っていると、ね……。そして、あの病院で精密検査をうけることになったのです……。可哀そうですが、もう、どうすることも出来ません……」

私は、彼女のへやをのぞいて、

「お大事に、ね、また来ます……」

と言って、そっと川崎家の玄関を出た。

私はがら空きの電車の中で、腰かける気持ちになれなかった。扉に近い処に佇って、『椎の木』か他の詩誌で読んだ左川ちかの短いエッセイを想った。

それは、あまりにも、昇が聞かせた話に似ていた。そのエッセイで、彼女は、まだ人影も見えない朝早い時刻、雑木林へとつづく道を散歩する、私がいちばん早いのだ、と思って歩いて行くと、道には捨てたばかりのタバコの喫いがらが、落ちている、すでに、ここをだれかが過ぎて行ったのだと書いていたのを読んだのは、極く最近だと思った。〔エッセイは「樹間をゆくとき」のこと：編者注〕

まだ日が没していない時刻だったのに、車窓を流れて行く風景が、私には暗闇に感じられた。

「半年もつまいと、医者は言っています……。これから、次第に弱っていくでしょうが、本人が喜ぶと思いますから、よかったら、また来てやってください……」

その日、私が川崎家を辞すとき、送って出た昇の言葉が、いつまでも心に残った。

それからは、私は、病床にいた左川ちかを、なんべんも見舞いに行かなかったと思う。

一ヵ月ほど後、初冬を感じる日訪ねたときには、いままで会ったことがない老婦人が、いっそう蒼白となったちかの傍らにつき添っていた。

私は、急に温かいものを感じて、何やら、安堵した。

昇も、見守るように、そこに坐っていた。

「左川さん……」

私がそっとよびかけると、彼女の視線が少し動いた。声を出して、応える気力が、ないようだった。

隣りのへやの居間で、昇が言った。

「日ごろ、ぼくは思っていたンですよ。ぼくの人生からプラス、マイナスを計算してみて、ゼロになっても、最後に妹だけは、残ると……」

私は、そのときの昇の表情を思い出せない。少しかすれた声と、言葉だけを、いまも憶えている。私は、彼の顔を、まともに視ていられなかったからだろう。

ちかの世話をしに、川崎家へ現れた老婦人は、昇の紹介で、二人の母上だとわかった。

私はその婦人に頭をさげて、川崎家を辞した。

雪の門　　　　　　左川　ちか

その家のまはりには人の古びた思惟かつみあげられてゐる。

——もはや墓石のやうにあをざめて。

夏は涼しく、冬は温い。

私は一時、花が咲いたと思つた。

それは年とつた雪の一群であつた。


木枯しが吹きはしめた日ぐれ、私は胸騒ぎのようなものを感じて、小田急に乗って、祖師谷大蔵で下車した。風の音は、川崎家の中に入っても聞えていたが、そこでは、ちかはいっそう痩《や》せて、すでに視線もさだまらない、呼吸しているだけの悲しい病状だった。

勤務先の第一書房を休んでいるといって、昇はこのときも家にいて、私は居間へ案内された。

彼は、私を心待ちに、待っていたようにも思われた。

「愛《あい》は、もう、よくわからないようです……。意識がはっきりしたときに、会いたいひとがないかと訊いたのですが、ないと、はっきりいいました……」

昇は心の中で泣いていたのではなかっただろうか。

悲しかった。

「あまり長くないと思います……。お宅からは遠いし、このような工合ですから、もう、これ以上来ていただかなくても……」

苦痛をやわらげるためにだろうか、彼女は上半身を起きあがるようにして寝かされていて、蝋細工《ろうざいく》となったように、無言のままだった。私は、彼女の枕もとにつき添っている母上に、深く頭をさげて、病室の襖《ふすま》をしめた。

外は夜になっていた。

年の暮近い木枯しは、来たときよりも寒く、頬に、肩に、心に沁みた。

私は暗い道を、どのように歩いたか、ただ夢中で、駅らしい明りを凝視して、歩いたことを憶えている。

一九三六年一月七日、左川ちかは死んだ。十日の葬儀に、駆けつけるようにして、川崎家に集った詩人たちは衣巻省三、岩佐東一郎、城左門、春山行夫、阪本越郎と私で、親交のあった北園克衛の姿が見えなかったのは、悲しくて出席したくなかったからにちがいない。

彼女を愛し、親しかった詩人たちに送られる、ひっそりとした葬《とむら》いの儀式は、詩人らしく、悲しみを超えて、崇高な『美』さえ感じさせた。

私はこのときの想い出を、一九八一年六月、朝日新聞の俳壇のページに連載したエッセイで、次のように書いた。


二十歳半ばで、癌で死んだ左川ちかの遺体を納めた柩《ひつぎ》は、黒いマントをひるがえして駆けつけてきた伊藤整の到着を待っていたように、霊柩車に移された。そして祖師谷大蔵の、当時雑木林つづきだった中で、霊柩車は道に迷った。……


柩が玄関を出るとき、阪本越郎がいそいで柩に近づいた。彼は左川ちかの年齢を、読みとったのであった。『左川ちか全詩集』の年譜によれば、享年二十四歳十一ヵ月とある。

逝った左川ちかばかりでなく、みんな若かったのだ。「自分の人生からプラス、マイナスをひいてゼロとなっても、妹だけはプラスとなって残ると考えていた」と嘆いた川崎昇も、シュールレアリズムをふくめて、モダニズムの詩、詩論の輝けるリーダー、首領だった春山行夫も、その他活躍していたすばらしい先輩たちも、大先輩、年長者と思っていたが、いま思うと、だれもが三十歳ぐらいか、その少し上といった若さだったのだと、あらためて思う。

エッセイに書いたように、火葬場へ向う、左川ちかを乗せた霊柩車は、裸木の、冬の雑木林の中で、道に迷った。迷ったというよりも、道を間違えて、落葉が散りしいた上を、私たち、詩人たちがつめ込むように乗り込んだ二台のタクシーから、バックし、進むべき道を走りなおすといった工合だった。

「霊柩車も、道を間違えることがあるンだなア」

と、阪本越郎が、感心したようにつぶやいた。だれも、無言だった。

黒い服装の人は、ひとりもいなかった。私も、地味なふつうの服を着ていたと思う。男の人たちは平服のままだった。私が、それを鮮明に憶えているのは、帰途、新宿駅でおりると、衣巻省三が「このままでは、やり切れなくて、家へ帰れない」と言って、駅のわきのダンスホールの階段を登って行ったからである。「衣巻さんは、お洒落なのよ。ダンディなひとよ」と、私は、その姿から左川ちかの言葉を思い出していた。

初出・「華麗なる回想・若くして逝った詩人たちへの鎮魂歌」(『幻視者』第三十～三六号一九八三年一二月～八五年六月)⇩『埋もれ詩の焔ら』(一九八五年一〇月・講談社)

妹の恋——大正・昭和の〝少女〟文学

川村湊

1

大正から昭和にかけての都会風な、モダニスティックな文学運動に、柳田国男の〝妹の力〟ではないが〝妹の影〟といったものが、見え隠れするような気がしてならない。たとえば、新感覚派の代表的な作家であり評論家であった片岡鉄平は「綱の上の少女」（大正十五年）という短篇小説を書いているが、これはサーカスの綱渡りをしている少女を、自分の妹だと思いこんだ少年が、妹にやろうとしてサーカス会場に持ち込んだ赤い風船を、天井に飛ばしてしまうことによって、綱渡り中の少女を墜落死させてしまうという物語だ。

妹は幼いときに、サーカスに売られた。少年は組合運動の指導者から、資本家の資本としてのサーカス芸人は殺すべきだといわれる。少年はただ一人の肉親である妹を思慕しながら、結果的には彼女を殺してしまうことになったのだ……。

ここにはそういってよいならば、〝近親相姦〟的な願望さえ仄見える、〝妹の恋〟があって、それがこの作品全体のメルヘンめいた、それでいて残酷でモダンな雰囲気を醸し出しているのではないだろうか。〝売られた妹〟——本来ならば最も身近でありながら、手に届かない女性。新感覚派、モダニズム文学、昭和文学といわれたものの中に、こうしたモチーフが微かに見え隠れしているのではないだろうか。

もちろん、これを片岡鉄兵と新感覚派の僚友だった川端康成に顕著であった〝美少女〟趣味（ロリータ・コンプレックス）の変形であると見ることもできるだろう。短篇「赤い靴」や中篇の「伊豆の踊り子」、そして「眠れる美女」に至るまで、川端康成の作品世界における〝美少女〟に対する固執は強固なものであって、彼の小説の世界のほとんどに見え隠れしているものであることは、殊更に言挙げするまでもないのである。

だが、川端康成の美少女もまた〝売られた妹〟の変形であると、逆に言うことも可能なのではないだろうか。

「伊豆の踊り子」の少女から「雪国」の駒子まで、主人公が愛着する女性たちは、すべて〝売られている〟のである。性的な恋慕を禁じられた、最も身近で従順な異性。インセスト・タブーにおおわれた愛憐の対象。川端作品の少女たちには、そうした〝生き別れた妹〟の面影があって、それらの〝妹〟たちの姿が、なぜか大正から昭和にかけてのモダニズム文学、都会派の文学の中に浮かびあがってきているように思われるのだ。私はここでそのような〝妹の影〟あるいは〝妹の文学〟といったものの考察を試みてみたいのである（これとは逆〝売られた姉〟というテーマも、この時代には伏流している。小川未明の「港に着いた黒んぼ」や渡辺温の「可哀相な姉」などがそれである）。

〝妹の文学〟といえば、私にはまず尾崎翠の小説が思い出される。二人の兄と一人の従兄と共同生活をしている〝妹〟の小野町子。彼女は〝人間の第七官にひびくような詩〟を書こうとしながら、男たちの炊事、掃除係に甘んじた生活をしている。家の男たちが、それぞれに空想的で、はかない「恋」をしているように、町子も「恋」に憧れている。しかし、身の周りにそうそう〝第七官〟を揺り動かすような「恋」の相手がいるはずがない……尾崎翠の代表作「第七官界彷徨」（昭和八年）は、まさしく〝妹〟の立場から書かれた〝妹の文学〟にほかならないのである。

兄と妹の共同生活、これは「第七官界彷徨」のみならず、尾崎翠のデビュー作「無風帯から」にも、「アップルパイの午後」にも、「初恋」にも共通する作品の舞台設定であって、彼女の小説世界の特色を際立たせるものだ。不思議なことに、そこには祖母は出てきても、父母は全くといっていいほど姿を現わさない。実際に尾崎翠の父長太郎は翠十三歳の時に事故死し、その後は兄たちが彼女の父親代わりになったという伝記的事実はあるわけだが、それにしても作品世界の中にほとんど父母を登場させない〝頑なさ〟は、不思議な不透明さを感じさせるのだ。

「第七官界彷徨」では、兄たちは町子のことを、「うちの女の子」としか呼ばない。これも不思議なことの一つだろう。日本の家庭において、兄が妹について言う時は、名前を呼ぶか、他人に対しては「うちの妹」といった言い方をするのが一般的だろう。次兄の二助はこんな言い方をする。「いいねこの蒲団は、うちの女の子はなかなか巧いやうだ」と。むろん、これは町子自身を目の前にして言っているのである。「女の子というものは」というのが、この家の男たちの口癖のようなものだ。二助にとって「女の子」はよく泣くものだし、一助にとっては「女の子」は主治医の質問にも答えずに黙っているものであり、従兄の三五郎にとっては、よく泣くもので、しかもそばにいると接吻したくなるようなものである。

兄たちや従兄にとって、町子は〝妹〟や〝従妹〟というより、「女の子」なのであり、「女の子というもの」は、むろん本来は若い男にとっては原則的〝恋愛の対象〟となるべきものだ。

兄たちにとり町子は恋愛の対象とすることのできない「女の子」という、特殊なカテゴリーに属するのである。この事情は従兄の三五郎については、やや異なる。三人の男たちの中では唯一、町子という名前で呼びかける(手紙の中でのことだが)彼は、町子を恋愛の対象とする可能性を持った男なのであり、確かに二人の間には恋愛めいた(町子の嫉妬めいた)感情が流れる瞬間があるのだ。それは、町子と三五郎にとって、互いに恋愛の対象の手近な代償ということにほかならないだろう。その証拠に、三五郎は隣に越してきた「女の子」と淡いラブ・ロマンスを経験して町子に泣かれるし、町子は本来は三五郎に買ってもらうべきくびまきを、兄の友人柳浩六氏に買ってもらうのである。

「第七官界彷徨」には、この作品について語る人が必ず触れるように、「蘚の恋」という、植物的性愛の印象深く、美しいイメージが描かれている。肥料の研究をしている二助が、机の上で実験栽培している「蘚」の繁殖活動を擬人化しているわけだが、この可憐で、奇妙なエロティシズムを感じさせるエピソードは、まさに〝恋に恋する〟「女の子」の物語にふさわしい彩りを添えている。それは性愛そのものを禁圧しながら、結局は性そのものに基盤を置いた「恋愛」というものを暗喩しているのであり、性の生臭さを感じさせることのない〝性愛〟の象徴としての植物的、蘚苔類的恋愛が描かれるのである。

尾崎翠の作品世界には、インセスト・タブーがそのモチーフの底に秘められている。しかし、それは存在論的、身体的なものというより、レヴィ＝ストロースが明らかにしたように、婚姻システムの共同幻想に関わっているもののように思われる。「アップルパイの午後」では、妹にしきりと恋愛を勧める兄が出てくる。「どんな女だって三十歳までもし独りでゐたら、心臓に二つや三つの孔はあいてるんだ。これがほんとの女なんだ」と兄は妹に〝恋愛する〟ことを説く。そして、兄は自分の友人の松村の名前を出し、妹の気を引いてみるのである。兄がこの友達のことを持ち出してくることには、作品の最後になって判然とするように、それなりの理由があった。すなわち、兄は松村の妹である雪子にプロポーズして、その返事を待っている最中であり、その使者が松村なのだ。この兄の深層心理として、松村の妹の雪子を花嫁として〝貰う〟ために、自分の妹を松村にその代償として〝与える〟（売り渡す）という交換式が無意識的に成立していたと考えることは不自然なことではないだろう。つまり、兄が妹に恋を勧めるのは、自分が恋の相手を求めることとの交換条件ということなのだ。

「第七官界彷徨」で、兄たちが町子を「女の子」という呼び方しかしていなかったことの意味も、ここで明らかとなってくるだろう。彼らの中にあるカテゴリーは「うちの女の子」と「よその女の子」ということなのであり、「よその女の子」を恋愛の対象とするために、「うちの女の子」を「よその男」の恋愛の相手とするという〝交換条件〟が必要なのである。「無風帯から」や「初恋」のような、一見〝近親相姦〟を隠された動機としたような小説が、尾崎翠によって書かれていることも、こうしたインセスト・タブーに関わっていることは明らかなのであり、そこでは「うちの女の子」に対する性愛の禁圧が、作品の最も深いところにあるモチーフといってもいいのである。

尾崎翠の小説は、「兄―妹」という関係を基本的なものとし、徹底的に「妹の立場」から書かれたものである。そこには親子、普通の意味での「家庭」はほとんど描かれることがない。兄は妹を保護、愛憐し、そして〝嫁がせようとする〟。妹は兄に仕え、おさんどんとして働き、思慕する。兄たちにとって「うちの女の子」は社会的な交換価値としてあるのであり、それが〝妹〟としての若い女たちの、その時代の存在の一つの様式だったのである。

現実的にも、尾崎翠は十歳年下の恋人・高橋丈雄との結婚を兄たちに反対されて、故郷へ連れ戻され、文学の道を絶つことになる。十歳年下の男に〝妹をやる〟ことは彼女の兄たちにとって許容できることではなかったのだ。なぜなら、それは「うちの女の子」をまっとうな交換価値として、世間と取り引きすることではないからだ。兄の役割は、妹を社会的に認められた交換価値として、婚姻の社会的システムの中に送り届けることなのであり、年齢差を無視した、しかも女のほうが年上という結びつきは、この社会の常識的な婚姻のシステムを破壊しようとするものにほかならなかったからである。

逆にいえば、尾崎翠はそうした兄や親たちによって、社会へと〝売り渡される〟という〝妹の立場〟から逃れるために、十歳年下の男に恋したといえるかもしれない。それは〝妹〟による〝兄〟たちへの反抗だったのであり、彼女は家族内の男によって〝庇護され、所有される〟という立場から、自らを解き放そうとしたのである。むろん、それは従順で、可愛い〝妹〟を理想としていたその時代の一般的な倫理と衝突するものであったことはいうまでもない。彼女は文学的にも、実生活的にも、そうした世間的な「倫理」を、林芙美子のように踏み越えてゆくことはできなかった。小説家・尾崎翠の限界は、まさにその地点にあったというべきなのである。

揺籃はごんごんなつてゐる
しぶきがまひあがり
羽毛を掻きむしつたやうだ
眠れるものの帰りを待つ
音楽が明るい時刻を知らせる
私は大声をだし訴へやうとし
波はあとから消してしまふ

私は海へ棄てられた

二十五歳で夭折した詩人左川ちかの「海の天使」という詩である。昭森社から出された遺稿詩集には、百田宗治が「詩集のあとへ」という文章を書いていて、左川ちかの死を春山行夫が知らせるとき、「川崎君の妹さんが亡くなりましたよ」といったことを書き留めている。左川ちかという名前より、〃川崎君の妹〃といったほうが通りがよかったことを、このエピソードは物語っているように思える。〃川崎君〃とは、詩人で歌人の川崎昇のこと。伊藤整の小樽での学生時代からの友人であり、「若い詩人の肖像」にはその若き日の姿が活写されている。

ところで、左川ちかの「海の天使」は、伊藤整の第二詩集「冬夜」に収められている「海の捨児」との関連性が指摘されている。左川ちかについての最もまとまった評伝である小松瑛子の「黒い天鵞絨の天使」や、曽根博義の「伝記伊藤整」では、左川ちかと彼女の兄の親しい友人であり、彼女にとって文学上の師であり、上京生活の保護者役でもあった伊藤整の関わりが追究されているが、詩作に関しては、ほとんど伊藤整との共同作業のように書かれたものもあることを示唆している。伊藤整は、彼女に詩を書かせるだけではなく、それを雑誌に発表させ、死後には詩集を編むといった、よきパトロン役を務めていたわけである。

伊藤整の「海の捨児」は、「何時私は故郷の村を棄てたのだろう」といった詩句からうかがわれるように、むしろ「捨児」の境遇をロマンチックな流離の感覚で空想したものといえるだろう。それにひきかえ、左川ちかの詩は明るい風景を描きながら、そこに漂う孤独感、喪失感は、伊藤整の作品をはるかに凌駕しているといってよい。彼女の詩は、伊藤整の詩が持っていたヒューマニズム、ロマンティシズム、ローカリズムといったものを引き継ぎながら、それを透明で、乾いた抒情として言葉に定着したといえるだろう。

伊藤整の詩の湿潤で、生暖かい〃海の波に揺られる〃感覚(それは明らかに母胎の羊水の中でのまどろみをイメージの原形としている)は、彼女によってモダニスティックで、シュールレアリスティックな〃孤児〃の感覚、世界喪失のイメージへと置き換えられたのである。

もう一つの詩を見てみよう。

朝のバルコンから　波のやうにおしよせ
そこらぢゆうあふれてしまふ
私は山のみちで溺れさうになり
息がつまつて　いく度もまへのめりになるのを支へる
視力のなかの街は夢がまはるやうに開いたり閉ぢたりする
それらをめぐつて彼らはおそろしい勢で崩れかかる
私は人に捨てられた

「緑」という詩である。「海の天使」の最後と同じように、〝棄てられる〟というモチーフの強さが、私の目を引くのだ。「私は海へ棄てられた」「私は人に捨てられた」、この二つの詩句に表れた〝捨てられた〟体験は、現実に左川ちかの身に起こったことだろうか。彼女には実際に自分が「人に捨てられた」と感じるような体験があったのだろうか。

『左川ちか詩集』にまとめられた詩篇は、昭和五（一九三〇）年から詩人の死んだ昭和十（一九三六）年までに「詩と詩論」や「椎の木」などの詩誌に発表されたもので、詩作の年代も発表時期とそれほどずれていないと考えられる。左川ちか、本名川崎愛子は、昭和三年に小樽高等女学校を卒業後上京し、百田宗治主宰の「椎の木」などに詩を発表する。昭和七年には椎の木社からジョイスの「室楽」を翻訳、刊行している。昭和三年の上京、「椎の木」とのつながり、ジョイスの翻訳ということがらの背後に、六歳年上で、兄の友人、昭和三年に上京して東京商大に入るとともに若手詩人として活躍、やがてはジョイスなどの二十世紀前衛文学の紹介者、実践者となる伊藤整の影を見ないわけにはゆかないだろう。生活面、精神面の両面において、伊藤整はこの〝妹〟のような同郷の詩人の世話を焼いている。彼女の死後にその遺稿詩集をまとめたのも、伊藤整にほかならない。しかし、彼はその〝妹〟の詩集に、編集者としても、刊行者としても自分の名前を出すことはしなかった。追悼のあとがきは、前出のように百田宗治であり、編纂兼発行人は発行元の昭森社の森谷均名義となっている。伊藤整はなぜこの詩集に自分の名前を出すことを避けようとしたのだろうか。このことは、左川ちかの「人に捨てられた」体験と無関係なことなのだろうか。

伊藤整は「若い詩人の肖像」の中で「川崎愛子」（左川ちか）についてこう書いている。

川崎昇の妹の愛子は、その年十七歳で女学校の四年生になっていた。彼女は面長で目が細く、眼鏡をかけ、いつまでも少女のように胸が平べったく、制服に黒い木綿のストッキングをつけて、少し前屈みになって歩いた。（中略）この少女は私を見つけると、十三歳の頃と同じような無邪気な態度で私のそばに寄って来た。

私もまたこの女学生を自分の妹のように扱った。

もちろん、これは上京以前の左川ちかの姿であって、成人した彼女を描いたものではない（わざわざ「平べったい胸」などと書いて少女性を強調している）。そして詩人・左川ちかとしての姿は伊藤整の回想の中ではついに書かれることがないのである。

放恣な推測は慎まなければならないだろうが、前記の小松瑛子や曽根博義の評伝では、伊藤整と左川ちかとの間に〝兄と妹〟以上の関わりが示唆されている。そういう意味でいうならば、左川ちかの「人に捨てられた」体験は、伊藤整との関わりを無視することはできないだろう。北海道から出てきた女学校を卒業したばかりの少女が、兄の友人で、同郷の先輩文学者を必要以上に頼り切ることは不自然なことではない。少女にとってみれば、彼の存在は父と兄であるのと同時に、恋人であり保護者であり教師であるという絶対的な存在として目に映ったといっても、決して大げさではないはずである。だからこそ、そうした人間の中に、自分に対する無視や無関心、あるいは自分よりもほかの女性に対する関心などを見てしまった時に、「捨てられた」と感じてしまったのではないだろうか。

富岡多恵子は「詩人の誕生――左川ちか」(『さまざまなうた』所収)の中で、やはり左川ちかの詩の中の〈人に捨てられた〉という詩句に注目して、これが〈男に捨てられた〉ということではなく、〈人に捨てられた〉ということに注意を促し、「詩は〈人に捨てられる〉ゆえに〈人を捨てる〉ことでだいたいがはじまっていく」と書いている。だが、左川ちかの場合、まず父母―「家」から「捨てられる＝捨児」という感性から始まり、父母(故郷)を〈捨てた〉兄妹の片割れ、〝妹〟として、さらに「人(＝兄)に捨てられた」という経験をうたったのではないだろうか。

もちろん、これらのことは伝記的研究や彼女の詩をもとにして紡ぎ出した私の恣意的な想像にしかすぎない。しかし、左川ちかが、「川崎君の妹」として知られていたように、彼女自身〝妹〟的感性によってその詩世界をつくり上げていたといえるのではないだろうか。その場合〝兄〟の役割をはたしたのが、いうまでもなく伊藤整なのであり、彼女はそうした〝兄〟に「捨てられ」ることによって、〝妹〟の悲しみと絶望を、水晶のように透明で、硬質な抒情詩に書き残したのである。

暗い樹海をうねうねになつてとほる風の音に目を覚ますのでございます。
曇つた空のむかふの
けふかへろ、けふかへろ
と閑古鳥が啼くのでございます。
私はどこへ帰つて行つたらよいのでございませう。
昼のうしろにたどりつくためには、
すぐりといたどりの藪は深いのでございました。
林檎がうすれかけた記憶の中で
花盛りでございました。

そして見えない叫び声も。

「海の花嫁」という詩の第一連である。ここにある「樹海」や「すぐり」「いたどり」「林檎の花」などが、伊藤整の「雪明りの路」に頻出するものであることは、殊更に指摘するまでもないことだろう。また、北の故郷への帰還願望は、伊藤整の「雪明りの路」や「冬夜」を貫いている基本的なトーンであって、左川ちかのこの詩は、そうした伊藤整的な望郷の抒情の世界の内部に閉ざされているといってもよい。しかし、伊藤整のノスタルジーは、失われた時間、少女との初恋、美しい風土を甘やかに追憶しているだけなのに対して、左川ちかの詩には、故郷へ帰還すること自体から拒絶された痛みを主題とすることによって、単なる〝懐郷〟の感傷から一歩も二歩も抜け出しているのである。

この「海の花嫁」という題名に、「海の捨児」から「海の天使」、「海の花嫁」へと変奏されてきた伊藤整と左川ちかの詩の世界の関わりと浸透の中に、彼らの内部での〝兄―妹〟という虚構の崩壊を見ることができるだろう。そして、さらにそこには都会に出てきた〝兄と妹〟の失郷の思い（たとえば、それは佐藤惣之助の作詞による「人生の並木路」のような流行歌によって、人々の心をとらえたのである）を重ね合わせてみることもできるだろう。それは、父母を失った兄妹がつくりあげた擬制的な「家庭」の破綻ということでもあり、また、父母＝故郷（自然）を喪失したモダニスト（近代人）たちが、辛うじてつくりあげた「家」とは別個の共同生活の夢が、そこで墜落せざるをえなかったということなのかもしれないのだ。

〝妹〟の夢見た「花嫁」の姿には、そうした近代、都市という舞台の上で「捨てられた」〝妹〟の悲哀が込められているのである。

尾崎翠に対しては、ほぼ同年代の女流作家である古屋信子が、文学史的にはその〝姉〟といった役割を持っていたといえるかもしれない。少女小説「花物語」（大正九年、一九二〇年）から、「女の友情」（昭和九年、一九三四年）に至るまで、吉屋信子の小説は、いわば男を排した〈女のユートピア〉をつくりあげることをその作品の無意識層での目的としていたのであり、それは〝妹〟たちを庇い、保護する〝姉〟の役回りを自分に課することにほかならなかったのである。

吉屋信子が、都会の少女たちの友情を感傷的な文体で紡いでいった背後には、少女たちが売られ〝捨てられ〟〝貰われてゆく〟という現実が一面にあったからだ。彼女はそうした哀れな妹たちを救うために、異性を排除した「姉―妹」の関係を純化することによって、自分たちのユートピア、女の花園をつくろうとしたのである。だから、彼女にとってみれば、尾崎翠などは、父母の代わりとしての兄たち、あるいは幻影の〝恋人〟としての男たちにたぶらかされた哀れな〝妹〟としか見えなかったのかもしれない。もちろん、そうした「女の家」は現実の社会においては空想的なものにしかすぎない。それは宝塚少女歌劇や松竹少女歌劇団が、娯楽産業資本の上に成り立った女たちの花園であるように、幻想的なユートピアだったのである。

彼女が戦前、戦後において大量に生産した母子ものの少女向け大衆小説には、捨てられ、貰われてゆく少女たちが、瞼の母親に出会うというパターンが圧倒的に多い。これは、しかし、吉屋信子にとっては「花物語」「女の友情」からの後退というべきだろう。その生活のスタイルはどうであれ、彼女の少女小説は、封建的な父母による子の支配ともいうべき「家」とは別の形の、同性、同世代の人間による共同生活という理念を、おぼろげであれ示していたからである。そして、それはまた吉屋信子自身の生活によって実践されていたものでもあったのだ。

彼女が戦後に書いた「母子像」のように「母―娘」という物語的幻想にその「女の世界」を帰着させていった時、「姉―妹」という幻の共同体は、現実的にも理念的にも消えてしまった。

それは母と子の〝自然の関係〟という大きな物語に、「姉」を中心とした妹たちのユートピアという物語が回収されていってしまったからと思われるのだ。

左川ちかと親交のあった江間章子は、こんな詩句を書いている。「母たちによってわたし達はお揃いの服装になった。五人。旅の朝、わたし達は新しい瀑布を見た。何処で？　此の町で、この旅舎を出て」。

彼女の清新な処女詩集「春への招待」（昭和十一年）は、ある意味では〝妹〟的感性の乱舞ともいえるものだが、そこには左川ちかとは違った、陽性の妹たちの花園に似た輝きがあった。それが「母たちによって」準備され、整えられたものであったとしても、そこから旅立とうという感性の若々しさに、驚嘆せざるをえないのだ。母＝自然という物語の枠の中で、〝妹〟たちの感受性の祭典は裏付けられている。そして、〝妹〟はいつしか母へと変貌してゆくのである。

良家の子女という輪郭を壊さずに、「女」同士の友情、愛情世界を描こうとすれば、どうなるだろうか。私が野溝七生子の『女獣心理』（昭和十五年）のような小説に見るのは、そんな精神的な実験なのだ。「新和塁の手記によるレダと沙子との物語」という長い副題を持つこの作品は、レダと呼ばれる主人公・九曜征矢をめぐる、新和塁も含めた男たちの求愛譚であり、また塁とレダと沙子との男一人女二人の三角関係の物語としてとらえることができる。

しかし、この作品は副題が示している通り、「レダと沙子との物語」なのであって、ヒーローの塁は、いかに語り手として作品の前面に大きく現れているとしても、結局は脇役であり、狂言回しの役割でしかない。話の筋立ては基本的に単純だ。従兄妹同士であり婚約者である塁と沙子の間に、沙子の学生時代の同級であるレダが入り込む。レダはモデル女として芳しからぬ噂に包まれているが、沙子は彼女に夢中である。塁も、沙子への愛情は変わらないものの、レダに強く魅かれる自分を感じざるをえない。塁と沙子は結婚式をあげて、新しい生活を始めるが、レダの影によって、その新生活はぎくしゃくとしたものとなっている。沙子の父母（塁の叔父叔母）は、レダの悪い噂を耳にし、娘との交際を絶たせようとする……。

少女趣味的な家庭の波瀾小説であると、ひとまずは単純にいうことができよう。だが、このリアリズムからはほど遠い、トウの立った少女小説の趣きさえある小説が、〝妹〟的な立場と、永遠の〝女〟的な立場との二元論的な対立を基本構造としていることは、私には明瞭であると思われるのだ。

塁と沙子が従兄妹同士の夫婦であるということに、まず注目すべきだろう。彼らは幼な馴染みであり、いいなずけ同士であり、何らの障害なく結婚にゴール・インした、羨まれることはあっても、非のうちどころのないカップルといえるだろう。いわば、彼らは日本においてしばしばそうであったように、きわめて理想的な婚姻のシステム（従兄妹婚）に乗って結びついたといえるのである。

塁にとっては、〝妹〟的な存在だった沙子が、成長することによって〝妻〟の存在へと〈自然〉に移り変わってゆく。つまり、そこで「兄—妹」という関係は、「夫—妻」という関係へと編み直されるのだ。そして、それは他の場合はいざしらず、塁と沙子との関わりにおいては、最も〝自然なもの〟であり、最も理想的なものだったのである。

レダが二人の間に影のように立つことによって、彼らの感情は縺れあう。そのとき、こんな会話が交わされる。


「私達二人のことよ」

「君が僕の妹ならね」

「ねえ、私達はきやうだいではなくつて?」

「いいえ、僕達はそんなものぢやない」

不意に彼女の眼の中には、恐怖とも見るべき絶望的な色が浮かんだ。

「どうぞ怖くならないで頂戴」

「僕が怖いつて?　何といふ莫迦らしいことを、沙子」

「まあ、いいえ、いいえ、私は塁さんが、私の兄さんであつて欲しいの。それだけなの」


「兄—妹」から「夫—妻」へ移行し切れないのは、塁にとって沙子が〝妹〟であるうちに、〝女〟そのものであるレダと出会ってしまったからだ。レダさえ登場しなければ、彼らは徐々に「兄—妹」のままごとめいた暮らしから、世間並みの夫婦の関わりへと移りゆくことができたはずである。沙子は、塁にとってのレダの存在の大きさに気づいた時から、自分たちが「兄妹」であればよかったと思い始めるのだ。「私の兄さん」であったならば、彼女はレダという〝女〟に、塁の心を取られるということにも堪えることはできたはずなのだ。〝妹〟の存在は、兄をめぐっての戦いに〝女〟というコケティッシュで危険で、輝かしい存在に常に敗北する。男たちを性的に誘引するのは、〝女〟に決まっているからだ。

ここで沙子とレダの関係を「姉—妹」といった図式でとらえることはできない。レダはあくまでも孤児であり、彼女は別段「女のユートピア」など夢見てはいないからだ。レダの〝女〟性に憧れているのが、むしろ沙子である。それは自分の中の〝妹〟性から〝女〟性への脱皮の願望なのだ。そして、野溝七生子の小説が、どんなにアラベスクで、センチメンタルで、ロマンチックであったとしても、その本領は、妹的な少女趣味から、蠱惑的な「女」への変身願望にあるといえるだろう。それはレダがそうであるように、貧しく可憐な処女と娼婦との両義的な在り方への密かな嗜好なのかもしれない。

そういう意味では、作中人物の一人がレダについていうように、「彼女は実に自家恋着病の患者である」という言葉を、作家自身に呈することもできるはずなのである。

「兄—妹」をめぐる文学誌は、大正・昭和のモダニズム期にかけてだけの時代現象ではない。たとえば、仁木悦子・仁木雄太郎の兄妹探偵の活躍する仁木悦子の探偵小説シリーズがそうであるし、その衣鉢を受け継いだともいえる、赤川次郎の「三毛猫ホームズ」シリーズの片山義太郎・晴美兄妹の場合も、そうした典型となっている。もちろん、仁木悦子の場合には、「妹たちのかがり火」に書かれた「戦死した兄さん」に対する思いが、この兄妹探偵の活躍する作品の底流となっていることは、間違いのないことだろう。

仁木悦子の長兄・大井栄光は、東大大学院在学中に応召、中国山東省で戦死しているのである。植物学専攻の仁木雄太郎に、この実兄の面影が投影されていることは、推測するに難くなく、作者・仁木悦子は、自らの分身としての主人公・仁木悦子を作中に登場させ、親しく暮らすことの少なかった兄との共同生活、共同作業（探偵としての）を、その作品の中で実現させたのである。

いずれにしても「兄—妹」を中心とした文学世界に、〝父母〟の影が希薄なことは、何らかの意味を持つことかもしれない。そして、彼らはほとんど「恋」をしない。両親を失った片山義太郎・晴美兄妹は、メスの三毛猫といっしょに住んでいる。兄は女嫌いというより、女恐怖症であり、妹にはまだまだその気がない。この漂白された〈性〉の清潔さ、潔癖さは、むしろ尾崎翠や、左川ちかの時代より、病んでいるといえるものかもしれない。こうした「兄―妹」の共同生活といったものは、核家族がさらに分裂していった後の、現代の家族、家庭の姿を暗示するものかもしれないのである。

初出・『幻想文学』第二四号（一九八八年一〇月・幻想文学会出版局）⇩『紙の中の殺人』（一九八九年六月・河出書房新社）他⇩『異端の匣』（二〇一〇年三月・インパクト出版会）

昭和初期の女性詩——左川ちか

新井豊美

左川ちか。昭和十一年に満二十四歳で夭折したこの若い女性詩人をどのように近代女性詩の中に位置づければよいだろう。わが国モダニズム詩の中から生まれた、女性詩最初の「現代詩人」とでも呼ぶべきだろうか。ともあれその詩の持つ現代性は、詩が書かれた昭和の初期から六十年あまりを経た現在でも、基本的にすこしも古びていない。

私は最初に見る　賑やかに近づいて来る彼らを　緑の階段をいくつも降りて　其処を通つて　あちらを向いて　狭いところに詰つてゐる　途中少しづつかたまつて山になり　動く時には麦の畑を光の波が畝《うね》になつて続く　森林地帯は濃い水液が溢れてかきまぜることが出来ない　髪の毛の短い落葉松《からまつ》　ていねいにペンキを塗る蝸牛　蜘蛛は霧のやうに電線を張つてゐる　総ては緑から深い緑へと廻転してゐる　彼らは食卓の上の牛乳壜の中にゐる　顔をつぶして身を屈めて映つてゐる林檎のまはりを滑つてゐる　時々光線をさへぎる毎に砕けるやうに見える　街路では太陽の環の影をくぐつて遊んでゐる盲目の少女である。

（「緑の焔」部分）

ちかが詩を発表したのは十九歳から二十四歳までのわずか五年間のことであり、その間、彼女の詩は技法的にも内容的にもほとんど変化しなかったが、比較的早い昭和六年十二月の「詩と詩論」に発表されたこの作品は、視線のリズミカルな移動によって時間とイメージの変化がかろやかに語られており、心理的生理的な屈折率の高いその詩群の中では目立って明るく素直に感じられる作品だ。

北海道の、ことに雪の多い日本海側の余市出身の彼女には、長い冬のあといっせいに芽を吹き森や畑や林檎園をおおい尽くす若葉の色が、まるで燃え上がる緑の焔のように感じられたのである。ちかは視力が弱く、春先の緑が萌える季節には必ず眼をいためて通院していたということであり、「盲目の少女」という言葉はそこからの発想かも知れない。引用の詩は次のように続く。

私はあわてて窓を閉ぢる　危険は私まで来てゐる　外では火災が起つてゐる　美しく燃えてゐる緑の焔は地球の外側をめぐりながら高く拡がり　そしてしまひには細い一本の地平線にちぢめられて消えてしまふ

（「同前」部分）

だが、ちかにとって弱いのは視力だけではなかった。幼い頃から虚弱であった彼女には、生命力を謳歌する緑の色はかえって危機の兆しとしてとらえられてもいるようだ。地球の外側をめぐって燃え盛る緑が最後には「一本の地平線にちぢめられて消えてしまふ」というように、その詩には夭折に向かう生命の衰弱感がつきまとっている。

自然をモティーフとすることが多いちかの詩は、このように具象的なイメージをひとつずつ組み立てることによって構成されており、感情を抑えたその詩法は一貫してわが国の詩が持つ抒情の韻律とは無縁の、散文的な乾いた硬質の文体を持っているが、といって言葉は説明的に用いられているのではない。それらは書かれた紙の上に「もの」のように置かれ、イメージによって構築された詩的世界の一部として現れてくる。

昭和五年に最初の詩「昆虫」を兄川崎昇の発行する「ヴァリエテ」に発表したときから、すでにちかの詩は伝統的な韻律や美意識の流れから完全に自由であり、いわば当時輸入されたばかりのシュールレアリスム的な詩法を身につけていた。彼女が詩を発表した詩誌は、川崎昇と伊藤整が創刊した「文芸レビュー」や、同人として加わった百田宗治の「椎の木」のほか、春山行夫らの「詩と詩論」、北園克衛の「白紙」「マダム・ブランシュ」、「今日の詩」、「文学」「カイエ」「海盤車」など、いずれも昭和初期のエスプリ・ヌーヴォーの最前衛の詩誌であることからも、その詩の新感覚が前衛的な試みを狙う詩人たちに歓迎され、受け入れられたことを物語っている。

モダニズム詩とひとくくりにされているが。シュールレアリスム、シュールナチュラリスム、フォルマリスム、サンボリスム、アブストラクトなどとカナ文字が氾濫する当時のさまざまな新傾向の、多様なイズムが昭和初期の詩にもたらした変化の中で、最も大きなものは「韻律からの脱却」と、見ることによる映像（イメージ）の重視であった（鶴岡善久『昭和の詩』）と言われている。西脇順三郎は「詩と詩論」で自分の主張する詩学について次のように述べた。

「自分は最早やこのポエジイと称する指輪をすてる。ポエジイの指輪の価値を祝福しない。永久に見えるものになった。永久に渾沌たる無意識なる何等の価値のない脳髄を露出させて永遠に後天的に絶対に価値のない一つの修辞学として、ポエジイでないところの物として永久に見えるものであることを希望する。ポエジイの価値にない永遠にポエジイにあらざるものを祝福する」（「超自然詩学派」部分）。ポエジイの詩ではなく、言葉としての詩、眼に見える「一つの修辞学」としての詩をつくるという、これはいうまでもなく西脇の反ロマン主義の表明であるが、詩をつくるのは「言葉」であって「意味」ではないというその主張は、春山行夫、北園克衛らによってさらに図式化され「科学的に」方法論化されてゆく。

北園は言う。「詩が知性と感性のバランスによって構成されること、そのバランスを作品にあたえるには科学的な方法が必要であること、それによって天体のような秩序のあるアクティヴィティをもった詩的世界を再組織すること、またいわゆるアレゴリイとかシンボルとかメタファなどを利用して詩を書かないこと、つまり『意味によって詩をつくらない』で『詩によって意味を形成』するにとどめる。こうして、私が私の作品に期待する効果は詩的メカニズムに作用する心理的なまたは論理的にエラスティシティの美である」。この文章は「詩における私の実験」（一九五三年『黄色い楕円』）の中で一九三二年に書いた自分のエッセイについて述べた部分の北園自身による引用である。「心理的なまたは論理的にエラスティシティの美」と「詩的メカニズム」とがどのように結びつくのかよくわからない言葉だが、「科学的な方法」や「詩的メカニズム」へのこの無邪気な信頼には、科学的合理主義に未来を見た昭和初期の詩人の未だ見ぬ詩への情熱を感じることができる。これらの新詩運動が火花を散らす渦中に左川ちかは突然現れ、すんなりとその中にあるべき場を得たようである。

ところで、モダニズム詩の良質な部分を体現しているとも言われ、いまなお一部に熱心な読者を持つ左川ちかについては、なぜかこれまで知られることが少なかった。実際昭和十一年一月にちかが死去した後、同年十一月に昭森社から同郷の作家伊藤整の手によってその全作品集が発行されたのちは、五八年に森開社から五五〇部限定で再版された以外にその詩を読む方法もとくにない。その意味で左川ちかはほとんど伝説的な存在なのである。

ここで昭和十一年に伊藤整によって編まれた『左川ちか全詩集』収録の年譜を参考にしながら、その詩を読んでゆきたい。

左川ちか（本名川崎愛）は、明治四十四年（一九一一年）北海道余市郡余市町で生まれ、昭和十一年、東京世田谷の兄川崎昇宅で死去した。満二十四歳十一か月であった。ちかの生家は父親のいない複雑な家庭で、祖父の時代には地主であったのが、ちかの生まれた頃は家運が傾き果樹園をわずかに残すのみであった。彼女を文学にみちびき終生の支えとなった兄昇は異父兄である。ちかは幼時からからだが弱く四歳頃まで自由に歩行ができなかったと言われている。六歳から母や兄と別れて、小学校卒業まぢかまで叔母のもとに一時預けられていた。その後余市町の実家に戻り小学校卒業。大正十二年四月には庁立小樽高等女学校に入学する。そのころ兄の詩歌の同人雑誌「青空」の親しい仲間で、小樽高商生の伊藤整を知る。この伊藤整との出会いが、ちかの詩人への道を決定することになる。

モダニズム詩の中へ

『左川ちか全詩集』（一九八三年森開社）に添えられた年譜などを参考にその周辺をたどっていると、ふと、ちかの詩への出発は兄川崎昇と伊藤整の手によって周到に準備され用意されたものであったかのように思えてくることがある。もちろんそれらは彼女自身の意志と熱意から始まっているのだが、北海道という遠隔の地からはるばると上京した少女が、詩という特殊な世界の、しかも当時の前衛であるモダニズム詩の世界に入ってゆく過程の無駄のなさは、この二人のよき導きなしにはありえなかっただろうし、彼女の方もそれに応えるだけの力をすでに身につけていた。

北海道時代のちかの消息は、伊藤整『若い詩人の肖像』でわずかに知ることができる。

十四歳のちか――。女学生のちかは当時小樽の中学校で英語教師をしていた伊藤と通学の車中でたびたび出会い、上京中の兄川崎昇の消息などを話合っている。伊藤整は、ちかに対しては親友の妹で、当時の恋人の妹の友人という奇妙な関係にあったから、親しさととまどいを持って接していただろうし、一方「ちょっとませた所があって」とさらりと書かれているこの少女の方は、兄の親友で翌年には詩集『雪明りの路』を出すことになるこの文学青年の存在に、すでにその頃から影響のようなものを受けつつあっただろう。

十七歳、もう少女とは言えない年齢になったちか――。

「女学校の四年生になつてゐた。彼女は面長で目が細く、眼鏡をかけ、いつまでも少女のやうに胸が平べつたく、制服に黒い木綿のストッキングをつけて、少し前屈みになつて歩いた。私が村の家へ帰る用があつて駅にゐる時、また帰りに朝の汽車で小樽駅に下りる時、この少女は私を見つけると、十三歳の頃と同じやうな無邪気な態度で私のそばに寄つて来た。私もまたこの女学生を自分の妹のやうに扱つた。（中略）ある時、川崎愛子は兄に甘えるやうな調子で私に言つた。『ねえ、伊藤さん、私に、私たちに「雪明りの路」を下さらない？』」。伊藤にとって当時のちかは、自分を慕っているらしい、いつまでも胸の平べったい「まだ青春は訪れていない」無邪気な「少女」にすぎないが、ちかの方では、英語教師で英詩を原書で読み、詩壇の動きに詳しいこのスタイリスト詩人の存在は、すでに動かしがたいものであっただろう。伊藤にみちびかれるようにして、ちかは女学校を卒業すると高等女学校補習科師範部に進学して英語教員免許を取得し、昭和三年夏には先に上京した伊藤に数か月遅れて東京に向かうことになる。〔当時の高女では英語教育免許はほぼ取得できない：編者注〕

年譜に戻ると、ちかは上京の翌年の春から兄たちの雑誌「文芸レビュー」に「左川千賀」の名でモルナール、ハックスレーなどの翻訳を発表しはじめている。ちかの詩への出発はこのように翻訳から始まったのであり、「詩と詩論」への登場も、ジェイムズ・ジョイス『Chamber Music』(ちか訳『室楽』)の連載から始まっていることは注目する必要がある。因みにこの『室楽』の「詩と詩論」連載は昭和六年の第十冊と第十一冊の二回のみで、その後は「今日の詩」「椎の木」に引き続き発表されている。エスプリ・ヌーヴォーの最前衛をうたうモダニズムの詩誌「詩と詩論」は、春山行夫、北川冬彦、上田保らによって昭和三年に創刊され、西脇順三郎、北園克衛ら多くの新進詩人を寄稿者に迎え、毎号巻頭に海外の有名詩人や小説家の写真を掲げてヨーロッパ、アメリカの新しい文学を積極的に輸入紹介したが、有力な寄稿者のひとりである伊藤整も英語力を生かしてこの場での精力的な翻訳活動を展開していた。

ちかのジョイス訳には伊藤の協力があったと言われているが、そもそも訳書の選択の段階から伊藤の助言があったのであろう。というのも「イソップなほし書き」などはともかくとして、ジョイス「室楽」や、ヴァージニア・ウルフの短篇「憑かれた家」などの翻訳は、ちか自身の詩作に大きな影響を与えたと考えられるからだ。たとえば「今日の詩」に発表されたウルフ「憑かれた家」訳の部分、「窓硝子が林檎を映してゐる、薔薇を映してゐる。総ての葉が硝子の中で緑色であつた。彼等が応接間で動くと、林檎だけがその黄色い側面を見せた。然しほんの少し経つて、若しも戸が開かれると、天井から垂れ下がり、壁の上にひつかかつて、床の上にひろがつてゐるもの、—何だらう?　私の手には何も摑らない。」のくだりなど、ほとんどちか自身の詩の言葉と見まごうばかりである。

ちかの詩の基本は描写にあって、視覚がとらえるイメージに心理的なよじれを加えるところから発想されていることは先に述べたが、イメージを繋ぎ合わせ、複数のイメージをオーバーラップさせるその構成、モダニズムの詩人たちを驚かせたその詩語の新しさは、こうして彼女が一語一語翻訳してゆく作業の中で欧米の文学から直接学びとったものにちがいない。

ゴルフリンクでは黄金のデリシアスがころがる。地殻に触れることを避けてゐる如く、彼らは旋回しつつ飛び込む。空間は彼らの方向へ駈け出し、或いは風は群になつて騒ぐ。切断面の青。浮びあがる葉脈のやうな手。かつて夢は夜の周囲をまはつてゐたやうに、人々の希望は土壌となつて道ばたにつみあげられるだらう。
影は乱れ、草は乾く。蝶は二枚の花びらである。朝に向つて咲き、空白の地上を埋めてゆく。私らは一日のためにどんな予測もゆるされない。樹木はさうであるやうに。そして空はすべての窓飾であつた。カアテンを引くと濃い液体が水のやうにほとばしりでる。
あ、また男らは眩暈《めまい》する。

（「神秘」）

左川ちかの詩の魅力として、この詩が示すように独特のモダンなイメージと構成力の斬新さ、知的な雰囲気、さらにそこに夭折の不安が滲むミステリアスな雰囲気をあげる人は少なくない。だがそこにある身体性をあげる人は意外に少ないのではないか。

果樹園を昆虫が緑色に貫き
葉裏をはひ
たえず繁殖してゐる。
鼻孔から吐きだす粘液、
それは青い霧がふつてゐるやうに思はれる。
時々、彼らは
音もなく羽博《はばた》きをして空へ消える。
婦人らはいつもただれた目付で
未熟な実を拾つてゆく。
空には無数の瘡痕がついてゐる。

肘のやうにぶらさがつて。
そして私は見る、
果樹園がまん中から裂けてしまふのを。
そこから雲のやうにもえてゐる地肌が現はれる。

（「雲のように」）

ちかの詩の重要な主題のひとつ、その秘められた主題はまぎれもなく伊藤整との間に交わされた恋愛であり、作品に喪失の影を落とすその悲恋によって読者の中に神秘的なロマネスクが形成されてゆくのだが、これらの詩を読むと、わたしは彼女の女性としての肉体の生々しいエロス、ほとんど即物的なと言えるようなその率直な表れを見ずにはいられない。

昭和三年八月、先に上京した伊藤の後を追うように上京し、兄のもとに身を寄せたちかは、その翌年から伊藤らが創刊した文芸誌「文芸レビュー」にモルナールやハックスレーの翻訳を発表しはじめる。この頃のことは年譜には「松ノ木の田園アパートに伊藤整をしばしば訪ねる」といかにも簡単に記載されてあるのみだが、すでに述べたようにちかの翻訳には当然伊藤の指導と助言があったはずであり、その親密な関係が詩に反映されないとは思われないのである。

この頃のちかと伊藤の関係については江間章子「埋もれ詩の焔《ほむ》ら」に、曽根博義『伝記伊藤整《詩人の肖像》』からの引用として次の文章があるので、転載させていただくこととする。「愛は福定アパートに整をしばしば訪ねた。整がいない時は管理人の稲葉定の部屋に上がりこんで、話をしながら整の帰りを待った。整は彼女を二階の隅の四畳半に通し、『文芸レビュー』に載せるために彼女が訳してきた翻訳の原稿を見て、英語について熱心に教えた。そのうちに愛は、帰りが遅くなって時々整の部屋に泊って行くようになった。」ここにはほかにも、二人の関係を想像させる出来事があげられている。ちかの身近な詩友であった江間によれば、「かつての私はこの本に記録されている左川ちかが、ちからしさが薄いと書いたが、私は著者に謝らなくてはならない。前半（引用の…筆者）に現れる、モジリアニの絵から出てくるような、そして『ハタキを持ってかいがいしく』（ちかが伊藤の部屋を掃除していたという例について…筆者）の姿の彼女は、彼女以外のだれでもない。」とあり、いずれにせよこの時期の二人の親密な関係を否定するものはない。〔『埋もれ詩の焔ら』Ⅱ章「左川ちか以後」の記述：編者注〕

それにしても昭和五年八月に兄が発行者である「ヴァリエテ」第一号に発表され、ちかの最初の詩作品とされる「昆虫」は不思議な不気味さの漂う詩である。

昆虫が電流のやうな速度で繁殖した。
地殻の腫物をなめつくした。

美麗な衣裳を裏返して、都会の夜は女のやうに眠った。

私はいま殻を乾す。
鱗のやうな皮膚は金属のやうに冷たいのである。

顔半面を塗りつぶしたこの秘密をたれもしつてはゐないのだ。

夜は、盗まれた表情を自由に回転さす痣のある女を有頂天にする。

（「昆虫」）

昆虫のような「殻」をつけた女、その殻は「鱗」のようであり「金属」のように「冷たい」ものであるが、それは女の顔半分を塗りつぶしている「秘密」によるためなのだ。その女とは実は「私」自身であって、「夜」はこの女が「盗まれた表情を自由に回転」させる時だという。この奇妙な展開の主題は「秘密」という言葉にあって、「昆虫」化した女の異様な表情は「秘密」がメタモルフォーズした姿なのである。しかもその「秘密」の内容は作者だけが知り、誰にも知らされていないという。

ここで「秘密」という言葉に伊藤整とのかかわりを読むことも、読まないことも読者の自由だが、わたしは読もうと思う。それが現実にどのようなものであったかを知ることはできないとしても、彼女の短い生涯に伊藤整の与えた大きな影響を否定することはできないから。しかし昭和五年九月に伊藤は小川貞子と結婚する。以後伊藤は次第に詩から離れて小説、評論に向かうことになる。

ほこりでよごされた垣根が続き
葉等は赤から黄に変る。
思ひ出は記憶の道の上に堆積してゐる。白リンネルを拡げてゐるやうに。
季節は四個の鍵をもち、階段から滑りおちる。再び入口は閉ぢられる。
青樹の中はがらんどうだ。叩けば音がする。
夜がぬけ出してゐる時に。
その日、
空の少年の肌のやうに悲しい。
永遠は私逮のあひだを切断する。

（「循環路」）

髪の毛をふりみだし、胸をひろげて狂女が漂つてゐる。
白い言葉の群が薄暗い海の上でくだける。
破れた手風琴、
白い馬と、黒い馬が泡だてながら荒々しくそのうへを駈けてわたる。

（「記憶の海」）

涙のあとのやうな空。

陸の上にひろがつたテント。
恋人が通るために白く道をあける。

染色工場！

あけがたはバラ色に皮膚を染める。
コバルト色のマントのうへの花束。
夕暮の中でスミレ色の瞳が輝き、
喪服をつけた鴉らが集る。

おお、触れるとき、夜の壁がくづれるのだ。
それにしても、泣くたびに次第に色あせる。

（「青い道」）

三作とも昭和七年に発表されたものである。これらを読むと、病身の彼女が解決することのできない悲しみを抱えていたことを思わずにはいられない。

とは言え、ちかの詩はその初めから伊藤整の『雪明かりの路』の生活的な抒情性からはっきりと異質なものであった。彼女の言語感覚は乾いてモダンであり、その美意識は抽象的で、自然をモティーフとする場合にも現実の重さがなく、その意味で伊藤よりむしろ北園克衛に近いのである。

昭和五年、十九歳のちかの詩に初めて出会ったその瞬間から北園はその詩に魅せられ、ちかのよき理解者となった。ちかは北園を中心としたアヴァンギャルド詩人たちのグループ「アルクイユのクラブ」の会員になり、その機関誌「マダム・ブランシュ」が、「椎の木」「詩と詩論」と並んでちかの主要な発表詩誌となった。北園は詩論家、実験家としてすぐれ、言葉や形式に対するその理論は、西脇順三郎や瀧口修造を除けば、他のモダニズム詩人に抜きんでた堅固さがある。北園は伊藤を「シュルレアリズムが解体的スティルを持つ事を永い間そのイズムの目標としてゐた事に就いて少しも知つてゐない。伊藤整の不勉強と頭の悪さを思つてもみるがいい」と手厳しく批判するのだ。

しかし北園の詩と感覚的に近く、その語彙が当時のモダニズム詩の範疇にあり、「アルクイユのクラブ」の会員であったとは言え、彼女の詩が北園の影響下にあったとは言えないだろう。ちかはつねにちか自身であった。彼女には自分の書きたいものがはっきりと見えていた。

モダニズム詩の問題点

左川ちかの詩が多くのいわゆるモダニズム詩と決定的に異なっているのは、書かずにはいられない切迫した内的理由が彼女にあったことである。繰り返すが彼女に与えられた詩作の時間は昭和五年〜十年までのわずか五年間であり、その間に一冊の訳詩集と八十篇あまりの詩、その他かなりの数の訳詩と詩論の翻訳を残した。ことにジョイスの訳詩集を出しアルクイユのクラブ員となった昭和七年前後には、月に何作もの詩をさまざまな詩誌に発表するなど、その力のすべてを詩に集中していたことがうかがえる。そしてその中で、感覚が生命の先端に届くところで、独特の不安なイメージが現れてくる。

料理人が青空を握る。四本の指跡がついて、
——次第に鶏が血をながす。ここでも太陽はつぶれてゐる。
たづねてくる青服の空の看守。
日光が駆け脚でゆくのを聞く。
彼らは生命よりながい夢を牢獄の中で守つてゐる。

刺繍の裏のやうな外の世界に触れるために一匹の蛾となつて窓に突きあたる。
死の長い巻類が一日だけしめつけるのをやめるならば私らは奇蹟の上で跳びあがる。

死は私の殻を脱ぐ。

（「死の髯」）

この詩には「幻の家」という異作があり、「死の髯」と同じ昭和七年三月十八日付の「文学」第一冊に発表されている。

料理人が青空を握る。四本の指あとがついて、次第に鶏が血をながす。ここでも太陽はつぶれてゐる。
たづねてくる空の看守。日光が駆け出すのを見る。
たれも住んでないからつぽの白い家。
人々の長い夢はこの家のまはりを幾重にもとりまいては花弁のやうに衰へてゐた。
死が徐ろに私の指にすがりつく。夜の殻を一枚づつとつてゐる。
この家は遠い世界の遠い思ひ出へと華麗な道が続いてゐる。

一対になったふたつの詩を読みくらべてみると、「死の髯」は自分にとりつき締めつけてくる死の絶対を、「幻の家」は死後の追憶の風景をうたったものであることがわかるが、共通する一～二行目の部分、「料理人が青空を握る。四本の指跡（指あと）がついて、／次第に鶏が血をながす。ここでも太陽はつぶれてゐる。」という表現には、暴力的なまでの無意識の突出が感じられる。

ちかの詩の独自性はまずその超自然のイメージにあった。それらは彼女のとらえる内的イメージの不思議さとしか言いようのないものだが、代表的な一例であるこの「死の髯」の生命を握りつぶす手は、たとえばサルバドール・ダリの絵「内乱の予感」の影響があるのかも知れない。

「つまらなくなつた時は絵を見る。其処では人間の心臓が色々の花弁のやうな形で、或は悲しい色をして黄や紫に変色して陳列されてゐるのを見ることが出来る。馬が眼鏡をかけて樹木のない真黒い山を駆け下りてゐる。私はまだ生きた心臓も死んだ皮膚も見たことがないので、とても愉快だ。なんて華やかな詩だ！　私は虫のやうな活字を乾いた一片の紙片の上に這はせる時のことばかりを考へてゐたから。美しい色が斑点となつて風や海の部分を埋めてゐる。画家の夢が顔料でいつぱいに染まつて、まだ生々しく濡れてゐるのだ。馬鹿気た落書きなんだらうと思ひながら、あのずたずたに引き裂かれた内臓が輝いてゐるのを見ると、身顫ひがする位気持ちがよい。跳躍してゐるリズム、空気の波動性。この多彩な生物画が壁に貼りつけられて、眼の前で旋回してゐるのは一つの魅力である。」（「魚の眼であつたならば」部分）

おそらく彼女は翻訳の作業の中で言葉を意味としてではなくオブジェとしてとらえ、言葉を組み立てイメージとして造形する技法を自然に身につけていった。その手本のひとつが、無意識の夢を描くシュールレアリスムの絵画にあったことは間違いないだろう。そしてまた、その言葉の感覚が伝統詩の持つ情緒の湿りや重さと無縁で即物的に乾いているのは、それが翻訳言語的な感覚で用いられているからであろう。北園克衛と左川ちかの接点はまさにその方法の近似性にあるのであり、北園のちかに対する関心はそれ以外の内的なものに及ぶことはなかったであろう。

北園は言う。「詩の進化、詩の方向、及びその位置と価値は新しい形式の出現とその消滅のたえざる変遷に依って動揺し混乱するものではない。また形式は、詩の進化、詩の方向、及びその位置と価値、そして何者も規定しない。それらを直接に規定するものは方法である」（「Highbrow の噴水」より）。このように北園の詩的関心は唯一、ポエジイの世界を造型する「方法」そのものにあった。彼は、詩作する者は明確かつ純粋なメカニズムの論理を把握していなければならないと主張し、そのような詩人を選んで「ハイブロ一の詩人」「主知的詩人」と呼ぶのである。主知的詩人というのは奇妙な言葉だが、当時モダニズムの詩人の間でこの言葉は新理論で詩作する者を示す高級な概念として受け入れられたようだ。

春山行夫は言う。「詩といふものは一つのScienceである。悲しいといふ情緒は、それ自身では詩にはならない。そこに詩といふものに対する知覚がはじまる。いふまでもなく我々が今日詩と呼んでゐるのは廿世紀の詩のことと限定した方がよい。（中略）知識が主知的でないといふことは知識の低級に外ならない」。この言葉は百田宗治が編集する詩誌「今日の詩」（昭和七年六月発行）のアンケート「現代詩の主知的傾向をいかに観るか」への春山の答えであるが、このアンケートにはほかに野口米次郎、川路柳紅、与謝野寛、土田杏村、萩原朔太郎、福士幸次郎、山宮允、阿部知二ら九名の詩人が回答を寄せており、中では「一般に詩の主知的傾向は反動であり本道を外れた邪曲の行き方である故、短期間だけしか生命がない」という朔太郎の答えが最も春山に対立的で、川路、野口、与謝野らがそれに近く、時代の趨勢として認める、あるいは「方法」としては認めるというのがその他の意見である。

「今日の詩」のこの号は「知的精神の正当な発露を欠いたといふところに吾々の昨日の詩壇に於ける共通で根本的な欠陥が存在した」とする編集者百田宗治の危機感によって、全誌面をモダニズム詩の紹介、解説に当てている。すでに紹介した左川ちかによるヴァージニア・ウルフ「憑かれた家」の翻訳や、北園による左川ちかへのオマージュはここに掲載されているのだが〔実際にはいずれも『今日の詩』五冊（昭和四年四月）に掲載‥編者注〕、あらためて北園の文章を読んでみると、北園がちかを賛美するのはあくまで「ポエヂイの原理に依存する」ちかの方法とその感覚であることに気づかされる。「それらは常に、その時代のモオラリズムやヒュマニズムの判断に遠く、僕たちの頭脳を洗練し燦しいものに遭遇させるポエヂイの原理に依存する処のものなのである。（中略）詩人の発見されるチャンスは、ポエヂイがいかにユニイクな秩序をもつて、そしていかに整然と言葉にデフオルメエシヨンをされてゐるか。即ちポエヂイのフレキシビリテの適切さにある。」

「現在の中に彼女孃《ママ》のポエヂイを適合させる特殊なまた優れたタランをもつてゐる」。この北園の言葉は「詩以外の要素、例えば哲学的な要素や美学的な要素や社会学的な要素、等等の詩にとつては不純な要素を分離して詩の最も純粋と見なされる要素だけで詩を書かうとする詩人」こそ「主知的詩人」「ハイブローの詩人」であるとする北園の詩論が、ちかの詩という実証を得てあらためて力強く主張されているのだが、この論理には危いところがあって、もしそれを本当に主張するなら「詩」と「詩以外の要素」をいかにして区別することが可能かが先ず論じられねばならないだろう。要するに北園は「詩」と「内容」とは無関係だと述べればすむのであって、哲学や社会学や美学を詩の「不純な要素」としてピンセットでつまみ出すようにすることは、「無内容」という「内容」への彼のこだわりのつよさを示すことにほかならない。

言葉の純粋なオブジェ化、それこそ北園の求める最終的な詩の姿であった。たしかにちかの後期にはその影響を感じさせる詩が多くなってくる。

Scene Ⅰ

街の舗道へあざやかに
描いた恋のフィギュア
空のロビイのリラの花
瞳のなかの暗い日を
白と黒とに開けてゆく

Scene Ⅱ

鉄砲百合から合唱する少女の達の声が――
最初に季節を破る
植民地行きの燕麦は
貨物船の上で芽を出すと
食卓の雲のかげから
ペンギン鳥がエプロンを振る
貝殻

蝶
Oh!

（「花苑の戯れ」）

死の直前の昭和十年に「海盤車」に発表されたこの詩のとくにⅡは童画風のオブジェと音韻の三段跳びの炸裂が見られる異色作であって、伊藤整が語ったちかの美質である精神の透明さ無邪気さがよく示されている。ちかの短い詩の時間の中でも、この時期新しい方法による飛躍が懸命に求められていて、とくにこの作品にそれが見られるのはＶＯＵクラブの結成が意識されていたからかも知れない。

初出『現代詩手帖』第四一巻二～四号（一九九八年二～四月・思潮社）⇩『近代女性詩を読む』（二〇〇〇年八月・思潮社）

終わりへの感性

左川ちかの詩

水田宗子

1

左川ちかは北海道に生まれ、父の早逝した家で幼少期を過ごし、二十四歳で病死するまで、死の予感とともに人生への不安を抱きながら、まるで一瞬のように短い一生を生きた。左川は十七歳で上京し、アルバイトのような働き方をしながら異父兄に支えられて生活する中で、伊藤整や北園克衛に触発されて詩を書き始めた。その作品は極めて少ないが、鋭い感性とイメージの特異な駆使で、早くから才能を認められ、注目された詩人だった。

家族関係が稀薄で、故郷とのつながりも少なく、東京で仕事をし、若くして亡くなるという、社会人として生きた時間が短かったこともあろうが、左川には、家族からも、世間からも、社会からも切り離された存在として、何も身につけず、大きな世界に向き合って立っているイメージがある。どこともつながらない、誰にも依存しない、個体として世界に対峙する詩人、という表現がふさわしいのが、左川ちかだろう。その大きな世界とは、個としての人間の生という時間と空間、そして自然の運行や人間社会の歴史を超えたところで、それらを左右するかに思われる「絶対的な力」の根源のようなもの、とでも言ったらいいかと思う。

それは神でもなく、運命という言い方でも適切ではない、「絶対的他者」とでも言う他ない、強引にペルソナを鷲摑みにして、行き着くところまで引きずっていく、容赦ない暴力のような力である。その力に立ち向かい、それと闘争することは、その他者的な力の源泉とでも言うべき世界へ引きずり込まれていくことだ。それは、自然も人間も存在しないような死の世界で、その強烈な力が働き出す瞬間、詩人の感性がその力を感知する瞬間に、冷酷で、恐ろしい形相を顕在化させる。その一瞬は、自然を、都会を、日常の風景を、異界の風景に変貌させる。それが、左川の言葉の創造の瞬間であり、詩の世界である。

都会に住む女性を「ペルソナ」として展開される左川の詩は、逆説的に自然のイメージに溢れている。また、ペルソナは女であるが、テキストに展開される世界には、女の身体的なイメージもジェンダー化された感性もなく、無性的で、若さも老いもない。パラソル、レース、バルコン、果樹園、蝶々など、大正モダニズムの少女的なイメージは多く使われていても、それらはむしろ、ペルソナの孤立した無機質で冷酷な世界へと導いていくための独特な使われ方をしている。ペルソナのその孤立があからさまになる瞬間が、左川の詩の誕生の瞬間である。その時、ペルソナは、内面を裸にされて、何の仲介物もなく、攻撃的な他者の力が支配する世界で、生きることの意味に、直接、一人で向き合わされている。

左川の詩は、太陽や月、海、風、樹木、草、花、果実、虫、鳥などの自然によって、一枚の絵画のような視覚的な鮮やかさを持ち、同時に、そのタブローは、朝、真昼、昼下がり、夕暮れ、夜と推移する、一日の時間によって構成される。時間の推移は、春、夏、秋、冬と変転を繰り返しながら、後には戻らず、確実に推移し、変容する自然の時の中に嵌め込まれている。

しかし、その時間と自然の推移によって描かれる左川の詩は、自然のそれとは全くと言ってよいほどに違う世界だ。そこに現れる自然のイメージは、太陽でも月でも海でも、これまでの表現や文化表象のテキストの中で使われてきた記号やメタフォリカルな意味や連想から断ち切られて、絶対的な他者の力を感知する詩人の感性によって、崩壊や終末を予兆するイメージに変貌している。左川のタブローの中に置かれたペルソナもまた、現実の生きものとしての人間とは違い、社会と関係を持たず、また、タブローの中の自然ともなんらの調和を保たずにいる。ペルソナは、タブローの中の風景に不協和音をもたらすイメージとして配置されているのだ。

左川の最も初期の詩である「昆虫」のペルソナは、都会の個室に住む孤独な女である。夜の都会の変貌する情景の中で過激に露出される、戦慄に満ちた女の内面風景は、モダニストとして都会の夜を強烈な速度で疾走し、その苦悩に満ちた短い人生を生きた女という、左川が人々に与えがちな印象を裏づけるものとなっている。しかし、都会の夜だけではない。左川の詩には、朝、昼、夜への時間の移行が、それ自体がテーマであるかのように枠組みを作っているのだが、その時間の流れの中で、自らの精神と身体感覚の移り変わりを凝視するペルソナは、突然、時間の外部へと連れ出され、破壊され、変質した日常の亀裂から立ち現れてくる内面に直面する。時間の推移は、ペルソナ自身の強烈な変容として顕在化するのである。

自然からも、都会という環境からも、さらに季節や一日の時間の推移からも孤立したペルソナは、たえまなく変転しつつ、確実に強力な力に動きを支配されている自然と同様、変容させられていく自身の命を感受し、そこに自らの運命を託す詩人の内面として描かれる。左川の詩の世界は、決して抽象的な次元ではなく、むしろ、日常の自分の住む場所と時間という、具体性を帯びた現実が一瞬のうちに変貌する世界である。自然が変貌し、死がその本性を現す瞬間は、朝、昼、夕、夜という一日の時間の流れの中で、また、春、夏、秋、冬という季節の転移の中で、突然に訪れる。すべては一瞬のうちに異なった世界へと変貌し、非日常の存在感覚へとペルソナを導くのである。

太陽や月、海、風、樹木、草、花、果実、虫や鳥も、すべてのものが確実に、絶対的な力を発揮する攻撃的な力によって変容させられて、自然の外部へと引き出されていく風景を敏感に感受し、不安におののきながらその力にあらがい、無防備に内面をさらけ出しているペルソナの孤立が露わになる。左川のペルソナは、大いなる他者とでも言うべき攻撃的な力によって、その内面を翻弄される。幼時から病弱で、常に忍び寄る死の影をいつも感じながら少女時代を送った詩人にとって、その敵対的で暴力的な力は、決して抽象的でも観念的でもない、感覚で捉え得るものだったに違いない。

2

朝の詩は、人々が、働きに出る普通の朝が、敵対する強力な力として感受されるペルソナによって、日常の外の異風景へと変貌し、ペルソナを圧倒する心象を表象している。

朝、私は窓から逃走する幾人もの友等を見る。

緑色の虫の誘惑。果樹園では靴下をぬがされた女が殺される。朝は果樹園のうしろからシルクハットをかぶつてついて来る。緑色に印刷した新聞紙をかかへて。

つひに私も丘を降りなければならない。
街のカフエは美しい硝子の球体で麦色の液の中に男等の一群が溺死してゐる。
彼等の衣服が液の中にひろがる。
モノクルのマダムは最後の麵麭を引きむしつて投げつける。

（「朝のパン」全篇）

これらの作品の中の朝は、仕事に行く者たちの慌しい時間である。人々を一日の活動へと駆り立てる時間が街路へ押し寄せるのを、ペルソナは窓から眺めている。果樹園や丘といった自然の風景が、気味悪い緑で彩れている。ペルソナもまた、家から出て朝の活動を始めるために、彼らの流れに加わらなければならない。街に出て、カフェでコーヒーとパンの朝食をとるペルソナ。カフェは、昨夜の酩町した男たちの夢の残影を、ガラスの球体の中に閉じ込めたように漂わせている。

しかし、左川の詩をこのように解説しても、そのイメージの一つ一つが、その不調和な、それぞれが不協和音を奏で合うイメージの総体によって喚起するものを言い表すわけではない。それが指し示すのはペルソナの心象風景であり、朝の変貌こそが、その表象なのである。一つ一つのイメージの意味性は剥奪されていても、ペルソナの心象風景はイメージの総体によって鮮やかに表象されている。

朝のバルコンから　波のやうにおしよせ
そこらぢゆうあふれてしまふ
私は山のみちで溺れさうになり
息がつまつていく度もまへのめりになるのを支へる
視力のなかの街は夢がまはるやうに開いたり閉ぢたりする
それらをめぐつて彼らはおそろしい勢で崩れかかる
私は人に捨てられた

（「緑」全篇）

ここでも朝は緑によって描かれている。緑は朝の生命力を表し、ペルソナに朝を押しつけてくる攻撃的な力を象徴している。ペルソナは押し寄せてくる朝のエネルギーに呑み込まれて、息がつまりそうになっている。丘の上の、バルコンのある家と、丘の下に広がる街との対比。朝は、ペルソナには社会とのつながりを強制する苦しい移行の時間であり、朝の到来と色鮮やかな緑は、夜の世界から醒めた自分を強制的に外の世界に追い立てていく、生命と社会のエネルギーを表現している。朝は、絶対的な支配力がその威力を発揮する時だ。

ペルソナは、人々の中に入っていくにもかかわらず、「私は人に捨てられた」と、そこにいる人人からは異質な存在である。ペルソナは朝の緑の生命力に息がつまる一方で、仕事の活力が支配する自分とは異質な世界のエネルギーによって窒息しそうにもなっている。失恋の意を込めているのかも知れないこの最後の一行は、朝がペルソナを居場所のないところへ引き出していく、時間の移行であることを表しているのだろう。太陽は毎日東から昇り、山や野を緑に輝かせるが、ペルソナにとって、朝は、夜の闇の世界で自分とだけ向き合っていた時間から暴力的に引きずり出される目覚めの時であり、経験である。一瞬強烈に感じられる、時間の押し寄せる波の力と、その力に裸身をさらさなければならないという、身体の感覚としての朝の訪れは、避けられない宿命なのだ。


鉄槌をもつて黒い男が二人ゐる。

向ふの端とこちらで乱暴にも戸を破る。

朝はそこにゐる、さうすれば彼らの街が並べられる
ペンキ屋はすべてのものに金を塗る。

鐘戸と壁に。

林檎園は金いろのりんごが充ちてゐる。

その中を彼女のブロンドがゆれる。

庭の隅で向日葵がまはつてゐる、まはりながら、まはりながら、部屋の中までころげこみ大きな球になつて輝く。

太陽はかかへ切れぬ程の温いパンで、私らはそれ等の家と共に地平線に乗つて世界一周をこころみる。

（「青い球体」全篇）

3

朝の緑のエネルギーが人々を、そしてペルソナを街へと追いやった後、昼の時間が流れていく。

アスパラガスの茂みが
午後のよごれた太陽の中へ飛びこむ

硝子で切りとられる茎
青い血が窓を流れる
その向ふ側で
ゼンマイのほぐれる音がする

（「他の一つのもの」全篇）

太陽はすでに汚れている。疲れた神経は過敏になり、傷ついて流れる血は青い色だ。機械はまわっているが、すでに壊れかけている。時の動きも乱れている。「硝子で切りとられる茎」「青い血」「ゼンマイ」というイメージが、昼の心身の疲労の表象となっている。

左川のイメージの中で、太陽は重要なキーイメージである。朝の太陽がまわりの自然を緑で染めるのに比して、昼の太陽は緑を濃くはするが、朝の緑が浮き立たせる生命力を失っている。それを失わせたものは、時計のゼンマイが象徴する時の流れであり、それに呼応する、機械としての身体の疲労と不調である。

花びらの如く降る。
重い重量にうたれて昆虫は木蔭をおりる。
檣壁に集まるもの、微風のうしろ、日射が波が響をころす。
骨髄が白い花をのせる。
思念に遮られて魚が断崖をのぼる。

（「午後」全篇）

この詩には、ドビュッシーのような軽い倦怠と夢のまどろみがゆき渡る午後の平和な雰囲気はなく、時の流れが重い重量となって花びらや葉を地上へ落とし、昆虫や魚を安らぎの場から、強い日射しの中へと追い立て、断崖を逆上する流れの中へと駆り立てるような疲労と混乱が蔓延している。陽は照り、午後の微風は吹いていても、波はメロディの響きを奏でず、骨が白い花を咲かせて鈍く輝いている。午後は心身の疲労と不調の前触れであり、それは風景の中に表れ始めている自然の疲労と不協和音として表象されるのである。

雨は木から葉を追ひ払つた
村では音楽を必要としない　たとへ木は裸であらうとも、暗い地上を象牙の鍵を打つてゐる彼らの輝かしい影の歩調を。
すでに終曲は荒れた芝生に、
丘の上を痘痕のある果物がころがつてゐる。

（「果実の午後」全篇）

同じ疲労と神経の不調、そして終局へと向かう時の推移が、ここでは田園的な風景画として描かれている。痘痕のある果物が樹々から落ちて丘にころがっているというイメージは、午後の後に夜という終局が迫ってくる、その時の経過の影の歩調を感じている、疲労した身体と鋭く過敏になった神経を抱えるペルソナの心象イメージであるだろう。

4

そして夜がやつてくる。

夕暮が遠くで太陽の舌を切る。
水の中では空の街々が笑ふことをやめる。
総ての影が樹の上から降りて来て私をとりまく。林や窓硝子は女のやうに青ざめる。夜は完全にひろがつた。乗合自動車は焔をのせて公園を横切る。

その時私の感情は街中を踊りまはる
悲しみを追ひ出すまで。

（「黒い空気」全篇）

夕暮れから次第に闇が降りてきて夜になっていく情景が、鋭く尖って不安に蒼ざめたペルソナの神経と響き合いながら描かれる。そして夜は、ペルソナが感情を自由に解き放し、そこに浸り尽くす、いわば剝き出しの狂乱の時間だ。夕暮れの光がいまだ漂う、やがて夜が始まろうとするこの詩では、ペルソナの「感情」は、「悲しみ」といった抽象的で穏やかな感情を追い出すために踊り始めている。その「踊り」の激しさが増していくとともに、ペルソナの感情は狂乱の高みにまで登りつめ、解き放たれていくだろう。その予兆が、焔を載せて公園を横切る乗合自動車のイメージで表される。その感情の激しさは、悲しみという表現を超えた、内面の苦悩と危機感ゆえであることが、「昆虫」で表現される。

昆虫が電流のやうな速度で繁殖した。
地殻の腫物をなめつくした。

美麗な衣裳を裏返して、都会の夜は女のやうに眠つた。

私はいま殻を乾す。
鱗のやうな皮膚は金属のやうに冷たいのである。

顔半面を塗りつぶしたこの秘密をたれもしつてはゐないのだ。

夜は、盗まれた表情を自由に廻転さす痣のある女を有頂天にする。

（「昆虫」全篇）

ペルソナは、昼の間は盗まれていた表情を夜になって露出し、全展開する、「痣のある女」だ。昼間、女は秘密の表情を保ち、金属のように冷たい鱗の肌と、全身を覆った固い殻で内面を隠している。社会的な日常の営みの中で殻に閉じ込められてきた女の自我は、夜になると解放され、ペルソナのいる空間を覆い尽くす。

昆虫とはそのペルソナの自我であり、内面の姿である。その開示と表現は、昆虫の繁殖力、電流の鋭さと速さになぞらえられ、「地殻の腫物をなめつく」すというグロテスクな空間の拡張、占拠として描かれている。それほど内面の露出は強烈で、異質で、非日常的なのだ。

痣のあるペルソナは、昼の日常の時間では、典型的で模範的な女ではあり得ない自我を内包している女であることを表象しているが、夜こそ、ペルソナが自分を取り戻し、その隠された内面が殻からはみ出てあたりをなめ尽くす、自我の時間なのだ。深層から汲み出してきた、秘密としてのペルソナの自我が、夜の都会に蠢く昆虫の夢魔の光景として、一枚の鮮烈な心象の風景画として描かれている。

夜は「反社会的」、あるいは「非社会的」な時間であり、それはおそらくは都会の密室で最も自由に拡張するのだろう。昼の裏側の深部に横たわる時間の層が、どこからか浮かび上がり、近づいてきて、鮮明度を増すスクリーンの中の風景のように、暗闇から立ち上がってくる、具体的で物質的な、騙し絵のような心象風景である。

現実的な意味性を剝奪された、メクフォアですらないイメージによって描かれる左川の心象世界は、昆虫と電流といった、互いに関連性のない、具体的なイメージによっていて、それは、その心象風景を、決して観念的でも抽象的でも作為的でもないものにしている。そして、痣のある女の夜の「有頂天」は、シルヴィア・プラスの傷を持つペルソナを、その律儀で勤勉な日常の生活に隠された、強烈な自我の過激な表出を想起させる。プラスの「入会希望者 (The Applicant)」という詩は、傷のある女だけが入会できるクラブに入りたいという女を面接する、魔女らしきマネージャーがペルソナである。

ペルソナにとって、夜はその隠された内面を露出し、自我を自由に這い回らせ、拡張させる、解放の時間であると同時に、それ故に内面の抱える不安や危機感が表出されることへの、恐怖に充ちた時間でもある。散文詩

「夜の散歩」では、現実の街と夢の風景が交差し合いながら、独り真夜中の街を彷徨するペルソナの内面が表象されていく。

夜更になると鋪道は干あがつて鉛を流したやうに粗雑で至るところに青い痰が吐きつけられてゐる。その生々しいかたまりが、私に人間の腐つた汚れた内臓の露出された花のやうな部分を想像させ、摑まへどころのない不気味な気持にかりたてられる。(中略)私の怖れてゐるのは私をうちのめす闇の触手だ。見えない力で凍えかかつた胸を溶かし或時は約束もなく棄て去るそれらの曖昧な刃物を。(略)誰も見てゐるわけではないのに裸になつてゐるやうに私は身慄ひする。

ペルソナは夜の闇の中で一人になり、自分をさらけ出している。そしてそのことに身震いする。それは「内臓の内臓を曳き出してずたずたに裂いても肉体から離れてしまつた声は醜い骸骨を残し、冬の日の中に投げ出されてゐる」といつた凄まじい内面の現前化と、肉体と意識の乖離の形相である。「思惟の断層に生彩をそへながら消えてしまふまで、傷口を晒す」、自虐的でグロテスクな内面の容赦ない露出によって自分に向き合う行為なのだ。

振り返ることも、引き返すこともできない歩行、自分たちの一番醜悪なものを捨てた、他人の残骸と抜け殻が鋪道を覆う夜の街、遠くに電車が火花を散らしたり、薄暗い電球の下を男たちが通り過ぎていったりする街を、「小さな環のまはりを足踏みしてゐるだけ」で、「立つてゐる場所といへば靴のかかとがわづかに接触してゐるだけの土壌が私自身を支へてゐるのみで余分な土地はどこにもない。不安定な足枷をふみしめながら歩行することは非常に困難」で、「深い谷底に突き落される幻覚」に見舞われながらの夜の歩行は、夢の中の風景であると同時に、シュールリアリズムの編し絵のように具体的で、視覚的に鮮明でもある。

夜は鎧った硬い殻から出て自分を露出する、自由と解放の時間、そして、その露出された傷口におののき、内面の不安と危機感にかられ、怖じける、孤立した個体としての自分に向き合う時間なのだ。ペルソナはそこに沈潜し、自分をさらけ出し、浸る。同時に、ペルソナを捉える解放感と恐怖が抉り出す内面の風景は、悪夢の情景でもある。

夜という時間は、やがて朝へと転位する。それは、ペルソナの人為的で精神的な操作に関係なく、天体の運行による時間の推移である。左川の詩は、その濃密で強烈な内面の苦悩との戦いの表現にもかかわらず、天の回転によるこの時間に支配される自然の中に置かれて、ペルソナの存在と苦悩は倭小化される。

5

季節は、絶対的な他者の力を敏感に嗅ぎつけるペルソナの感性によって変貌し、その形相は、緑、青、白、黒、そして焔の色と、強烈な色彩によって詩のタブローを彩っている。

春が薔薇をまきちらしながら
我々の夢のまんなかへおりてくる。
夜が熊のまつくろい毛並を
もやして
残酷なまでにながい舌をだし
そして焔は地上をはひまはり。

死んでゐるやうに見える唇の間に
はさまれた歌ふ聲の
――まもなく天上の花束が
開かれる。

（「目覚めるために」全篇）

春は長い冬眠からの目覚めの時である。春は薔薇とともに、黒い毛並みの獰猛な熊を起こし、貪欲な長い舌で地上をなめ回し、生命の焔があたりを覆い尽くす。春は、ここでは、生きるエネルギーを沸き立たせる生命の営みの時間であると同時に、それ故に残酷な季節でもある。冬眠の夢の安寧を乱し、生き物を繁殖と淘汰の中へ引きずり出す生存競争の時間への移行は、脱落し、死にゆくものを過酷な孤立へと追いやる。

「果樹園を昆虫が緑色に貫き／葉裏をはひ／たえず繁殖してゐる。／鼻孔から吐きだす粘液、／それは青い霧がふつてゐるやうに思はれる」（「雲のやうに」）。

人間も春の力に押されて、女たちは目を爛らせて懸命に未熟な果実を拾う。「五月の女王」（「春」）は生命の盛りの象徴である。ペルソナは、緑の泉を満たしながらやってくる、五月の女王が支配する生命の賑わいに圧倒され、そこから一人外れている。孤独なペルソナには、春の華やかで軽やかなリボンは、暗闇の中を吹いていく風の感触である。

窓の外で空気は大声で笑つた
その多彩な舌のかげで
葉が群になつて吹いてゐる
私は考へることが出来ない
其処にはたれかゐるのだらうか
暗闇に手をのばすと
ただ　風の長い髪の毛があつた

（「五月のリボン」全篇）

春は「緑の焔」、「緑色の透視」と、緑が溢れる季節だ。春の生命力は朝のそれに照合するエネルギーで圧倒する。ペルソナは、その緑の溢れ、緑の焔が覆い尽くす窓の外の風景を危険だと感じている。ペルソナにとって、春は大きな攻撃的な力が活動し、そこから発生する危険が身に迫ってくることを感じる季節なのである。「私は最初に見る　賑やかに近づいて来る彼らを　緑の階段をいくつも降りて　其処を通つて」、「途中少しづつかたまつて山になり」、「森林地帯は濃い水液が溢れて」、「総ては緑から深い緑へと廻転してゐる」。そして盲目の少女が街路で「太陽の環の影をくぐつて遊んでゐる」。「私はあわてて窓を閉ぢる　危険は私まで来てゐる　外では火災が起つてゐる　美しく燃えてゐる緑の焔は地球の外側をめぐりながら高く拡がり」、やがて地平線に細い一本の線となって消えてしまう。そして、身体を離れたペルソナの意識が夢と覚醒の間で彷徨う。

体重は私を離れ　忘却の穴の中へつれもどす　ここでは人々は狂つてゐる　悲しむことも話しかけることも意味がない　眼は緑色に染まつてゐる　信じることが不確になり見ることは私をいらだたせる

私の後から目かくしをしてゐるのは誰か？　私を睡眠へ突き墜せ。

（「緑の焔」全篇）

人々の春の饗宴を狂気だと感じながら、その春の力がペルソナの目を、全身を、緑に染めてしまう。忘却へ、眠りの世界へと落ちることを希求して、ペルソナは現実の春の生命力の前にたじろぎ、自分を失い、夢の世界へ帰りたいと願うばかりだ。

6

左川には、春の詩に比べて夏の詩が少ない。夏の太陽は破壊的で、しかもすでに疲れている。緑は濃くなり、「太陽は闘技場をかけのぼる」（「断片」）が、「盛装して夏の行列は通りすぎフラスコの中へ崩れる」（「ガラスの翼」）と、真夏はすでにその最盛期に自らの崩壊を孕んでいる。夏は恋を破壊する、あるいは恋の感情が終焉する季節だ。「人々が大切さうに渡していつた硝子の翼にはさんだ恋を、太陽は街かどで毀してしまふ。」（「同」）

そして「まもなく赤くさびた夏の感情は私らの恋も断つだらう」(「断片」)。
夏の終わりは「Finale」なのだ。

老人が背後で　われた心臓と太陽を歌ふ
その反響はうすいエボナイトの壁につきあたつて
いつまでもをはることはないだらう
蜜蜂がゆたかな薗香の花粉にうもれてゐた
夏はもう近くにはゐなかつた
森の奥で樹が倒される
衰へた時が最初は早く　やがて緩やかに過ぎてゆく
おくれないやうにと
枯れた野原を褐色の足跡をのこし
全く地上の婚礼は終つた

(「Finale」全篇)

散文詩「暗い夏」では、ペルソナは重力を失って、意識だけ浮遊しながら、光に満ちていながら確実に変貌を遂げていく自然や街や家を見下ろしている。「黒い太陽」がすべてを地面に這いつくばらせて、街はペルソナの全く見知らぬものに変形していき、「悪い夢にでもなやまされてゐるやうに」「非常に不安でたまらな」くなっている。

ペルソナは身体から浮遊した意識となって、少女時代の汽車通学の中の記憶の一こまや、空き家の中を歩く盲人の杖の音、隔離病室から出てきたばかりの少年が果樹園の中へ走り去って消えていく姿を幻視する。夏は、日射しと光、憂鬱なまでに生い茂る樹々の濃い緑の中でまどろみながら、意識と身体が乖離して死への導入路を予兆する異風景を夢見る季節である。

また、左川の詩では、秋は午後から夕暮れの時間と呼応する。午後は夕暮れへ、そしてやがてやってくる夜へと進む必然的な時間、冬への運命のもはや否定することのできない予兆に満ちている季節である。「九月はやく葉らは死んでしまひ／焦げただれた丘を太陽が這つてゐる／（中略）凍つた港からやつて来るだらう見えない季節が／しかもすべてこの心の一日が終らうとしてゐる」（「季節」）。

秋は「思ひ出がすてられる如く」庭園の茂みが枯れていく季節であり、「朽ちてゆく生命たちが真紅に凹地を埋める」（「眠つてゐる」）、死‐冬への赤く爛れた前奏曲なのである。

雲に蔽はれた眼が午後の揺り椅子の中で空中を飛ぶ黒い斑点を見てゐる。
歯型を残して、葉に充ちた枝がおごそかに空にのぼる。
かつて私の眼瞼の暗がりをかすめた、茎のない花が。
いまもなほ北国の歪んだ路を埋めてゐるのだらうか。
秋が粉砕する純粋な思惟と影。
私の肉体は庭の隅で静かにそれらを踏みつけながら、
滅びるものの行方を眺めてゐる。
樹の下で旋回する翼がその無力な棺となるのを。

押しつぶされた葡萄の汁が
空気を染め、闇は空気に濡らされる。
蒼白い夕暮時に佇んで
人々は重さうに心臓を乾してゐる。

（「葡萄の汚点」全篇）

踏みつぶされた葡萄の実から吹き出す果汁が、空中の黒い斑点となってあたりの空気を染めていく。暗闇はその踏みつぶされた果実の赤黒い汁に染まっている。滅びていくものは、決して静かに滅んでいくのではない。赤黒い血を吐いて滅んでいくのだ。その滅びゆくものの行方、無力な死棺となっていく過程を、ペルソナは蒼白い夕暮れ時に佇んで、自らが葡萄を踏みつぶしているように追っている。

病んで黄熟した秋は窓硝子をよろめくアラビヤ文字。
すべての時は此処を行つたり来たりして、
彼らの虚栄心と音響をはこぶ。
雲が雄鶏の思想や雁来紅を燃やしてゐる。
鍵盤のうへを指は空気を弾く。
音楽は慟哭へとひびいてさまよふ。
またいろ槌せて一日が残され、
死の一群が停滞してゐる。

（「季節のモノクル」全篇）

7

海は、夢、そして深い記憶の世界、さらに死と重なりながら、左川の心象を表象する強烈なイメージの一つである。

髪の毛をふりみだし、胸をひろげて狂女が漂つてゐる。
白い言葉の群が薄暗い海の上でくだける。
破れた手風琴、

白い馬と、黒い馬が泡だてながら荒々しくそのうへを駈けてわたる。
（「記憶の海」全篇）

夢の中で、女は既に狂い果てた後、海に漂っている。すでに狂乱は終わりを告げて、薄暗い海はそのアフターマスを漂わせているだけだ。いまだに狂乱に凄まじさを残し、海は荒れ馬が泡立てながら駈け渡っていくかのような波立ちを見せているが、すでに女は漂う一片の死骸のように、波のなすがままに身を任せている。遠い記憶の中の風景のように、夢の断片のように、そこにはあがきが終わった後の感覚が生々しさを帯びて浮かび上がる。

「墜ちる海」もまた、狂乱の後を漂わせる惨事の後の世界を描いている夢の世界、記憶の底に沈んだものの風景を喚起するかのような風景である。

赤い騒擾が起る

夕方には太陽は海と共に死んでしまふ。そのあとを衣服が流れ波は捕へることが出来ない。

私の眼のそばから海は青い道をつくる。その下には無数の華麗な死骸が埋つてゐる。疲れた女達の一群の消滅。足跡をあわててかくす船がある

そこには何も住んでゐない。
（「墜ちる海」全篇）

流される感覚。狂乱の痕跡を消し去っていく、難破船のような無人船。すべてを消し去り、無にしていく波に身を委ねて、青い海に漂う感覚とともに、その華麗な死骸の埋まるところまで墜ちて行き、やがてペルソナもまた無に帰していくに違いない。これらの海の詩は、生と死、覚醒と夢の間に漂う意識の絵図であり、墜ちる、

漂うという感覚は、バシュラール風に言えば、その半ば身体的な感覚を通して存在を感知する意識である。

8

これらのアフターマスを描く世界の後には、雪の降る冬の世界が広がっていく。夜に全開した狂乱の後、近づいてくる死の予兆におびえる内面のあがきが終わり、攻撃的な、絶対的な他者として感知された力は、あらゆるものをのみ込む「大いなる力」としてペルソナの前に現れて、ペルソナはそこに既に身を投げ出している。それは敵対的でも他者的でもない、むしろ運命とでも言うに近い必然的な時間の力である。そこに身を委ねようとするペルソナの内面世界は、冬や雪の世界によって表象される。

時間の推移や季節の移り変わりと同じように、命の変容も、その大いなる力の働きの結果であり、ペルソナはその力に翻弄されるままに身と感情を委ねるしかないことを、後へは戻ることができない自らの命の推移を感じている。その力が、ペルソナを引きずっていくのは、冬、雪、海、記憶、白などのイメージで表現される死の世界である。

冬は左川の世界で夜と同じく、その心象風景の中心を占める季節の世界である。冬の雪景色は、停滞したまま、時がくるのをじっと待っている、死の向こうの白い世界だ。それは隔離病室から出てきたばかりの少年が、絣の紺の匂いを漂わせながら消えていった、果樹園の向こうにある世界でもある。果樹園までは見届けても、その向こうの世界は、見ることも触れることもできない。冬、雪、海、記憶、白などのイメージによって死の世界そのものが表象されているのではなく、それらのイメージが喚起するのは、死を感知し、そこへ引きずられていくペルソナの感性の世界である。

昨日の風を捨て約束にあふれた手を強く打ち振る枝は熱情と希望を無力な姿に変へる。その屍の絶えまない襲撃をうけて、歩調をうばはれる人のために残された思念の堆積。この乾き切つた砂洲を渡る旅人の胸の栄光はもはや失はれ、見知らぬ雪の破片が夜にとけこむ。何がいつまでも終局へと私を引摺つてゆくのか。
（「雪線」より）

それは終末へと向かう緊張に満ちた世界であり、そこでペルソナは一人であり、さらに孤立しているが、どこか自足している。一日の始まりの朝や季節の始まりの春のように、生命の攻撃的エネルギーに圧倒されるのでもなく、昼や夏、そして秋の終末への予兆に不安と危機感におののくのでもなく、さらには夜の自虐的な自己解放と自己露出もおさまって、雪の降る夜、そして記憶の世界である海の深みに感性を委ねているペルソナの姿がそこにはある。既に大いなる力に身を投げ出し終えたペルソナの、あきらめのような安堵のような空気が漂っている。「時の限界の中で」、もう「悲しみは／けつして語られることはない」（「憑かれた街」）ままに、「そこにはもはや時は無い」（「鐘のなる日」）世界へと移行していく。

9

雪の道は、「そこを辿るものは二度と帰ることをゆるされない」（「冬の肖像」）、死の世界へ続く道だ。「幾人もの足跡を雪はすぐ消してしまふ。死がその辺にゐたのだ」。死は「人々の気付かぬうちに物かげに忍びよつては白い手を振る」。そして「深い足跡を残して死が通りすぎ」ていき、雪が「優しかつた人の死骸」や「失はれた幸福」をどこかに隠してしまっている。後には「夢を掘るやうなシヤベルの音」がしている。ドアを叩くような音でペルソナは眼を覚ますが、窓の外にははげしく雪が降っているのである。

それは、癒しをもたらすとは言えないが、詩人の原風景なのかもしれないと思わせる、深い記憶の底の世界、眠りの中に繰り返し現れる夢の原型を想起させる。左川の深層の風景は、常に眠りから覚める意識の中に広がってくる一枚の絵画のような視覚の世界だ。夢に満ちた眠りの世界から現実へ醒めていく衝撃が、常に感覚の根底にある。それはどこかで終末への予兆につながっている。現実を動かす力、そして生命力の暴力を感じる感性は、不安と危機感を伴って、破壊へ、終わりへの感受性を鋭く研ぎ澄ます。
しかし、冬や雪といった白の世界は、既に終末がそこにある世界であり、ペルソナはおののき、身構えるのを止めている。そこには雪の降る音や、蝶のような舞い、胸元まで舞い降りてくる雪片のもろい白が、静かに遠い世界への道を示している。白が遠くの死の世界へと導いていくが、そこにはどこか、軽やかな明るささえ感じられる。

毎日蝶がとんでゐる。
窓硝子の花模様をかきむしつては
あなたの胸の上にひろがる
パラソルへあつまつてゆく。
すぎ去る時に白くうつつて
追ひかけても　追ひかけても
遠い道である。

（「雪の日」全篇）

死はもうそこに来ていて、ペルソナは家の屋根を蹴りつけるその乱調な足音を聞きつけているが、降りてくるのは白い雪片だけである。死はやがて家の外の樹々の葉に降り積もり、また、屋根裏部屋を這いずり廻り、ネズミのようにペルソナの指をかじっている。やがて死は地上に降りてすべてを貪り、ペルソナの時間は葬り去られるだろうが、それを感知しながらも、ペルソナはどこかそれらが天使のいたずらのように感じていて抵抗しない。それはまるで夢の一場面のようでもあり、記憶の底の世界の甦りのようでもある心象風景だ。

私達の階上の舞踊会!!

いたづらな天使等が入り乱れてステップを踏む其処から死のやうに白い雪の破片が落ちて来る。
死は柊の葉の間にゐる。屋根裏を静かに這つてゐる。私の指をかじつてゐる。気づかはしさうに。そして
夜十二時――硝子屋の店先きではまつ白い脊部をむけて倒れる。
古びた恋と時間は埋められ、地上は貪つてゐる。

（「雪が降つてゐる」全篇）

死が近づいてくる予兆に満ちた秋や夕暮れの、不安に満ちた心とは異なって、雪の詩には死の存在が身近に感じられるまでに迫っており、すでに死に捕まっているペルソナのあきらめが感じられる。しかし、そのあきらめを、どこか印象派の絵画のような淡い色彩と軽やかさで描いている。秋の夕暮れを描いた「鐘のなる日」と比べてみると、その違いが浮き出てくる。

まだ死が遠くに停滞しており、その予兆だけをペルソナが敏感に感じ取っている「鐘のなる日」では、終日終わりを告げる鐘が鳴り続け、踏みにじられた落ち葉のうめきがあたりを満たしている。鐘の音はすでに過ぎ去った時を告げているのであり、それはやがて時間のない世界へと導いていく音なのである。そこには鐘の音の中に、まだここには来ていないが避けられない終わりを、危機におびえながら感知するペルソナの内面風景がある。

10

雪の降る冬の景色は、詩人の心の原風景なのだ。そこに帰ることに不安がないかのように、あがきの痕跡も見当たらない。ただ、白い雪片が忘却の世界を想起させ、それが死の世界、時間のない無の世界であることを感じているペルソナの、消滅していく感覚と孤独がそこには満ちている。

料理人が青空を握る。四本の指あとがついて、次第に鶏が血をながす。ここでも太陽はつぶれてゐる。

たづねてくる空の看守。日光が駆け出すのを見る。

たれも住んでないからつぽの白い家。

人々の長い夢はこの家のまはりを幾重にもとりまいては花弁のやうに衰へてゐた。

死が徐ろに私の指にすがりつく。夜の殻を一枚づつとつてゐる。

この家は遠い世界の遠い思ひ出へと華麗な道が続いてゐる。


（「幻の家」全篇）

時間を支配する力は、ここでは既に絶対的な、抑圧的な、暴力的な他者ではなくなり、ただの無表情な、大いなる力となっている。しかしペルソナは、決して降伏してしまったのではない。ペルソナはその力によって動かされている世界に、一人の個体として向き合っている。つながるものは何もなく、季節や自然の中の生きものですら、彼女の同志ではない。しかし、生命として生まれてから、記憶の底に持ち続けた自己の存在意識を呼び覚まし、そこへ帰っていく内面の営みは、大いなる力によって変貌する自然を感知する、ペルソナの感性によって表象されているのである。

眠りから覚醒、夢から現実へと繰り返されながら、やがて記憶の底へ、死へと導かれていくプロセスが、左川の世界を形成している。それは個体から個体への孤独なプロセスではあるが、絶対的な他者との闘争を断念した、記憶の底の原風景への帰還は、どこか読者を安心させ、納得させるものを孕んでいる。それは雪の白さの持つイメージの力の巧みな駆使によるものだろう。冬や雪の詩は、春や夏、秋の詩の後に書かれたのではなく、季節の推移と左川の生命の推移が順を追っているのでもない。しかし、その短い人生の時間の中で、冬と雪景色は、巡りくるたびに詩人を死の世界の受容へ、自らの存在の根源へと向かう意識へと導いていったに違いない。

短い時間の中で、集中的に書かれた詩作品の世界は、それだけ凝縮された詩人の内面世界の表象となっている。前衛モダニズムの影響が明らかなイメージの使い方は、それだけで左川をモダニズムの代表的な女性詩人にしているのではない。それが、これまでの文化が作り上げて居場所を与えてきた女ではない、社会的に何者でもない一人の女が、自らの前に立ちふさがり、自らの存在を支配する力に、何も身につけぬ無防備な個体として対峙する、その稀有な存在意識を表象しているからだ。

左川の感性は、自然からも、社会からも、そして女の性とジェンダー文化からも孤立し、女の身体性の感覚も見えない。二十世紀の前半、都会というモダン現象の中で、左川の存在は、ジェンダー化された女にも、その身体性にも違和感を感じて孤立していく、現代女性の異邦人としての自己意識を、鋭く、深く表象している。

左川の、独自な個体である自己の存在感覚を否定しようとする世界の、暴力的な他者的力に立ち向かい、闘う自我と、その闘争に疲れて、やがて生命を支配する大いなる力を受け入れていく想像力は、戦後の女性作家の中でも、高橋たか子や大庭みな子の、個人の人生と生命への意志を超えた超絶的な力——神や自然の摂理——への志向へと引き継がれている。

（初出・『現代詩手帖』第五一巻九号（二〇〇八年九月・思潮社）⇩『モダニズムと〈戦後女性詩〉の展開』二〇一二年一月・思潮社）

左川ちかと翻訳

坂東里美

(1) ハリイ・クロスビイ　愛撫すべきこれ等の夢

左川ちかはハリイ・クロスビイの詩を訳した。それからその結果として百貨店で赤いスリツパを買つて、銀座を散歩した。貧乏な詩人が安つぽいアパアトから出てきて、黒つぽいオオヴアの襟を立てて歩いてゐたが、彼女の散歩に気がつくと、周章てて挨拶して、ネクタイ店のシヨウウインドオの角を曲がつて行つた。

これは、左川ちかが二十四歳で亡くなった一九三六年の『椎の木』に春山行夫が書いた追悼文だ。春山行夫は、ハリイ・クロスビイの詩との出会いが、彼女を最先端のモダニストとして生きることを決定づけたと振り返った。ちかが翻訳したのはハリイ・クロスビイの詩集『SLEEPING TOGETHER』の中の十六篇。一九三〇年十月、北園克衛の編集する『レスプリ・ヌーヴォー』3号(紀伊国屋書店)に掲載された。ちかは十九歳、ちょうど詩を書き始めたころで海外の詩の翻訳も初めてだった。二十世紀の芸術・文学に幅広くリンクした都会的なモダニズム雑誌『レスプリ・ヌーヴォー』への大抜擢には、北園のちかへの期待の大きさが感じられる。春山が追悼文で「赤いスリツパ」ともじった「WHITE SLIPPER」という詩もこの十六篇の中に含まれている。

自分の詩の方法を確立する前に、ハリイ・クロスビイの詩の翻訳をすることで得たものはとても大きいものだっただろう。富岡多恵子は、G・スタインの小説を初めて翻訳したときのことを、次のように語っている。「最初小説を書いた時に、スタインの言葉づかいや文体が、利用できる財産のようにアタマのすみにあったことは否定できないだろう。」(『他人の言葉と自分の言葉—G・スタインの翻訳体験』)

　ところで、ハリイ・クロスビイとは誰なのか？　彼は米国の大資産家出身で、詩人としてよりもむしろ、パリで興したプライベート・プレスでそのころまだ無名だったジョイスやエリオット、ロレンス、ヘミングウエイ等の作品を一番最初に発行した出版人として知られている。第一次世界大戦従軍の経験により人生を大転換させたいわゆるロスト・ジェネレーションの詩人で、当時の芸術を目指す米国人たちと同じようにパリに渡った。彼自身は私家版の『SLEEPING TOGETHER』、『狂女王』など数冊の詩集を出版しただけで、一九二九年、人妻と心中し、三十一年の短い人生を閉じた。ちかが『SLEEPING TOGETHER』の翻訳を発表した一九三〇年は、日本にもハリイ・クロスビイ死亡のニュースは届き、追悼とともに彼の詩が盛んに取り上げられていた時期だった。彼はシュルレアリストではなかったが、芸術家や文学者との交流を通して、芸術の改革としてそれを受け入れた。彼の詩には、最新の方法が取り入れられ、またシュルレアリスムが重要としていたテーマとして〈夢〉〈無意識〉〈グロテスク〉は、彼の詩の中でも重要なテーマとなっていた。ちかもまた詩のテーマの〈死〉や〈夢〉にもともと強く引きつけられていたので、翻訳を通して彼の詩に共感し刺激を受けたことであろうし、また自分の詩に最も適した新しい方法・技術をダイレクトに受け取ることもできた。ちかにとって出会うべき時に、出会ったハリイ・クロスビイだった。

　この二年後の一九三二年十二月『詩と詩論』の継続誌『文学』にちかは「睡眠期」という1～5の番号をふった五編の詩からなる詩を発表した。これはまさに『SLEEPING TOGETHER』を意識したものだ。「愛撫すべきこれ等の夢」のプロローグから始まる左川ちか翻訳の『SLEEPING TOGETHER』の最初の詩は次の『FOR A PROTECTION』だ。

　　あなたの髪を解くところの軽い風を償ふために挨拶するときにあなたの顔の一部あなたの口の一部の動くのを私は見る。私は雪球をもつてくる。だがそれがあなたの玩具には不似合いだといふことが私にわかる。背景の白い廊下は夢の測度のなかの単なる事件だ。冷たい風を防ぐため、わたしがからだに捲きつけた絹の着物にあなたがもぐり込んで来た時醒めてしまつた夢の。風の冷たさは夢の中でもはつきり感じられたに違ひない。わたし達のbed-clothesは夜中にすつかり辷りおちてしまつたので。

眠りと覚醒、夢と現実の交わるところの私の意識の記述。あなたの顔と、白い雪球、白い廊下、絹の着物の白い視覚的イメージ。そして冷たい風の皮膚感覚、それがひとつの詩として提示される。日本の従来の湿潤な情緒を述べる抒情詩とは一線を画した短編映画のような詩。これが詩だと初期の段階で自然に身に付けたことは彼女にとって幸運だった。

彼女の詩「睡眠期」の「1」も前出の詩を意識した「髪の毛をほぐすところの風」で始まる。彼の詩を翻訳した言葉を自分の詩の言葉の辞書に入れ、また、「〜するところの」のような翻訳調の文体が、日本の詩の韻律を破壊するための方法として使えることも了解した。彼女の詩の「髪の毛をほぐすところの風」は火のやうに燃える。「金の環」、「青い血脈」、朽ちていく生命の「真紅」。ハリイ・クロスビイの静かな白の色彩に対して、強烈な色彩と残酷な死の視覚的イメージが次々と繰り出される。ハリイ・クロスビイの詩の翻訳を通して得たものと自分の書きたいものが結びあい彼女独自の「夢」の中に真紅の秋が燃えるようにたちあがった。

髪の毛をほぐすところの風が茂みの中でさわぐ時火のやうに燃える。
彼女は不似合いな金の環ををもつてゐる。
まはしながらまはしながら空中に放擲する。
凡ての物質的な障碍、人はそれらを全身で把握し征服して跳ねあがることを欲した。
併し寺院では鐘がならない。
なぜならば彼らは青い血脈をむきだしてゐた、背部は夜であつたから。
私はちよつとの間、空の奥で庭園の枯れるのを見た。
葉からはなれる樹木、思出がすてられる如く。あの茂みはすでにない。
日は長く、朽ちてゆく生命だけが真紅に凹地を充してゐる。

それから秋が足元でたちあがる。

(2) ミナ・ロイ　怜悧なモダニスト

一九三三年九月、左川ちかはアメリカの『Pagany』誌（一九三一年春号）に掲載されていたMina Loy（1882-1966）の"Widow's Jazz"を翻訳し、マイナ・ロイ『寡婦のジャズ』として『文学リーフレット』十号に発表した。（現在ではミナ・ロイ「未亡人ジャズ」と翻訳されている）この詩は、海外の詩人たちと交流のあった北園克衛に届いた詩誌の中から、ちかがいち早く〈拾ってきた〉ようだ。それにしてもミナ・ロイの詩の新しさを一見して感じ取り、拾い上げてきた能力には恐れ入る。―天才は天才のニオイを敏感に嗅ぎつける―としか言いようがない。モダン・ウーマンの元祖ミナ・ロイは、当時の日本ではまだ未知の詩人であり、その作品の翻訳は現在判ってるところではこれが一番早い。

小樽から上京して五年、二十二歳のちかは、すでに断髪に大きな黒縁のメガネのモダンガール。前年にJ・ジョイスの翻訳詩集『室楽』を出版し、翻訳の仕事についても一定の評価を得ていた。北園克衛の主宰する「アルクイユのクラブ」に所属し、その機関誌『MADAME BLANCHE』に作品を発表しながら、北園と二人で『Esprit』というお洒落な文化雑誌の編集をする気鋭の女性前衛詩人となっていた。

ミナ・ロイはイギリス出身で十代の後半でヨーロッパに渡り、イタリア・未来派の洗礼を受け、第一次大戦中渡米してニューヨーク・ダダを体験した前衛アーチストだ。G・スタイン、E・パウンド、T・S・エリオット、マン・レイらが彼女を高く評価し、彼女は詩だけではなく絵画、ランプシェードの製作、工芸、服飾デザイン等々と多岐に亘って活躍していた。しかしその後長らく不当に無視され、一九八〇年代になってやっとフェミニズムの先駆としてアメリカで再評価されるようになったという経緯がある。日本でも一九八〇年代半ばになってようやく紹介されはじめたのだが、一九三三年にすでに、ちかが詩を翻訳していたことに日本のロイ研究者たちは大いに驚いているのだ。

ロイの"Widow's Jazz"の背景を少しお話ししておこう。ロイの最愛の夫、ダダをそのまま生きたような天才詩人アーサー・クラヴァンは、アメリカからメキシコ経由で、ヨーロッパに渡ろうとしたとき行方不明に。ロイは傷心のうちに一九二二年から一九三五年、二度目のパリ生活をしていた。そのパリ時代、この詩はアメリカの『Pagany』に発表された。詩の舞台はジャズの中心がニューオリンズからシカゴへ移った一九三〇年代のアメリカ。第一次大戦後のアメリカでは古い慣習・価値観が大きな音を立てて崩れ始めていた。それを阻止しようとした一九二〇年施行の禁酒法は、かえって密造酒の横行を招き、暗黒街のギャングたちが経営する秘密酒場では、毎夜、酒とジャズとダンスの狂乱が繰り広げられていた。この治外法権の酒場では、黒人の演奏するジャズに白人が酔いしれ、白人と有色人種の垣根を越えて、ジャズと肉体がぶつかり合い熱い生命が躍動していた。ジゴロが彷徨う喧噪の中、黒人だけではなく、アメリカ社会の周縁にいた人々、とりわけ女性（女性参政権も一九二〇年に施行）――小娘たちも未亡人も、全ての古い束縛から解き放たれ踊る。現代に繋がる新しい価値観が有無を言わさず生まれようとしていた。

寡婦のジャズ

白い肉体が黒人の魂に合はせて震へる
シカゴ！　シカゴ！
意味を捕らへがたい歎息が
蒼白い蛇の群れとなつて動き

原始の境に戻つてゆく
足音の昏睡するエクスタシイとなる

白人はその動きを止める怜悧に
有色人種は　彼らの眼に月光を持つている

優雅な林間の
風琴に憑かれて

乙女の幼樹等は
木笛とともに斜めに

そしてマツサアジをしたギゴロスは
すすり泣くタブウの方に徘徊つてゆく

電気王冠が
床の秘密の品物を粉砕する

刈り込まれた形態が
不調音の真鍮の皿に融け込む
侵入して来る
成熟したエロスの

喜劇俳優等を廻転させながら
黒色の動物天使等が
人間の手袋をつけて
金属の胴の怪奇的な膨大さの中で吠え立てる

そして悪戯好きの音楽が
気絶する鳩の群れの前に
恍惚とした遊逸を破砕する

卑怯な
巨大な不在者
代用物の暗闇が
白熱光のやうな記憶へ転がつてゆく
それは愛の生存者の
この豊かな妻殉死について
音響の焔に焦がされ
寡婦となつた棺が
お前の虐殺された笑ひを

無力に支へてゐる
良人
どんなに内密にあなたは死でもつて私を裏切つたか

この諂ひ騙すジヤズが
その熱帯の息を吹き立てるときに

肉の反響の間に
人種的愛撫の
綜合法

天使と驢馬が
この地上の間違ひなきエスペラントオで
絶えることなき喜悦について
会話する

私の欲望が
死の距離にまで
退いてゆくとき

人影のない空間の
半透明の沈黙を
探す

ちかがロイの詩に出会った一九三〇年代前半には、日本にもダンスホールができ、ジャズ演奏とダンスが流行していた。ジャズという外国から入ってきた新しい文化だけでも魅力的だが、ジャズと未亡人の組合せは、かなり斬新だ。それに、亡き良人への想いを書いた詩であるのに、その言葉は硬質で冷笑的で皮肉なウイットが利いて、湿っぽいところが全くない。それがむしろ深い悲しみとして迫ってくるのだが、この怜悧な詩の書き方にちかが共感しないはずがない。熱いジャズと雑多な人々の喧噪、ぎらぎらした生命の躍動の中にあって、心は死へと向かい沈黙を探す。とりわけ最後の二連、生への疎外感は、まるでちかの詩のようだ。余談だが、「マッサアジしたギゴロス」は原文では、"shampooed gigolos"(洗い髪のジゴロ)だが、当時の英和辞典にはジゴロという言葉はなかったようだ。シャンプーするという言葉も文化も日本にはなかっただろう。その翻訳の苦労を思うとちょっと笑える。

ちかは翻訳の作業の中で気に入った言葉、気に入ったイメージがあると自分の作品の中に引用して変容させ、全く別の作品に仕立て上げるという手法をしばしば使う。広い意味でのパロディといえるだろう。この「寡婦のジャズ」で訳した言葉やイメージを引用した作品が次の「太陽の娘」(詩集では「太陽の唄」と改題)だ。訳から二年後の一九三五年八月、『詩法』十二号に掲載された。

白い肉体が
熱風に渦巻きながら
刈りとられた闇にひざまづく
日光と快楽に倦んだ獣どもが

夜の代用物に向つて吠えたてる
そこにはダンテの地獄はないのだから
古い楽器はなりやんだ
雷はギヤマンの鏡の中で
カアヴする
その翅を光のやうにひろげる
ヴエルは
破れた空中の音楽をかくす
声のない季節は
どちらの岸で
青春と光栄に輝くのか

ジャズ演奏に酔いしれる白人の「白い肉体」は太陽の娘の熱い「白い肉体」に、黒人ジャズ・プレイヤー「黒色の動物天使等」は「日光と快楽に倦んだ獣ども」に変容されて、夜の「代用物」に向かって「吠えたてる」。酒とジャズとダンスの熱帯のような喧噪は、雪のヴェルにかくされた静かな季節へとベクトルを変え、おそらくは生と死のどちらの岸でも青春と光栄に輝くことのない—静かな冬の太陽の娘の静かな悲しみを表現して、全く別の作品に仕立て上げられた。ちかにとって翻訳で手に入れた言葉やイメージは詩作のきっかけにすぎない。この頃のちかの詩にはある種の余裕と怜悧さがある。この死の予感ですら静かに傍観する態度はロイと似ている。

この作品から五ヶ月後の一九三六年一月七日、左川ちかは、予感通り二十四歳の若さで世を去った。ミナ・ロイのたった四分の一にすぎない生涯だった。

(3) ジェイムズ・ジョイス『室楽』──抒情詩とパロディ

二十四歳で早逝し、生前自分の詩集を一冊も持たなかった左川ちかが、ジェイムス・ジョイスの翻訳詩集を出版していたことは、現在ではあまり知られていない。一九三二年八月、二十一歳の時にジョイスの詩集『Chamber Music』(1907)を『室楽』と訳して、椎の木社から限定三百部で出版した。この頃日本ではジョイスの大ブームが起こっており、ジョイスに関する論文や翻訳が先を争うように発表されていた。ちかの翻訳の指導をしていた伊藤整も、ジョイスの本格的な紹介者の一人として、『ユリシイズ』の翻訳に取りかかっていた。『室楽』の翻訳も彼の仕事の一環としてちかに託されたと考えられる。

ちかはこの詩集を数篇ずつに分けて、一九三一年一月から『詩と詩論』『今日の詩』『椎の木』と誌面を変えながら約一年かけて翻訳した。難解なその翻訳作業は困難を極めたであろうが、彼女がこの仕事で得たものの大きさは想像するに難しくない。ジョイス紹介競争の中で、西脇順三郎の『ヂオイス詩集』(一九三三年)に先んずること一年。『室楽』は、彼女の自信と誇りになったはずだ。

『室楽』は、番号の振られた三十六編の短い詩からなり、簡単な音楽を付けて歌うのに適したエリザベス朝抒情詩風の書き方を採用している。恋愛をテーマにし、出会いから、高揚期、不信感、別れへ向かう心理的な過程の順番に詩が並べられている。一義的には恋愛抒情詩だが、ジョイス自身「恋愛抒情詩なんかでない」と語っているように、新しい文学の方法──引用やパロディ、皮肉等が隠されており、一筋縄ではいかない。

ちかの『室楽』の「訳者附記」には「原詩の韻を放棄し、比較的正しい散文調たらしめるにつとめた。」とあり、行分け詩で書かれている原詩を敢えて散文詩の形に翻訳している。原詩の韻やリズムを日本語に置き換えるのは不可能だが、ジョイスがわざと古い形式を採用したことを考えると、この判断には疑問が残る。ジョイスの理解が不十分だった伊藤整の指導か、あるいは椎の木社の百田宗治の散文詩でという方針であろうか。それはともかく、この直前のハリー・クロスビーの散文詩の翻訳で、彼女なりに摑んだ新しい詩の方法や詩の文体〈直訳的文体〉が、さらに鍛えられたという点では有意義であった。
次の『室楽』の最後の二編35番36番は、後になって付け加えられたものだが、ジョイスは、「精神の目覚めを表すよう意図されています」と言っている。

35
終日私は水の音の歎くのをきく、独りで飛んでゆく海鳥が波の単調な音に合はせて鳴る風を聞くときのやうに悲しく。
私の行く処には、灰色の風、冷たい風が吹いてゐる。私は遥か下方で波の音をきく。毎日、毎夜、私はきく。あちこちと流れるその音を。

36
私はきく、軍勢が国を襲撃し、膝のあたりに泡だてながら馬の水に飛び込む音を。傲然と、黒い甲冑を着て、彼らの背後に立ち、戦車の御者等は手綱を放し、鞭を打ちならしてゐる。
彼等は闇の奥へ高く名乗りをあげる。私は彼らの旋回する哄笑を遠くできく時、睡眠の中で呻く。彼らは夢の時間を破る、一のまばゆい焔で、鉄床《かなしき》のやうに心臓の上で激しく音をうちならしながら。
彼らは勝ち誇り、長い緑の髪の毛をなぴかせながら来る。彼らは海からやつて来る。そして海辺をわめき走る。私の心臓よ。そのやうに絶望して、もう叡智を失つたのか？　私の恋人よ、恋人よ、恋人よ、なぜあなたは私を独り残して去つたのか？

35番で、語り手は孤独な一羽の海鳥となり、水のざわめきと冷たい風の音だけをきいている。36番はそれまでの抒情詩的な書き方ではなく、怒濤のように襲撃して来る軍隊の動きのある描写で、色と音と時間を結びつけ、恋愛の終末の軋む感情を読者に喚起させる。この36番はイマジズムの詩としてエズラ・パウンドによって詩集『イマジスト』(1914) に納められ、ジョイスの作品が世に出るきっかけとなった。しかし、最後の「私の恋人よ、恋人よ、恋人よ、なぜあなたは私を独り残して去つたのか?」この抒情詩的な〈心の吐露〉はイマジズムの詩としては破綻ではないか。だがこの詩集がエリザベス朝の詩風を故意に採用していることを思い出せば、新しい表現方法と古い抒情詩を結びつけた結果と思いが至ることだろう。典型的な抒情表現で抒情詩を皮肉るパロディストのジョイスの顔が浮かんでくる。

この詩の海、海鳥、激しい音と独り残される結末で思い出されるのは、ちかの詩「海の捨子」だ。『詩と詩論』のレスプリ・ヌウボウの精神を継承する『詩法』に二年後の一九三五年八月、発表された。

揺籃はごんごん音を立ててゐる　真白いしぶきがまひあがり　霧のやうに向ふへ引いてゆく　私は胸の羽毛を掻きむしり　その上を漂ふ　眠れるものからの帰りをまつ遠くの音楽をきく　明るい陸は扇を開いたやうだ　私は叫ぼうとし　訴へようとし　波はあとから消してしまふ

私は海に捨てられた

激しく音を立てる揺籃と波しぶき。語り手の私は海鳥となって胸の羽毛を掻きむしり、わめこうとする。「眠れるものからの帰り」はちかが翻訳したドジョンの詩のタイトルの引用だ。一行付け足される「私は海に捨てられた」を抒情―作者の〈心の吐露〉と捉えると、この詩は「新しい詩」としては破綻してしまう。しかし、新しい詩と古い詩の結合。そしてジョイスの『室楽』の結末の言い替えとすれば納得がいく。詩人としては挫折した伊藤整の前近代的な抒情詩「海の捨子」を皮肉るパロディとも考えられるこの詩。ちかの怜悧さ、前衛詩人としての詩の方法の面白さについてもう少し考えていかなければならないだろう。ちかの詩の遠くからジョイスの『室楽』の音楽が聞こえてくる。

(4) ヴァージニア・ウルフ「憑かれた家」——これがあなたの埋もれた財宝ですか？

ヴァージニア・ウルフと言えば、周知の通り『ダロウェイ夫人』『灯台へ』等の小説で、ジョイスと共に二〇世紀を代表するモダニズムの作家である。一九三一年一月、ジョイス詩集『室楽』の翻訳連載を『詩と詩論』で始めた左川ちかは、四月には、ウルフの短篇小説「憑かれた家」(『今日の詩』5）とエッセイ「いかにそれは現代人を撃つか」(『新文学研究』2）の翻訳を発表し始める。

「憑かれた家」はウルフ短篇集『月曜か火曜』(1921）の中に納められた「A Haunted House」を訳したもので、見開き二ページに収まるウルフ初期の小品だ。この短篇が掲載された『今日の詩』の編集後記には「左川氏に訳を依頼したもの」とあり、ちかが自ら選んだ作品ではないことがわかる。『今日の詩』もエッセイが掲載された『新文学研究』も共に金星堂の出版で、『新文学研究』は伊藤整が編集していたことから、「室楽」の翻訳と同様、作品の選択から翻訳の指導と伊藤整が関わっていることが考えられる。ジョイスとウルフ二大作家の作品に直に触れ翻訳に挑戦することは、ちかの文学修行の最終段階として相応しいといえるかもしれないが、『室楽』もこの「憑かれた家」も彼らのごく初期のもので、必ずしも重要な作品とはいえない。むしろ、ジョイスとウルフの翻訳者、海外の文学に精通した若き女性詩人左川ちかとして、同年六月に『詩と詩論』にメジャーデビューさせようとする伊藤整の付け焼き刃的戦略が見え隠れするのだ。ちかは以後、ウルフの翻訳はしていない。「憑かれた家」(「幽霊屋敷」と訳）を含む短篇集は伊藤の大学の友人葛川篤が『ウルフ短篇集』(1932）として、「いかにそれは現代人を撃つか」は、村岡達二が『ウルフ文学論』(1933）に納め、どちらも伊藤整の編集で「列冊新文学研究」シリーズとして金星堂から出版される。ちかがジョイスやウルフの作品を翻訳していたからといって、そこから必要以上に大きな影響を探すことは、伊藤の戦略に今更ながら乗ってしまうことになるだろう。

さて、短篇小説「憑かれた家」に戻ろう。古い屋敷に幽霊の夫婦が現れ、幸せな思い出を辿りながら、自分たちが埋めた財宝を探して屋敷内をを彷徨い歩く。眠る「私」は幽霊の気配を感じ、その財宝とは自分の精神内にある光（魂）だと気付くというストーリーだ。生と死が共存するウルフの重要なモチーフがすでにあり、怪奇的でちかが興味を持ちそうな作品であるが、目を引くのは、語り手が次々と替わり、視点が移動する実験的方法だ。まだウルフの重要な「意識の流れ」の手法は用いられていないが、彼女の形式に対する飽くなき実験への萌芽が垣間見られる。だが、ちかは、こういった前衛の形式の実験には興味が無かったようで、詩に応用した気配がない。

「ウルフの小説は詩である」とE・M・フォスターは言ったが、視覚的、感覚的断片を重ね、繊細で緊密な世界を作り上げる文体は散文詩のようだ。この「憑かれた家」でも、そういった文体が散見できる。ちかが興味を持ったのは、散文詩に応用できるウルフの文体、書き方の技術だったようだ。

　窓硝子が林檎を映している、薔薇を映している。総ての葉が硝子の中で緑色であった。彼等が応接間で動くと、林檎だけがその黄色い側面を見せた。然しほんの少し経って、若しも戸が開かれると、天井から垂れ下り、壁の上にひっかかって、床の上にひろがっているもの、―何だろう？私の手には何も摑まらない。鶫《つぐみ》の影が絨毯を横切った。

見方を変えると直訳的ちか的ウルフの文体なのだが、後に書かれる彼女の散文詩に文体が似ているものが数篇ある。たとえば「憑かれた家」の翌月発表された初めて書いた散文詩「緑の焔」（『新形式』3）。

私は最初に見る　賑やかに近づいて来る彼らを　緑の階段をいくつも降りて　其処を通つて　あちらを向いて　狭いところに詰つている　途中少しづつかたまつて山になり　動く時には麦の畑を光の波が畝になつて続く　森林地帯は濃い水液が溢れてかきまぜることが出来ない　髪の毛の短い落葉松　ていねいにペンキを塗る蝸牛　蜘蛛は霧のように電線を張つている　総ては緑から深い緑へと廻転している　彼らは食卓の上の牛乳壜に中にいる　顔をつぶして身を屈めて映つている　林檎のまわりを滑つている

この散文詩の断片を重ねるスケッチ風の繊細な文体はウルフを思い起こさせる。ただし、ちかの散文詩は数が少なく、総てこのスタイルで書かれているわけではない。自分の書きたいものを表現するのに最も相応しいスタイルを考えるとき、取り出せる財宝としてちかの中に蓄えられたといってよいだろう。また、ちかは「憑かれた家」のもじりで「憑かれた街」という詩を書いている。一種のパロディだが、一つの言葉から別の作品世界を作り上げる方法にむしろ彼女の前衛性がうかがえるのではないだろうか。

憑かれた街

思い出の壮大な建物を
あらゆる他のほろびたものの上に
呼び起こし、待ち受け、希望するために。
我々の想念を空しくきづいている美は、
時の限界の中で
すべての彼らの悲しみは
けつして語られることはないだろう。
併し地上は花の咲いたリノリウムである。

羊の一群が野原や木のふちを貪つて
のつそりと前進しながら
路上に押し上げられ　よろめき
彼等はその運動を続けている。
冬時にすべてのものは
魂の投影にすぎない。
魂の抱擁、
しめつた毛糸のようにもつれながら。

（『椎の木』２冊１号1932.1）

一九三二年八月、ジョイスの訳詩集『室楽』を出版して、ちかの駆け足の翻訳修行は一段落となった。そこから得た財宝を自由自在に取り出しながら―前衛詩人左川ちか―が本格始動する。

(5)〈左川千賀〉時代―翻訳事始め　詩人『左川ちか』の作り方―

朝の連続テレビ小説「マッサン」で北海道の余市の風景が映し出されるたび、ここで生まれ育った左川ちかのことを思った。しかし、「マッサン」のウイスキー工場ができる六年前の昭和三年には、左川ちかこと川崎愛《ちか》は小樽高等女学校補習科を修了し、兄、川崎昇を頼って上京している。そこにはもういない。

昭和四年、十八歳のとき、兄や伊藤整らが創刊した月刊文芸雑誌『文芸レビュー』に〈左川千賀〉のペンネームで翻訳作品を発表し始める。女学校の補習科では英語の教員免許を取るための勉強をしていたものの、海外の最新の文学を翻訳するには、力不足は否めない。兄に買ってもらった研究社の英和辞典と首っ引きで訳し、ある程度まとまったところで、伊藤整に見てもらっていたらしい。

彼女がこの年翻訳したのは、ハンガリーの劇作家・小説家であるフランク・モルナールと英国でジョイスと並び称されるモダニスト、オルダス・ハックスレーの短篇小説。伊藤整が当時力を入れていた海外の新しい文学を紹介するという仕事の流れの中で、彼女の力に見合った短い作品ということで選ばれたのであろう。モルナールは、「髪の黒い男の話」、「蝿のスープ」、「二つの話」の三篇で、ともに機知に富む軽妙なコント（掌話）。ハックスレーは「イソップなほし書き」の中の三篇、「蟻と蟋蟀」、「蛙と王様」「鴉と狐」。タイトルから判るように「イソップ物語」のパロディーで、物語を当時の時代に引き寄せた文明批評、社会批評が光る作品。どの作品も小品だが、従来の日本の抒情性とは無縁の乾いた知性と諧謔と批評精神に満ちている。

十八歳でいきなりこのような最新の海外文学の翻訳から入る文学修行は、当時の女性としては、かなり特殊で恵まれていたといえよう。詩人「左川ちか」が、旧来の日本の女性詩の流れから切れていると言われるのは、ある意味当然の成り行きと言える。

翌、昭和五年、ペンネームを「左川ちか」として詩を書き始める。北園克衛に出会うのは初夏の頃だ。

初出・『Contralto』第三〇〜三四号（二〇一二年九月〜二〇一五年五月・同人誌）

左川ちかの声と身体——「女性詩」を超えて——

エリス俊子

一　日本近代詩史と「女性」の詩人

日本近代詩史に記録されている女性詩人の名前は驚くほどに少ない。同じ詩歌のなかでも近代短歌史において女性歌人の存在は揺るぎない位置を占めているし、一般的に「現代詩」と称される戦後日本詩の舞台では、日本語詩の新しい領域を開拓した女性詩人の活躍が広く知られている。明治から昭和に至る時代に詩を書いていた女性は数多くいたが、彼女たちの活動については「女性詩人」「女流詩人」という括りのもとで、「女性」であること自体が前景化される傾向にあった。研究面でも、「女性詩」をめぐる問題をどうとらえるかについて、総合的、体系的な考察はまだ端緒についたばかりというべき状況である。水田宗子《のりこ》はフェミニスト批評の立場から「女性詩」における「私」の問題を論じ、[1]藤本寿彦《としひこ》は戦前の「女性詩」を「女性によって書かれた詩」としてではなく「創造的な女性性」でもって「男性性」のパラダイムを暴く試みとして論を展開している。[2]自身も詩人である新井豊美《とよみ》は日本における「女性詩」の展開を歴史的に検証し、「女性詩」が特異な位置づけを得るに至った背景について、具体例を交えて論じている。新井は「女性詩」が文学史の脇に追いやられていった経緯について、「女性であることの「内容」と「形式」」の問題を挙げ、「産む性」としての女性が、女性であるがゆえに直面する現実の生活上の問題を中心的に取り上げた結果、それが彼女たちの活動の周縁化につながったという事情があり、また多くの「女性詩人」がそのような内容を前面に押し出すことに詩精神を投じたために、その作品が文学の形式としての強度を持ち得なかった場合が多かったと論じている。[3]

そもそも女性と男性という区分の仕方が問題含みであることは近年のジェンダー研究が示す通りだが、本稿では、自身が「女性」であることを全面的に引き受けながら、日本モダニズム詩の運動のなかで独自の詩形式を獲得し、近代日本語詩の歴史にたしかな痕跡を残した左川《さがわ》ちかという詩人をとり上げ、彼女の詩の訴えに耳を傾けたい。それは「女」であるがゆえに発せられた声ではなく、一人の人間としての声であり、かつそれが詩という形式をとることによってのみ顕現し得た生命の記録ともなっている点、さらに日本語モダニズム詩の可能性について再考を促すに足る言語実践としての独自性を有している点で、「女性詩」という枠づけを超えて読まれることを求めている。[4]

左川ちかは、一九一一年二月に北海道余市《よいち》郡余市町で川崎愛《ちか》として生まれ、一九三六年一月に胃癌のため二十四歳十一ヶ月で永眠。[5]同年『左川ちか詩集』（昭森社、一九三六年十一月）一冊が刊行された。詩作期間は一九三〇年から三五年までのわずか五年余りであるが、その間に『詩と詩論』、『文学』、『白紙』、『マダム・ブランシュ（Madame Blanche）』、『椎の木』をはじめとする同時代のモダニズム系の詩誌に積極的に詩作を発表しており、拾遺詩篇を含めると八十数篇の詩を制作している。他に英詩の翻訳もあり、ジェイムス・ジョイス James Joyce（一八八二―一九四一年）の訳詩集『室楽』（椎の木社、一九三二年八月）が刊行されたほか、ヴァージニア・ウルフ Virginia Woolf（一八八二―一九四一年）やオルダス・ハクスレー Aldous Huxley（一八九四―一九六三年）、その他モダニスト詩人ミナ・ロイ Mina Loy（一八八二―一九六六年）の作品などさまざまな翻訳を手がけている。数は少ないが詩論や同時代詩人評も書いている。兄の川崎昇（一九〇四―八七年）が東京で編集活動をしていたのを頼って十七歳のときに上京し、とりわけ初期の英詩の訳については兄の同郷の友人であった伊藤整（一九〇五―六九年）の指導を受けていたことが知られている。またアルクイユクラブという詩人クラブに入り、中心メンバーだった北園克衛《かつえ》（一九〇二―七八年）の事務所に通い、編集の手伝いなどをしていた。

左川ちかについては、同時代詩人たちが詩誌に評を載せているものや、死歿二ヶ月後の『椎の木』第五巻三号に掲載された十三篇の追悼文があるほか、小松瑛子による短い評伝があり、[6]近年では前述の水田宗子、藤本寿彦、新井豊美の論考をはじめ、日本近代詩史の再検証のなかで彼女の功績を見直す研究が次々と発表されている。二〇一五年には中保《なかやす》佐和子による『左川ちか全詩集』の英訳も刊行され、日本モダニズム詩における左川の詩作の独自性を明快に論じた序文が添えられている。[7] 資料研究としては、島田龍が資料の総合的な調査を行い、既刊の詩集やアンソロジー、左川についての各種の文献を網羅的に調べ上げ、現時点でほぼ完全と思われる文献目録を作成した。合わせて綿密な資料研究をもとに彼女と伊藤整の周辺をめぐる実証的な研究も進めている。[8] そして二〇一七年十二月には『左川ちか資料集成』(東京我刊我書房)が刊行され、これによって、左川ちかの名前で発表された詩作品、散文、翻訳の入手可能な限りのヴァリアントが雑誌初出のかたちで確認できるようになった。[9] このように研究の下地が着々と準備されているが、体系的な研究書はいまだ出ておらず、左川のテクストを丁寧に読む作業は今後の課題として残されたままである。

本稿では、紙数の許す限り、彼女の詩を読んでみたい。テクストから聞こえてくる声に耳を傾け、詩のことばの振舞いに着目し、そこからどのような読みが引き出されるか、そのとき読者には何が見えてくるか、それが近代日本語詩の世界にどのような揺さぶりをもたらし得たのか、さらにそれがどのようにして「女性」性の問題とかかわるのか、テクストの内側から探ってみたいと思う。左川が創作詩に着手する前にジョイスをはじめとする英詩の翻訳を行っていたことが彼女の詩作品のことばのつくり方に決定的な影響を与えたと思われること、また彼女自身の作品が発表された詩誌に掲載されていた同時代詩人の作品や海外文学の紹介・評論が彼女の作品と相互的にかかわっていたことなど、海外文学との接点や同時代状況について検証するべき課題は多々残されているが、詩法の取得や詩論的な関心を見るよりも前に、まずは一読者として、詩のテクストに向き合いたいと思う。

二　左川ちかの詩における意思をもつ自然

左川ちかの詩世界において、自然は大胆に、暴力的に振るまう。「夕暮が遠くで太陽の舌を切る。」(「黒い空気」

一二頁）とは夜の訪れであり、「夜の口が開く森や時計台が吐き出される。」（「出発」一三頁）とは朝の到来である。「あけがたはバラ色に皮膚を染める。／コバルト色のマントのうへの花束。／夕暮の中でスミレ色の瞳が輝き、」と美しい表現がつづいて印象派さながらの光の反射が感じられるかと思うと、いきなり「喪服をつけた鴉らが集る。」と不協和音が響き、「おお、触れるとき、夜の壁がくずれるのだ。」（「青い道」二九頁）と激しい崩壊のイメージに転じる。「青白い夕ぐれが窓をよぢのぼる。」（「錆びたナイフ」九頁）とは日が翳っていくさまだが、まるで夕暮れに悪意がありそうだ。「窓の外で空気は大声で笑つた」（「五月のリボン」三六頁）、「草らは真青な口をあけて笑ひこける。」（「風」四七頁）とは、あたかも自然が感情をもち、己の意思でもって自在に動き回っているようである。「草ら」という表現に見られる通り、日本語としてきわめて不自然なかたちで、自然界の構成物の複数形は「〜ら」と表現される。[10]

必ずしも攻撃的でない場合も、自立した生き物のように振るまう自然はあちこちに登場する。「入口の前でたちどまり／窓を覗きこんでは／いくたびもふりかへりながら／帰つてゆく黄昏。」（「蛋白石」三七頁）では、自然は何かしら躊躇《ためら》いを見せており、「終日／ふみにぢられる落葉のうめくのをきく」（「冬の詩」五一頁）では、自然はうめき、苦しんでいる。

これは一般的な意味での擬人法ではない。自然を比喩的に人間化しているのではなく、自然がそれ自体として生きているような状態とでもいえようか。自然を擬人化する、あるいはより広く、自然を人間的感情のなかにとり込むことについて左川ちか自身が懐疑的であることは、左川と同じく『椎の木』に寄稿していた柏木俊三の詩に対する彼女の評からも明らかである。

あの風の音のやうな作品を沢山かいた柏木俊三さんは梢と、それから空気や風のやうな無機物を愛したとは考へられない。むしろ反対のものであつたらう。風が体内を通り抜けてゆく時の人間や、林の中で小馬の啼声に目をむいてゐる自分自身の姿を書きたいために、ああした無駄なことをかいたのにちがひない。[11]

左川の詩における自然と「私」との関係については後述するが、もう少し、彼女の詩作品のなかの自然表象の特徴をみておきたいと思う。

左川の詩には、強迫的といえるほどに繰り返し登場するイメージがいくつかあるが、その一つは太陽だろう。

太陽は立上つて青い硝子の路を走る。／(中略)太陽はそこでも青色に数をます。(「出発」一三頁)

例へば重くなつた太陽が青い空の方へ落ちてゆくのを見る(「緑色の透視」一九頁)

――次第に鶏が血をながす。ここでも太陽はつぶれてゐる。(「死の髯」二〇頁)

正午、二頭の太陽は闘技場をかけのぼる。(「断片」二三頁)

人々が大切さうに渡していつた硝子の翼にはさんだ恋を、太陽は街かどで毀してしまふ。(「ガラスの翼」二六頁)

あの天空を走つてゐる／古い庭に住む太陽を私は羨む(「POEM」、初出「単純なる風景」六〇頁)

アスパラガスの茂みが／午後のよごれた太陽の中へ飛びこむ(「他の一つのもの」七三頁)

八月はやく葉らは死んでしまひ／焦げた丘を太陽が這つてゐる(「夏のをはり」八八頁)[12]

夕方には太陽は海と共に死んでしまふ。

（「墜ちる海」一一九頁）

数を増したり、駆けのぼったり、走り回り、転げ回り、落ちたり、潰れたり、死んでしまったりする太陽には修飾語がなく、それ自体として存在し、暴れ回っている様子である。そして、そこにはそれを見ている語り手の「私」が想定されている。

彼女の詩空間を形成するイメージは偶然的に呼び込まれることがきわめて少ないように思う。取り込まれるイメージとその表象の仕方、特定のイメージが織り合わされながら向かおうとしている方向と、それをそのような方向に織り込んでいくことを欲し、そうしなければならないという想いに駆り立てられている「私」がいる。太陽のほかに海も重要な位置を占め、さらに数々の自然の花々があるが、とりわけ重要なのが「緑」であることは、彼女の詩集をひもとけば誰もが気づくことだろう。代表作として知られる「緑の焔」のほか、「緑色の透視」、「緑」など題名に「緑」が含まれているもの、さらに数多くの樹木や草木のイメージがあり、散文詩風の「暗い夏」や「前奏曲」も、「私」と「緑」との関係を綴ったものである。これがたんに左川に好まれた詩的イメージというのではなく、この詩人の「私」の存立の根源にかかわるものであり、生と死の問題に接続し、悲鳴といってもよい彼女の声と直接的に結びつくものであり、さらには左川ちかという詩人の作品に他の多くのモダニストの作品とは違った強度を与えていることについては、この先明らかにしたいと思う。まずは「緑の焔」全篇を引く。

私は最初に見る、賑やかに近づいて来る彼らを、緑の階段をいくつも降りて、其処を通つて、あちらを向いて、狭いところに詰つてゐる。途中少しづつかたまつて山になり、動く時には麦の畑を光の波が畝になつて続く、森林地帯は濃い水液が溢れてかきまぜることが出来ない、髪の毛の短い落葉松、ていねいにペンキを塗る蝸牛、蜘蛛は霧のやうに電線を張つてゐる、総ては緑から深い緑へと廻転してゐる、彼らは食卓の上の牛乳壜の中にゐる、顔をつぶして身を屈めて映つてゐる、林檎のまはりを滑つてゐる、時々光線をさえぎる毎に砕けるやうに見える、街路では太陽の環の影をくゞつて遊んでゐる盲目の少女である。

私はあわてて窓を閉ぢる、危険は私まで来てゐる、外では火災が起つてゐる、美しく燃えてゐる緑の焔は地球の外側をめぐりながら高く拡がり、そしてしまひには細い一本の地平線にちぢめられて消えてしまふ。

体重は私を離れ、忘却の穴へつれ戻す、ここでは人々は狂つてゐる、悲しむことも話かけることも意味がない、眼は緑に染められ信じることが不確になり見ることは私をいらだたせる。

私の後から目かくしをしてゐるのは誰か？

私を睡眠へ突き墜せ。

（一七頁）

一九三二年六月に『新形式』第三号に発表され、同年十二月に『詩と詩論』第十四冊に再掲された作品[13]である。『新形式』では句読点の部分がすべて一字ないし二字分の空白になっており、『詩と詩論』で句読点が加えられたのが詩人の意図によるものかどうかわからない。『左川ちか全詩集』では句読点が外されている。『新形式』と『詩と詩論』の他の異同については「髪毛」が「髪の毛」に、「くゞつて」が「くぐつて」に、「穴の中へつれもどす」が「穴へつれ戻す」に変えられているほか、「ていねいにペンキを塗りかへる」が「ていねいにペンキを塗る」に、そして「眼は緑色に染つてゐる　信じることが」が「眼は緑に染められ信じることが」に変えられており、左川自身が手を加えているのはたしかだが、詩の読みに大きな違いはないと思う。[14]
いきなり登場する「彼ら」とは「緑」のことで、「階段をいくつも降りて」とは、向こうの山の方から木々の緑が重なり合うようにしてこちらに迫ってくるさまをいっているのだろう。「狭いところに詰つてゐる」というのも木々が密集して生えているさまで、「森林地帯は濃い水液が溢れてかきまぜることが出来ない」についても同様である。だが、これが樹木のイメージにとどまらず、「濃い水液」の溢れていくさまに重ねられることによって、向こう側から襲ってくる「緑」が、水がうねるような威力をもっていることが示唆される。「かきまぜることが出来ない」ほどに「濃い水液」には、後に見るように草木のなかで繁殖する虫の体液の連想もある。水分のイメージを引き継ぎながら微視的な視線が導入され、汁を出しながら這う蝸牛、そして微細な糸を張る蜘蛛が見える。再び視線は「緑」の全体に転じて、「総ては緑から深い緑へと廻転してゐる、」と、ますます勢いを増して近づいてくる「緑」の運動が認められたかと思うと、突如として「彼らは食卓の上の牛乳壜の中にゐる、」とつづく。緑に溢れた外の風景が室内に侵食し、食卓にある牛乳壜に映し出され、生き物である「彼ら」は「顔をつぶして身を屈めて」いる。「林檎のまはりを滑つてゐる」というのが、家の近くの果樹園のことか[15]、食卓の上の林檎のことかわからないが、光と交錯しながら光を遮らんばかりの勢いで、運動体としての「緑」は室内にいる「私」を取り巻きはじめているようである。そのあと「街路では太陽の環の影をくゞつて遊んでゐる盲目の少女である。」と、いきなり「盲目の少女」が登場する。「太陽の環の影」とは光が届かないところなのか、「緑」との関係も不明だが、あまりにも凄まじい「緑」の威力に圧倒されたとたん、視力を失って影のなかにいる少女の姿が映し出される。

一行の空白をおいてはじめて「私」が登場し、身の危険を感じて「あわてて窓を閉ぢる」のだが、外では「緑」の「火災」が起きている。その「緑の焔」は「美し」いともいわれる。「私」はそれが「地球の外側」まで拡がっていくのを見つめているのだが、「しまひには細い一本の地平線にちぢめられて消えてしまふ。」という。横溢する運動力をもっていた「緑」がすっと一本の線になって消えていくという表象に、新井豊美は「夭折に向かう生命の衰弱感」を見ているが[16]、たしかにこれにつづく部分には、死の予感とそれへの恐怖と苛立ちが書き込まれている。「私」から「体重」が離れていくとは、自身の身体が宙に浮いて消えていくような感覚だろうし、そのとき「私」は「忘却の穴」へ投げ込まれる。「ここ」とは、今「私」が居るところの室内だと思われるが、平常の現実はなく、「私」の「眼」も「緑」に染まっている。何も信じることができないといったあとに、自分の背後からやって来て「目かくし」をする者がおり、「私」は闇に包まれる。「私を睡眠へ突き墜せ。」とは、闇の世界に飛び込んでいく覚悟のように読める。

三　自然と対峙する「私」

左川が亡くなったのは一九三六年一月で、この詩が発表された四年半後のことである。「昆虫」と題された詩が兄川崎昇が編集する詩雑誌『ヴァリエテ』に掲載されて「左川ちか」という詩人の名が初めて世に出たのが一九三〇年八月のことだから、翌年六月に発表された「緑の焔」は、わずか五年余りの彼女の詩人としての活動期間の初期のものということになる。幼年期から体が弱く、とりわけ春先には眼をいためて通院することが多かったといわれているが、[17]それでもこの時期の左川は上京して二年、英詩の訳が『詩と詩論』に掲載されて注目されはじめた頃で、腸間粘膜炎を患って薬を飲んでいたという記録はあるものの、[18]東京で活動する詩人たちに紹介され、いよいよ積極的に詩作に取り組みはじめたばかりの頃である。腹部の痛みに襲われて入院を余儀なくされ、末期の胃癌の診断を受けたのは死去する数ヶ月前のことで、それまでの時期、体力が尽きるまで、彼女は詩作をつづけている。

左川が夭折の詩人として、その生涯の短さへの言及なくして語られることがないのは、もちろん二十四歳という年齢があまりにも若いからに違いないが、加えて、残された詩作品の全体に「死」のテーマが遍在していることが、彼女を薄命、薄倖の詩人として語るよう促しているのは否めないだろう。たしかに彼女の詩のなかの「私」は、詩の書き手である左川ちかを想起させずにおかない。城戸朱理《きどしゅり》は、「生きて今ここにある「私」とほとんど等価にある「私」が詩の中に詠み込まれて」おり、それが彼女の詩の「単純に実験的と言ってはすまされない魅力」につながっていると述べている。[19]その通りだと思うが、ここで注意したいのは、左川の詩のなかに「死」が執拗に登場することが、必ずしも実人生における死の予感を物語っているとばかりはいえないことである。

たしかに頑健というにはほど遠く、幼い頃から体が弱く、様々な病を抱えていたのは事実のようだが、親戚の反対を振り切って東京に出て、文学の世界で活躍することを夢見ていた彼女は、自分の人生が四半世紀に満たずに終わることを知っていたわけではない。長期間、病に伏していたわけでもない。上京後、貯金局で非常勤として働いていた時期もあったし、夜は遅い時間まで伊藤整に訳詩を見てもらったり、北園克衛の詩雑誌編集の仕事を手伝ったり、月に一回程度は詩人仲間の江間章子《えましょうこ》（一九一三—二〇〇五年）に会って銀座の街を歩いたようだし、いずれは小説を書きたいとも江間に語っていたという。[20]

左川の詩作に充満する「死」は、実人生における詩人の実際の身体の状態とは別の次元において感受されていたように思えてならない。そしてそれが、誰もが指摘する通り、十二歳で知り合い、兄のように慕い、文学の手ほどきを受けながら親密な日々をすごし、十九歳のときに、彼女にとってはなんの前触れもなく別の女性を妻とした兄の友人伊藤整への尽きることのない想いに裏付けられていたとしても、一旦詩のことばに転じられたとき、そこに紡がれているのは失恋という体験そのものではなく、それを突き抜けたところに見出された強固な自立性を誇る詩的宇宙であったことを強調しておきたいと思う。

このことを踏まえた上で、再び「緑の焔」のテクストに返り、横溢する「緑」と「私」の身体との関係について考えてみたい。前に書いた通り、これは自然の擬人化ではない。「緑」がなにかの比喩として機能しているわけでもないし、眼前に広がる風景を抒情的にうたいあげているわけでもない。ここで「私」は、新緑の芽吹く春の季節に窓の外の木々が一斉に生命を得たように若葉をつけはじめ、風景一帯が緑色に染まっていく様子を見ている。もちろん、語り手の「私」の体験は詩人本人の体験とは必ずしも重ならず、今、詩人がそれを見ているという意味ではない。一つの体験として喚起されているというに過ぎない。そこで、「私」が見ている外界がどのように表象されているのか、表現の手法の特徴をまず確認しておきたい。

詳細に分析するまでもなく、ここには、『詩と詩論』、『白紙』、『マダム・ブランシュ』をはじめ、左川がかかわっていた雑誌で積極的に紹介されていたヨーロッパの前衛芸術運動の斬新な表現手法の形跡を見ることができる。遠方から段々をなして近景に広がる山の緑の連なりを、「階段をいくつも降りて」と表現しているのはキュビスムを思わせるし、巨視的な視点と微視的な視点を大胆に交錯させて遠近法的な安定感を揺さぶり、つながりのないイメージをいきなりもってきて意味の連続性を断ち切ったりするところにはシュルレアリスムに通じる攪乱の試みが窺える。「緑」の全体が渦巻くように迫ってくる運動には未来派的な手法も活かされているといえよう。彼女がモダニスト詩人と称される所以だが、これがたんなる新技法の実験的な応用にとどまらず、詩的言語の刷新といった文学史的な記述のうちに収められることがないのは、この詩のなかには自身を取り巻く世界を全存在的に受けとめている「私」が書き込まれているからである。

左川の詩のなかに自然界の構成物が出てこないものはほとんどないといってよい。詩作をしていた時期は東京に移ったあとの五年余りだが、彼女は都会の風景の向こうにいつも自然を見ていた。なかには故郷の北海道余市の風景が下敷きになっていると思われるものもあるが、詩のテクストとして顕現する自然は現実の自然から昇華され、強度のある抽象性を獲得している。そしてそれは、この詩人にとって、自身を存立させる世界そのものでもある。「緑の焔」における「緑」とはそのような自然＝世界の威力それ自体であって、「私」は自分がそのなかに取り込まれ、それに侵入され、ついには自身であることを保ちきれなくなって消滅するのを知っている。世界の影で遊ぶ「盲目の少女」の姿が一瞬見えるが、気がつけば「体重は私を離れ」ている。「眼」が「緑に染められ」ているのは、もはや私と自然との区別がつかなくなっているということだろう。そして、「私」は「目かくし」をされて、闇に落ちていくのである。

「暗い夏」という五段落から成る短編風散文詩でも「私」と「緑」との体験が語られる。二段落目の一部を引く。

スレエトが午後の黒い太陽のやうに汗ばんでゐる。私はそれらのものをぼんやり見てゐる。私は非常に不安でたまらない。それは私の全く知らないものに変形してゐるから。そして悪い夢にでもなやまされてゐるやうに空の底の方へしつかりとへばりついてゐる。ただ樹木だけがそれらのものから生気を奪つて成長してゐる。私からすでに去つた街。私が外を眺めてゐる間に、目に見えないものが私の肉体に住み、端から少しづつおかし《ママ》てゐるやうに思はれる。(21)

ここでも「樹木」は「生気を奪つて成長して」いる。これにつづく部分でも、「目が覚めると本《ママ》の葉が非常な勢で増えてゐた。こぼれるばかりに。」とあり、「緑の焔」と同じく、外の生命力が力を増していることが繰り返し強調される。そして「私」がぼんやりと外を見ているうちに外界は「私」のなかに侵入しはじめる。「目に見えないものが私の肉体に住み、端から少しづつおかして」いて、「私」は崩れようとしている。

「前奏曲」という長文の散文詩も、横溢する生命力と「私」との関係について語る。十一の段落から成るエッセイ風の作品である。「雲に覆はれた見えないところで木の葉が非常な勢で増えてゐる。いつの間に運ばれるのかプラタナスも欅も新しい葉で一杯になり、生きものが蠢めいてゐるやうに盛り上つてこぼれるばかりに輝いてゐる。」と、同種のイメージではじまり、「私」は植物の成長するさまに取り憑かれたように外を見つめている。自然界の「多彩な生活」、「息づまるやうな繁殖と戦ひと謳歌が行はれてゐる」のを知り、「私」は「負けてしまひさうになる。」のだが、その「重苦しいうめき声」が聞こえて来るので、「私はいつも戸外ばかりを見てゐなければならない。」（九三頁）という。このあとも植物の旺盛な生命力と季節の移りゆくさまが細やかに書き込まれており、後半には次のような一節がある。

どちらが影なのかわからなくなつた。私が与へたものは何もない、それなのに彼らのすることはどんなことでも受入れてしまつた。こう《ママ》してゐるうちに私は一本の樹に化して樹立ちの中に消えてしまふだらう。私は今まで生きてゐると思つてゐただけで実は存在してゐないのかも知れないのだ。[22]

ここでは「私」は「一本の樹に化して」、自然界のなかに消えようとしている。この散文詩では緑萌える夜明けが「美しい」（九五頁）と表象されているが、一連の「緑」をめぐる詩篇を読むと、「私」は繁殖をつづける植物の生命力に圧倒されつつも深く魅せられていることがわかる。そして、いうまでもなく、その対極にあるのは、それを受けとめきれずに尽き果てる「私」の生命力の薄さである。それが左川ちかの詩空間を貫く「死」のテーマにつながっていくのだが、ここでいう「死」もまた現実の「死」と等価ではないことに注意しなければならない。

もう一篇だけ、「緑」をめぐる作品を挙げる。題名も「緑」である。

朝のバルコンから　波のやうにおしよせ
そこらぢゆうあふれてしまふ
私は山のみちで溺れさうになり
息がつまつて　いく度もまへのめりになるのを支へる
視力のなかの街は夢がまはるやうに開いたり閉ぢたりする
それらをめぐつて彼らはおそろしい勢で崩れかかる
私は人に捨てられた[23]

全篇である。最後の一行の唐突さに不意打ちを食うのだが、この一行を書くために、その前の六行があるように思えてならない。先の「前奏曲」でも、「人は平衡を失ひ、倒れさうになり、頭髪を圧へつけられるのか帽子をかかへてあぶなつかしい歩き方をする。」（九六頁）とあり、「私」が懸命に歩もうとしている姿が浮上する。右の「緑」では「山のみち」を歩きながら、「いく度もまへのめりになる」のをどうにか支えようとしている「私」がいる。翻っていえば、「私」は押し寄せてくる生命力を全身で受けとめようとしているのだ。そしてついには自身を支えきれなくなり、崩れる。ここでは「人に捨てられた」といい放ってそれ以上を語ろうとしないのだが、このあまりにも唐突で、投げやりな感じのする一行には、それまでの重圧に耐えきれなくなって倒れ伏し、ついに吐いてしまった一言でもって闇の深みに身を投じ、もういいと自らを解き放つ清々しささえ感じられる。

「緑の焔」は「私を睡眠へ突き墜せ。」の一行で終わっていた。ここでも「私」は「美しく燃えて」いる「緑」の威力に圧倒されながら、ものに憑かれたようにそれを見つめつづけ、それが自身の体内に侵入するのを感じ、ついには自身を制御することが不可能になり、「私」を取り囲む世界も狂いはじめ、「私」は「私」でいることができなくなって、「後から目かくし」をする何者かに向かって、「私」を睡眠の闇に突き落としてくれと命じていた。「暗い夏」の「私」は自身の肉体がしだいに「緑」の生命力に侵されていくのを許していたし、「前奏曲」でも「私」は「彼らのすることはどんなことでも受入れ」ながら、樹木と一体となって木々のなかに消えていった。

「緑」をめぐる詩篇がたんに自然の脅威とそれに怯える「私」を描いているのではないことは、以上から明らかだろう。「私」はその威力の危険を知り、一方で怯え、自分がその威力の前に潰れることを十分に知りながらも、それに背を向けているわけではない。左川の詩のなかの「私」は、強靭な意思をもち、闘いつづけている。「緑」の鮮やかさ、それが湛えている生命力を感受するには、それだけの生命の力が必要なのである。左川の詩空間に「死」が遍在していることについて、鶴岡善久は、それが「「死」が押し上げている彼女の危機意識」の現れにほかならず、すなわちそれは「「生命」の根源から発生する危険信号である」と、「死」の表象を支える「生命」の力に言及している。(24)彼女の詩空間を構成しているのは、弱まっていく生命がとらえるぼんやりとした薄明の世界ではない。表象の力強さと、それをとらえる眼の力強さは比例しているのである。

それではなぜ、それが生命の謳歌にとどまらず、力漲る自然がかくまでに激しく、あちこちで不協和音を響かせながら揺れ動いているのか。そして、最後に「私」に「死」をもたらすのか。冒頭で見た通り、自然界の動きの暴力的なまでの激しさは「緑」に限るものではない。しばしば登場する「海」もまた命を呑み込む深淵を擁し、激しく波立っている。「海の天使」の冒頭は、「揺籃はごんごん鳴つてゐる／しぶきがまひあがり／羽毛を掻きむしつたやうだ」の三行ではじまる。「ごんごん」と鳴るような揺りかごは、どんなに激しく揺れているのだろう。わずか八行から成る詩篇だが、「私は大声をだし　訴へようとし／波はあとから消してしまふ」のあとに空白の一行があり、「私は海へ捨てられた」といい捨てられて終わる。(25)

「私」は「大声をだし」ているのだが、その声が聞き届けられることはない。自然の激しさは「私」の想いの激しさでもある。「羽毛を掻きむしつたやうだ」の主語が「私」であることは、この詩のヴァリアントと見られる「海の捨子」に「私は胸の羽毛を掻きむしり」とあることから確認できる。(26)「私」は声を張り上げてみるのだが、そんな試みはいともたやすくかき消されてしまう。

四　求め、抗う、詩のことば

「私」が外に向かってどんなはたらきかけを行っても、向こう側にそれを受けとめるものがないというモチーフは、左川の詩にさまざまなかたちで変奏されている。七行詩「五月のリボン」は「窓の外で空気は大声で笑つた」ではじまる。「その多彩な舌のかげ」で「葉が群になつて吹いて」おり、「私」は「其処にはたれかゐるのだらうか」と「暗闇に手をのばす」のだが、その先には誰もいない。「たゞ　風の長い髪の毛があつた」という一行でこの詩は閉じられる。(27) 宙をつかむのではない。手を差し出したところに「風の長い髪の毛」がなびいていて、それを必死になってつかもうと指をもつれさせる。不気味でもあり、艶かしくもある。

つかむことのできないものに向けて手を伸ばすイメージが直接的に「死」と結びついている作品に、「死の髯」がある。「緑の焔」と並んで、引かれることの多い詩篇である。以下にその一部を引く。

料理人が青空を握る。四本の指跡がついて、
――次第に鶏が血をながす。ここでも太陽はつぶれてゐる。

（中略）

刺繍の裏のやうな外の世界に触れるために一匹の蛾となつて窓に突きあたる。
死の長い巻鬚が一日だけしめつけるのをやめるならば私らは奇蹟の上で跳びあがる。

死は私の殻を脱ぐ。(28)

いきなり青空に向けて伸ばされた手のイメージからはじまる。指跡が空に残っているという。「料理人」とは

誰か、次行の「鶏が血をながす」、「太陽はつぶれてゐる」とはどういうことか。イメージのつながりがあまりにも唐突で、サルバドール・ダリ Salvador Dalí（一九〇四―八九年）の絵画を思わせる鮮やかさがあり、左川とシュルレアリスムとの関係を示唆する作品として言及されることが多い。坂東里美はこれに丁寧な解釈を加え、「料理人とは、鶏の首を絞めるように、どんな生命をも自由に絶つことのできる大いなる手をもつ「死」そのものであろうか」といっている。つまり、空についている指のあとは「料理人」のもので、鶏は「料理人」に首を絞められて血を流しているということになる。「太陽はつぶれてゐる」とは、生命に光を与える太陽がつぶれているということではないかと論じる。そうすると、坂東もいう通り、後半の「死の長い巻鬚」も「料理人」の巻き鬚と読むことができて、巻き鬚の持ち主の具体的なイメージが見えてくる。右に省略した箇所には「青服の空の看守」が登場し、「彼らは生命よりながい夢を牢獄の中で守つてゐる。」とあり、この部分については、「私たちが逃げないように青服の看守がたずねてくる」のだと読む。一貫して、「死」が生命を脅かし、締め上げていくさまを表象するものとして解釈しており、説得力がある。[29]

一方で、この詩を右に見てきたような「私」と外界との緊張関係の文脈から読むと、これもまた、切実な渇望と、それが絶対に満たされないことを知るところから生み出された「死」のテーマに通じるものと見ることができるだろう。何もない空に向かって手を伸ばし、つかむものがないままに指跡だけが空に残るというイメージは、波に消される声や、虚しく風をつかむ手と重なる。「鶏」のように血を流しているのは「私」なのか、あるいは伸ばされた手がとらえようとしている何者かにも同時に「死」がもたらされるのか。いずれにせよ、坂東もいうように、「太陽」が「つぶれてゐる」のは「死」の到来によって光が追いやられる――そして青空が闇に変わる――ということだろう。むろん一つの読みを確定する必要はない。とりわけこの詩の場合、テクストそのものが両義的な解釈を促しているように思える。坂東の解釈の通り、第一行から第二行のつながりをたどれば、「四本の指跡」を残している「握る」手が「鶏」を絞め上げていると読むのが自然だろう。何もない空をつかむ感覚が、手応えのある生身の物質を握る感覚に転換される。それと同時に空の「四本の指跡」からも血が滴り落ちてくるのが見えてくるようだ。そのままつづけて読めば、その手が「太陽」を潰していると読める。「ここでも」とことさらいわれているのは、このような事態があちこちで発生しているということだろう。解釈が分かれるのは、「四本の指跡」を残す、宙をつかむ手の持ち主が誰かということになる。

一連の「緑」の詩篇において、自然の威力と対峙する「私」はただその威力に呑まれているのではなく、それに魅せられ、抗い、倒れるまでに闘う力強さを備えていることを確認した。それだからこそ、「私」がとらえる外界が鮮烈な姿で立ち現れていることも見てきた通りである。「死の髯」の光景の鮮やかさについても同様のことがいえるだろう。そしてここでは、抗う「私」の絶望的であるがゆえの残虐さが同時に書き込まれていると見てよいと思う。届かないものを殺《あや》めてしまいたい欲望といえるのかもしれない。この詩のなかで、「私」は殺されると同時に殺してもいるのではないだろうか。

「刺繍の裏のやうな外の世界に触れるために一匹の蛾となつて窓に突きあたる。」という後半の一行も唐突だ。体ごとぶつかっても窓を突き破ることができない「蛾」の姿は容易に「私」と重ねることができる。窓の外には「刺繍の裏のやうな」世界がある。ここでは「刺繍の裏」が外側の世界であって、閉じ込められている内側が美しく彩られた刺繍の表側ということになる。この詩において表と裏、加害者と被害者が反転することについては、左川の詩における身体性の問題との関連で論じたことがあるが、[30] ここでは捨身の蛾の運動が、今までに見てきたような、尽きることのない渇望とそれが満たされることがないのを知る絶望感の艶やかな表象になっていることに注目したい。外界から仕切られた内部空間で「一匹の蛾」が「窓に突きあたる」運動を繰り返している。外部としての「刺繍の裏」の世界は、色彩が混交し、無数の糸が交錯し、縺れ合い、分厚く重なり合って広がっているにちがいなく、「緑の焔」他で見てきた繁殖する生命の貪欲で猥雑な再生産力を思わせる。[31]「私」はその世界に魅せられつつ、それに怯えながら、しだいに身を守ることができなくなって身体が侵されていくのを経験していた。外部から侵されることと外部から閉ざされることとが表裏一体であることを、左川の詩は繰り返し訴えている。

「死の髯」の「蛾」が閉じ込められている内側の空間は、刺繍の表側のなめらかな感触をもち繊細な色彩に象られた美しい繭のようであるが、窓にぶつかる「蛾」の姿から喚起されるように、それは傷めつけられ、痛みあがいている身体を表象する空間でもある。そしてこの空間がやがて「死」の闇に包まれることは明白だろう。つづく行の「死の長い巻鬚」は、刺繍の糸からの連想と読めば、表と裏が反転して繁殖する糸が内部に侵入してきたと読める。冒頭の「料理人」と結びつけて読むならば、坂東が指摘したように、これは「死」を司る死神の「髯」のイメージと見ることもできる。「巻鬚」に締めつけられているのが「私」一人でなく「私ら」となっていることにも注意するべきだろう。窓に向かって虚しい運動を繰り返していた「一匹の蛾」である「私」一人ではなく、「私」ともう一人の何者かが一体となって締めつけられているのである。ここには濃密なエロティシズムがある。「死」の脅威に締めつけられながら「私ら」は「奇蹟」を夢想するのだが、一行の空白をおいて、「死は私の殻を脱ぐ。」、すなわち「死」がすべての時空間を支配する。この最終行のあとには、内も外も存在しない、ただ沈黙の闇が広がっている。「私は死の殻を脱ぐ。」、と「私」が主語になっていれば「私」は解き放たれるのだろうが、ここでも反転が起こっていて、「死」が主語になり、「死は私の殻を脱ぐ。」といっているのである。すべてを支配する「死」のもとで、「私」は剥ぎ取られ、脱ぎ落とされ、捨てられる。

「死の髯」のヴァリアントともいえる「幻の家」という作品がある。「死の髯」の翌年に発表されたもので、(32)前半は、行替えの仕方をはじめ微細な異同はあるもののほぼ同一のイメージで構成されており、後半が全面的に書き換えられている。「たれも住んでないからつぽの白い家。」が現れ、最後は「この家は遠い世界の遠い思ひ出へと華麗な道が続いてゐる。」で閉じられる。新井豊美は、「「死の髯」は自分にとりつき締めつけてくる死の絶対を、「幻の家」は死後の追憶の風景をうたったものである」としている。(33)たしかに、ここでは窓にぶつかる「蛾」の苛立ちも、怒りも、痛みも消滅している。

左川ちかの詩の世界を構成するモチーフが驚くべき一貫性をもっていることが見えてきたかと思う。魅惑と一体となった怯えや恐怖の感覚、それが自身の破滅に向かうことを知りながら、得られぬものを求めつづける意思とそれがもたらす痛みが極点に達したところに訪れる「死」の領域での安らぎ。このようなモチーフが詩作の発表時期に合わせて時系列に示されるのではなく、この詩人の詩空間ではしばしば共時的に存在する。ときには、一つの詩篇のなかで時間が逆行していることもある。

くだけた記憶が石と木と星の上に
かがやいてゐる。
皺だらけのカアテンが窓のそばで集められ
そして引き裂かれる。
大理石の街がつくる放射光線の中を
ゆれてゆく一つの花環。(34)

「雲のかたち」の中間部である。大地や夜空に「くだけた記憶」が輝いているのは、それが、すでにすべてが終わったあとの風景だからだろう。ところがこれにつづく行では、再び暴力的な渇望と破壊の欲望が書きとめられている。「皺だらけのカアテン」を束ねて、引き裂いているのは「私」にちがいない。「カアテン」の向こう側には、「緑」が繁殖しているのか、あるいは「刺繍の裏」のような世界があるのだろうか。「カアテン」とは、外部と内部とを仕切り、外からの光を遮断するものであると同時に、それを開くことによって外に身を晒すことを促す外部への通路を象徴するものである。わざわざ「カアテン」を「集め」、それを力一杯に引き裂く行為は、希求と絶望の狭間で格闘する意思を表しているように思う。次の行で視線は転じて、「放射光線」を湛えた「大理石の街」に「花環」が揺れ動いて進む姿が映される。これは死後の世界の光景のようだ。このあと、「毎日、葉のような細い指先きが／地図をかいてゐる。」と記されてこの詩は終わる。うっすらと、「私」とは区別される、詩を書く詩人の姿が浮かんでくる。

五　死とエロティシズム―艶めく身体

左川の詩のテクストを実人生の出来事に照らして読むことは、詩のことばの声を聴き落とすことになりかねない。これまで見てきたように、左川ちかの「私」は詩人左川ちかからはっきりと切り離されて、詩空間のなかで声を上げ、闘い、抗い、沈黙していった。ここで「詩」という形式が選ばれている以上、詩のことばの裏側を見て、詩人の生涯に起こった出来事からテクストを読み解こうとすることは、詩のことばを殺してしまうことになる。左川の詩に現れる自然のさまざまな姿が、それ以外の何かを表すための代理表象ではなく、何かの比喩として機能するものでないことは、前半で引いた彼女自身の批評文でも示唆されていた。[35]彼女は、一九二〇年代半ばから三〇年代初頭にかけて日本の詩壇に渦巻いた前衛芸術運動の一端に身を置き、「詩」がいかなる形式をもち得るかを模索しつつ、ことばと格闘し、独自の言語空間を構築していった。モダニズムを名乗る詩人たちと活動を共にし、彼女自身、英語圏のモダニズム作家や詩人の翻訳を手がけ、新しい言語表現の可能性を探った。その過程で紡がれていったのがこの詩人が残した八十余篇の作品だが、これらの詩篇を通して読むとき読者は、他の誰のものでもない、左川ちかだけがその生涯において経験した出来事が彼女の詩を生み出していることに気づかないわけにはいかない。彼女の詩が文学言語としての強度を有し、その声が今も読者に届けられるのは、ここに顕現していることばが、モダニズムの実験の産物でもなければ、文才ある「女性」の架空の物語でもない、詩人自身の経験から絞り出されたものだからである。彼女にとって、自身の経験を経験として感受することはことばを紡ぐことであり、そのことばは形の整った詩形式に収まるものではなかった。一見稚拙にも見えるギクシャクとしたことばの連なり、主語の不明確な叙述、途方もなく突拍子もないイメージのぶつかり合いなど、一律的な読みを拒む彼女の詩のことばは、それがそのような形でしか言語化できなかった詩人の経験と不可分の関係にあることを、テクスト自体が訴えている。

実際にそれがどのような経験だったのかを詮索することが問題なのではない。詩人の生涯からテクストを読むのではなく、テクストの側から、それを織りなすことばの一つ一つに寄り添って詩を読み進めるとき、他のいかなる表現によっても代替することのできない左川ちか固有のテクストの声が聞こえてくる。彼女の詩作中の「私」が、自身を取り巻く世界と向き合うために全存在を賭けて闘っていたことはこれまで見てきた通りだが、その詩句の狭間に時折、「私」の声が直接的に書きとめられることがある。

その時私の感情は街中を踊りまはる
悲しみを追ひ出すまで。(36)

それにしても、泣くたびに次第に色あせる。(37)

私の視力はとまつてしまひさうだ。(38)

「悲しみ」を振り切るために「私」は街中を駆け回って「踊りまはる」という。ただ「悲しい」といっているのではない。ここには自己憐憫の一片もないし、自身の「悲しみ」を訴えることさえしていない。「悲しみ」を引き受けてしまった「私」の身体のやり場のなさに対処できるのは「私」しかいないことを知っているから、「私」は一人で「踊りまはる」のである。「それにしても」とは、思わずこぼれたことばだろう。どんなに力を尽くしても、「色あせる」のを食い止めることはできない。何が「色あせる」のかは明示されていない。「私」の生きる力そのものであり、その「私」が対峙しようとしている世界の全体なのだろう。その力が弱まってゆくとき、「私の視力はとまつてしまひ」そうになる。「視力が衰える」のではなく「とまつて」しまうと表現されることによって、これが視ようとする者の意思にかかわっていることがわかる。

左川の作品に通底するテーマが時系列に展開するものではないことは先に述べた通りだが、その大きな流れを視野に収めると、五年余りの詩作期間の最晩年にあたる時期には、終末的な感情に支配された情景が目にとまるようになる。それと同時に艶やかな夢の情景も映し出されるのだが、まずは前未来(futur antérieur)的な時制のなかに繰り広げられる、完了した時間をうたった詩篇を確認したい。

すでに消え去つた時刻を告げる
鐘の音が
ひときれひときれと
樹木の身をけづりとるときのやうに
そしてそこにはもはや時は無いのだから。(39)

失つたものは再びかへつてこないだらう(40)

すでに終曲は荒れた芝生に。
丘の上を痘痕のある果物がころがつてゐる。(41)

いずれも、すでに終わってしまった時間のなかで語られる光景である。鐘は「消え去つた時刻」を告げ、失われたものは失われたままに、「終曲」は完奏され、傷のある果実がうち捨てられて地面に転がっている。深い諦念の情が、左川ちかの「私」の周りを満たしはじめていることはたしかである。そして、「私」が「死んでしまつた」あとの、白く乾いた風景も現れる。

ものうげに跫音もたてず
いけがきの忍冬《すいかずら》にすがりつき
道ばたにうづくまつてしまふ

おいぼれの冬よ
おまへの頭髪はかわいて
その上をあるいた人も
それらの人の思ひ出も死んでしまつた。
（「毎年土をかぶらせてね」(42)）

花びらの如く降る。
重い重量にうたれて昆虫は木蔭をおりる。
檣壁に集まるもの、微風のうしろ、日射が波が響をころす。
骨骼が白い花をのせる。
思念に遮られて魚が断崖をのぼる。
（「午後」(43)）

全篇を引用した。「毎年土をかぶらせてね」は墓地の風景を思わせるし、「午後」ではかつて「緑」を埋めていた「昆虫」たちが樹木を下りていくという。「檣壁」とはおそらく「墻壁」のことで、船の舷側に立てられた盾状の塀ないし枠状の波除けを指す。激しく渦巻いていた海は、今、鳴りを潜め、すべての「響」が殺される。「骨骼が白い花をのせる。」とは、船端に白い花がのせられていることになるが、この文字列は「白骨」のイメージを否応なく呼び起こす。「魚が断崖をのぼる。」とは、シュルレアリスティックなイメージの実験ではない。干からびていく魚の痛々しい姿が見えてくるし、この「魚」は決して断崖を登りきることはないだろう。乾ききって墜落していくしかない。

左川の最晩年期の創作に「夜の散歩」と題された七段落から成る作品があり、散文詩ともエッセイともいえるものだが、それまでの「私」の闘いを総括するような趣で淡々と「私」の今が語られる。

私は今歩いてゆく。他人の捨てたぬけ殻を拾ひ集めながら現実を埋めてゐたものはこんなむさくるしい残滓だけであつたことを思ひいつも空白な場所を充してゐると考へてゐた美しい羽毛は頼りにならない泥沼の上であつた。(44)

狂おしい想いで縋《すが》り付いていたものが「他人の捨てたぬけ殻」であり、「現実」と信じていたものがそんな想いの「残滓」でしかなかったことを確認しながら、「私」は自分の生を賭した夢の「美しい羽毛」が「頼りにならない泥沼の上」にあったことを知る。足元の危うさについて、つづく段落で次のようにいう。

立つてゐる場所といへば靴のかかとがわづかに接触してゐるだけの土壌が私自身を支へてゐるのみで余分な土地はどこにもない。不安定な足枷をふみしめながら歩行することは非常に困難である。

（一二五頁）

そして、ここでも、すべてが終わってしまったあとの風景が、「骸骨」として放置される「聲」の表象によって提示される。

内臓の内臓を曳き出してずたずたに裂いても肉体から離れてしまつた声は醜い骸骨を残し、冬の日の中に投げ出されてゐる。

（一二六頁）

こうして死後の静寂を表すような風景が繰り返し描かれるのだが、これがただすべての終わりを告げる「死」ではないこと、そこから戻って来ることのない場所として「死」を受け入れる「私」が決して衰えていくわけではなく、この時期の「私」が一方で全身で生を感受していることを見逃してはならない。このことは、この詩人のテクストが潜み持つエロティシズムにつながる。「死」の表象と表裏を成すかたちで、官能の悦びが大胆に言語化されているのである。

まずは、この時期の左川の詩のことばがなんら衰弱の兆候を示していないことを確認しておく。「死」の到来をめぐる詩のなかで展開される殺伐とした光景がいかに鮮明で、その構成物の輪郭がいかにくっきりとしているかを見れば明らかだろう。冬のさびれた大地は老人の乾いた頭髪のようにカサカサとしてリアリティがあるし、虫たちが木から降りて海波の響きが止んだあとに船端の上に白い花が置かれている風景はピタッと静止して、そこには充電された静謐がある。他の箇所についても、ことばの配置が緻密でイメージの構成に隙がなく、一字の無駄もなくテクストが編まれているのは、ことばの紡ぎ手の強靭な精神の現れと見ることができる。そしてこの時期にあっても、激しい感情に揺られ、得られないものを渇望する「私」は決して消滅などしていない。そ先に見た、「揺籃はごんごん鳴つてゐる」ではじまる「海の天使」が発表されたのはこれよりもあとの時期だし、「カアテン」が「引き裂かれ」ていた「雲のかたち」が書かれたのもこの時期である。そして、これと同じ時期に、艶めかしく、己のセクシュアリティを露わにする、他ならぬ「女」の「私」がテクストに織り込まれていく。例えば「記憶の海」と題された次の一篇である。

髪の毛をふりみだし、胸をひろげて狂女が漂つてゐる。
白い言葉の群が薄暗い海の上でくだける。
破れた手風琴、
白い馬と、黒い馬が泡だてながら荒々しくそのうへを駆けてわたる。(45)

夕暮れの海は、ここでは激しい性愛の舞台となる。「手風琴」とはアコーデオンのことだが、それが「破れ」ているために、ここには大きな不協和音が――もしかしたら「ごんごん」と――響いているのだろう。(46)

影は乱れ、草は乾く。蝶は二枚の花びらである。朝に向つて咲き、空白の地上を埋めてゆく。私らは一日のためにどんな予測もゆるされない。樹木がさうであるやうに。そして空はすべての窓飾であつた。カ

　アテンを引くと濃い液体が水のやうにほとばしり出る。

　あ、また男らは眩暈する。[47]

　これは「神秘」と題された作品の後半部だが、この一篇はセクシュアルな暗示に満ちている。左川の詩のなかで、樹液、汁を滴らせる昆虫、果実などは濃密なセクシュアリティにつながっており、この詩は「黄金のデリシアスがころがる」と、みずみずしい果実のイメージではじまっている。「デリシアス」とは、故郷余市を産地とする「緋衣《ひい》」とも呼ばれた林檎のことだろう。[48]それが「彼ら」といい換えられて、「彼らは旋廻しつつ飛び込む。」と激しい精神と身体の動きが表される。次いで焦点化される「朝に向つて咲き」、「蝶」となる「二枚の花びら」は、悦びに解き放たれた女性の身体の連想を呼ぶ。

「星宿」と題された一篇も、同じく性愛の「狂愚」を直接的にうたいあげた作品である。「露にぬれた空から／緑の広い平野から」とはじまる。「露」と「緑」のイメージが、つづく詩行のエロティシズムを予告し、「暗い空気の中でわづかに支へられながら／あだかも睡眠と死の境で踊つてゐた時のやうに[49]」と、危うい夜の時空間が用意され、この詩は次のように終わる。

　地上のあらゆるものは生命の影なのだ
　その草の下で私らの指は合弁花冠となつて開いた
　無言の光栄　そして蠱惑の天に投じられたこの狂愚
　今ではそれらは石塊に等しく私の頭を圧しつける

　最終行では、「蠱惑の天に投じられたこの狂愚」も、今は「石塊」の重みをもって「私」を圧しているのだといえようが、そのような様態にあって、「私」ははっきりと「合弁花冠となつて開」くときの恍惚を語っているのである。

　最後に、「女」の身体が生々しくクローズアップされている「雲のやうに」を挙げる。この詩も冒頭部は「緑」

の詩篇につながる光景だが、それがセクシュアルな喚起力を際立たせていることに注意したい。

果樹園を昆虫が緑色に貫き
葉裏をはひ　たへ《ママ》ず繁殖してゐる
鼻孔から吐きだす粘液
それは青い霧である

そして、この詩は次のように閉じられる。

それから私は見る
果樹園がまんなかから裂けてしまふのを
そこから雲のやうにもえてゐる地肌が現はれる[50]

鳥居万由実は、「もえてゐる地肌」という表現に、性別が未分化の状態の「混沌としたマグマのような生命力」を見ている。[51]たしかにここには、壮大なスケールの、祝祭的といえる解放感がある。左川の詩にあって、「果樹園」が「私」の原風景を成す重要な構成要素であり、[52]かつそれがここで詩の前半部が喚起する濃密なセクシュアリティに重ねられるとき、ここには解き放たれる身体そのものの生のエネルギー――と同時にその深遠なる痛み――が開示されているのを見ることができるのではないか。

改めて読み返してみると、「死」と裏合わせになっているエロティシズムは左川ちかの詩作品の全体を貫いている。それは身体的な衰えが進行していたとしても。また渇望しつづけてきたものが永遠に手に入らないことが知り尽くされていたとしても、彼女の詩的想像力の源にあって翳りを見せることはなかった。しかし、彼女は、それについて一切語ることはなかった。

彼らの悲しみはけつして
語られることはないだらう(53)

最後に、「海の天使」と同月に発表された、最晩年の時期の作となる一篇を引く。ここには「海の天使」の「私」から一転して、すべてを受け入れ、静かに語る「私」がいる。左川の行分け詩としては珍しく二十八行の長さがある。以下は冒頭の七行である。

遠い峯は風のやうにゆらいでゐる
ふもとの果樹園は真白に開花してゐた
冬のままの山肌は
朝毎に絹を拡げたやうに美しい
私の瞳の中を音をたてて水が流れる
ありがたうございますと
私は見えないものに向かつて拝みたい(54)

この詩のなかの「私」は遠くの山々を眺めている。この「果樹園」は左川の故郷の懐かしい風景に立ち返っている。(55)たくさんの白い林檎の花を咲かせているのだろう。「私の瞳の中を音をたてて水が流れる」とは、なんと切なく、しかし、力強い表現だろう。尽きることのない涙の川のなかで、彼女の生のすべての経験が浄化されていくのを思う。

左川ちかは「女」として詩を書いていたわけではない。愛《いと》おしみ、求めつづける「私」を書きつづけていた。彼女の詩を「女性詩」として括ることは、テクストの固有の声に耳を傾けることを妨げてしまう。本稿では詩人として生き抜いた彼女のことばの軌跡をたどってみたが、その詩的実践は、日本語の詩的言語の新たな可能性について多くの示唆を与えてくれる。日本語モダニズム詩人としての足跡や、翻訳という営為がもたらした言語と言語の往還の経験についてなど、この先さらに調査を進める領域が残されている。視点を変えて、彼女が開示する詩世界における人間と自然界、ひいては人間と「もの」との関係性について改めて考察することもできるのではないだろうか。人間の活動を中心に回ってきた世界が、よりよき未来に向けて進歩することが自明視できなくなった現在、自然を人間の色に染めて破壊することはおろか、自然に託して人間の感情をうたうのでもなければ自然との魂の合一を夢見るのでもない、自分があるところの世界をそれ自体として受けとめ、自身が崩れてゆくのを知りながらその魅惑を拒むことなく求めつづけた彼女の「私」の語りは、一個人の恋愛体験に帰せられるものではない。左川ちかの詩はきわめて現代的な問いを突きつけているように、私は思う。

［注］

(1)水田宗子『モダニズムと戦後女性詩の展開』思潮社、二〇一二年一月。

(2)藤本寿彦『周縁としてのモダニズム――日本現代詩の底流』双文社出版、二〇〇九年二月、一六一―八一頁。

(3)新井豊美『近代女性詩を読む』思潮社、二〇〇〇年八月、六八―六九頁。他に『女性詩史再考――「女性詩」から「女性性の詩」へ』詩の森文庫、思潮社、二〇〇七年二月。

(4)「モダニズム」という定義の曖昧な用語について詳細に論じることはできないが、ここでは一九二〇年代前半から三〇年代半ばにかけて積極的に移入されたヨーロッパの前衛芸術運動の日本における展開の総称として扱う。日本独自の「モダニズム」の問題については、拙稿「日本モダニズムの再定義――世界文脈のなかで」(濱田明編／モダニズム研究会『モダニズム研究』思潮社、一九九四年三月、五四四―七三頁)を参照。

(5)年号は西暦で記す。ただし。左川ちかの作品を掲載した雑誌の刊行年については元号を用いる。

（6）「黒い天鵞絨《びろーど》の天使——左川ちか小伝」『北方文芸』第五巻十一号、一九七二年十一月、六二—九九頁。『江古田文学』第六十三号（二〇〇六年十一月、特集＝天才左川ちか、七二—一一四頁）に再掲。

（7）*The Collected Poems of Chika Sagawa*, translated by Sawako Nakayasu, Ann Arbor, Michigan: Canarium Books, 2015. なお、このほかRina KikuchiとCarol Hayesによる部分英訳と解説もある。

・Selected Translations of Sagawa Chika's Poems I, Shiga University, Working Paper, 2013.
http://pdfs.semanticscholar.org/4d32/e31a05bd0f45a40676cd2237bafe88726534.pdf

・*Tranference*, Western Michigan University, Vol. 2, Issue 1, 2014.
https://scholarworks.wmich.edu/transference/vol2/iss1/4/

（8）以下を参照。

・島田龍「左川ちか関連文献目録稿」、紫門あさを編纂『左川ちか資料集成』別冊、東都我刊我書房、二〇一七年十二月。

・同「詩人の誕生——初期伊藤整文学と川崎昇・左川ちか兄妹」『立命館大学人文科学研究所紀要』特集＝帰趨としての戦後日本、二〇一九年一月、第百十七号、二八五—三四六頁。

（9）本稿の引用に際しては、『左川ちか資料集成』を使用した。引用の後の丸括弧内の数字はこの頁番号を示す。なお、詩の引用に際して漢字の旧字体は新字体に改めた。左川ちかのテクストについては旧字体、新字体の別は詩の読みに影響がないと判断した。

（10）本人の意図によるものか編集者の判断かは不明だが、同一題名の作品が複数の雑誌に掲載される場合が多く、テクストの異同が散見する。また死後に刊行された昭森社版『左川ちか詩集』（伊藤整編、一九三六年十一月）、森開社版『左川ちか全詩集』（小野夕馥・川崎浩典・曽根博義編、一九八三年十一月）には、雑誌に掲載されたいずれのテクストにも合致しない微細な異同も見られる。これは、昭森社版の編集を担当したとされる伊藤整によるものだと推測される。本稿では、とくに断りのない限り、左川の生前に発表された作品については、本人の校閲が入った可能性を考慮して、もっとも遅い時期の雑誌掲載のテクストを引用する。

（11）「［詩壇時評］樹間をゆくとき」『椎の木』第四年六《ママ》号、昭和十年六月、五七—五九頁。雑誌に「六号」とあるのは「五号」

の誤記。『資料集成』一四五頁。

（12）「夏のをはり」として『女人詩』第十四号（女人詩社、昭和九年八月。現物未見）、『レスプリ・ヌウボオ（L'esprit nouveau）』第一冊（ボン書房、昭和九年十一月、一九頁）に掲載、「季節」として『モダン日本』第五巻十一号（昭和九年十一月、扉）に掲載。若干の異同がある。

（13）「新形式（Revue mensuelle d'avant-garde）」第三号、昭和六年六月、一八―一九頁。『詩と詩論』第十四冊、昭和六年十二月、一三二―一三三頁。

（14）『左川ちか全詩集』では「さえぎる」が「さへぎる」に、「あわてて」が「慌てて」に変えられている。また、『詩と詩論』以外の版では、「山になり」「滑つてゐる」「狂つてゐる」の後に空白ないし読点があり、これは空白を外す理由が見当たらないので『詩と詩論』の印刷時の見落としであると判断して読点を入れた。同様に、『新形式』では「蜘蛛は霧のやうに電線を張つてゐる」とあったのが『詩と詩論』では「霜のやうに～」となっており、前後のイメージから見てこれは明らかに「霧のやうに」の誤植と思われるので初出通りとした。

（15）地主だった祖父の死後、ちかの実家の川崎家は小さな果樹園を所有していた。小松瑛子前掲論文、『左川ちか全詩集』「年譜」二八五―八九頁、栗原冉編「左川ちか略年譜」（『江古田文学』第六十三号、二〇〇六年十一月）、一六四―六八頁、島田龍前掲論文「詩人の誕生」二九一頁等による。

（16）新井豊美前掲書、七九頁。

（17）小松瑛子前掲論文、七七―七八頁。左川自身も「暗い夏」で「私はこの季節になると眼が悪くなる。すつかり充血して、瞼がはれあがる。少女の頃の汽車通学。崖と崖の草叢や森林地帯が車内に入つて来る。両側の硝子に燃えうつる明緑の焔で私たちの眼球と手が真青に染まる。乗客の顔が一せいに崩れる。」と記している。『作家』創刊号、アキラ書房、昭和八年七月、二二頁。『資料集成』七〇頁。

（18）『左川ちか全詩集』「年譜」二八八頁、栗原冉編「左川ちか略年譜」一六六頁等。

（19）城戸朱理（講演）「左川ちかと吉岡実――詩語の魅力と魔力」、前掲『江古田文学』第六十三号、三二頁。

（20）江間章子「左川さんの思ひ出」『左川ちか全詩集』に再掲、二三四―二三五頁（初出は「左川さんの思出」として『椎の木』

第五巻三号、一九三六年三月、四二頁。目次題は「左川さんの思ひ出」)。小松瑛子前掲論文、八八―九二頁、一〇〇―〇二頁等。左川自身、江間章子との友情についてエッセイを残している。「明るい夢と江間章子さん」『左川ちか全詩集』に再掲、一八〇―八五頁(初出は『文芸汎論』第六巻三号、昭和十一年三月、六〇―六一頁)。

(21)『作家』創刊号、アキラ書房、昭和八年七月、二二頁。『資料集成』七〇頁。

(22)『カイエ』終刊号、カイエ社、昭和九年十一月、二〇頁(頁番号欠。便宜上、目次頁を第一頁として順に番号を付した)。『資料集成』九六頁。初出では「私は一本の樹に比して」となっているが、『左川ちか全詩集』では「私は一本の樹に化して」に変えられており、これは初出時の誤植だと思われるので「化して」とした。この散文詩は死去する約二年前の作品で、「北国の」という表現も含まれており、北海道の自然が想起されているようだが、当時左川は東京に住んでおり、年譜によれば前年帰省した記録があるものの、十月下旬だったので「木の葉が非常な勢で増えてゐ」るような自然を目にしていたわけではない。なお、島田龍の指摘によれば、この作品は伊藤整の『雪明りの路』(椎の木社、一九二六年十二月)に含まれる「暗い夏」(三一―四頁)への応答と見ることができる。「緑」をめぐる諸篇他についても、伊藤整の作品に対して左川が同種のモチーフを用いて彼とは全く異なる詩空間を確立している痕跡が多数見られる。二人の詩法の分岐については島田龍の分析に詳しい。島田龍前掲論文「詩人の誕生」三二三―三〇頁。

(23)「文芸汎論」第二巻十号、昭和七年十月、四二頁。『資料集成』四六頁。

(24)鶴岡善久「左川ちかと〈死〉」、前掲『江古田文学』第六十三号、七〇頁。

(25)「海の天使」『短歌研究』第四巻八号、改造社、昭和十年八月、一四一頁。『資料集成』一一二頁。

(26)「海の捨子」は『詩法L'esprit nouveau』第二年十二号、二八頁に、「海の天使」と同年同月に発表されている。行替えがないだけでなく、「海の天使」に比べて描写が具体的である。「しぶきがまひあがり」が「真白いしぶきがまひあがり　霧のやうに向ふへ引いてゆく」となっているほか、「羽毛を掻きむしつたやうだ」は「私は胸の羽毛を掻きむしり　その上を漂ふ」、「私は大声をだし　訴へようとし」は、「私は叫ばうとし　訴へようとし」と、より具体的な表現になっている。「海の捨子」が最初に書かれ、それに手を加えて、より抽象度の高い作品に仕上げたのが「海の天使」だと考えられる。『左川ちか資料集成』一一二頁。なお、藤本寿彦はこれを伊藤整の「海の捨児」(『信天翁』創刊号、一九二八年一月、三一―三二頁。のち、伊藤整『冬夜』近代書房、一九三七年六月、一七―一八頁）と比較分析し、左川が伊藤の詩を換骨奪胎し、「伊藤の抒情詩を枠組にして、左川はその抒情性の本質へ肉薄し、女性性が囲い込まれるジェンダー空間を創出した」と論じている。藤本寿彦前掲書、一七六―七九頁。島田龍も「海の捨子」が伊藤整の「海の捨児」の反歌として読める可能性を指摘している。島田龍前掲論文「左川ちか関連文献目録稿」三七頁。

(27)『今日の文学』第三巻六号、六月特輯号、昭和八年六月、八〇頁。『資料集成』三六頁。

(28)『今日の詩』第十冊、昭和六年九月、二〇頁。『資料集成』二〇頁。

(29)坂東里美「左川ちか――予見する未来　一九三〇年代の女性前衛詩人たち（一）」、『詩学』第六十二巻二号、二〇〇七年三月、四二頁。

(30)拙稿「モダニズムの身体――一九一〇～三〇年代の日本近代詩の展開」、中央大学人文科学研究所編『モダニズムを俯瞰する』中央大学出版部、二〇一八年三月、二七五―七八頁。

(31)藤本寿彦は「死の髯」の「私ら」を「刺繍の世界に幽閉されて」いる女性たちと見て、それが「精緻な形象の世界」であるのはそれが「男性性の支配するこの世（秩序）をなぞることで立ち現われてくる」ものであり、「逆に「私」が渇望する「外の世界」とは、編糸が乱雑に交錯する非形象な空間（「刺繍の裏」）である」と分析し、左川の詩作はこのような「「形象」（死）／「非形象」（生）」の世界の問題と向き合う営為だったのではないかと論じている。藤本寿彦前掲書、一七一―七二頁。

(32)『文学』第一冊、厚生閣書店、昭和七年三月、一二八頁。『資料集成』二〇頁、二七頁。

(33)新井豊美前掲書、九六頁。

(34)『合集　詩抄Ⅰ』椎の木社、昭和八年三月（未見）。『資料集成』四九頁。

(35)注番号（11）を付した引用文を参照。

(36)「黒い空気」『詩と詩論』第十二冊、昭和六年六月、九五頁。『資料集成』一二頁。

(37)「青い道」『文学』第一冊、昭和七年三月、一二九頁。『資料集成』二九頁。

(38)「蛋白石」『合集　詩抄Ⅰ』昭和八年三月（未見）。『資料集成』三七頁。

(39)「冬の詩」『マダム・ブランシュ（Madame blanche)』第四冊、昭和八年一月、四頁（頁番号欠。表紙を除き、冒頭から順に番号を付した)。『資料集成』五一頁。初出「鐘のなる日」『海盤車（Etoile de mer）』第一巻六号、昭和七年十二月、五頁。『資料集成』五一頁。

(40)「花咲ける大空に」『詩法（L'esprit nouveau）』第一号、昭和九年八月、三九頁。『資料集成』五九頁。

(41)「果実の午後」『椎の木』第三年六冊、昭和九年六月、六頁。『資料集成』八五頁。

(42)「冬の詩」『今日の文学』第三巻一号、新春特輯号、昭和八年一月、八〇頁。『左川ちか詩集』七一頁では「毎年土をかぶらせてね」と改題。『資料集成』五七頁。丸括弧つきのルビは引用者による。

(43)「午後」『左川ちか詩集』一〇九頁。雑誌掲載記録なし。『資料集成』八七頁。

(44)「夜の散歩」『椎の木』第四年二冊、昭和十年三月、五頁。『資料集成』一二四頁。

(45)「記憶の海」『合集　詩抄Ⅰ』昭和八年三月（未見)。『資料集成』二八頁。

(46)鳥居万由実はこの詩篇が女性としてことばを発することの困難を表していると解釈し、「白」と「黒」の「馬」として現れる文字が「内面の衝動を現す詩的な存在」として立ち上げられていると見て、「女が死ぬところに詩のスタート地点があるのだ」と述べる。全く異なる視点からの解釈だが、左川にとって生きることと詩を書くことが不可分であり、生の悦びと死の恐れが表裏をなしていたことを考えると、本稿の読みはこれと矛盾するものではないと思う。鳥居万由実「一九三〇年代モダニズム詩における、女性の自己表現の方策――左川ちか、山中富美子らの作品を手がかりにして」『言語態』第十五号、二〇一六年三月、一九頁。

(47)「神秘」『合集　詩抄Ⅰ』昭和八年三月（未見)。『資料集成』三八頁。

(48)小松瑛子前掲論文、七五頁。

(49)この一行は生前最後に発表された『詩法（L'esprit nouveau）』第一号（昭和九年八月、三九頁）では、「あたかも睡眠と死の境の一本の地平線のやうに」となっており、つづく引用部の文末も「～生命の影である」、「～合弁花冠となつて開く」と現在形に変えられている。左川による変更だと思われるが、ここではそれ以前に二回発表されたものをもとにしている『左川ちか詩集』八九―九〇頁の詩句（『資料集成』六四頁）を引用した。

(50)「雲のやうに」『行動』第一巻三号、紀伊國屋出版部、昭和八年十二月、六九頁(総題は「The street fair」)。『資料集成』五四頁。
(51)鳥居万由実前掲論文、二七頁。鳥居は、規範的な女性像から外れて主体として生きる場を持ち得なかった当時の女性が、人間ではないものに自己像を仮託することで己を守り、己を解放することを求めたと論じるなかで、このイメージに「生まれるべき未分化な主体のエネルギー」(二八頁)を見てとっている。
(52)注(15)を参照。
(53)「憑れた街」『詩法(L'esprit nouveau)』第一号、昭和九年八月、三九頁。『資料集成』五三頁。
(54)「山脈」『短歌研究』第四巻八号.改造社、昭和十年八月、一四〇頁。『資料集成』一一〇頁。
(55)一九三二年の短い帰省の後、ちかが北海道の実家に戻った記録はない。死歿数ヶ月前の一九三五年初夏、家庭教師先の家族と諏訪の岡谷に旅行したときに書かれた可能性はあるが、山々を背景に林檎の花が咲き開く果樹園が見える光景は彼女の原風景だったのだろう。

初出・『比較文學研究』第一〇六号(二〇二〇年一二月・東大比較文學會)

Ⅱ

同時代評・追悼・回想

〈同時代評〉

『左川ちか詩集』

伊藤　整

近来北海道が東都の詩壇に送つた殆ど唯一の女流詩人であつた左川ちかが逝つてから一年余になる。左川ちかは明治四十四年余市町黒川に生れ、本名を川崎愛といふ。彼女の兄川崎昇君と親交のあつた僕は、庁立小樽高女の一年生として汽車通学をしてゐた十三四才の頃から見識つてゐた。後兄君のあとから上京して百田宗治氏の椎の木社に入つて詩作することになつた。

それは昭和四年の頃のことである。西欧の新精神の詩風が若い日本詩壇を風靡していた頃で、左川ちかもまたその一群に伍し、今までの日本の女流詩人とは全く違つた斬新なしかも感覚的に確実な才能を示す詩風でもつて顕われ、一躍詩壇の注目の的となった。

文芸レビュー、詩と詩論、椎の木、セルパン等の雑誌に、阪本越郎、春山行夫、北園克衛等とならんで異色ある作品を次々に発表した。余談であるが、松竹少女歌劇の小林千代子とは小樽高女で同期であると聞く。

詩壇のことおほむね文壇の片隅にあつて華やかに世に行はれないが、新詩壇における左川ちかの存在は非常に大きな未来を有つてゐたことと、新しい詩に女性独自の感覚的根拠を与へたことにおいて、彼女の郷里が充分に誇りとしてい丶ほどのものであるのみならず、その死によつて日本詩壇の失ふ処もまた近い例を見ないほど大きなものであつた。

昭和十年から腸を病み、十一年一月七日死去した。死後その全作品が『左川ちか詩集』の名で昭森社から発行された。装幀挿絵等は三岸節子氏の手になつた典雅な本である。また彼女にはイギリス新文学の代表的作家なるジョイスの訳詩集もあつて、それは昭和七年に椎の木社から発行された。『左川ちか詩集』東京小石川区大塚坂下町一〇二昭森社発行、定価二円。

左川ちかと（室楽）

北園　克衛

　J・ジョイスが彼れの（室楽）の中でくねらせてゐる優婉なサンチマンはそれ自ら七絃琴をさまよふ美神のilluminationに飾られた指のように美しい。ひと若し真の詩人であるならば、彼れの如く古典への愛惜の歌をもつて絶望の夜々を光りあるものとなすことを彼のやうに企てたであらう。

　唯新しいフオルムのロマンチズムに耽り、言葉の流行に追すがる他仕方のない浮薄な詩人を不安にし吃驚させるこうした書物が（ユリシイズ）の作者J・ジョイスに依つて書かれたということは、文学者の頭脳の複雑なメカニズムを惟はせると同時に、人間のサンシビリテというものがその「文学の方法」に依つて如何に改造され変化されるものかを理解するに非常に役立つものであらう。

　ともあれ（室楽）の最初に彼は、可見的な世界から非可見的な世界に投げかける影を、彼に最も近い事物から選び出した。最も近い最も単純なものから。この最初の意図は最後まで彼を倖にしてゐる。即ち僅かな樹木と、幽かな身じろぎとに充ちたこれらのimageが、彼の技術の適確と微妙を支持してゐることに人が思い到るならば、J・ジョイスの技術家としての優れた素質を見逭さないであらう。そしてそれらこそはすべてのクラシズムの真髄なのである。

　昨日、札幌から、突然この（室楽）の訳者である左川ちか氏の端書が到着した。それに依ると、札幌はあまり静かなので不安で臆病になりさうなのださうである。あまり静かなので不安で臆病になる。この言葉はよく詩人左川ちかの風貌を表してゐる。彼女が好んで着ける黒天鵞絨のスカアト、細い黒い線のある絹のシヤツ。緋色の裏のついた黒天鵞絨の短衣。広いリボンのついた踵の高い黒い靴。一本の黄金虫の指環。水晶の眼鏡がすべての現実を濾過して彼女の小さな形の好い頭の中に美しいimageを置く。それらは彼女の、華奢の限りをつくした身体を寧ろいたいたしいものにして居る。それは美しい人間と言ふよりか、人間の精髄をより鋭く感じさせる。それは燃え上る火の紅ではなく、消えることのない焔の青さだ。そしてネオン燈の賑やかな街路ではなく、リラダンやフイオナ・マクラオドが描く古びた庭園や古城の廻廊にふさはしい彼女の澄んでゐるが弱い声。その澄明な弱い声が語る単純な数語が、幾多の高い哲学的思念や厳しい知見に一致する。

彼女の様な特殊な頭脳は、教養や訓練に待つまでもなく、生れ乍らに完全なのかも知れない。そのやうに彼女の詩も亦、最初の一篇より完成してゐたのだつた。その類推の美しさが、比喩の適切が、対象の明晰がそれらに対する巧妙な詩的統制が僕を驚かせた。そして今日まで一篇の駄作も作らなかつたことを僕は彼女の詩に対する純粋にして高尚な態度に帰そうとする者なのである。

そうして、斯の如き完全な詩人に依つてなされた(室楽)の translation が最早や散文として訳し得べき如何なる部分も texte に残さなかつたことは改めて言ふまでもないことである。

1932.8.28

左川ちかの作品

饒 正太郎

左川ちか氏は河原で石を投げてゐる。独自のデッサンである。壁《ママ》い粗い線を使つている。この線の中にはピアニシモを無視した高音のピアノの音が流れてゐる。

左川ちか氏は黒鍵のないピアノで作曲する。

左川ちか氏の頭にはプロペラがついてゐる。これは薔薇の花より磨かれてゐる。

左川ちか氏の精神は樹木である。

左川ちか氏は〈葡萄の汚点〉で〈人々は重さうに心臓を乾かしている〉と書いた。この詩を読んでピカソが驚ろく。ピカソの絵の中の手は心臓である。

左川ちか氏のサンチマンは竹林である。

The street fair

柏木　俊三

Ｋ兄――お手紙を頂きましてより、古い『椎の木』を机辺に置いて一両日を過しました。同人初期の作品を読んでいま幾分懐古的に冬の日を浴びて居ります。

左川ちかのお作に就て短く書けとのお言葉でありますので、端的に申しますと、やはり感ずるのは「冬の肖像」にみられる北苑の暗さが基調をなして居るのではありますまいか？　雲と空の間に覗く太陽の姿でありませう。その、対象に対する頭脳は澄明であり、加えて極めて的確な方法の下に統制された詩句は燦然と輝いて強烈なエーテルを送り出して居ります。

Ｋ兄――左川氏の作品の数篇にクロド・ドビユシイ「プレリユド」を想起するは誤りでありませうか？　或は誤りでありませう。ドビユシイは音に依つて模糊たる雰囲気を醸したと云はれますが、「プレリユド」に於ては極めて太い、明瞭な線に依つて統制されて居ります。細かい神経はこの場合線の周囲に渦巻いてゐるに過ぎません。

左川氏の殊にすぐれた数篇を読むとき「プレリユド」の持つスタイルに想が及ぶのであります。

とまれ、この完成された詩人に就て語る事は先人諸氏に依つてなされて居ります。この愚言は屋上屋を架するの類でありませう。〔Ｋ兄とは高祖保のこと：編者注〕

左川ちか論への序

高松　章

多くの詩人は意識的でないにしろ「崇高な……のために」もつてゐる。さういふ人もやつぱり純粋と云つて苦労してゐる。遊びという色気の多い言葉も消極的な意味にまで衰微して彼らに好ましくあるかも知れない。ところで若干の詩人にあつては却つて詩が倦怠をもたらす。可憐な遂に及ばないかも知れない人間の最終的な努力と抵抗力が僅かに詩を支えてゐる。僕は思ふ。詩の方法並びに技術の問題はそれがもつ性格の必然として人間の貧弱な才能《タラン》を絶えず奪ひさることを止めないだらう。左川ちかのそのやうな営為は愚かなものと見えるかもしれない。

「彼女の詩は白痴美に過ぎない」と誰かが云つたとしても僕は賞讃だと思ふのだ。もともと芸術は愚劣なそして無害な行為に属するとしても、さういふお喋舌してゐるところから遠く、或は遠ざからんとしてゐるものであらう。

CHAMBER MUSIC その他

濱名　與志春

まず左川氏の業績としてジョイスの〈CHAMBER MUSIC〉がある。生き生きとした優雅な感触の意訳。この訳は氏に適合したものを持つてゐる。即ちジョイスは言葉を磨くだけでなく言葉をねり上げ、自分自身の窯の中で焼いたものである。とはかつて春山氏によつて云われた。恰度氏の作品が主知の詩であり、感傷性からぬけきつた感性の秀徹さである。その詩的精神《ポエズイ》に於てはあくまでも厳しい程の鋭覚さのスタイルの裡に氏の作の気品さが単つている。秩序正しい律格と、美しいイメーヂの明確さ、簡潔なセンテンスとセンテンスの間に匿れてゐる暗示力。茲に氏の巧みな型式美が潜むでゐる。而し単なる美辞麗句の羅列でなく全宇宙の対象的色彩の多数の要素から合成された規範の中より真の事物を思惟に依つて内部的自然を造形的《プラステック》想像し、新しい世界の規範を発見した。『例えば単純な風景。憑れた街。冬の肖像　The street fair Etc』

氏の近作の純粋知性は観念的な知覚を持続し、内部現実の重々しい圧力を触知させながら之を外部現実の中に織り込むことによつてより完璧性を捕捉することが出来得るやうに思ふ。かつて、詩の一部門的に音楽を伴奏風に使用した氏が次第に励しく内部に向つての美を把握されんとしつつあることは、慥かに輝かしい明日が待つてゐることと信じる。

序論的に

内田 忠

詩人は常に新らしい方法の礫を発見するだらう。それが宝石の礫である場合、その光沢に見とれるよりもそれが如何にして発見されたかに就て指を折らしめるであらう。方法を方法することは一つの奇蹟であるかも知れない。然し奇蹟の内に真実の灯がともらないとは誰が云へよう。左川ちかはイメージをイメージすることを知る。それは〈雪線〉の中に美しい脚光をつける。君の場合、新しい果実の中に更に新しい種子を生むだろう。しかしそれらは伝統の片鱗をさへ見せない君は常に新しい毛皮を心臓に巻いてゐる。僕は伝統のない北海道を懐かしくも羨ましくも思ふ。

いつか僕の白い壁に書かれてあつた。〈札幌は静かな冷たい街です。あまり清浄な静かな空気が心臓を刺戟しすぎますので人たちは羊毛の襟巻を覆つて居ります〉と。広い海に絹糸の棚をつくり、羊たちが忘れられたやうに放たれてある。まん中に木がたつた一本、おおきく茂つてあつた。

左川ちか氏

江間 章子

先夜「泉」の試写会の帰り、左川さんは「月見草を摘りませう」と、電気倶楽部の前へ私を連れていつた。その広場に驚くほどきれいな月見草がたくさん咲いてはゐたけれど、釘をつけた囲ひがあつた爲、その仄かな一群を前にしながら私たちはどうする事も出来ないで、しばらくしてその広場から去つた。

左川さんは釘のために腕に三インチ程の傷を受けた。

私は、銀座へ出る道でその傷を見たとき「ゆふべの傷？」つて尋ねたら「いま」つて答へていらした。私は、左川さんがこの月見草がある広場を昨夜発見したといふので、それは昨夜のものと見て取つたのだつた。

それから尾張町へ出る迄の間に、左川さんは持つてゐたセルパンを自動車の運転手に「本をあげませう」と与へた、私が持つてゐた一冊をも。

左川さんは此の頃微笑みかけて来た気がする。

気取つてこれを言ふなら、一輪の花を前にして黙つて見つめてゐた左川さんが、何かしら今こゝで微笑みかけたといふやうな。……そして左川さんの詩も、それ自身微笑みかけて来た気がする。

今までの左川さんの詩より一層私はこれからの左川さんの詩を面白いと思ふ。そして左川さんの詩は愈々素的になると考へる。

私は先程から頬杖をついて、左川さんの姿を想ひ出そうとしてゐる。

何処かで見たイデイス・シトウエルの写真をふと思ひ浮べ、あの写真を見たとき、左川さんに似た印象を受けた事を私は想ひ出す。

それにしても、私はシトウエル女史の顔も忘れてしまつた。

そして私がいま、左川さんの印象を書きたいと思ふとき、忽ちきて私を捕へるものは、あの低く、静かな左川さんの声である。

声ばかりでなく、左川さんは常に「静か」である。その「静けさ」も湖水の静けさではなくて、空気とか流れてゆく風から受けるやうな、静けさである。

その上、最近の左川さんの詩からは、眼を痛くするほどの新鮮さが感じられる。

又、私は左川さんが煙草に火を点けるポーズを好きだ。

「壁の汚点」とかいつたあの懐しい短篇を書いたヴアジニア・ウルフの方が、左川さんの生活には近い様な気もする。

左川さんの詩は、左川さんを知つてゐる人にも左川さんを知らない人にも一様に愉しさを与へる。

何故か私は、左川さん自身よりも、左川さんの在る、あの和やかな静かな空気を好きである。

広場の月見草を眺めてから、私たちは銀座へ出て資生堂の二階で休息したすると向ひ側の商店から火が出て、私たちは硝子越しにそれをながめてゐたのだけれど、大きな火事になりそうだつたので、間もなく店から追ひ出された。

そしてしばらくの間、私たちは手をつないで群集の中にもまれながら燃えてゆく商店を見た。帰りの電車の中で、左川さんは胸がどきどきすると言ひ、どきがむねむねだと言つた。二人共、このやうな近い火事にあつたのは、はじめてだといふのに、少しも驚かないのはむしろ私だつた。

左川さんとはじめて会つたのは、此処の化粧品部の三階で、その当時よく開かれたアルクイユのクラブの会合でゞあつた。私がクラブ員になつてマダム・ブランシュに書くやうになり、それは椎の木へ入つてから半年以上も過ぎてからだつたと記憶してゐる。それまで阪本越郎氏は私を見ると「その中に機会を見つけて左川さんに紹介してあげやう」と言はれてゐたけれど、あの初夏の夜まで私は左川さんを知らなかつた。電車の中でお隣り同志でも私には分らなかつたのである。

今でこそ、左川さんは草色のスエーターを着たりしてゐるのを見るけれどその当時、左川さんの用ひる色は黒ばかりであつた。それが、黒い服を着るといふよりも、影を衣裳にして身に着けた素的さだつた。

左川さんは、雑誌を経営して出版屋さん（？）になつた事があつた。

流行雑誌「エスプリ」を間もなく、左川さんは止してしまつたけれど、その後、エスプリに似た雑誌がずいぶん沢山出て来た。

あの頃銀座の裏通りにあつたエスプリ社へ電話をかけてときどき左川さんを用事もないのに呼び出した。そして、その度びに長い間私たちは話し合つた。

「あなたの処から音楽が聞える」と左川さんは言ひ、「レコードかけてる処があるんぢやない？」などと尋ねられた。ひつそりした室内を見廻しながら「違ふ、違ふ」と私は否定した。「どこかに、線が一寸混つてるんだわ」

と私が言ふと、左川さんは「でも、あなたの処へ電話かけるといつでもそうなの」と言つた。
あの頃は、日の短かい、寒い冬の頃だつた。たしか、クリスマスや年末近い頃ではなかつたかしら？　忙しいビジネス・センターの隅から隅へ、私たちのくつくつと笑ふ会話が結ばれてゐたことは、愉しい秘密だ。

左川さんには、汽船に乗つたりヨツト遊びなどへ連れていつていただいた。去年、横浜へヨツトに乗るために出掛けた時、家の無い海岸通りの道端へほんの一寸私一人が取り残された事があつた。私は、ゆつさり繁つた並木に見とれてゐると、遠くから幌を取つた自動車が滑走してきて、その中に乗つてゐた青年がしきりに私を呼びながら手を振つて行つたので、すつかり気分を害してゐると、左川さんが戻つてきて私の奮慨談を聞いて「こんなに晴れた日だからその人の心が浮き浮きしてゐたのでせう」と言つた言葉で、私はうつぷんが融けてとろりとした初夏気分に戻つた事がある。

私は一週間前、東京からほんの少し離れて優さしい初夏を見た。
世田ヶ谷を写生して「森へゆく」とかいた絵のお便りを下さる左川さんは優さしい初夏からぬけ出てくる女王のやうな気がする。ジョイスの訳詩集「室楽」以後左川さんの未だ出る詩集は何処に在るのだらう。

私は左川さんについて、いつか書きたいといふ希望を持ち、又そんな文句を書いたりして、いま此処に機会を与へていたゞくと、何も書けなくなつてしまふ。私が左川さんに就いてほんとうに書きたく思ふのは来年かもしれない。いままで持ち続けてきた「左川さんへのあこがれ」が私に此文を書かせて呉れたことを告白しなければならない。

〈追悼〉

海の天使よ

中山　省三郎

一九三三年にエトナで初めて会つた海の天使。
月夜の波にまぎれ、遠く遠く去つたアフロディテ。今ごろはキプロスの島に連れられ、美はしい装ひを施されて、愉しい朝夕を暮してゐるのか。海の泡から生れたアフロディテ。

今日は雪が降つてゐる。冷たい風が棕梠の葉につもつた雪をふりおとす。地中海の一月ならばまだしものこと。北方の島国の冬は寒く、はつきりと現実の冷たさを思ひおこさせる。鉄のやうに冷たい現実。

卓れた詩人であつたひとは遠く去つた。キプロスの島にもゐない。どうして、ゐるものか。

左川さんに初めて私を紹介したのはT氏で、「これは閨秀詩人左川ちか女史」といつた。北海道生れの人とかが経営してゐた「エトナ」といふ喫茶店が、阿佐ヶ谷の駅の近くにあつた。今はそれもなくなつてゐる。その後左川さんには屢々会つてゐるが、殆どいつも挨拶の言葉くらゐであつた。

しかし、女の人たちには失礼になるが、この国の若い女の人のうち、その詩が私の心を惹くやうなことは稀れであり、いつも眼に触れるごとに読むものといつては左川さんのものくらゐであつた。この人の詩だけが女性の現代の詩として発展するに相違ないとも考へてゐた。だからこそ、その死が惜しまれるのである。

女性の詩はかくあらねばならないとか、左川さんの詩の卓れたところはいかなる点であるかとか。――私はさうした大それたことはいふまい。そのうち詩集が出て来れば、おのづとわかるであらうと思ふ。それにまた、最近の自身の詩に對する考へ方もいささか変つて来て居り、そのやうなところから批評がましいことをいつて、途方もない事を片言まじりに述べないとも限らない（とも怖れる。）そのジヤンルの詩の歴史的過程を知らずに、何でもかでも自己の現在の観点に立つて批評することは甚だ危険なことである。して見れば、左川さんのすべての詩、或ひは少くともその置かれた環境についての知識に乏しい私は、今なほ「その詩を愛した」といふ個人的な印象を語るほかないこととなる。それだけでもよくはないのか。

私はその詩を愛してゐた。正直にいへば、自らの道が遠ざかれば遠ざかるほど愛して来た。

「君はまるで詩人になる資格がない。小説はいいが。」と兄から折紙をつけられたほどのドストイェフスキーの小説を訳しながら、私はオアシスを求めないわけには行かなかつた。そのオアシスが歌集であり、詩集であり、殊にこの一年半あまりといふもの、雑誌を手にしても二三の友人のもの以外、私は凡そこの国の小説といふものを読まなかつた。木の葉の一ひら、麦の一粒さへも出て来ないやうな露西亜のあの偉大なる作家の小説に夢中になりながらも、私は渇ゑを感じてゐた。さうして、この国の詩や歌に一そう心をよせて来た。そのやうな中に左川さんの詩もあつたのだ。結局、私は葉緑体を失ふときに、すべてを失ふ人間なのである。

それにしても、男まがひの女の詩人、女まがひの男の詩人の多い中で、稀れに見るよき詩人であつた左川さんの死は詩壇にとつて大きな損失といはなければならぬ。殊に今日のやうな時に。

その詩の価値はやがて充分に理解されるであらう。詩の世界の危機にあつて忘れられ、黙殺されてゐたものが、はつきりと認められる時も来るに相違ない。たとひ、ごく少数の人たち、卓れた人たちの間にだけであらうとも。

女なるがゆゑに、若きがゆゑに、理解しがたいゆゑに、或ひは黙殺し、或ひは蔑視することは屢々この国でくり返されてゐることである。この反対の場合も決して少くはないが、その場合には多くは理性を離れてゐる。必らずしも作品が物をいつてゐない。

雪は雨まじりになつて来た。北に向いた窓が鳴つてゐる。雪まじりの雨に暮れようとして、レウマチがおこるほどの寒さが来てゐる。このやうな寒さが近づくころ、妹思ひの（羨ましいほど）兄が左川さんの肩に自分の外套をかけてやつたことを思ひおこす。

兄なる川崎昇は健在なりや。寒さのうちに北海道精神はいかがぞや。私はまた左川さんの死を思ふとき、自ら一人の子として生れ、かほどの兄いもうとの愛情を見たことがなかつただけに、その痛惜の念を思ふ。

この夏の『短歌研究』に左川さんの「海の天使」といふよい詩が載つてゐる。今にしてこれを見るとき、一しほ胸をうつものがある。左川さんは未婚のまま去つた。

今は去年の夏に会つた印象がはつきりと残つてゐる。訃音に接し、霊前にぬかづいてゐながらも、私はその死を半ば信じてゐない。

まだどこかにゐるやうな気がする。キプロスの島にゐるものと考へてゐよう。そしたら、あの醜いヴアルカンのものにはさせたくないものを。

アフロディテよ、海の天使よ、
ごんごんと海の鳴るとき、
ヴァルカンの許をのがれて
とこしなへに水沫《みなわ》に暮らせ。

（一月二十五日夕）

線　かかる日に左川ちかの死を聞く

内田　忠

林が落葉してもう音信《おとずれ》がなくなつた日、
私は水平線を射るため家を後にした。
林が、向うには海が、私の肺が映つてゐる。木霊してゐる。
一寸の間私は空飛ぶ鳥のやうに軽く、空には砂が蹴散してあつた。

私に耳を藉せず椚の葉よ何処へ行つたか。
私は一人で、葉らは賑しさうであつたが。

あなたの音信をまねて、手はふるへる、
この手を放てば私は私でなくなる。
晴れた日の林の中で空と海と一枚になつた。

手簡

萩原　朔太郎

左川ちか子氏は、最近詩壇に於ける女流詩人の一人者で、明星的地位にあつた人であつた。この人が死んだことは、何物にもかへがたく惜しい気がする。

手簡

堀口　大學

左川ちか子氏に会つた記憶はありません。(勿論会などの席上で会つたことの二度や三度はある筈ですが)作品を通じて、この人は発展性のある魂だと思つてゐました。惜しい人をなくしたものだとさびしく思ひます。

手簡

竹中　郁

左川ちか女が亡くなられたのをきいて、惜しい人を亡くしたものだと思ふ。さらでだに寂しい女流詩人のメムバアに、一人でも欠けるのは大損失であらう。ちか女には仲々洗練されたアンテリジヤンスがあつて、いつも冷徹な風格を持してゐられたやうに思ふ。これからが仕事に油ののる時期だつたらうに、返す返すも惜しいことをした。

※

北園　克衛

左川ちかの作品やその風貌に就いて、僕はこれまで幾度か書いた。多分四五回も。で今改めて書くとしたら、彼女がどんな風に僕の前に現はれたかを書くことが唯一のものかも知れない。すべての若い詩人が、そして素質の良い詩人が、こんな風にその最初の作品を示すとは限らない。然し屡々最良の詩人はその最初の一篇から完全な独自性を持つてゐる場合が多い。左川ちかはそうした詩人の一人であつた。一九二九年頃彼女と僕とはその頃新しい文学運動の一つの前衛であつた『文芸レビュー』の編輯室で彼女の令兄であり『文芸レビュー』の実際の編輯者であつた川崎昇氏の紹介で会つた。そして間もなく僕は彼女の明快な詩に遭遇した。それは極めて単純な形式と構造を持つたものであつたが、僕はすぐにその作品の価値を理解した。そして僕達のその頃の機関誌であつた『白紙』に発表し、そして彼女は『白紙』のグルウプのメムバアに加つた。彼女はそこから堅実なそして価値高い詩人としての生涯を発足した。彼女は愉しい早朝から、不安な正午へ、そして苦痛に充ちた夜への道を歩いた。古今東西を通じてユニイクな詩人が歩くところのそれは悲壮な道を――、彼女も亦歩いた。と、僕はそんな風に考へ、白い果てしない距離を感じる。

左川ちかを憶ふ

山村　酉之助

この新年を迎へてほどなく、詩友左川さんと僕達は幽明その境を異にすることになつてしまつたことは洵に哀惜に堪へぬところである。一月七日といへば、折から僕は南紀白浜の白良荘で日ねもす波の音を聴きながらこの身を保養してゐた。その夜は淡い月明りの夜であつた。よめに見やる濤は青白く光つてゐた。蕪村に「さにづらふ乙女がいゆくあしあとをつたふもかなし白良はまはも」とあるが、その夜、左川さんが永遠に帰りきさぬ人となられたことは、僕としてはおほきな愕きであり悵しみである。

想ひを追へば、左川さんとの友交のはじまりは六七年以前のことである。当時、彼女はすでに進歩的な閨秀詩人としてその天質を認められつつあつたし、ジエムス・ジョイスの『室楽』を将来してゐた。以後、彼女は僕にとつてはよき詩友のひとりであつた。そして彼女とは度々話す機会があつたし、『椎の木』が僕の編輯となつたときにも、よき協同者のひとりとして力を藉して呉れた。雑談を交へてゐるやうなときにも、彼女の聡明さをうかがへる反面にけんじやうな女性であつた。

本誌編輯者はいま僕に彼女の芸術について書けといふのであるが、僕は今日までに再三之れについては禿筆を執つたし、今も僕のそれに対する所見は今までと変はるところがない。なほ僕はこの稿を保養地南紀の勝浦で認めてゐるので、彼女についての適当な資料を持ち合せてゐないことゆゑ、編輯者からの折角の来示に副へない憾みかある。

この世紀の英米の新鋭文学者に拠つて導かれた彼女の精神は溌剌たる生気と世界に対する批判的な課題を含んでゐたし、僕をして敬服せしめたのはポヱジイの生命の基礎としてのゲミユウトの堅実な姿が常に喪はれてはゐなかつたといふことである。彼女のクラシカルな感激はそこでは血であり肉であるところのものから展かれてゐたと僕は信じたいのである。彼女の世界把握はいづれおもむろに吟味されねばならぬところのものであらう。遺著も公にされるとのことだから、そのときにまた筆を新しくしたいと考へてゐる。

既に亡き彼女の冥福をここに祈る。

野の花

阪本　越郎

左川ちかは女流詩人としてなかなか風格のある女人であつた。廿六歳を一期として早世しようとは誰も考へ及ばないことであつた。

かの女――左川女史といふには余り若すぎ、ちかさんといふのでは一寸おかしい。尤も近藤東は「おちかさん」と、かの女のことを僕等に話すときには呼んだが――は黒縁の強い近眼鏡をかけてゐて、殊にそのブリッヂのところが上方についてゐるやつで、集会などではよく目立つた。ことに前髪を揃へて、面長の顔にその眼鏡がよく似合つて、左川ちかといふ存在の仕方をしてゐた。

若い詩人のうちでは、このやうな左川ちかの押出しにまごついて、よう言葉を出し得ないらしかつた。ところがかの女の方でも風格こそそんなだが、言葉少なの、極く内気な人であつた。親しめば面白く冗談もいつたが、やはり年若い女流詩人としてのやさしさであつた。細い笛のやうな声をもつてゐた。さういへば、かの女の詩の中にも一管の笛の吹きすました音のやうないたましさをもつてゐた。

伊藤整君の友人として、かの女の兄の川崎昇君を僕は知つてゐて、左川ちかを知つたのはそのずつとあとであつたが、まだ詩を書かない前の、ああいふ眼鏡をかけない前の一少女であつたかの女は、北海道から出てきたばかりで、中野の川崎君の家に一緒にゐて、僕がたづねて行くと、隠れたりしたものであつた。

この間お葬式の日に、川崎君の家で告別式があつたので、出向いて行つた。お棺の上に例の眼鏡の写真をさがしたが、見当らなかつたし、いよいよ出棺になつて死者に最後の告別をすべく棺の蓋をとつて一同が拝んだとき僕もかの女の眉のあたりを垣間見たが、例の特色ある眼鏡がないので、ちよつと左川ちかといふ感じを受けなかつた。

けれども後で考へてみると、かの女はいま一少女として死んだので、眼鏡をかける以前の、あの田舎田舎したおとめといふ感じをうけ、眼がしらの熱くなつたことであつた。

白い百合の花と白い薔薇とは、このおとめの頬をかこんだ。死の眠りの白さを包んで。

私の後から目かくしをしてゐるのは誰か?

私を睡眠へ突き墜せ。

とかの女はかつて『詩と詩論』誌上の「緑の焔」といふ詩の最後の行を書いたが、かうしてかの女は永遠の睡眠へはやばやと墜ちて行つた。されば現世の何が僕等に重要であらうか。


僕が昨年五月赤十字病院に入院してゐた折、もう退院も近づいた或る日、病室の入口に青いスウヱターを着た一少女が現はれた。それが左川ちかであつた。「野の花を集めてもつてきた」と云つて、花束のパラピン紙をひらくと赤い撫子、青い忽忘草、れんげ、たんぽぽ、麦の穂など土の香のする草々があらはれた。春に芽ぶく自然の呼吸をそこにかんじて、僕はその一つ一つの野の花をかざし、かの女の住む郊外の五月の空の明るさを想像して、大地に生きるもののいのちに涙ぐんだのであつた。

さうしてこの野の花の記憶がかの女の僕に与へた最後のそれになつてしまつた。ことにあのつややかな忽忘草の青い花が、今ではそのはかなさのうつせみのはかなさの前兆のやうに僕には思はれてならないのである。

ペンシル・ラメント

春山　行夫

鼻めがねをかけたレデイが少しセンチメンタルな歩調で、緑色の森からでてきた。このレデイの夫は猟犬のやうにスマアトで、フツトボオルが好きであつた。

紫とブリユウの格子模様のテエブル・クロオスの上で、グラモフオンがグレゴリオ聖歌をやつてゐる。

さういふ婦人は、いつか『ヴオオグ』で見たマリイ・ロオランサンに似てゐる。ミス・左川ちかにも少し似てゐる気がする。C'est une des èlites である。

左川ちかはハリイ・クロスビイの詩を訳した。それからその結果として百貨店で赤いスリッパを買つて、銀座を散歩した。貧乏な詩人が安つぽいアパアトから出てきて、黒つぽいオオヴアの襟を立てて歩いてゐたが、彼女の散歩に気がつくと、周章てて挨拶して、ネクタイ店のショウウインドオの角を曲つて行つた。

北海道から彼女はポプラの林を背景とした広い野原の写真を送つてきた。肝心の彼女の姿はそこに見せないで。フアバンクの小説に、花嫁の花束はHoneysuckleとmeadow sweetであると書いてゐるが、春が来ないうちに、彼女は人生に冷たい「さよなら」をしてしまつた。

沢山の天使

衣巻　省三

左川ちかさんがなくなられて遠い世田ヶ谷の家へお悔みに行つたら、僕と同じくらひに、兄さんの昇氏が深く深く頭をたれた。兄さんとは久しい友達で、銀座などで逢つたり別れたりする時、彼は帽子をとつて挨拶をするのだが、今思ふと何うも頭を下さないでそんな気振りをみせるだけだつたやうな気がする。ごく親しい仲間なので、ちよつと帽子の縁を指でもつだけで、却つて頤が上になるやうなことは親しみ深く感ずるが、その玄関での挨拶が、なくなつたちかさんと離れる時のそれと同んなじだつたことが、血統を感じてひどく寂しかつた。

この兄貴は銀座へ妹を連れてきても、ろくでもない三文広告とりと酒などのんで、妹をほつたらかしてしまふのだ。僕に逢つたときでもさうだつたが、僕はこんな兄さんと別れて妹さんにお茶でも御馳走したく常に思つてゐた。いつかそのことを兄さんに話したら、たつた一パイの紅茶でもひどく悦ぶんだがねと言つてゐたとき、ちか

銀座以外で逢つたことは殆ない。兄貴が西八丁目のビルの事務所をかりて流行雑誌をやつてゐたとき、ちか

さんは手つだひに詰めてゐて、僕が新橋を下りて銀座へぶらつきにくる時は、居るかなと一つの楽しみであつた。居ればそれでよく、居なければ何だかつまらなかつたが、場処がいいので必ずそこへ寄つてからであつた。鉛筆でテーブルをたたいてゐる時もあつた。きつと詩作してゐたんだらうと思ふ。僕のネクタイなどを賞めてくれるのも彼女だけであつた。さうなると下手なのつけられないので出がけに迷ふのだが、安くても効果のあがるものを選んで買つた。さう云へばあのへんはネクタイ屋が多い。クラバツトとフランス読みに言つたこともある。ネクタイばかりつけかへても、さう服が多くないので気がひけたこともあつた。今度立派な洋服をあつらへ、粋で見事なネクタイをつけて、一日銀座あたりを連れて遊ばしてやらう。でももう君はゐない。なくなつてから言ふのぢやないが、ちかさんは黒いドレスを何時もきてゐた。狭き門の書き出しのやうに、又よく似合つてもゐた。兄貴の趣味も交つてゐるのだとも思ふ。よく妹のドレスに就いて相談もちかけられたことがあつたから。又、こんなドレスをつくつてゐやがるよとか。

ずつと以前だつたが、何処かの二階で今の今野竹一氏夫人と三人で酒をのんだことがある。二人の麗人は心よく酔つてくれて十二時頃までになつても帰らうと言はぬので心配になつて無理に帰した。その時歌を唄つてくれたやうにも思ふ。さすがターキや小林千代子と同郷の学校だけあるわいときいてゐた。僕も可成り浮れてきて、せがまれるままに唄つたら、何か二人私語やり合つて笑ふので、何かと問ひつめたら、貴方はヂヤツク・オーキイみたいねと言つた。僕は涙多きヂヤツク・オーキイである。ちかさんのなきがらを見たときふとそれを憶ひ出して僕は笑はなかつた。

おしいことをしたものだ。詩についても多く言ひたいが故人の書くものは実に高級なものばかりであつた。詩の形式はよく晴れた冬の青空に痛いやうな木の枝がさし交ふてゐるのを、ガラス窓を通して瞶めるやうに気品のあるものであつた。詩魂はダンデイ作曲の交響詩、イツサールのやうにすばらしいトツプ・ヴアイオリンと、太いバスのあるそれである。生きてゐる間に一冊の詩集も持たないことが心残りであるが、いいものはさう度々は出ない。君は詩集を出すために死んだんだ。僕は今冬の青空をガラスを通して眺めながら書いてゐる。君の故郷の空は今雪でいつぱいだよ。

薔薇にくるまつたなきがらはさながらオフエリヤ姫だつた。君の嫌いな電気の竈に這入つたときはストラビンスキイの火の鳥だつた。一時間ほどして出て来たとき、沢山の天使、——君は夕闇に立迷ふ白つぽい無数の蝶々に化けてゐた——僕は一個の天使を空想してゐたのに。眼に見えないその蝶々が冷たい風に吹かれて僕の喉にとびこみ、以来僕は風邪に臥つてしまつた。何年たつても、僕が風邪をひくたびに君は憶ひ出させるだらう。君は憶ひ出させる手をちやんと仕掛けてくれてゐた。

左川氏を憶ふ

山中　富美子

四五年も前の事です。私が初めて左川氏の作品に接する事の出来たのは、ガラスの翼にのせた美しい昂奮をもたらして突然目の前におどり出たこの夜明けの日光は、いかに自由な新鮮な色彩をしたたらして幼稚なその当時の私の心を刺戟した事でありませう。あざやかな生き生きとしたその印象は今も胸に思ひ浮びます。その詩には〝出発〟と題してありました。

爾来好ましい格調をもつた数々の佳篇が私達の前に示されましたがそれらについての論議は多くの尊敬すべき人々によつて最早なし尽されて居ります。

左川氏と私とは一度も相見る時がなかつたのですけれど、その作品をとほして、無口なそして典雅な鋭さを想像する事によつて心の眼の内に浮び出る氏の面影を、私は直覚してゐました。雲の上のあきらかなあの北方の太陽について、瞳を閉じると、清浄の空気の内におかれた氏の心臓の重みが、悵しく感じられます。

最後までつひに私は氏と面接する機会に恵まれなかつたのですから、そのため素朴な私の想像が抱いたイメージはたとひそれが真実からかけ離れたものであつても、永久の額ぶちにそのままふちどられて私の瞼のうちに保たれるでありませう。

そしてあの独特な角度に切られた氏の作品。

非凡な音色を高くひびかしながら、そのうちに氏の強烈な感性は氏の肉体の体温と溶けあつてきましたが、内部の空気は生き生きと匂つて、その独自の端正な態度から明快に感じられました。けれど時に又私は、茂つた新しい森の中をはしるあの多彩な迷路のうちに氏を見失なはなければならなかつたのは、お互ひの年齢の若さの故でありませうか。

生前、氏が廻転させたプロペラはいろいろな空気をふるはせ、そこには適度に豊富な、心象の物質的な量を生み出さうとする楽しい風がまきおこりました。時には氏自身がその波動の中にまきこまれるやうな事があつても、氏の精神はそれら多くのデリケートな内容があつまつてつくり出す美しい秩序をこはさぬやうに姿勢してゐました。力強く、どの瞬間においても。

そして氏の建築法は軽妙にくりかへされてきましたが、私はさらに未来を思ふ事によつて興味を深め様としました。今、氏の急逝にあつて私の抱いた失望は決して軽いものではありません。私の胸は云ひあらはせぬ哀惜の思ひを亡き氏に対してささげて居ります。

無意味な考へ方かも知れませんが、同性の中に左川氏のごとき秀れた詩人を有した事をどれほど私は心強く感じてゐたでありませう。

私は、色々と思ふほど寂しくなります。

左川さんの思ひ出

江間　章子

左川さんはお刺身は大嫌ひで、蜜豆を好きでした。一度、文芸汎論の城さんがよくいらつしやるといふ蜜豆屋へ二人で出掛けたことがございました。

左川さんは「外人部隊」がおもしろかつたと言つて、あれに出たフランソワーズ・ロゼエをとても賞めてました。あのやうに、何んでも知つてゐるといふのはいい、と言つて。

左川さんは銀座で火事を見た晩に、「私はきつと小説を書く」と話して下さいました。その小説は、明け方、恰度北国では、凍つた雪の上に粉のやうに軽るい雪が、ふりまかれてゐる朝がありますが、そのやうな明け方、まだお月様が見える頃、ランデヴウするといふやうなものを書きたいと思ふ、と言つて、「人生とか何とかでなく、甘まい、アイスクリームのやうに、舌の上に乗せるとすぐ融けてしまふやうな小説を」と話して下さいました。

もうすぐ、このやうな寒い冬は過ぎて、あたたかい春になるでせう、左川さんは、春出て来る苺もとても好きだつたと思ひます。左川さんは病気なんかにならなかつたら、いつものやうに私の処へ電話をかけて、待合はせて、苺を食べながら、小説を書きはじめたことを話して下さつてたかもしれません。

〔「城さん」＝城左門：編者注〕

「われた太陽」

高祖　保

左川さん。

あの秋央ばのうそ寒い夜。あの銀座で椎の木の会があつた夜。卓子の左手には初対面の岩佐、城さんの二人。向ふ側には焦げ茶の洋装のつつましやかな女流詩人がひとり。さうです。それが首めてお目にかかつたあなたなのでした。

帰りの電車では、何でも北海道がどうの、東京が、兄さん（川崎昇氏）がどうのと、とりとめない身辺雑話風の話をとり交して、お別れしたことを、うろ憶えに憶えてゐます。

それがもう三年ごしになりますね。（あれから屡々お目にかかる機会がありましたし、幾多の力作を拝読しました。）そのあなたが、たつた今、白玉楼中に去られたのだと、かう自分にいひ聴かせてみても、左川さんと呼べば立ちどころに響く気がして、まるつきり虚構としか考へられないのです。だから、かなしみとか愕きとか悔みなどの感情をうち超えた、もつと底深く幅もひろい「呆然」たる気持ばかりが、雲のやうに頭をいつぱいに埋めてゐます。

左川さん。あなたの敬虔なお作について、今更差出がましい口をきかうとは思ひません。ただ「Finale」――あれが、わが目にふれたお作の Finale となつて了つたといふことです。その呪咀的な「われた太陽」の歌。あの文字から、へんに執拗な、因果めいたまた予言的なひびきすら、私は覚えさせられるのです。

しかし、今はそれすら詮ないひびきとなりました。左川さん。澄んだあなたのたましひの天路歴程に、あけくれ恙なかれと、その数行をとり出して読み、かうして私はしんそこからなる黙禱をささげるものです。

衰へた時が最初は早く　やがて緩やかに過ぎてゆく
おくれないやうにと
枯れた野原を褐色の足跡をのこし
全く地上の婚礼は終つた

――Finale

思ひ出すまま

乾　直恵

詩人左川ちか子氏とは一たい何時頃から近しくなつたのか今はよく覚えて居りませんが、令兄川崎昇君との友交は、椎の木社の創立前後からです故、もうかれこれ十年も以前からのことでせう。その川崎君が私の現在住んでゐる近く（同じ世田谷区内の玉川の近辺）へ新築して引越して来られ、よく遊びに来いと誘つて下さるので、ある日郊外地図なぞで道順をよくしらべ、近道をたどつて散歩かたがた歩いて行きました。近いと言つても麦畑の中や雑木林や広い陸軍自動車学校の練兵場の側なぞを通つて、二三十分はかかる地点で、緑色の文化瓦のこぢんまりとしたお宅でありました。多分、左川さんとはそのお宅で川崎君からお引合せをうけたかと思ひますが、或はそれ以前に中野桃園の「椎の木」社で百田氏から御紹介をいただいたやうにも思はれます。

その後、天気のよい折はときどき散策の時間を利用して川崎君をお訪ねする度に、左川さんも一座に加つてベランダ風の庭に面した縁側でよく同じい卓子を囲んで話されるやうになりました。洋服をつけるとその詩のやうに大変大人らしく理智的に見える方でしたが、家に居て和服をつけるとその反対に大そう子供つぽく見え、興がのると口に一杯泡をためて話したりする、こだはりのない方でしたから、私は寧ろさう言ふあどけない、都会ずれのしないところに親しみを感じ、何でも思ふままのことを気軽るに喋り合へるのでありました。併しあまり詩や文学のことに就いて語り合つたことはございませんでした。

けれども、私は左川さんの秀れた詩才を認めなかつた理ではありません。それに関しては茲で云々すべきではありませんから中止いたしますが、反つて私は詩よりも散文に深い注意と興味を払つて居りました。確か去年の夏、雑誌『文芸汎論』にのつた江間章子さんに就いて書かれた文章なぞの中には決して通り一ぺんの人物月旦ではない左川さんの秀れた散文家的才能の閃きが充分あつて、将来小説風のものも書きこなせる人だと秘かにさう感じてゐた位です。いつの頃だつたか伊藤整君が左川さんの文章を私に示して、「この中に強烈な女性の肉体を感じないか」と言ふ意味のことを話されたことがありました。それは散文と言ふよりはほんの短かい散文詩風な文章でありましたが、成る程さう注意されて一読してみると、如何にも若い女性らしいそして左川さんらしい体臭がその中に如何にも濃厚鮮烈に盛り上つてゐるものでありました。さうしてそれは極端なまでに積極的な心臓や血管の脈動の汪溢さを伝へて来るものでもありましたが、今、それとは全々反対に、その作者左川ちかの肉体があまりにも速く散り果てた事は、誠に意外且つ残念な極みでありまして、惜しみても尚余りある事だと痛感いたして居ります。

氣品ある思考

西脇　順三郎

左川ちかさんがなくなられたが。確か一度おめにかかつたやうに思はれます。しかし時々はその詩を読みました。とにかく、非常にすなほな詩であるが、真から何者か詩的熱力をもつてゐられて、決していいかげんに人工的に作られてゐるものでなく、本当に詩に生きてゐられた感じがあります。そして非常に女性でありながら理知的に透明な氣品のある思考があの方の詩をよく生命づけたものであると思はれます。

左川ちか子氏のために

村野　四郎

あなたは花園の中を
黒い服をきて歩いた
風と雲があなたの背後から鳴り
光線はいつもあなたの眼にいたく
あなたを伏目がちにした
しかも花と雲が
あなたの裳をいろどつた

それは何よりも美しく
あなたの内部からの反射のやうだ
あなたのやさしい目は
あの日の黒い眼鏡の枠の中へ消えうせた

もう　あなたは何処にもゐない
あなたに痛々しかつたあなたの景色が
私たちのまわりに
私たちの内に
ものがなしくかがやいてゐるばかりだ

左川さんの追憶記

江間　章子

左川さんは北海道に生れて、女学校卒業まで其処で過した。林檎畑や、その白い花、北海道の海、人々に使はれてゐる馬たちは、左川さんの育つた風景であつたらしい。

ときどき、人々が言ひ合ふ、「左川ちかは馬を好きだ」と。そして、詩を読まない者がそれを聞くと、「それは、ロシヤ風だ」と話の中に入つて行く。その頃、左川さんは黙々と舗道を歩いてゐた。鋭いあのひとの靴音を、皆が信じてゐた。

昨秋、十月九日、病を得て、癌研究所附属病院に入院した左川さんは、病気のつのりゆくのにひきかへて少しの動揺も、その言葉にも様子にも見せなかつた。一月七日夜、左川さんは永眠した。

左川さんは東京に在つては非常に「公園」を愛した。「いま、何んの花が咲いてるでせう？」と左川さんはすぐ考へはじめる。左川さんは花を愛しながら、それ以上にその花の咲いてゐる公園を好きであつたらしい。それは凡べて、左川さんの眼だと考へる。左川さんのものを思ふ心はそのやうに大きなものであつた。

一月十日、左川さんをのせた霊柩車の後の自動車にのつて、わたしたちは夕陽の照るくぬぎ林の辺りを行つた。

左川ちかノ詩

田中 克己

ナゼカハ知ラヌ、何時ノ頃カラカ自分ハ左川ちかノ詩ヲ女ラシクナイモノノヤウニ考ヘコンデヰタ。聡明ナソレ故多分過剰ナ知性ノ詩ヲ書クト思ツテヰタ。近頃ソノ詩ヲ拾ヒ読ンデ見テ、ヤハリ女ノ人ダナト感心シタ。イタイケナ細カナ感情が、凡ユルイマアジユニ浸ミ込ンデヰテ、哀レサヲ感ジサセル。豊富ナ才能ノ持主デアツタ。初メテ自分タチニ見セタ詩ハカウ歌フ

夕暮が遠くで太陽の舌を切る。

水の中では空の街々が笑ふことをやめる。

総ての影が木の上から降りて来て私をとりまく。林や窓硝子は女のやうに青ざめる。夜は完全にひろがつた。

乗合自動車は焔をのせて公園を横切る。

その時私の感情は街中を踊りまはる
悲しみを追ひ出すまで。


（詩と詩論XII）

昔ノ漢詩ヲ読ムトキノヤウニ、自分ハ朱点ヲツケテ見タ。何ト女ラシイデハナイカ。青ザメテヰル夕景ヲチヤント自分ノ中ニトリコンデヰル。コンナ自意識ハ最近ノ詩ニモアル。「誰も見てゐるわけではないのに裸になつてゐるやうに私は身慄ひする」（椎の木四の二「夜の散歩」）ト彼女ハ書クガ、コレデセイ一杯ナノニ違ヒナイ。美シイモノ、可憐ナモノ、哀レツポイモノ、儚イモノハ凡テ彼女ノ詩ノ中ニアル。

植民地行きの燕麦は
貨物船の上で芽を出すと

食卓の雲のかげから
ペンギン鳥がエプロンを振る
貝殻
蝶
Oh!

（海盤車18）

ト讃嘆シタ自ラガ描イタ美シイ玩具ノ世界ヲ見タマヘ、女ラシイ心ヅカヒガ行キ届イテト、下世話デハ言フガ、何トキチントシタ世界デアラウ。彼女ガ逝クナツテモウコノヤウニ寵玩物ノ匣ヲアケテ見セルヒトハヰナクナツタ。詩ノ批評ヲト思ツタガ、ヤハリ追悼文ニナツタヤウデアル。

左川ちか氏のこと

加藤　一

丸い朝は早く目覚める。小羊の毛のやうな花には無数の手がある。僕たちの知らない町で鈴が鳴つてゐた。白い馬は手と耳で歩いた。

左川氏が春にそむいて一月七日になくなつた。最近の若い詩人のうちで最もすぐれた詩人の一人が僕たちのまへから消え失せた。夜明け方の星のやうに。

左川氏にはたつた一度お会ひしたことがある。いつか新宿の白十字で詩と詩論の会があつた時麻生君の紹介で挨拶した。その帰途紀伊国屋で一緒になり駅まで話して歩いた。彼女はその時僕たちに西脇氏のSPECTRUMをみせてくれて僕はその時なにか荘生春樹氏のことをしやべつた様に覚えてゐる。

海盤車は左川氏から殆んど毎号原稿をいただいた。詩を訳詩をエスキースをと毎号勝手な依頼に対していつも心好く僕たちの依頼に応じてくれた。彼女の死は方々で惜しまれてゐる。僕もたいへん惜しい詩人を失つたと思つてゐる。その他のことはなにも言へない。

白いバラと白い百合。バラバラの花たちのやうな詩が近く一冊にまとめられると聞いてゐる。僕はあの磨かれた詩たちを再び読むことによつてこの詩人の柩に涙の釘を打たう。

〈回想他〉

詩集のあとへ

百田　宗治

一月八日の晩、ベーカーの映画を観たあとで、私は、友達と、新宿のある喫茶店のクッサンで憩んでゐた。一時間ちかくも経つてから、入口の扉があいて、大きい鞄をかかへた春山行夫が入つて来た。その喫茶店はいつも編輯者春山行夫が夜更けてから立寄るといふその喫茶店であつた。――一二度あたりを見廻してから、春山は私の前の椅子に腰をおろした。

――川崎君の妹さんが亡くなりましたよ。

私は初耳であつた。

――左川ちかが死んだ？　それからしばらくして、ああさうかと私は自分で首肯いた。

――けさ早く、自分の家で亡くなつたさうです。春山君がさう付け足した。

二十五といふわかい身空で、彼女は胃癌を患つて長崎町の癌研究所に入院してゐたのであつた。医師は、だんだん衰弱してゆくから、今年中は保たぬかもしれぬと、去年の秋頃から言つてゐたさうである。去年の夏、ある家庭の子供達に付添つて諏訪へ行つてゐたが、その間に無理をして、すつかり身体を悪くしたらしい。それから帰つて、私の家へ来たときも、相当に憔悴して、血色が悪さうであつた。一夏胡瓜ばかり喰つて暮してゐたさうである。

――蟋蟀《こおろぎ》みたいに。と自分でさう言つて笑つてゐた。蟋蟀みたいに。――さういへば、私が一昨年松江へ行つたときに買つて帰つた竹細工の小さいこほろぎの片あしが、一昨日頃もぎれて見えなくなつた。それは片脚だつたが、左川ちかは命をなくしたのである。

詩集のことを頼んで死んだといふことであつた。これは私の痛いところに触れた。私の手で詩集を出すことになつて居り、それが延び延びになつて、とうとう生前その運びにならなかつた。――もつとも彼女の病気が大層悪いといふことを家内から耳にしたとき、私は何とかして校正刷でも彼女の病床に間に合せてやりたいと思つた。そして手紙の中で、そのことは明白《あからさま》には書きにくいから、早く快くなれ、そして詩集を出さう――と、子供を励ますやうな書き方をして置いた。

その詩集がこんどいよいよ出ることになつた。彼女の生前ではなしに、そして私の手からではなくて――。私の詫びの気持はもう彼女には届かない。

この六月、北海道へでかけたとき、私は彼女の生れ故郷である余市の町に行つて、そこから伊藤整君に絵ハガキを出した。――林檎の枝はみな左川ちかのやうに天の方に手を延ばしてゐると書いて。汽車が余市へ近づくにつれて、窓から顔を出す私の眼の下に、どこまでもどこまでもわかい林檎の樹の列がつづくのであつた。艶々として白い光を跳ね返してゐる若樹の葉の茂みを見送つてゐると、白亜の建物をした余市の停車場に、左川ちかが何かの草花を持つて私を迎へに出てゐるやうな気がした。しかし、着いて見た余市のステーションは、白亜の建物どころか、ひどく虫の蝕つた老人の身体のやうな建物であつた。そしてヤスナヤ・ボリヤナに引返したトルストイのやうに、私はしよんぼりと駅の構内を出て行つた。――が、一体私は何を書かうとしてゐるのだらう？　こんなことが左川ちかの詩とどういふ関係があるといふのであらうか。

とにかく、彼女は（家族的な云ひ廻しをしていへば）私達（つまり私と私の家内）の娘のやうなものであつた。そして、その娘からいろいろのことを教はつて（今日の若い詩壇が私にいろいろのことを教へてくれたやうに）、そして私達はこんな風にその娘を見送つてしまつたのだ。彼女は男のやうな顔をして寝棺のなかにその足を延ばしてゐた。しかし彼女は女であつた。わかい女であつた。彼女が成し遂げたことが、或は成し遂げようとして、半ばで殪れたことが、どんな価値を持つてゐたか――そんなことはまるで知らないやうな、またさういふことは無関係のやうな一人のわかい女として彼女は死んで行つたのだ。

根のないこれらの花々――作者のゐないこれらの詩が、どんな風に人々に受取られて行くだらうか。彼女の生きてゐたときと、今と、どんな風に人々は「詩」といふものを違へて考へてゐるだらうか。おそらく数少いであらうこれらの詩の読者の苗床のなかで、この花々の隠し持つてゐる小さい種子がどんな風に根をおろし、延びてゆくかを、いつまでも私は見戌ってゐたい気持でいまはゐるだけである。

左川ちかのこと

内田　忠

さうかうしてゐる内に左川ちかが亡くなつてから一年にならうとしてゐる。左川ちかのことは生前から幾度も書くことを約束しながら遂に今日まで機会がなかつた。左川君とは一度も会つたことはないが、時折手紙など貰つたから君を伝へる上に参考となる二三のものを抜き出して見よう。

〈……なまけてばかりをります私でございますので、他人の美しい衣裳を眺めてゐるやうな、少しさびしい気がいたします。文学といふやうなものにしかよりどころがないくせに、むりやりにしがみついてゐるのがたまらなくなります。なまけてゐる時は自分に釈明して。何てやせがまんばかりしてゐるのだらうとつまらなくなります。此の頃は私、少しくさつてゐるみたいでございます。

先日百田さんとこへ参りましたら、内田さんが福井へ帰られたお話をしていらつしやいましたのですけど、丁度新聞でそちらの方の大雪を報じてましたので無事かしらと少し心配いたしました。吹雪で息が出来なくなるやうな冬の日なんかもう忘れてしまひましたけど。私の祖父の長左衛門といふ長い名のひとも福井でございましたので、小さい時に聞かされた越前の話を想ひ出すのでございます。

二月に入つて東京も十センチ程積もつて見事な雪景色でございます。……〉

この一文などは彼女の文学に対する真剣な態度と謙譲な心持を知る上によき資料であるかも知れない。

〈……すつかり盛夏になりまして、舗道を歩いてゐると、脳がくらくらして倒れさうになります。

それでも夏が好きで夏が好きでたまりません。そして夏といへば真赤なかたまりのひな罌粟を想ひます。またこの夏もどこへも行けさうもなく、働かなければなりません。海や山のことを話してをります。まるでいまにも行きさうに。たのしいのですけど、子供の頃のやうに。
銀座の毛皮屋がとても夏向きの店に変りました。花と、植木と熱帯魚と金魚と、大きな水槽に金魚がたくさんをりますの。熱帯魚がほしくて、いつでものぞいて見てまいります。お金が出来たら、銀座のやうなところへ江間章子さんと店を出したいと話してますの。江間さんは帽子屋と写真屋、私は本屋、シルビアビーチの本屋のやうなの。早くお金が出来るといいと思ひます。そしたら内田さんもお客さまになつていらして下さいますやうに。……〉

前の冬の手紙も上手いが、この夏の手紙など書翰文としてよりも一つの詩として鮮やかなものだと思ふ。現実と思索と表現とがうまく統一されてゐる。

左川ちかの最も油の乗つてゐた時代は昭和七、八、九の三ヶ年にあつたやうだ。この詩人の年齢から云へば或はこれからだとも云へるが、若くして而も一家の風を持つてゐたといふことは人々に驚異の眼を瞠らした。最初の出発から完成してゐたといふこの詩人の作品は、ある意味から云へば進歩がなかつたとも考へられるが、それは私達が一そうこの詩人を激励する為の短い生涯に対する無理な期待であるに過ぎない。とにかく、これらの数年の間に「椎の木」を初め多くの詩雑誌に作品を発表し、当時の詩壇に力強き線を投げかけた。「今日の詩」の時代から「椎の木」の初期を通じて、私はこの人の作品を最も精読したやうに覚えてゐる。一つの雑誌の中に居つてお互ひに影響されあふのは当然であるが、少くともその頃の左川ちかは「椎の木」ばかりでなく、詩壇一般へ対しても一つの頂点に立つて他を引きづつて行つたやうに思ふ。その点で悪い影響もないではなかつたが、それは影響する方よりも、寧ろ影響される方の側の問題であらう。

黒い空気

夕暮が遠くで太陽の舌を切る。
水の中で空の街々が笑ふことをやめる。

総ての影が樹の上から下りて来て私をとりまく。
森林や窓硝子が女のやうに青ざめる。
夜が完全にひろがる。
乗合自動車が焔をのせて公園を横切る。

その時私の感情が街ぢうを踊りまはる。
悲しみを追ひ出すまで。

之は初期の作品であるが同じシュールリアリズムの作品でもこの詩人のはある一派のやうに派手なものではなかつた。又同じフォルマリズムの影響を受けたにしてもそれほど機械的な理知的なものではなかつた。又ある意味で古典的な作品もあつたが、何処かに感性的な光を残してゐた。西洋的なテンポの中に東洋的な郷愁を匂はせてゐた。その作風は至つて地味である。さういふところに彼女の北国人らしい性格や思想が偲ばれる。そして最後まで彼女の一貫した態度といふものは鋭い感性の吹雪以外にはなかつた。そのことが彼女を最も彼女らしく位置づけた。彼女の生活は詩以外にはなかつた。その頭脳はいつも感性によつて鎖されてゐた。彼女の詩が難解ながらに広く読まれたのは周囲がかかる感性の共鳴を見出したからであらう。

季節の夜

青葉若葉を積んだ軽便鉄道の
終列車が走る
季節の裏通りのやうにひつそりしてゐる
落葉松の林を抜けてキヤベツ畑へ

蝸牛のように這つてゆく
用のないものは早く降りて呉れ給へ
山の奥の染色工場まで六哩
暗夜の道をぬらりと光つて
樹液がしたたる

之は遺稿の中の一篇だが、前の一篇と比べてどちらも遜色がない。彼女の作品を仔細に見ると、初期の作品と最近の作品とは何か似通つた風貌を持つてゐる。それは「椎の木」自身の変遷にもよく似てゐるが。彼女の初期の作品はいい意味でも悪い意味でも「椎の木」にはげしい影響を与へた。その中期に於ては彼女自身も亦「椎の木」からの影響を拒みきれないでゐた。さういふところに渾然として「椎の木」の隆盛期を迎へた。所謂「椎の木派」の言葉が生れたのはこの時代である。「椎の木」の末期は個性の独立といふ点に重きを置いてゐた。病弱な左川ちかの末期はあまり華々しくなかつた。しかしそれらの中にあつて最も高く彼女自身の個性を示したものは、散文詩「冬の肖像」と「夜の散歩」であらう。即ち彼女の詩が一面に於て進展性に乏しいと考へられるにも拘らず、これらの散文に於ては全くいつもの自己を脱したとさへ思はれるのである。私は嘗て「冬の肖像」が発表された時、その散文が詩以上のものであることを指摘した。その後「夜の散歩」が発表され、その筆力の益々健実なることが示された。「夜の散歩」は都会の舗道を叙したものだが、それは都会といふよりも一つの廃墟であり、索漠たる曠野を思はせる。現実の奥現実といふものに突きあたる。東洋的な陰影と季節的な寂しさの中に引きづり出される。この一篇を読むと彼女の散文的将来が惜しまれてならない。いま彼女の詩集の漸く出版さるるを聞いてこの一文を草し曾つて書いた序論を結文としてここに書き添へることにしよう。

詩人は常に新しい方法の礫を発見するだらう。それが宝石の礫である場合、その光沢に見とれるよりも、それが如何にして発見されたかに就て指を折らしめるであらう。方法を方法することは一つの奇蹟であるかも知れない。然し奇蹟の内に真実の灯がともらないとは誰が云へよう。左川ちかはイメージをイメージすることを知る。それは「雪線」の中に美しい脚光をつける。君の場合、新しい果実の中に更に新しい種子を生むだらう。しかしそれらは伝統の片鱗をさへ見せない。君は常に新しい毛皮を心臓に巻いてゐる。私は伝統のない北海道を懐かしくも羨ましくも思ふ。

いつか私の白い壁に書かれてあつた。〈札幌は静かな冷たい街です。あまり清浄な静かな空気が心臓を刺戟しすぎますので、人たちは羊毛の襟巻を覆つて居ります。〉と。広い海に絹糸の棚をつくり、羊たちが忘れられたやうに放たれてある。まん中に木がたつた一本、大きく茂つてあつた。

（十一年十一月）

左川ちか詩集

菊池　美和子

すべてのものが嘲笑している時
夜はすでに私の手の中にいた（錆びたナイフ）

其の死後始めて世に出た左川さんの詩集の中で、如何に彼女が夜や、雪や、冬、昆虫、果樹園、雲、海を愛したかに気付く。しかも彼女の生れ故郷北海道の風土の待ち望む明るい光や、多彩な花卉や、蜜蜂や、果実に限りない憧憬を溢れさせてゐる。然し、さうしたものは要するにあこがれであつて、左川さんの魂をひそませたものは、くだけた記憶であり、皺だらけのカーテン、こはれた蓄音機、疲かれた足、むかしの花、よごれた太陽、われた心臓などであつた。彼女の詩に於けるモダニテイは決してダンデイズムや出鱈目に陥らず、常に優秀なインテリジエンスを保持して隙がない。左川さんの詩の美的な主要素は、イメーヂの巧みな展開にある。けれどそれ等は単に眩しく燦めくだけの流行衣装の様な自称ポエジーとは紛れようもなく個性的だ。何故なら左川さんの黒い悲しみを持つた影の像が、いつも作品のうちら《ママ》側にも静かに立つているのが感じられる。決して影を脱がないのだが、その印象は激しい。其の力が之等の作品に永遠的な魅力を持たせているのであるまいか。「舞踏場」を歌つても〈私はきく……私は見た〉としか言わない左川さん。柊の葉の間に死を見、五月の季節に手をのばすひと、そして時には「それはすべての偽りの姿だ」と叫んだ彼女を愛する。

私は知る。人々の不信なことを。外では塩辛い空気が魂をまきあげてゐる。(夢)

或る夏の思ひ出　式根島

江間　章子

大島へ皆がよく出掛けた頃、わたくしは新島へ旅行したことがある。

英国の閨秀詩人を想はせる左川ちかさんが初夏のひぐれ、ひよつくりわたくしを訪ねてきた。

「章子さん、うれしいことがあるのよ。大人達がわたしたちを式根島につれてつてくれるんですつて」

その時分、式根島などは案内図のなかに殆ど無視されてゐる有様だつた。わたくしははじめて、名高い大島の先にそのような島があることを知つた。

汽船に乗つて行く処だと左川さんにきかされたので夢中になつて南への長い船旅を夢見たのもつかのま、ただ一夜船中で明かせば到着するのだということを知つて、少うし落胆したけれど、思い掛けない旅への憧れに胸は躍つた。

あくる土曜日の夜の八時、霊岸島の古るい船着場から三百噸の、東京湾汽船では二番目に古るいという汽船に乗つた。

大人達といふのは、或る雑誌の編集長で伊太利語が上手なことで有名なM氏と助手のNさん、M氏の坊ちゃんと、仏蘭西から十何年振りに帰つたばかりだといふK氏とK氏の助手である少年とであつた。

K氏はわたくしたちを見るや、色とりどりのテープを買つてきて下さつて、見送りにきた左川さんの兄さんとわたくしの母に投げて手と手に持たせ、壮途を華やかにした。

わたくしたち一行の乗船が最後だつたので、席は見当たらず、漸くの思ひで地下室の機関室の隣に空いた場所を見つけることができた。わたくしはこの旅で、汽船の旅がどんなにか愉快なものであること、スクリーンが空回転したり、波に乗り波間に沈んで木の葉のやうに揺れながら目的の島に着くことが面白いかを知つた。

K氏は日本へ帰つてはじめての訳本の校正刷を持込んでその旅をしてゐたが、二十歳の詩人だつたわたくしにはK氏が手垢で汚してゐる大出版会社の名が異常に心をそそるものであつたことを思い出す。

波が高いので新島だけ見物して、式根へは渡らなかつた。熱帯の空を想はせるあの土地の空を胸に浮べるたびに、死んでしまつた左川さんをまた惜しい事だと思ふ。

〔「或る雑誌」＝『セルパン』、M氏＝三浦逸雄、M氏の坊ちゃん＝三浦朱門、K氏＝小松清・編者注〕

左川ちか

北園　克衛

一九三〇年の初夏の頃であつた。僕が住むことになつた西銀座の井上ビルの三階に「文芸レビュー」といふ同人雑誌の編集部があつた。僕はそこで一人の若い詩を書くといふ少女に紹介された。そのいかにもしなやかな体つきの少女が左川ちかであつたのである。当時彼女はまだ自分の書く詩が、他の詩人達が書く詩とあまりにかけ離れてゐるので、戸迷ひしてゐるといふ状態だつた。凡庸でない詩人が最初に経験するこの不当な不安といふのが、いかに無慈悲なものであるかを、平凡な詩人達は想像することができない。

ちようどその頃、僕は岩本修蔵とアルクイユのクラブをつくり、「白紙」という詩の雑誌を発行してゐたので、そのメムバアに彼女を加へることにした。彼女は最初から、あまり多くの詩を書かなかつたが、一つ一つの作品は何れも均整のとれたものであつた。均整がとれた作品といふ意味は、単にレトリツクの上でのそつのなさといふ意味ではない。レトリツクの世界と、それからはみだしてゐるものとの均衡によつて整へられた安定といふ意味である。

彼女は一作ごとに堅実な生長をしていつた。「白紙」が「MADAME BLANCHE」と改題し、四十数名の大きなグルウプとなつてからも、目だつた存在であつた。ただ、目だつた存在といっても、それが言ふところの人間的な華やかさといふ意味ではない。病弱であつたし、口かずもすくなかつた。さういふわけで、月一回のティパアティで顔をあはせるほかは、あまり逢ふこともなかつたし、手紙の往復も殆んどかぞへる位ひしかなかつた。しかし二十歳から二十五歳まで、つまり彼女が死ぬまでの五年間、つまり彼女が詩人として生きた期間の最も大きな部分を占めてゐたのは、アルクイユのクラブに関する部分であつたと言つてよい。彼女が癌のために入院する少し前、西銀座八丁目の鉱業会館に事務所を置いて「ESPRIT」といふ小型雑誌を二人で編集したことがあつた。この雑誌は一種の文化雑誌で、洒落たものであつたが、四号で廃刊してしまつた。もうすつかり夜となつた銀座のオフイスの三階の暗い窓を背にして、一寸ビアズレエの少女を思はせる黒い天鵞絨の衣裳を着た左川ちかと、編集プランを練つたり、遅い夕食をとつたことなどが想ひ出される。

彼女は生れつき謙譲で静かな性質であつたが、詩の世界では王女のやうに自由に大胆にふるまつてゐた。美も死も彼女の自由を奪ふこともゆがめることもできなかつた。彼女は自分自身の詩を書くために生れてきたやうなものである。ほんの少しの、しかし永久に燦めくやうな作品を書き、そして、いそいで処女のままで死んでいつた。今少しゆつくりと死んでもよかつたのに。

左川ちか

春山　行夫

左川ちかは北海道が生んだ天使的な詩人である。私は最近偶然彼女のことを書いた四つの文章を見た。

彼女の死んだ時、私は大きな花屋に行つて白バラを買つた。ショーウィンドーが曇つていたことを覚えてゐる。そのバラは彼女の柩《ひつぎ》におさめられた。それが昭和十一年一月七日だつたことを百田（宗治）さんの随筆集を見て思い出した。

百田さんの随想集は「炉辺詩話」と題する本で、昭和二十一年、札幌、柏葉書院刊行のものである。私は百田さんがそんな本を出されたことを少しも知らなかつた。ついこの間ある古書展でこの本を見つけて、その中に出ている「左川ちか」という追憶文を読んだわけであつた。

彼女の仕事では昭和七年に百田氏の椎の木社から出したジエームズ・ジョイスの「室楽」の翻訳が生前の唯一のものだつた。文庫本の横を少し長くした形の本で、本文三十六頁、限定三百部であるこの本が昨年ニューヨーク・タイムズの「書評版」で問題になつていた。昨年ジエームズ・ジョイスの作品目録が出版され、その中にこの日本語訳が記載されたので、ジョイス文献の研究者のあいだで、珍本として注意をひいたわけであつた。ジョイス関係の初版本は世界的に蒐集されているので、アメリカに持つていつたら素晴らしい相場になるだろうと思うが、なにしろ三百部限定なので、日本でも今日では珍しい詩集に属してゐる。

彼女自身の詩集は、椎の木社から出る予定だつたが、彼女の生きているうちには出なかつた。「左川ちか詩集」（昭森社）が出たのはその年の十一月だつた。三岸節子さんの表紙とデッサンを入れた高雅な本で、限定三百五十部その外に三岸節子さんの肉筆挿画を入れた特製本が五部つくられた。私はそのことを最近手にした「日本古書通信」で知つた。その時価は二千五百円だそうである。

彼女の詩の系統はいわゆる「詩と詩論」のエコールではあるが、それより少しあとの近代派に属する。「現代詩研究」の五月号に梅本育子というひとが、次のような左川ちかの詩を引用して「彼女の詩を読むと、私は時間あるいは歳月が信じられなくなる」と感嘆してゐる。〔梅本育子「プロムナアド」『現代詩研究』四三号：編者注〕

料理人が青空を握る。四本の指あとがついて、次第に鶏が血をながす。
ここでも太陽はつぶれてゐる。
たづねてくる空の看守。日光が駆け出すのを見送る。
たれも住んでいないからつぽの白い家。

人々の長い夢はこのまわりを幾重にもとりまいては花弁のように震へていた。
死が徐ろに私の指にすがりつく。夜の星を一枚ずつとつてゐる。
この家からは遠い世界の遠い思い出となり華麗な道が続いてゐる。

これは彼女の「幻の家」という詩である。

幻想ということを口にする詩人は多いが、幻想の中に生きた詩人はすくない。シエラザードの曲をきいた夜、音楽会の廊下で盛装した彼女に逢つた時のような印象を残して、彼女は我々の世界から姿を消した。

彼女の生れは北海道余市町本名は川崎愛。幼時から虚弱で、四歳頃までは自由な歩行も困難な位だつた。昭和三年三月小樽高等女学校を卒業。同じ年の八月に上京したと、詩集のあと書きに出ている。

「彼女がなしとげたことが、或いは成しとげようとして半ば倒れたことが、どんな価値を持っていたか――そんなことはまるで知らないような、またそういうことに無関係のような一人のかよわい女として彼女は死んで行つた。根のないこれらの花々――作者のいないこれらの詩がどんな風に人々に受取られてゆくだろうか」と百田さんは彼女の詩について語つている。

小樽以来

春山　行夫

私が最初に北海道に行ったのは、昭和十二年（一九三七）の七月だった。

私の編集していた文化雑誌『セルパン』の講演会を小樽、札幌、旭川でひらくためで、講師には阿部知二、伊藤整、大島豊（哲学者）の三氏をたのんだ。伊藤、大島の二氏は北海道の人で、そのときは現地に滞在していた。東京を出発するとき、私はひとりで、阿部氏は翌日出発してむこうで落ちあうことになっていた。

私の乗った連絡船が函館の桟橋につくと、伊藤君がにこにこした表情で出迎えていた。それは七月十五日で、それから二十六日までの十二日間、旭川の講演会をすませたあとは伊藤君とふたりで、根室、摩周湖、網走、阿寒湖などを回った。

函館では駅前のホテルにカバンを投げこんで、湯の川の女子修道院（天使園）へいった。そのときの修道院は今日のような観光の場所でなく、あたりに人影はなかった。私たちの頼んだハイヤーの運転手は青年で、私たちを修道院に関係のある人物とでも思ったらしく、堂々と車を前庭に乗りつけたので、その物音で建物の小さいドアがひらいて、木靴をはいた修女があらわれた。

彼女は高台の本館の外側にある村人の礼拝堂をみせてくれたが、そこには本館との境の壁に小さな窓があって、それをひらくと本館のおごそかな祭壇がみられた（この窓は今日の観光客にはひらかれないことを、その後そこを訪れたときに知った）。そのあとで彼女は本館の戸口のところに戻り、私たちを本館のなかにいれ、玄関をあがった右手にあるスーブニールの陳列してある部屋に通してくれた（ここも今日では一般の人々をいれなくなり、その代りに高台の下に土産物を売る小さい小屋ができている）。

その日と翌日にかけて、私は函館の山手の図書館や教会や赤い大きな星のマークの漁業会社や五稜郭（そこにはパノラマ館があった）などを見て歩き、そこからはじまる北海道の旅行に郷愁的なイメージをもった。三日目は小樽で、この町の印象は省略するが、その晩は阿部氏をホテルにおくり、私は伊藤君と田居さんという伊藤君の友人のところに泊めてもらった。その翌日は阿部氏は『朝日』の連載小説を書くといって札幌に直行し、私と伊藤君は田居さんの案内で、小樽から深い山を越えて定山渓にはいった。

このコースを利用するのは土地の人々だけということで、山は白樺の純林だった。白樺は役にたたんので、このように伐られないで残っているという話だった。田居さんとは初対面で、どういう人だかは私にはわからなかったが、交際のひろい人で、文芸関係だけでなく、画家とのつきあいもあるらしく、前夜一人の若い画家が訪ねてきて、石狩でハマナシを描いていたといって、その花が海岸に見渡すかぎりいちめんに咲いていると話した。私はハマナシの花はみたことがなかったので、この話には大きな魅惑を感じさせられた。この田居さんが、この詩・短歌集の著者の田居尚さんであった。

田居さんのことは、その後、伊藤整君からいろいろきくようになったが、田居さんは東京では百田宗治の『椎の木』の仲間だった。百田さんのところへはその頃、伊藤整、丸山薫、阪本越郎、乾直恵、左川ちか、江間章子、阿部保、高祖保、伊藤静雄、高木恭三、田中克巳、その他、たくさんの若い詩人たちがあつまっていて、自由で感受性のたかい、純粋な、イメージのゆたかな、大部分はモダンな、新しいポエジーのツバサを子供の天使のようにはばたかせていた。本書のはじめの「家」に

「その家は天井を四角に断ち開き
あさは家族の立居を青空に写す。」

というスタンザがある。このような立体的なポエジーはわが国ではその時代にはじまった新しい感覚だったが、田居さんはそれに郷土的なニュアンスを与えることに成功していた。

詩人の数は多いが、その時代の文学や詩の新しい動きや若々しい雰囲気にふれることのできる（あるいはできた）詩人はきわめてすくない。たいていはそういう機会をもたないで、自分ひとりだけで生きることを余儀なくされる（それも詩人の生きかたではあるが）場合が多い。

田居さんが詩を書かれた時代（環境）には、銀座の裏通りに、不思議な、モンパルナス的な、あるいはボヘミアン的な、若い芸術家の巣があった。私はそこに集まった若い人々より、すこし年長だったので、ついに足を踏みいれなかったが、場末のアパートのような鉄の階段をあがった部屋で、『文芸レビュー』という雑誌が編集され、北園克衛、稲垣足穂、衣巻省三、伊藤整といった多少名の知られた新進そのほか、たくさんの未知数の能力を伸ばそうとしていた若い人々があつまっていて、田居さんもその一人だった。このグループには伊藤君の友人の川崎昇君（伊藤君の『若い詩人の肖像』に、さかんに出てくる）がいて、その妹に川崎愛子という人がいた。

これが日本のモダーニズムが生んだ稀代の女流詩人左川ちかで、彼女はリンゴ畑のある余市（小樽郊外、伊藤君と同郷）から上京して、おどろくべきスピードで近代感覚を吸収し、つぎつぎとエメラルドのような深いイメージの光りをもった詩をのこし、彗星のように我々の世界から消えていった。のち私は田居さんが川崎昇君と従兄弟で、したがって彼女とも従兄妹の間柄だということを知った。

田居さんは、このような稀な青春時代をもつことに恵まれた。田居さんはながく詩の世界にとどまらなかったが、そのような環境や友人たちをもったことは、その後の人生をたかめ、明るくするあかりになったにちがいない。それはいつまでも美しい思い出であるが、この場合、美しいのはたんに思い出という心理のヴェールが美しいという意味でなく、それ自体が美しいという意味である。それ自体が美しかったということは、永久にそれを思いだす人々を裏切らない。私がこの回想をたのしく書くことができたのも、そのおかげであると、私はおもっている。

左川ちかの詩

中村　千尾

左川ちかについて一度何か書きたいと思っていたところ、堀内さんから電話で彼女の詩について書かないかとのお話だったので、私の思い出もつけ加えて書かせて頂くことにした。昭和初期の詩運動とともに擡頭し女流詩人と云えばだれでもすぐに左川ちかを思い浮べるであろう、彼女は近代詩の最前衛を静かに歩いた人だった。「左川ちか詩集」の小伝によると、彼女は明治四十四年北海道余市町に生れ、昭和三年小樽高女を出るとその年の八月上京し百田宗治の知遇を得ると記されている。「椎の木」「詩と詩論」その他の文芸雑誌に詩を書きジョイスの「室楽」を出版したのは昭和七年八月だった。彼女と親交のあった北園克衛は「左川ちかと室楽」の小文の中で適切な言葉で彼女を語っている。「彼女が好んで着ける黒天鵞絨のスカート、細い黒い線のある絹のシャツ、緋色の裏のついた黒天鵞絨の短衣、広いリボンのついた踵の高い靴、一本の黄金虫の指輪、水晶の眼鏡がすべての現実を濾過して彼女の小さな形の好い頭の中に美しいimageを置く。それらは彼女の華奢の限りをつくした身体を寧ろいたいたしいものにしている。それは美しい人間と云うよりか、人間の精髄をより鋭く感じさせる、それは燃え上る火の紅ではなく消えることのない炎の青さだ。そしてネオン灯の賑やかな街路ではなく、リラダンやフイオナ・マクラウドが描く古びた庭園や古城の廻廊にふさわしい彼女の澄んでいるが弱い声が語る単純な数語が、幾多の高い哲学的思念や厳しい知見に一致する、彼女の様な特殊な頭脳は教養や訓練に待つまでもなく、生れながらに完全なのかも知れない、そのように彼女の詩も亦、最初の一篇より完成していたのだった。その類推の美しさが、比喩の適切が、対象の明晰がそれらに対する巧妙な詩的統制が僕を驚かせた」 全くこれ以上に彼女を語るのは難しい、私が左川ちかと知り合うようになったのは「室楽」が出版された後だった。彼女は北園さんと「エスプリ」を編集していた。Xマス近い街で彼女からそのしゃれた小雑誌を貰ったのを記憶している。新宿の武蔵野館前にあったフランス屋敷で時々一緒にお茶を飲んだ。そんな時別に詩の話しをするでもなく、日常のことや男性詩人の話しをしてお菓子食べて別れた。彼女は明るくてかなり話し好きだった。女性らしい行き届いた趣味で整えられ、恋をしていたようだ。ある日デパートの書籍部で彼女は書棚から聖フランシスの「小さき花」を取り出して、一生に一度は自分もこう云うものを書きたいと思っていると真剣な表情で話したことがあった。彼女から文学への希望らしいものを聞いたのはその時だけだった。彼女はその希望も実現させずにあまりにも早く死へ急いだ。彼女が混血児の少女の家庭教師になった頃元気な顔を見て、夏にはこの少女とどこかへ旅行するかも知れないと話した。旅行するなら湖水のあるところへ行きたいとも云った。すかんぽや野苺の野性を彼女はいつもどこかに持っていてそれをいぶし銀のような詩にして見せてくれる、心憎いほど人をひきつける詩だった。「種子どもは世界のすみずみに輝く、恰も詩人が詩をまくように」と歌いながら多くの詩人に愛惜され、昭和十一年一月七日に二十五才の若さで世を去った。彼女の死を私はせめて花で飾るより他になにも出来なかった。死後に出版された「左川ちか詩集」のあとがきで百田宗治は「彼女が成しとげたことが、或は成しとげようとして半ばで殪れたことが、どんな価値を持っていたかそんなことはまるで知らないような、またそういうことは無関係のような一人のわかい女として彼女は死んで行ったのだ。根のないこれらの花々作者のいないこれらの詩が、どんな風に人々に受取られて行くだろうか、彼女の生きていたときに会うと、どんな風に人々は「詩」と云うものを違えて考えているだろうか。おそらく数少ないであろうこれらの詩の読者の苗床のなかで、この花々の隠し持っている小さな種子がどんな風に根をおろし延びて行くかを、いつまでも私は見まもっていたい気持でいまはいるだけである」と結んでいる。二十六年の歳月を経て今彼女の詩を読むと、女性でなければ書き得ないピュリテイで確実な詩を書いている事を痛感させられる。

青葉若葉を積んだ軽便鉄道の終列車が走る
季節の裏通りのようにひっそりしている
落葉松の林を抜けてキャベツ畑へ
蝸牛のように這っていく
用のないものは早く降りて呉れ給え
山の奥の染色工場まで六哩
暗夜の道をぬらりと光って
樹液がしたたる

私は彼女のこう云う楽しいメルヘンを愛する、そして美しい先輩として彼女を誇り得る詩人の一人だと思っている。

【左川ちかの詩】

眠っている

髪の毛をほぐすところの風が茂みの中を駈け降りる時焔となる
彼女は不似合いな金の環をもってくる
まはしながらまはしながら空中に放擲する
凡ての物質的な障碍　人は植物らがそうであるようにそれを全身で
把握し征服は跳ねあがることを欲した
併し寺院では鐘がならない
なぜなら彼らは青い血脈をむきだしていた
背部は夜であったから
私はちよつとの間空の奥で庭園の枯れるのを見た
葉からはなれる樹木　思い出がすてられる如く　あの茂みはすで
　にない
日は長く、朽ちてゆく生命たちが真紅に凹地を埋める
それから秋が足元でたちあがる

山脈

遠い峯は風のようにゆらいでいる
ふもとの果樹園は真白に開花していた
冬のままの山肌は
朝毎に絹を拡げたように美しい
私の瞳の中を音をたてて水が流れる

ありがたうございますと
私は見えないものに向かって拝みたい
誰も聞いてはいない　免しはしないのだ
山鳩が貰ひ泣きをしては
私の声を返してくれるのか
雪が消えて
谷間は石楠花や紅百合が咲き
緑の木蔭をつくるだろう
刺草の中にもおそい夏はひそんで
私たちの胸にどんなにか
華麗な焔が環を描く

詩人左川ちか回想

川村　欽吾

昨年の夏、『文学界』八月号の「詩人の誕生―左川ちか」（富岡多恵子）を読んで、おおいに懐旧の思いを新たにした。さっそく『左川ちか詩集』（昭和一一年・昭森社）を取り出して読み返した。装丁も簡素だが、今にして思うとすこぶる無愛想な感じで、遺稿詩集であるのに彼女の写真すら載せてない。もっとも現代ほどカメラが普及してなかったし、また、たぶん彼女は写真が好きでなかったかも知れない。やがて歳末近く『太陽別冊・近代詩人百人』（平凡社）を見つけ、千葉宣一氏（帯広畜産大学）の見事な解説を読み、たいへん教えられた。鮮明でないが左川ちかの写真も添えてある。荒い縦縞のカーデガン姿で、笑顔のスナップが私の記憶をかなり甦らせた。

『左川ちか詩集』附載の「左川ちか小伝」は、次のように簡略なものである。

明治四十四年二月十二日北海道余市町に生る。本名川崎愛。幼時から虚弱で、四歳頃までは自由な歩行も困難な位だった。

昭和三年三月庁立小樽高等女学校を卒業。

同年八月上京、百田宗治氏の知遇を得。

同六年春頃から腸間粘膜炎に罹り約一年間医薬に親しんだ。

同七年八月椎の木社からジョイスの『室楽』を刊行。

同十年家庭教師として保坂家に就職。腹部の疼痛に悩み始めた。

同年十月財団法人癌研究所附属康楽病院に入院、稲田龍吉博士の診療を受けた。

同年十二月廿七日本人の希望で退院。

同十一年一月七日午後八時世田ケ谷の自宅で死去。

伊藤整のペンになるというが、この簡略さの背後に隠されていた左川ちかの、深刻な個性的ドラマは、さまざまな感慨を呼び起す。私の面識は、『ＶＯＵ』の前身の詩誌「MADAMIE BLANCHE」（一九三二・五～一九三五・八）同人としてであった。

この詩誌の揃いも、敗戦時のどさくさに紛れて失ったが、北園克衛・岩本修蔵両氏の編集で、おどろくほど贅沢で、高踏的な体裁であった。

『前衛詩運動史の研究』（中野嘉一）をひらくと、四三名の執筆者名がある。いま記憶に残るものを拾うと、麻生正、飛鳥融、江間章子、井上多喜三郎、一瀬通之、伊東昌子、岩佐東一郎、岡本美致広、西脇順三郎、西崎晋、中村千尾、近藤東、壁谷恒二（桜井八十吉）、桑原圭介、菊島恒二、小林善雄、加藤真一郎、木山義也、岡山東、左川ちか、芹沢一夫、阪本越郎、佐藤義美、酒井正平、城左門、城尚衛、田中克己、鳥羽馨、上田修、浦和淳、山中放生、山中富美子、などの他に、富士市の詩人で麻生正と詩誌「ETOILE DE MER（海盤車）」に拠っていた加藤一や、会計検査院官吏であった荘生春樹等を思い出す。

左川ちかは、たしか創刊号からの同人で、私は佐藤義美に誘われて少し遅れ、さらに後に西崎晋の従兄妹の中村千尾などが入った。

毎月の執筆者はそれほど多くなかったが、雑誌ができるごとに合評会があった。いつも二〇名前後で、北園・岩本二氏を中心に、在京の若い詩人が主であった。前記中野氏の本でみると、左川ちかの作品発表は中期以降はほとんどない。しかしパーティには、かなりまめに出席した様に思う。会場はどっかの喫茶店で、コーヒィとお菓子を前にして、格別論議に花を咲かすほどでなく、なにかつつましやかな行儀のよい会合であった。そうした状況の中で、それぞれに幾つかの小さい仲間があった。たとえば北園氏や岩本氏の輪、府立一商の同級生で詩誌「オメガ」を出していた城、菊島、桜井、上田の四人組といった具合である。また田中克己、酒井正平と私の三人はどういうわけか駒があい、新宿の喫茶店やどっかのおでん屋で雑談し、『コギト』などの噂話を聞いたりした。酒井正平は後召集されて北支那から南方へ転進、ニューギニアのジャングルの中で戦死、遺骨すら帰ってこない。『小さい時間』というささやかな遺稿詩集が、村野四郎、小林善雄によって刊行された。また、女性詩人たちの個人的つきあいは殆どなかった。

左川ちかと江間章子は同年代で、ともに第三次『椎の木』が主たる活躍の場であった。しかし性格はまったく対照的で、なにかと明るくにぎやかな雰囲気を作りだす江間章子に較べ、左川ちかは常に寡言でわずかに微笑をもらすぐらいで、きわめて知的で近づきがたい印象であった。それは彼女の詩作品そっくりの感じ、といってよいかも知れない。千葉氏の文に、「ちかは好んで黒天鵞絨《ビロード》のスカートや緋色の裏のついた黒天鵞絨の短衣を愛用したという。」とあるが、まったくその通りで、しかも黒のベレーがよく似合った。また富岡文は、女学生時代の彼女を語った伊藤整のことば、「面長で目が細く、眼鏡をかけ、いつまでも少女のように胸が平べったく、制服に黒い木綿のストッキングをつけて、少し前屈みになって歩いていた」を引用している。このストッキング姿は、この頃ほぼ全国的に共通で、現代の老女たちの女学生時代が偲ばれて頬笑ましい。だが詩人左川ちかに「少し前屈みになって歩いていた」という印象がない。むしろつつましいがなにか昂然として、自からの孤独の世界が自信に充ちたもののごとくであった。膚はやや小麦色、やや大きめの鼻が特徴で、顔だちも整っている方ではない、歯ならびも不揃いであった。そうした自分の容貌をよくのみこんだ上で、強い意志力に支えられた強靭な知性で、むしろ知的に輝き魅力的であった。それが不意に笑顔をつくり、歯を見せた時などの表情は、意外に素朴な親愛感をあたえた。その頃北園克衛が戯れに、「左川ちかは、日本のマリー・ロオランサンだネ」などと言ったことがあった。いかにも北園氏好みの機知があっておもしろいが、資質の面からはやはり首肯し難い気がする。私の好きな彼女の詩に「記憶の海」がある。

髪の毛をふりみだし、胸をひろげて狂女が漂ってゐる。
白い言葉の群が薄暗い海の上でくだける。
破れた手風琴。
白い馬と、黒い馬が泡だてながら荒々しくそのうへを駈けわたる。

比較的に短く、また分りやすい作品である。中期以後ほどの強引な感情の扼殺や飛躍がなく、ナイーブで親しみやすい。しかしこの叙情は、彼女の詩の全体の底部に、その基底の主調音として、時にはチェロの緩徐調よりもひそやかに、息づいていたのではなかろうか、という気がする。それはまた吉田一穂の『海の聖母』の主調音にも、相通ずるものであろう。北国の、特に冬の日本海の荒々しい海景と波音は、胸中深く刻みこまれて消えることがない。時にそれは死者の世界から呼ぶ声、のごとく聞えることすらある。

さて前記の富岡文によって、はじめて彼女と伊藤整との異様な恋愛関係を知り、さらに『伝記伊藤整』（曽根博義）の存在を知った。左川ちかの私生活については、たぶん多くの人は知らなかった、と思う。彼女は兄川崎昇の親友として伊藤整と親しみ、上京後まる二年ほどして彼の結婚に際会した。その出来事を契機として二人は、おそらく痛切な愛情のきずなに気付く、という不幸な経過があった。富岡氏はそれを作家らしく、いかにも鋭く分析して描いていて、洵に興味ぶかい。「海の天使」の原詩「海の捨子」（この作品を何かの雑誌で読んだ記憶がある）は、

揺藍はごんごん音を立ててゐる
真白いしぶきがまひあがり霧の
やうに向ふへ引いてゆく私は胸
の羽毛を掻きむしり　その上を
漂ふ　眠れるものからの帰りを
まつ　遠くの音楽をきく明るい
陸は扇を開いたやうだ　私は叫
ばうとし訴えようとし　波はあ
とから消してしまふ

私は海に捨てられた

にみられる寒む寒むとした苦悩の日を、じっと堪えていたに違いない。その内部の孤独のドラマの激しさ、深傷の痛みを思いやると、なんともいたましい気がする。やがてかけがえのない愛を断念し、「私は海に捨てられた」ままに逝ってしまったわけである。思うに左川ちかは、異常に頑強な意志力によってこれを抑圧し、その押し詰められたエネルギーの噴出を詩に求めた、という観方もできるのではなかろうか。なお千葉氏は伊藤整の短篇小説「海の肖像」の（冬子）が（「明らかに川崎愛《ちか》がモデルであり、彼女が「どんな、に僕を愛してゐるか」を知ってゐた。」）と指摘し、この「海の捨子」をあげている。まことに共感をおぼえる。

さて前記の「小伝」には、「同七年八月椎の木社からジョイス「室楽」を刊行」と見えている。文庫版ほどの小形本で、上質の和紙を使った簡素で可愛らしい訳詩集であった。やはり彼女の才能を示したなつかしい小冊である。ところで「伊藤整全集」第二四巻附載の「伊藤整年譜」（曽根博義作製・瀬沼茂樹校閲）をみると、昭和七年八月に「ジョイスの「室楽」(椎の木社)」とある。これはどういうことなのであろうか〔伊藤整は『椎の木』一一八に短評のジョイス「室楽」を寄稿、川村がいう年譜の記述は訳詩集を指すものではない：編者注〕。昭和五年六月、季刊『詩・現実』に伊藤は「ジェイムズ・ジョイスのメトオド『意識の流れ』に就て」を発表し、同誌次号(九月)には、永松定・辻野久憲と共訳『ユリシイズ』訳の連載を初めた。《Chamber Music》のテキストも伊藤によるものと思われるし、その翻訳校訂もすべて彼の手をわずらわしたというが、しかしあの小詩集は左川ちか訳で出たのであった。その秋一〇月下旬、伊藤整の処女短篇小説集『生物祭』(金星堂)の出版記念会が催された。新宿の京王百貨店階上が会場で、佐藤義美に誘われて私も出席した。会衆七〇余名ぐらいで賑やかな雰囲気であり、その席で例の黒天鵞絨服にベレー帽の左川ちかと、挨拶を交わした記憶があるが、これは何かの間違いだろうか。当時のこの種のパーティは簡素なもので、会費は八〇銭ぐらいで酒肴などはなかった。彼女は、ほう珍しいなといった顔つきをした印象がある。

いま筆者の手許に、書簡が一通遺っている。

封筒　表　山形県東田川郡余目町茶屋町二〇
　　　　　川村欽吾様
　　　裏　東京市世田谷区世田谷五ノ二九九四
　　　　　左川ちか(注・黄色和紙)

マラルメの紀念詩集たまはりましてありがとうございました。

御れいがたいへんおくれてしまひまして。花葩のやうにレエスの卓上を飾って、ほんとうにうれしうございました。

夏のお休みもだいぶすぎましたけど、楽しくおすごしでいらっしゃいますか。どうぞお元気でいらっしゃいますやうに。

私はどこへも行かずに、ボンヤリして家におります。暑くなると壁にひろげられた世界地図をながめております。ちょっとの間、たのしいです。
太陽が私たちにあまり近すぎるのでせうか。本も読めない程、私はなまけております。
九月にはまたお元気なお姿にお目にかかることが出来ますことでせう。
御機嫌を祈上げます。　さようなら
八月十五日（注・昭和五年）　左川ちか
川村欽吾様

黄ばんだ和紙に朱罫六行の鳩居堂用箋に、整然と書かれた文字に乱れがない。これが二二歳の彼女の手紙なのに驚く。マラルメの記念詩集は北園克衛の発案で、昭和八年七月北園、阪本越郎、近藤東、荘生春樹などの短い詩篇と、右頁にデッサンを配した体裁で、鳥羽馨の編集で出され、翌九年四月に酒井正平、西崎晋、丹野正（訳詩）などもあった。それらをまねて桑原圭介が伊東昌子や私を誘って、手紙のクラブ（桑原圭宰）から《Póesies en Souvenir Stephane Mallarumé》という派手な表題で刊行した。私の〈La Mer〉のデッサンは、酒井正平が断髪少女の顔を描いてくれた。ただし髪と口だけで他はない。詩句は「緑のクラブの女王さま　海よ　うすもののスカートに　太陽は眩ばゆい宝石を鏤りばめる」といったお恥しい四行詩である。

もう紙数がつき、傑出した彼女の詩に触れえないが、それは他の機会にゆずりたい。

〔川村宛書簡について『左川ちか全集』では昭和九年と考証している：編者注〕

左川ちか氏のこと

浦和　淳

今は記憶すら模糊として定かではない半世紀前の出来ごとを、現在、述べようとするのは非常に困難であるが、一度も出逢うこともなく終った左川ちか氏から、一通の手紙を初めて貰ったのは、気も遠くなるような時代、昭和八年盛夏の頃だったと思う。

当時、私は数人の仲間と小さな同人詩誌『呼鈴《ベル》』を出していて、その仲間に加わった塩寺はるよが発表した数篇の詩について、多少は儀礼的な言葉はあったが「塩寺さんの詩はたいへん清楚で気品があり好感の持てる作品ですね」という意味の手紙だった。それが動機で短い期間ではあったが左川氏と私との文通だけによる接触が始まり、後日、作品を頼んだところ気軽に書き送って呉れたのが、私たちの『呼鈴』誌に発表した「他の一つのもの」だったのである。

当時、北園克衛、岩本修蔵両氏がディレッタントとして機関誌『MADAME BLANCHE』を持つ詩結社「アルクイユのクラブ」を組織し、果敢な主張を通じて前衛詩の領域拡大の運動を推進していた時代で、既にそのクラブに左川氏は所属していたが、私も北園、岩本両氏から推薦をうけて仲間入りしたばかりだったりで、先輩格の彼女から突然の便りを受けた時には恐縮に思ったほどだった。

左川氏がいつ何処で塩寺の作品に眼を通したかという点に就いては明瞭でないが、私はその数年前から季刊『詩と詩論』刊行で名声を高めていた厚生閣書店で発売の月刊文芸誌『今日の文学』の投稿詩欄に毎号投稿し、その詩欄の選者だった北園氏には『呼鈴』を発行の度に送っていたので、左川氏は其処で寄贈誌の中から注目される作品を示され、読んだものだろうと推測したものだった。

私自身、左川氏のことに就いては、北園氏はじめ当時彼女に直接逢う機会の多かった人たちの著書や文章などを通じて得た間接的なイメージ以外には何一つ知らなかった。然し、やがて蝕まれていく宿命を背負った病身でありながら、驚くようなフレキシビリティな詩の数々を世に問うた頃、作品だけを通じての印象で、彼女の共感を呼んだらしい塩寺はるよが、アブノーマルな肉体をひたすら隠して書いた「青さ」を象徴する色彩豊かな作品に、同じ立場の同性として、私などには全く考えも及ばなかった異状な共感を持ったのは興味あるものだった。

塩寺が私たちの仲間に加わり詩を発表したのは、左川氏と私との文通期間とほぼ同じ二年の短期間で、突然逝去していった一人であるが、自らの身上や病身を秘して働きながらの作品だつた故か、何処となく隠し通せない病的な陰影が表われていた。その秘密を、同じ心境の左川氏が作品の中から鋭敏な知覚で見抜き、その異状な心象を汲み取ったのが批評文を書き送ろうとする強い衝動を沸き立たせたのかも知れない。

当時は余り気にも留めなかった両人の相似点なども、比較すれば興味深い心理的創作過程なども掴めると思うが、病菌に蝕まれた繊細な感性が、はからず対照されるのも必ずしも稀有のことではないと考えられる。

北園克衛氏の言葉を借りれば、左川氏は「病的であつたし、口かずも少なかつたし、生まれつき謙譲で静かな性質であつたが、詩の世界では王女のやうに自由な大胆にふるまつてゐた」そしてまた「美も死も彼女の自由を奪ふこともゆがめることも出来なかつた」と、その死を惜しんでいる。一方、「僕たちにとつて硫酸銅のやうな碧はプラントインクの青と同様に貴重であり、煉瓦の赤はパナツシユの紅のやうに共に貴重である。僕たちはかつて煉瓦の赤に対したと同じやうに一つのパナツシユの紅をその慎しみ深い火災に認めたのである。かうして新しい一輪の薔薇の光栄とともに僕たちのクラブに移植した」という塩寺について、北園氏は短命に持えつきた彼女のその追悼文で、更に「同じ位置から再び火の薔薇が咲き出ることは決して無いのであらう。ともあれ僕は幾十の比類なき詩の純粋な花々の環に護られた彼女の生命の火災の最後に向つて、ここでアデウと帽子を脱ぐ」と、左川氏に対すると同じようにその出会いと死を惜しんでいるのも、まだ数えるほどしか現われなかった前衛詩を指向する、然も将来性を充分に期待できる同志ともなった閨秀詩人への惜別の情を禁じ得ない辞詞であったと私は感じている。

左川氏の伝説的な履歴の中には幼少時代から極めて夢見勝ちな性質で、夢の話になると勢い想像の世界にまで誇張するほど巧みだったという挿話が伝えられているが、その想像や幻想の世界を絶えず追い続けたのが、何時か故郷余市を離れた青春時代の生活の中にまで根深く浸透して、彼女の創作欲を異状な詩の領域にまで駆り立てたのが、短い生涯に課せられた宿命だったと思う。

単なる抒情の中に捉われず革命的な前衛詩の分野にまで詩精神を飛翔せしめた中には、伊藤整、百田宗治はじめ、その周囲を取巻く多くの先輩詩人たちのアドヴァイスや教唆的要素も介在したと考えられるが、要は彼女の自制や選択と先天的な素質が、自ずとその創造精神を培ったのが大きなポイントであったと判断される。

左川氏から受取った書翰類は残念ながら散逸して無いが、辛うじて激しい戦禍を免れた彼女の書いた数枚の生原稿と、その作品の発表誌が私の手許に残されている。今改めて再読すると、その中の一篇「童話風な」の中に期せずして彼女の夢見勝ちな頃の数々が克明に述べられているのが興味深く、何か私の心を捕え、五十年前の詩作華やかなりし頃への郷愁を駆り立てるのであった。

海は満つことなし

千葉　宣一

遂にその日が来た。左川ちかの詩的遺産が白日の下に公開され、本来的な価値と意義において、詩史的復権が果される日が。一日も早い、その日の到来を確かに私は願ってきた。だが、今は何故か、神秘の森の奥深く、伝説のベールに包まれたまま、誰にも知られず、ただ私のためにのみ微笑する女神として、その甘美な悲哀に似たポエジーの秘密を独占しておきたい心情である。

左川ちかの詩的肖像を同時代人の証言で点描しよう。彼女がプルガトリウム！に旅立った時、自分の娘のように慈しんでいた、『椎の木』の主宰者・百田宗治に、萩原朔太郎は〈最近詩壇に於ける女流詩人の一人者で、明星的地位にあつた人であつた。この人が死んだことは、何物にもかへがたく惜しい気がする〉との手簡をよせている。それは社交儀礼的な讃辞ではない。取り返しのつかない痛恨事として、死者の栄誉に贈られた真情である。生前すでに左川ちかは主知主義の旗手として評価されていた。硬質の抒情と洗練された言語美学は同世代の詩人たちから敬愛されていたのである。北園克衛は次のような証言を残している。〈先日西脇順三郎氏を訪ねたとき、偶然左川ちかの話が出て、西脇氏は左川ちか氏の詩が多くの女性詩人の作品中、その教養の豊かさと技術の確実さに於て、作品の純粋にして優秀な点に於て女性詩人の第一位に推されたのであるが、これは西脇氏に限らず新しい詩人が一般に肯く処であつて、この詩人に比肩する詩人は殆ど今の処発見することが出来ないのである――〉と。事実、「昭和十年度詩壇総批評」（『文芸汎論』昭和10年12月）で、村野四郎も、〈今年度の女流詩人の活動もあまり活発であつたとはいへない。その中で、左川ちか氏は、数多く傑作を発表した。

豊かなイマヂナリの世界で氏の智性は美しいメタフイヂイクな影を曳いて際涯もなく飛翔した。〉と激賞している。また『詩人時代』（昭和10年6月号）の、ゴシップ記事で飾られた「女流評判記」においてさえ、左川ちかの〈理智的な閃きのある詩〉は例外的に敬意を表されていたのである。アルクイユのクラブ以来、『MADAME BLANCHE』『椎の木』を通しての詩的盟友であり、北園と共に左川の編輯していた流行雑誌『エスプリ』の勤務先のあった銀座を舞台に、外遊を夢みたり、横浜港でのヨット遊び、伊豆の大島への航海など、詩的青春の哀歓を分かちあった江間章子は、ちかの印象はイディス・シットウエルの肖像に似ているが、生活はむしろヴァージニア・ウルフに近い。煙草に火をつけるポーズが魅力的で、用いる色は黒ばかり。それが黒い服を着るというより、影を衣裳にして身に着けた素的さだった——と書き留めている。ちかの詩情ゆたかな、Pheno-poeia に似た手紙は定評があった。『椎の木』の仲間であった内田忠に宛てた次のような書簡——死の前年の夏と推定される——は、特に注目される。〈すつかり盛夏になりまして、舗道を歩いてゐると、脳がくらくらして倒れさうになります。それでも夏が好きで夏が好きでたまりません。そして夏といへば真赤なかたまりの罌粟を想ひます。またこの夏もどこへも行けさうもなく、働かなければなりません。海や山のことを話してをります。まるでいまにも行きさうに。たのしいのですけど、子供の頃のやうに。銀座の毛皮屋がとても夏向きの店に変りました。花と、植木と熱帯魚と金魚と、大きな水槽に金魚がたくさんをりますの。熱帯魚がほしくて、いつものぞいて見てまゐります。お金が出来たら、銀座のやうなところへ江間章子さんと店を出したいと話してますの。江間さんは帽子屋と写真屋。私は本屋、シルビアビーチの本屋のやうなの。早くお金が出来るといいと思ひます。——〉。お金の代りに、やがて訪れて来たのは死神のサンダルの音であった。シルビア・ビーチとは、パリのオデオン通りに在る、シェイクスピア書店の女主人の名前である。英米でワイセツ文書として発行禁止処分を受けていた、ジェイムズ・ジョイスの『ユリシイズ』を一九二二年二月二日、最初に刊行して不滅の名声を残した、当時の前衛文学者のペイトロニスであった。彼女はジイド、ヴァレリー、ヴァレリー・ラルボー、E・パウンド、T・S・エリオット、G・スタイン、ヘミングウェイ、S・フィッツジェラルド等と交遊を結び、国際的な前衛文学誌・transtion のプリンシパル・エイジェントになるなど多彩な活動の意義は偉大だ。それにしても何んと云う切ないまでの左川ちかの生活設計の幻想であろう。此処にも伊藤整の存在が風のような悲しみとなって影絵を浮き彫りしている。『ユリシイズ』を訳していた伊藤から、シルビア・ビーチを巡るパリ文壇の情報を知らされていたのであろう。ちかの詩的生涯に、整との出会いと対話とは訣別？は運命的役割を果している。あれ程までに濃密な関係にありながら、二人は一切、お互いに就いて語った文献証拠を残していない。だが、昭和文学の三大悪人のヒトリである整のパトロナイズィング・スマイルの底には抜き差しならないエゴイズムのデフェンス・メカニズムがうごめいている。

詩人は詩のなかでしか愛の真実を告白しない――と述べたのはゲーテであったろうか。「記憶の海」も「海の花嫁」も「冬の肖像」も、否、左川ちかの詩的宇宙をただようエントロピーは、伊藤整が魂と肉体に刻んだ傷痕を越えて、忍恋の誇りと美的実存に生きた彼女が、自らの愛と死の十字架に捧げた祈祷歌であり鎮魂歌の嘆きなのだ。〈燦めくやうな作品を残して、いそいで処女のまま死んでいつた。〉と、ちかの夭折を慟哭した北園克衛の哀悼を、伊藤はどのような想いで耐えたであろうか。残酷な優しさに包まれた整とちかの詩と真実の深淵を、今はまだ語るべき時期ではない。　My love, my love, my love, why have you left me alone?　〈私の恋人よ、恋人よ、恋人よ、なぜあなたは私を独り残して去つたのか？〉ちかの訳業である。ジョイスの『室楽』(Camber music ,1907) の終章の絶唱が海鳴りのように今日も幻聴される！　この悲しみよ、永遠なれ。

左川ちかと〈死〉

鶴岡　善久

『詩と詩論』『文学』『白紙』『エスプリヌーヴォー』……。左川ちかが主として詩を発表した詩誌の傾向を改めて確認するまでもなく、左川ちかはモダニズムの詩人だ。当時のモダニズムの詩は、詩の抒情を否定して陽性にして楽天的なイメージ重視の詩風を展開した。極端な場合は詩の意味をはぎとり言葉をキャンバスの上の絵具のように操作した。しかし左川ちかの詩はそういう意味では決定的にモダニストの詩とは異なっている。左川ちかの詩にもっとも顕著な特色、それは彼女の詩の裏側につねにべっとりと「死」がはりついていたことである。


料理人が青空を握る。四本の指あとがついて、次第に鶏が血を流す。ここでも太陽はつぶれてゐる。

たづねてくる空の看守。日光が駈け出すのを見る。

たれも住んでないからつぽの白い家。

人々の長い夢はこの家のまはりを幾重にもとりまいては花弁のやうに衰へてゐた。

死が徐ろに私の指にすがりつく。夜の殻を一枚づつとつてゐる。

この家は遠い世界の遠い思ひ出へと華麗な道が続いてゐる。


左川ちかの詩のなかでももっとも注目すべき作品「幻の家」の全文である。まず冒頭の「料理人が青空を握る。」からしてショッキングである。変ないい方だが、これはリアリティのあるシュルレアリスムだ。「四本の指あとがついて、次第に鶏が血を流す。」ダリ的なまでに現実を超えていながら、鶏の血はなまなましく血なまぐさをともなっている。そしてつぶれた太陽。ここで左川ちかはみずからの希求している、ある詩的な至高点の喪失に見舞われている。そしてさらに「たれも住んでないからつぽの白い家。」である。完全な空虚な脱落意識が明白である。そしてそのへこんだ意識の部分で、「死が徐ろに私の指にすがりつく。」のである。

「赤衛軍の兵士ら、縮毛の芸術家、皮膚の青いリヤザン女、キヤバレの螺旋階段。／ピアノはブリキのやうな音をだす。」(「The mad house」部分)このような左川ちかのモダニズムは、すでに近藤東や春山行夫のモダニズムが色あせたように、いささか今日的意識を失っている。ひとえに左川ちかのモダニズムは、「死」が接近することによって詩的現在へ切実につながっている。


——きけ、颶風のに中から芽をふくのを。

いま庭は滅びようとしてゐる。

をののく生命を吹き消す風が　また木を軽くするのか。

（「落魄」冒頭）

左川ちかのモダニズムにひそむ「死」はこのように詩における危機意識を鮮明に地表に噴きあげさせている。社会の重たさを予感するかたちでの危機意識ではない。「死」が押し上げている彼女の危機意識はほかならず「生命」の根源から発生する危険信号である。左川ちかの詩は、純粋な生命体からの地震の記録でもある。

髪の毛をふりみだし、胸をひろげて狂女が漂つてゐる。
白い言葉の群が薄暗い海の上でくだける。
破れた手風琴、
白い馬と、黒い馬が泡だてながら荒々しく、そのうへを駈けてわたる。

（記憶の海）

左川ちかの詩には何となくうす気味悪くなる要素がある。みずからの内部の不安を暴力的にかつ冷静にたたきひろげているようなところがある。それは静かに深く、ぼくらの存在そのものの不確実さ、あるいは暗い未来をえぐりだして自覚させる力をもっている。ぼくらを荒涼とした「死」の海へたった一人にして誘いだすエネルギーを詩のうちに秘めている。左川ちかの詩にはほかにもいくつか「馬」が登場する詩がある。いつも「死」と隣り合わせにいた彼女は、たぶん「馬」のイメージに、みずからの詩のなかの「死」に抗して強烈に生きることへの願望を託していたのであろう。ところで昭和十一年にでた昭森社版『左川ちか詩集』の表紙絵と数葉の挿画は三岸節子によるものである。この「記憶の海」の左頁にも三岸節子の海の上にいる二頭の馬のデッサンが収録されている。絵はかなり詩に沿っていないながら、不思議にもうひとつの世界を形づくり、しかも詩を生かしている。印刷の関係で今度の全詩集には収録されないだろうが、三岸節子のこの詩集に入れられたデッサンは三岸節子のすべての仕事のなかでも最良のものだとぼくは判断している。とにかく詩集に附せられた絵が、これほどまでに詩を生かし、同時に独自に絵みずからをも生かしている例をぼくはほかに見たことがない。

髪の毛をほぐすところの風が茂みの中を駈け降りる時焔となる。

「眠つてゐる」という詩の冒頭の一行だが、奥深いエロチシズムが感じられて、ぼくには忘れられない一行である。これはほとんどエリュアールだ。左川ちかの詩にある抒情的な要素も妙にふっきれていて西欧的なところがある。これはまた変ないい方だが左川ちかの詩の抒情は十全にモダニズムであるのだ。

ぼくが左川ちかの詩にふれたのは創元文庫版『日本詩人全集』第六巻（昭和二十七年刊）によってだ。だからもう三十年近く左川ちかの詩を読んできたことになる。この文庫版には小さな肖像写真が載っている。左川ちかは眼鏡をかけ前歯が折れているようで、とても美しい女性とは見えない。しかし苦心して集められたという別の写真を何枚もみて、仲々美しい女性であったことが確認されて、ぼくはうれしかった。しかしやはり三十年間見慣れた本物の彼女より悪く撮れている方が、左川ちかの詩のモダニズムに巣喰っていた「死」のイメージにふさわしいような気が、しきりにするのである。

左川ちかの詩と私

小松　瑛子

左川ちかの詩をはじめて読んだ日の感動は忘れられない。誰かが小さい雑誌に美しい詩として「五月のリボン」と「鐘のなる日」を紹介していた。

何時頃の人か、何処の人かも知らないで、なんとかして詩集を手に入れて読みたいと思った。左川ちかの兄にあたる人が札幌で出版社を持った。その人の名は川崎昇という。誰から聞いたのだろう川崎昇と左川ちかの話は——。

勿論川崎昇と伊藤整の関係は、伊藤整の『若い詩人の肖像』を読んで知っていた。その小説の中の川崎愛子は知っていても、川崎愛子が女流詩人左川ちかであることは知らなかった。

左川の詩を二篇読んでその才能の深さに魅せられたが、こんな詩は何処から生まれてくるのかわからない。「モダニズムの詩人」の詩の中で偶然左川の「死の髯」を読んだ。二度目の驚異であった。『椎の木』の同人であったことを知り、当時の同人であって私の知っている人の名前を捜した。

札幌に伊藤整の紹介を持って就職されたという北海道大学の教授、阿部保さんの知遇を得た。はじめ左川ちかの略歴をおそるおそる伺った。それから『椎の木』に載っている作品のいくつかをコピーしていただいた。阿部先生は次第に意欲の増してくる私に、「ここにもありました」といって何回もコピーを送ってくださった。

夏の暑い日だった。東京で川崎昇氏に遇って来た私はその脚で阿部先生を大学のお宅に訪ね、第三次『椎の木』全部に目を通した。しかし『左川ちか詩集』は手に入らなかった。

札幌で『木星』という詩の雑誌を出している詩人坂井一郎さんが、特製本の『左川ちか詩集』を貸してくださった。表紙絵を描いている三岸節子のサインが入っていた。『詩集』や『椎の木』の左川ちか小伝によって彼女が余市の人であることを知った。

余市の小学校、小樽の女学校、何度通ったろう。そして余市にいまは吉岡姓を名のっている妹さんのいることを知った。心のやさしい素朴な姉思いの妹さんだった。

私は取材の度に鶏卵を頂いて帰った。余市の海や山は、左川ちかの詩と同じようにまぶしく目に彩った。はげしいが何処か暗い、ひきずり込まれるような死のような日本海の風土がそこにあった。

『左川ちか詩集』を全篇写本した。うれしかった。

詩のひとつひとつを歌うように写した。そして其処にその詩を書いた時代とまわりの人々の顔を思い描いた。左川の作品と最も近い位置に伊藤整はいた。川崎昇氏が話してくれなかった伊藤整との感情的恋愛については、かつて学友であった杉本次子さんから聞くことができた。当時の学友が二、三人力を貸してくださった。

東京で江間章子さん、北園克衛さんにお遇いした。江間さんは左川ちかと同じ『詩と詩論』『椎の木』で詩を書いていた女流詩人である。其の時中村千尾さんにお遇いしなかったことが悔やまれた。資料を送って下さったのに、お訪ねする機会がなかった。中村さんは最近亡くなられた。

私は左川ちかの詩を愛しはじめていた。余市で生まれ文学を志して上京した十八歳の女性が歩んだ短い生涯について、その美しい詩故に書きたいと思った。私は「黒い天鵞絨の天使」という小さい伝記を書いた。原稿用紙で百五十枚である。そののち作品論を五十枚書き加えた。

笛のやうに細いやさしい声であったという声とは反対に左川の詩は、北国の暗い海から膨れあがつてくる呻きの声に聞こえてくる。

なぜ左川ちかの詩が私の心に深く投影したのであろうか。対象にひたむきな詩の世界が其処にあったからだろうか。彼女は詩人としての自覚を持った詩人であった故かも知れない。日常を捨てて、恋も生命さへも捨てて言葉と関わっていく魂にうちのめされた。

雪国の夏は喜びに充ちていて、明るいのに彼女は「暗い夏」だという。そのメタファーが生まれる彼女の内部、そして外在物の総てに追い廻され、暗い方へ暗い方へと追いやられる非定形の存在感。病弱故に持つ危機意識が読む側まで不安にする。

彼女は詩の中でもいっている。「この植物の形態は私の何等のかかはりもない筈なのに、私はなぜかしばられたやうに彼らの一つ一つに注意しなければならない。」

「お前はどこへ行くのか、最初のスタートがどんなに無意識であつたとしても、方向を見定めないうちに絶望しないやうに。」

植物が左川にめぐり来る季節の転移を教えた。左川は悪い神様にうとまれながら、つぶされた太陽や青い太陽の下で、「私は生きてゐた。生きてゐたのだ」と歓喜する。

左川ちかや伊藤整の暮した町は今も昔も余り変化してはいない。

二人の歩いた峠にも桐の花は咲いている。間もなくアカシアの白い花が吹きこぼれるだろう。左川の詩を見る時、自然が彼女に関わっていた大きさをしみじみと思う。左川の詩の中にある心の傷に触れてしまった私は暗い情念を軸としたこれらの作品を、なににも増して愛さずにはいられないのである。

遠い記憶

川崎　昇

昭和十年、この夏、妹・愛《ちか》は保坂百合子さんの暑中休暇を利用し連れだつて東京を離れ、避暑のため信州・諏訪に出かけてゐます。

保坂さんはアメリカン・スクールに通学してをられましたが、御父兄が日本人学校への転校を強く希望され、妹は前年からその受験準備のための日本語家庭教師の間柄でした。転校のことはすべて好都合に運んだやうでした。小樽高女の在京同窓会での事務的なことを手伝つてゐたご縁から、河崎なつ先生にご相談、ご理解あるお計らひで、その春、文化学院の編入試験に合格したとお聞きしました。愛の「信州行」の計画は着々と進められてゐるやうでした。不安と期待のなかで、「信州にも林檎畑あるのかな?」と訊きながら、妹は別のことを考へてゐるやうでした。

「お盆になれば早稲は熟れるよね。」なぜか林檎にこだはつてゐるのです。生れ育つた遠いふる里の古い林檎園風景を、見たこともない信州と重ね合わせに描いてゐたのかも知れません。

「夏は山の方が健康的よ。」妹は快活に話題をかへるのでした。しかしながら、悲しいことに、そこに待つてゐたのは知る由もない死にいたる現実の姿でした。

兎も角、諏訪湖が一望できる山のお寺の広い部屋に陣取ったものの、諸事幻滅で市街から遠く、附近にはお店もない始末で毎日が胡瓜やお茄子ぜめ、特に副食には困り果てたといふのでした。湖畔を描いた風景が二枚、水彩でスケッチ・ブックに残つてをりました。

愛が信州から戻つた夜は、めづらしく私も加はつて家族みんなの顔が揃い、明るく和やかな食卓を囲みながら、いつまでもお喋りがつきなかつた事を思ひ出します。

「いい日灼けだね。山はよかつたかい?」と私。

「それが大違ひ。すつかり痩せてしまつたの。キリギリスになるところだつた」と妹。

それからいろいろ山の献立の話を並べ立て、「どうする?」といつて笑ふのでした。おもへば、これが最後の笑ひ顔となりました。

昭和十年九月、東京にも涼風がたち、帰宅してから二週間ほど経つてゐました。或る明け方のこと、妹が庭先に出て屈んでゐるのです。こんな時間に、動かうともしないで。

「どうしたの?」

「おなかが痛んで眠れないの、昨日も今朝も。」

妹は悲しさうに顔を上げながら、おなかをおさへて立ち上がらうともしないのです。

「兎に角、診てもらはう、名医を僕が探す!」

不吉な予感が走り、私は足元を掬はれたやうに動揺し、うろたへてゐたやうです。私はそのとき『アサヒグラフ』を確かめねばと思つたことを、いまも忘れません。『アサヒグラフ』が「ガン」問題にかなりのスペースを割き、衝撃的な大型の写真や記事を多数掲載してゐたのを読んだばかりの記憶からでした。

私は覚悟をきめ、伊藤整君の意見をきかうと思つてゐました。妹の安静を妻にたのんで、私は朝食も摂らずにそのまま電車に乗りこみました。小田急ががら空きだつたのを覚えてゐます。

順天堂病院へ通院の四日間は私が同道しました。その頃の省線お茶の水駅から橋を渡つて。妹は普段着のままの靴姿でした。

検診を終つた日、妹を廊下に待たせて、岡田医師からの所見は親切丁寧で、短い時間で済みました。要するに、この患者には、最新の設備を持つ専門病院の専門医師の下で、長期の療養が緊急に必要だといふことでした。二枚のレントゲン写真を渡され、大きな紙袋を抱へて静かに病院の門を出ました。岡田医師の意見に従ひ、指示通り巣鴨の癌センターに移り、附属康楽病院へ入院手続きを終つたのはすでに十月に入つてからでした。院長は稲田龍吉博士でした。

入院当時は食欲もあり、読み書きにも格別の支障もなく、地下の物療室へも自分で足を運んでゐましたが、十一月の中旬を過ぎた頃から疼痛が続き、衰弱が目立つやうになり、十二月に入つた頃には腹膜が侵されたことを知らされました。十二月二十七日、年末年始の一時帰宅が許可されましたが、それは絶望的な退院でした。

翌十一年一月七日、病状あらたまり、闘病百日、医師の応診も間に合はぬまま、「みんな仲よく」と云ひ遺し、「ありがたう」と云つて自宅で息をひきとりました。数へで二十五歳でした。
「みんな仲よく」は幼い頃からの、母の口癖でした。

編輯者の一人として

曽根 博義

私が左川ちかの存在を知ったのは伊藤整を通じてであった。左川ちかのあまりにも早い死によって中断された二人の交渉が、左川ちかにとってどんなに大きな意味を持つものであるかは、本栞でも各氏が示唆されているとおりだが、伊藤整にとっても左川ちかは、川崎愛の時代以来、自己の青春と切り離しがたい重要な存在であった。しかし事情あって伊藤整は、左川ちかについてほとんど書き残していない。そのことがかえって私を駆り立て、二人の交渉を伊藤整の側から調べてみたいという気持を起こさせた。その結果わかったことを、私は『伝記　伊藤整〈詩人の肖像〉』（昭52・4、六興出版。昭56・6の再版で一部改訂）の最後の章に書いたが、さまざまな理由でそこには書けなかったり、誤まって書いてしまったりしたこと、その後新しくわかったことなども少なくない。機会があったら、それらを含めてもう一度全部を描き直したいと思っているが、ここでは本書編集の過程で知り得た二つの事実だけを紹介しておきたい。

一つは、本書の解題にも略記したが、左川ちか没後に出た詩集だけでなく、訳詩集『室楽』の出版にも伊藤整が協力していたという事実である。『室楽』にかぎらず、左川ちかが翻訳を発表する際、伊藤整の協力を仰いでいたことは話に聞いていたが、『室楽』出版の一ヶ月前、昭和七年七月一日発行の『椎の木』第一年報七冊巻末の「椎の木社月報」欄のその予告の中に、「目下伊藤整氏の手で校訂中です」とあるのを発見した。

もう一つは、前掲の拙著に、伊藤整は左川ちかの詩について「一言半句も語らないほどの沈黙ぶり」を貫き通したと書いたが、最近、小松瑛子氏も触れておられるように、昭和十二年四月八日付『北海タイムス』の「ブツクレビユウ」欄に伊藤整が昭森社版『左川ちか詩集』の書評を発表していることを、川崎浩典君の調査によって知ることができたので、その全文を次に紹介しておきたい。

『左川ちか詩集』

伊藤　整

近来北海道が東都の詩壇に送つた殆ど唯一の女流詩人であつた左川ちかが逝つてから一年余になる。左川ちかは明治四十四年余市町黒川に生れ、本名を川崎愛といふ。彼女の兄川崎昇君と親交のあつた僕は、庁立小樽高女の一年生として汽車通学をしてゐた十三四才の頃から見識つてゐた。後兄君のあとから上京して百田宗治氏の椎の木社に入つて詩作することになつた。

それは昭和四年の頃のことである。西欧の新精神の詩風が若い日本詩壇を風靡していた頃で、左川ちかもまたその一群に伍し、今までの日本の女流詩人とは全く違つた斬新なしかも感覚的に確実な才能を示す詩風でもつて顕われ、一躍詩壇の注目の的となつた。

文芸レビュー、詩と詩論、椎の木、セルパン等の雑誌に、阪本越郎、春山行夫、北園克衛等とならんで異色ある作品を次々に発表した。余談であるが、松竹少女歌劇の小林千代子とは小樽高女で同期であると聞く。

詩壇のことおほむね文壇の片隅にあつて華やかに世に行はれないが、新詩壇における左川ちかの存在は非常に大きな未来を有つてゐたことと、新しい詩に女性独自の感覚的根拠を与へたことにおいて、彼女の郷里が充分に誇りとしてゐゝほどのものであるのみならず、その死によつて日本詩壇の失ふ処もまた近い例を見ないほど大きなものであつた。

昭和十年から腸を病み、十一年一月七日死去した。死後その全作品が『左川ちか詩集』の名で昭森社から発行された。装幀挿絵等は三岸節子氏の手になつた典雅な本である。また彼女にはイギリス新文学の代表的作家なるジョイスの訳詩集もあつて、それは昭和七年に椎の木社から発行された。『左川ちか詩

集』東京小石川区大塚坂下町一〇二昭森社発行、定価二円。

最後に、本書の編纂にかかわった者の一人として一言申し添えさせていただきたい。

昨夏、本書出版の話が正式に決まって以来約一年、小野夕馥、川崎浩典、私の三名は、出す以上はとにかく信用のできる良い本を作りたいと念じて、できるかぎりの努力を重ねてきた。三人ともそれぞれの面から左川ちかに関心を持ち、資料も集めていたので、まずそれらを持ち寄って検討を行い、何をしなければならぬかについて話し合うことから準備をはじめた。

その過程でいちばん苦労したのは、いうまでもなく昭森社版詩集収録作品の初出確認ならびに未収録作品の探索という作業であった。これにはとくにその方面の文献にくわしい小野夕馥の献身的などの努力があったことを記しておきたい。左川ちかの縁つづきである川崎浩典君には、主として年譜作成のための調査を担当していただいた。川崎君が苦労の末探し出した家庭教師・左川ちかの教え子、保坂百合子さんのお宅には、三人揃っておうかがいした。調査の結果をたえず連絡し合い、年譜・書誌・解題等はそれらを集めて三人が共同で作成した。当初の予定では参考文献目録も附載するつもりで準備を進めていたが、紙数の関係と、なお完璧を期したい気持から、今回は見合わせることにした。他日、機会を見て発表したい。

本書が成るについては、川崎昇氏をはじめ、主として資料の閲覧・借覧にあたって、阿部保、浦和淳、江間章子、川村欽吾、小林善雄、小松瑛子、佐々木桔梗、丹野正、鶴岡善久、千葉宣一、中野嘉一、藤本寿彦、保坂百合子、丸山豊の諸氏のほか、日本近代文学館、小樽桜陽高校、その他の諸機関のお世話になった。浦和、千葉、鶴岡、小松、川崎の諸氏は、さらに本栞のために貴重な原稿をお寄せ下さった。お名前を記して、心から御礼を申し上げたい。最後に、「追悼録」再録をお許し下さった著作権者各位にも、あらためて深甚の謝意を表したい。

〔ここでいう「本書」とは、森開社版『左川ちか全詩集』を指す：編者注〕

Ⅲ 研究史・年譜

左川ちか一〇〇年の物語―解説に代えて―

島田　龍

はじめに

詩人にして翻訳家左川ちか（本名川崎愛、一九一一～三六）に関する文章（第一部では論考・評論、第二部では同時代評・追悼・回想）を本書は収録する。二〇二二年に『左川ちか全集』（書肆侃侃房）が刊行、二三年秋に北海道立文学館で左川ちか展が開催されるなど大きな注目が集まっている。本書は単行本として初の試みとなる。

それぞれの文章はいずれも左川ちかとその詩を考える上で大きな示唆を与えるものだ。ただ、どんなにすぐれた詩人論・詩論であっても、掲載誌や単行本が絶版などの理由で一般に入手し難いことも珍しくない。文学者研究の環境を整えるには、校訂を経たテキスト（全集など）及び文献目録・資料集・論集の刊行、研究史の整理など共通の資源をできるだけ提供することが必須である。本書も一義的にはかかる学術的な貢献を期している。一冊の論集・資料集として読むことで、左川研究の画期となったすぐれた諸論考は、著者個人の感性に頼るのではなく、詩人に関する資料と先人の仕事を踏まえて展開していることを実感できるはずだ。

とはいえ、本書は狭義の学術書ではない。先人たちが紡いできたいくつもの「左川ちか」を、この詩人に興味を持った読者に広く読んで頂きたいとの願いが編者（川村・島田）の根底にある。

本稿では、本書収録の文章についてとくに第一部を中心に、その背景や論点、関連文献を概観する。なお、詳細な研究史と文献目録は拙稿「左川ちか研究史論」（『立命館大学人文科学研究所紀要』一一五、二〇一八・三）、またはより簡便な「解説　詩人左川ちかの肖像」（『左川ちか全集』書肆侃侃房、二〇二二）を参照されたい。

一、評伝の登場―小松瑛子―

小松瑛子「黒い天鵞絨の天使―左川ちか小伝」（『北方文芸』五―一一、一九七二・一一）は、左川ちか再評価の先駆となった本格的な唯一の評伝である。

小松瑛子（一九二九〜二〇〇〇）は、『詩風土』『日本未来派』『核』『地球』などに属した詩人で、第一詩集『朱の棺』（日本未来派、一九六八）が北海道詩人賞（現北海道詩人協会賞）を受賞。続く『わたしがブーツをはく理由について』（朱鳥書屋、一九八二）は北海道新聞文学賞佳作賞・現代詩女流賞候補作となった。「都会人の知的抒情を基底とした作風」（佐々木逸郎「小松瑛子」『北海道文学大事典』北海道新聞社、一九八五）と評され、枯木虎夫の評論「石狩平原の手紙」（『誌風土』三八、一九六六・一〇）で、枯木が小松になぞらえた左川への関心を深めていく。以前、筆者（島田）が左川の妹である吉岡キクの親族に話を伺った折、五〇年ほど前に吉岡家に話を聞きにきた女性がいたという。おそらく小松だろう。七〇年代前半には左川ちか詩集刊行を準備し出版社も決まっていたが、諸事情で実現しなかったようだ。

原稿用紙二百枚に及ぶこの評伝の特色は、①詩集未収録の詩篇やヴァリアント（異稿）など資料調査の充実、②遺族・詩友・級友といった関係者のもとを訪ね歩き、伝記的事実の様々を明らかにした点にある。作家論・作品論としても、③現代詩史の出発点として左川を位置づけ、④常に北方を向いていたという詩世界を北海道の風土との関係で理解、⑤創作詩における翻訳の影響と左川自身の翻訳の特色、⑥初期伊藤整文学との比較など、現在に至る主要な論点を数多く提示している。小松がいなければ左川の伝記は不明な点が多かったはずだ。

評伝が掲載された『北方文芸』は六八年創刊の北海道を代表する月刊文芸総合誌だ。九七年に三五〇号で休刊、〇六年まで別冊を不定期刊行した。評伝掲載号は通巻五八号にあたり、小松らによる「座談会　北の詩・その女流の系譜」も併録されている。評伝は日本大学芸術学部『江古田文学』六三号（二〇〇六・一一）が再録したが、今はそれも入手が難しい。本書で初めて読む読者も少なくないだろう。『北方文芸』の座談会では佐々木逸郎が

「私たち戦後に詩を書き始めたものの立場で言うと、左川ちかという名前は聞くことがあっても実際に作品を読むということが非常に困難でしたね。ですからなんとなく〝幻の詩人〟という感じがあった。」と話している。

評伝発表当時、「よくしらべてあり、詩論としても的確、これ以上の左川ちか論は出ることはないであろう」と小松伸六が評したように(「同人雑誌評」『文學界』二七―一、一九七三・一)、左川ちかという存在と作品の全貌を初めてまとめた功績は大きく、実際に影響もあった。

七四年秋に「北海道女流文学展」(北海道文学館主催)が札幌と北見で開催された折、詩人コーナーには左川ちかの写真や詩集が並べられ、とくに反響を呼んだ(「北海道女流文学展を観て」『北海道文学館報』一五、一九七五・九)。展示資料を担当した小松の尽力によるものだった(小松「女流文学展の裏方」『北方文芸』七―一一、一九七四・一一)。

すぐれた評伝だが、事実と異なる点も若干あるのでいくつか指摘しておこう。①「長吉衛門」(祖父)「富谷数造」(大川小学校担任)は「長左衛門」「富谷敬蔵」が正しく、本書では改めた。②「長左衛門」は信州の庄屋の息子とするが、越前の誤りだろう。③三五年に北園克衛が創設したVOUクラブの会員となったとあるが、会員名簿の変遷を見る限り参加は認められない。時期的に活動実績もなかっただろう。他に人名表記・引用箇所など明らかな誤字一〇数箇所は訂正を加えた。小松以後明らかになった伝記の事項を含め、拙稿「左川ちか年譜稿」(『立命館大学人文科学研究所紀要』一二〇、二〇二〇・一)にまとめているが、これも増補改訂を期したい。

伝記事項について一点だけ注意を促したい。左川は庁立小樽高女を卒業後、一年間補習科師範部に進学した。『左川ちか全詩集』(森開社、一九八三)の年譜始め、これを「英語教員免許取得のため」とする記述が多く、筆者の旧稿(「左川ちか年譜稿」)もこれにならった。ただ、女子高等師範学校や女子専門学校と異なり、当時の高等女学校で中等学校教員免許を取得することはほぼできなかった(特定の専攻科を経るなどごく一部の高女に例外はあった：小山静子『高等女学校と女性の近代』勁草書房、二〇二三)。左川の場合は得意な英語の勉強を続けたかったという理由もあったかもしれないが、庁立小樽高女補習科に関しては「小学校の教員免許取得」が正しいと思われる。

小松には他にも関連する文章がある。晩年の北園克衛にインタビューした「左川ちかと北園克衛」（『北海タイムス』一九七二・一一・一五）、左川の幻想的リアリティを論じた「北海道における女性詩人の歩み　下　左川ちかの詩」（『朝日新聞』一九七四・一二・八）、「黒い天鵞絨の天使」のエッセンスを凝縮した「海の天使　左川ちかの詩」（『現代詩ラ・メール』一、一九八三・七）、伊藤整の詩と比較した「左川ちかの詩の形成」（『小樽詩話会』三六周年記念号、一九九九・一二）などだ。関係者たちに取材した紀行文である山森三平「詩人の街・そして海」（『想像する旅』西田書店、一九八九）も参考になる。

小松個人に関しては、同人だった『核』（七一、二〇〇一・一）で追悼特集が組まれた他、とくに左川との関わりを含めて、東延江「写真に見る私の文学人生二〇　憧れの詩人　小松瑛子さん」（『グラフ旭川』二〇二一年一一月号）、同「小松瑛子さんのこと」（川村湊・島田龍編『左川ちか：モダニズム詩の明星』河出書房新社、二〇二三）がある。左川以外にも戦前の北海道出身の女性詩人の資料発掘と研究に熱心だった小松の功績は、今後さらに顕彰されるべきであろう。

二、詩人の誕生―富岡多恵子―

富岡多恵子「詩人の誕生―左川ちか」（『文学界』三三―八、一九七八・八／『さまざまなうた―詩人と詩』文芸春秋、一九七九／文春文庫、一九八四／『富岡多恵子の発言三巻　女の表現』岩波書店、一九九五）は、左川の再評価を決定づけた評論である。

富岡多恵子（一九三五～二〇二三）はすでに著名な文学者であったし、『さまざまなうた』を読んで左川を知った読者は筆者の周辺でも少なくない。同書は室生犀星・宮沢賢治・小野十三郎・中勘助らを扱った評論集である。単行本刊行当時に週刊誌を含め多くの書評がなされ、とくに同書の白眉ともいえる左川論の言及は多い。飯島耕一は次のように評した。

富岡多恵子は、この二十五歳で夭逝した女性詩人の傍若無人でしかも孤独な魂をしっかりと見つめる。と同時に、もう一人の女性たる若い妻「カラタチの垣根のそばでナミダをこぼしている妻」のいる空間をも軽量することを忘れない。　飯島耕一「詩への断ちがたき『せつなき思い』　富岡多恵子　さまざまなうた」(『週刊ポスト』一一・一三二、一九七九・八・一七)

富岡の記述は、曽根博義の『伝記伊藤整』(六興出版、一九七七)を踏まえつつ、男の才能の観察者たる女の孤独を見据える。伊藤との関係を恋愛・失恋に収斂させず、詩人誕生の契機として反転させたところに特徴がある。男ではなく「人」に捨てられた女が、詩人として「人」を捨て去っていく。そのドラスティックな転換を「海の捨子」に読み取っている。訣別した詩への富岡の断ちがたき思いも窺える。富岡が抉り出した左川ちか像は今なお強靭な強度を保ち続けている。なお富岡は、上野千鶴子・小倉知加子との『男流文学論』(筑摩書房、一九九二／ちくま文庫、一九九七)でも左川について語っている。

さらに「詩人の誕生」で注目すべきは、

おそらく左川ちかの生きていた時代には、女の詩人はひたすら女をうたうことに於てのみ評価された。また左川ちかの才能は詩を書く男たちに珍重されたとしても、それはあくまで珍重されただけで、その詩の新しさを詩の歴史の中の出来事のひとつとして受けとめ得る男の詩人はいなかった。「詩人の誕生」

と、左川ちかを始めとする女性詩人が近現代詩史の中で埋もれていた理由を看破した点にある。これを免れる詩史書はどれだけあるだろうか。そして、左川をめぐるこの問題に最も早く対峙し、長く孤軍奮闘していたのが江間章子だった。

三、語り部の願い―江間章子―

江間章子「埋もれ詩の焔ら―華麗なる回想・左川ちか」（「華麗なる回想・若くして逝った詩人たちへの鎮魂歌」『幻視者』一九八三・一二月号〜八五・六月号／『埋もれ詩の焔ら』講談社、一九八五）は、若くして逝った左川ちか・饒正太郎（台湾出身）・伊東昌子（饒に嫁ぐが台湾で非業の死を遂げる）らの回想の書である。八〇年代当時、読むことも困難だった彼らの作品を積極的に紹介しており、若い詩人の息吹が鮮やかによみがえる。本書には第一章「華麗なる回想・左川ちか」を収録した。二、三章にも左川の名がわずかに登場する。

江間章子（一九一三〜二〇〇五）は、北園克衛創設の芸術家集団アルクイユのクラブで左川ちかと出会う。生涯の詩友となり、江間は妹のようにかわいがられた。クラブの会員であった川村欽吾によれば、明るく賑やかな江間と、知的でわずかに微笑む程度に寡黙だった左川とは全く対照的だったという。ただ、『埋もれ詩の焔ら』を読むと、男性詩人の目に映る主知的な詩人像とはだいぶ異なっている。川崎昇との兄妹の愛情、秘めた恋、そして病床での様子と、等身大の姿が胸をうつ。半世紀前の回想であることから時系列など若干の記憶違いもあるが、貴重な証言である。

江間の第一詩集『春への招待』（東京ＶＯＵクラブ、一九三六）には亡くなったばかりの左川への献辞が刻まれている。二人の詩風は異なるが、エズラ・パウンドを訳すなど江間も女性詩人としては翻訳には熱心で、左川と比較するのも興味深いだろう。最近では、永井敦子「日本のモダニズム詩と女性詩人　左川ちかと江間章子の作品とその評価を中心に」（『Les Lettres françaises』四二、上智大学フランス語フランス文学会、二〇二二・七）がある。晩年の詩集『タンポポの呪詛』（書肆ひやね、一九九〇）の後記にも左川の名が出ている。

左川ちかを追悼し、回想した詩人は少なくはない。もちろん江間もその一人ではあるが、六〇年以上にわたって左川を語り継いだ（管見の限り二〇点ほど）彼女にとって、故人を懐かしむことが目的ではなかった。

左川ちかの存在したことは、日本の詩の歴史に於て、永久不滅の「みちしるべ」となるであらう。歴史の薄い我国の詩史にあつて左川ちかこそ世界に誇り度い日本の詩人であると考へる。左川ちかの年齢は若かつた。けれど、左川ちかによつて示された驚く可き出発点と実験は、彼女の詩と共に、時代の持つた最高のものであらう。「詩壇の訃報」（『レツェンゾ』、一九三六・二）

「女流詩人」という傍流扱いではなく、近現代詩の歴史に積極的に位置づけられるべき詩人であるとの江間の思いは左川を喪った瞬間から一貫している。戦後、とくに五、六〇年代の彼女の孤軍奮闘ぶりは際立っている。

いつも、自分を、もうひとりの自分と対決させ、いままでの詩人が感情的であつたのに反して、そのもうひとりの自分に冷酷なほどの生き方をさせる、といつた詩風でした。（略）現代詩の第一線のスタートを切つた女性詩人として、若くして逝つた彼女が残したものは大きいと思います。「詩を愛する人のために」（『現代女性講座』五巻、角川書店、一九五六）

左川をヴァージニア・ウルフになぞらえ、「現代詩史の出発点に左川ちかは女流詩人として加わっている不滅の星でもある。」と述べた『詩へのいざない』（柴田書店、一九五七）もある。八〇年代に至っても、同世代の詩人が少なくなったこともあって、よりその思いがつよくなっていくようだ。

詩もファッションのように、世相と共に変っていくだろうけれど、〈詩とはなんであるか〉が問われるときは、かならず左川ちかの詩が源流のように取りあげられていくだろうし、そうあってほしいと思う。「左川ちかが置いて行ったもの」（『青春旅情詩歌集　さすらいと心の旅』［別冊詩とメルヘン］一四―一二、一九八六・二／『〈夏の思い出〉その想いのゆくえ』、宝文館出版、一九八七）

彼女が現代詩に残したものはすごいですね。見直されているとおっしゃったので、それはたいへん嬉しいことで、そうならなきゃならないんだけれど、もっと左川ちかを日本の詩の本流に置かなければ、日本の詩というのはちょっと満足できないんだと思うんですよ。　江間章子・七宮涬三「〈夏の思い出〉の詩人〜モダニズムをうたって四十年〜」（岩手放送編『対談集岩手の昭和史』山口北州印刷株式会社、一九八九）

戦後の詩壇・詩史において、戦前日本のモダニズム詩は軽薄な言葉遊びに過ぎなかったとも酷評される。江間には切実な願いがあったようだ。あるとき、取材のために江間に会いにきた曽根博義が「戦後の詩がどうして、『詩と詩論』『椎の木』を無視しているのか、これはあやまっていると思う」と言い残した。その言葉は江間の心を複雑に揺さぶった。

それを無視してきたといわれるとすれば、それは無視してきた人たちの〈個人的理由〉からだろう。（略）私は自分を〈春山行夫氏の門下〉といえることを、ただひとつの誇りに思う。「『詩と詩論』あのころ」（吟遊編集部編『吟遊別冊　モダニズム五〇年史　総特集・詩と詩論』吟遊社、一九七九／『詩と詩論―現代詩の出発』冬至書房、一九八〇）

半世紀近く過ぎたいま、詩人の中にも、この三人（左川・饒・伊東：引用者）を憶えている人は数人だけれど、すぐれた彼らが早く逝き、その仲間で、いまも生きて、生かされている身の、それはしなくてはならない私の務めと思ったのである。「想いのゆくえ」（初出不明／『〈夏の思い出〉その想いのゆくえ』）

八〇年代には限定部数ながら森開社版『左川ちか全詩集』が刊行された。左川の詩がようやく新しい読者を得た安堵感とともに、モダニズム詩の時代そのものの息吹を後世に伝えたいとの願いが江間を突き動かしたように思う。『埋もれ詩の焔ら』はそのようにして生まれたのだろう。

四、「女性詩史」の構想―新井豊美―

新井豊美「昭和初期の女性詩―左川ちか」（「近代女性詩をめぐって　続「女性詩」ノート七～一一」『現代詩手帖』四一―一～五、一九九八・一～五／『近代女性詩を読む』思潮社、二〇〇〇）は、左川の評価を九〇年代の詩壇に定着させた評論である。

詩人の新井豊美（一九三五～二〇一二）は、評論家としても活動が目覚ましく、没後、『新井豊美評論集』（思潮社、二〇一四）が編まれている。たかとう匡子『私の女性詩人ノート』（思潮社、二〇一四）には新井豊美論が収録されている。

新井が一貫してこだわった「女性詩」という概念について説明しておく必要があるだろう。単に女性が作った詩という意味ではない。七〇年代末～八〇年代に一種のタームとして詩壇に登場した言葉であって、伊藤比呂美たちの登場を「女性詩」ブームとして演出していった。

濱崎睦が論じたように（「八〇年代〈女性詩〉の諸問題―〝はじまり〟の諸相にみる問題の射程―」『国語国文研究』一三五、北海道大学国語国文学会）、出版社や評論家たちによって商業的な戦略のもと作られた言葉との側面は否定できない。また、かつての「女流」のように、「女性詩」の名のもとに詩人の言葉を閉じ込めるゲットーのような役割を果たしているのではないかとの批判や違和感は当の女性たちから寄せられていた。新井も含めた「女性詩」の時代を振り返り総括する議論は、河野道代『詩史の形成』（panta rhei、二〇一七）などを除けば、詩壇にはまだ訪れていないように思える。

本稿では「女性詩」の時代、新井たちによって「女性詩史」という歴史叙述の枠組みが新たに生まれ、左川ちかが組み込まれた事実を指摘するにとどめたい。新井のいう「女性詩」については、『「女性詩」事情』（思潮社、一九九四）、『女性詩史再考　「女性詩」から「女性性の詩」へ』（思潮社・詩の森文庫、二〇〇七）にも詳しく、左川の名も散見する。

新井曰く、近代の「女性詩」の嚆矢となるのが与謝野晶子、現代詩の起点にあるのが左川ちかである。生活に即し、女性の生身の実感を詩作した実感重視の前者と、言葉を重視した後者、二人の詩業がその後の「女性詩」の流れを象徴させたとする。江間章子が「女性詩」をどのように捉えていたかは不明だが（富岡はそのようなカテゴライズには当初から批判的であっただろう）、ともあれ左川ちかが歴史化された瞬間であったといえる。

新井一人の作業ではなかった。新川和江と吉原幸子を編集人とした女性詩誌『現代詩ラ・メール』は、「女性詩集年表」「二十世紀女性詩選」を編み、「女性詩人・この百年」を連載するなど、「女性詩史」への志向がつよい。創刊号の「女性詩人・この百年」第一回は、小松瑛子「海の天使　左川ちかの詩」（『ラ・メール』一九八三・七）であった。なお本稿脱稿後、棚沢永子『現代詩ラ・メールがあった頃』（書肆侃侃房）が刊行された。

左川ちかを語ることに、男性詩人の歴史に他ならなかった既存の詩史に対するカウンターとしての意味が付与されていたのである。新井の左川論の背骨として理解しておきたい。繰り返すが「女性詩」なるものが、自明のものとしてあるわけではなく、「女性詩史」をめぐる欲望と時代的な意義は改めて問われる必要があるだろう。

さて、『現代詩手帖』の連載をまとめた『近代女性詩を読む』は、高群逸枝・深尾須磨子・江間章子・林芙美子・永瀬清子などが論じられているが、半分は与謝野晶子と左川ちか論が占める。左川の言語感覚を読み解いた新井は、散文的な硬質の文体が持つ現代性を認め、「女性詩」最初の「現代詩人」と呼んでいる。

言葉を意味ではなくオブジェ化し、視覚が捉える複数のイメージを自在に組み合わせることで、左川は超現実的な世界を構想する。伝統的な叙情の韻律とは一線を画したモダンな人工美と絵画性、そして北海道の風土的リアリティが特色だと新井はいう。ここで新井が重視するのは、伝統文化のしがらみが少ない北海道で育ったことを前提とした、翻訳経験及びシュルレアリスム絵画の影響である。新井が把捉する左川の詩風は、小松瑛子が提起した議論を発展的に継承させ、詩壇に広く知らしめたものといえる。

五、妹の文学――川村湊――

川村湊「妹の恋――大正・昭和の〝少女〟文学」（『幻想文学』二四、一九八八／『紙の中の殺人』河出書房新社、一九八九／『異端の匣　ミステリー・ホラー・ファンタジー論集』インパクト出版会、二〇一〇）は、モダニズム文学・少女文学論として左川論の画期となった論考である

北海道出身である文芸評論家の川村湊（一九五一〜）は、若い頃から左川の詩の風景に特別の関心を持っており、出身地の余市にも足を運んでいる（「海が天にあがる　左川ちか　山脈」『現代詩手帖』四二―四、一九九九・四）。既に七〇年代に法政大学の同人誌に左川論を寄稿していたと聞く（筆者未見）。

「妹の恋」が掲載された『幻想文学』は、当該号で特集「夢みる二〇年代　永遠少年と絶対少女」を組み、高橋康夫の稲垣足穂・宮沢賢治論も収める。また、川村の評論集『紙の中の殺人』には一章「紙の中の殺人」、二章「『外側』にいる少年」に続き、三章「少女の系譜」に「妹の恋」及び「月の暦―〝少女病〟の系譜」（樋口一葉・田山花袋・夢野久作）を収録する。この構成からもわかるように、「探偵小説・少年・少女」といったモチーフへの関心に導かれつつ、戦前の文学シーンと文学史の中に左川ちかを読み込んでいる。

今では尾崎翠・林芙美子・野溝七生子などと並べて読まれる印象がある左川だが、一九二〇・三〇年代の都市モダニズム文学の中に本格的に位置付けたのが川村だといえよう。このような試みは、寺田操（「左川ちか―青のコラージュ・ロマン」『尾崎翠と野溝七生子』白地社、二〇一一）や後述する水田宗子にも共通するものがある。

さて「妹の恋」で川村は、大正・昭和初期のモダニズム文学に少女＝「妹の影」の系譜をたどる。尾崎翠『第七官界彷徨』（一九三三）が、庇護され所有される性や可愛い妹といった時代の倫理に抗していたことを論じ、吉屋信子・江間章子・野溝七生子・仁木悦子など、兄妹や姉妹による幻想的ユートピアの系譜を辿っていく。アニメーション・ライトノベルなど、昨今においても「妹」が主要なモチーフであることを思うと、川村の文学史（誌）の試みは普遍性を有している。

左川にとって兄の立ち位置にいるのは、文学上の師であり、上京生活の保護者でもあった同郷の伊藤整である。川村はここで左川の妹的感性が、父母＝家から「捨てられた」孤児の感性に起因することを示す。さらに故郷喪失者の思いを抱えながら、伊藤たちと都会で擬制的共同生活を作りあげるも、崩壊を迎えた絶望が硬質な

詩に結実した瞬間、「妹の文学」の誕生を見つけた。

思えば伊藤自身、戦前の詩篇・初期短篇から戦後に至るまで終生「姉妹もの」にこだわっている。左川も妹側のモデルの一人となっている。筆者も曽根や川村の議論に導かれ、伊藤の「姉妹もの」と左川について考察したことがある（「海の詩人―伊藤整と左川ちか」『日本思想史研究会会報』三五、二〇一九・一）。

「妹の恋」で川村は、伊藤の「海の捨児」（『信天翁』一、一九二八・一／『冬夜』近代書房、一九三七）と『若い詩人の肖像』（新潮社、一九五六）を引きながら、郷愁を誘う伊藤の叙情詩をはるかに凌駕した左川の詩想を論じていく。川西政明「伊藤整の性と愛」（『新・日本文壇史』五、岩波書店、二〇一一）など、伊藤と左川の関係をスキャンダラスに記述する論者も散見されるなか、著者は抑制的な筆致を保っている。

関連論考としていくつか挙げておきたい。まず、「書く女性」という観点から左川の孤独と喪失に迫った近代ナリコ「孤独の始末　左川ちか『左川ちか全詩集』」（『女子と作文』本の雑誌社、二〇〇九）。次に、川村湊「文学の揺籃としての汽車旅　山線が育んだ左川ちかの詩心」（『北海道新聞』二〇二二・四・一九）。現在廃止が議論されている函館本線問題、とりわけ地元で存続要望が根強い余市～小樽間に絡め、左川の新感覚の文学を育んだ鉄路の重要性を提起している。また最近、インタビュー「東アジアと文学の未来のために　川村湊氏に聞く」（『対抗言論　反ヘイトのための交差路』三、法政大学出版局、二〇二三・一）が出た。女性作家のアンソロジーや評論を手掛けてきた川村が、文学史で欠落してきた左川ら女性作家への思いを述べている。

六、ペルソナという語り手―水田宗子―

水田宗子「終わりへの感性　左川ちかの詩」（「モダニズムと戦後女性詩の展開（三）」『現代詩手帖』五一―九、二〇〇八・九／『モダニズムと〈戦後女性詩〉の展開』思潮社、二〇一二）は、女性の主体形成と自己表現の問題について、ジェンダー文化論とペルソナ（語り手）論という視点を軸に左川を読み込んだ論考である。

詩人でもあり文学研究者でもある水田宗子は、エドガー・アラン・ポオやシルヴィア・プラス、ドリス・レッシングといった英米文学研究とフェミニズム批評から研究を出発させる。そこから尾崎翠・左川ちか・林芙美子など戦前日本の女性作家、モダニズム文学への関心を深めていった。モダニズム文学研究とフェミニズム批評を接続させることで生まれた成果が『尾崎翠『第七官界彷徨』の世界』（新典社、二〇〇五）、『モダニズムと〈戦後女性詩〉の展開』などとなる。

「終わりの感性　左川ちかの詩」で水田は、故郷からも社会からも切り離され、内面的亀裂を抱えながら自我をさらけ出す「私」という存在を左川の詩に見る。「私」は自然や都会といった暴力的な世界に対峙している。水田の方法論は、詩＝詩人と一体化されてきた批評から離れ、テキストとしての詩の虚構性を重視するのが特徴である。詩人の人生に安易に還元することなく、詩人の一瞬の想像力といった神話にも説明を委ねない。

ここでキーとなるのが「ペルソナ」だ。ペルソナとは作品の語り手（主人公の声）であって、作者の声と区別して捉えるための概念となる。また、水田も新井と同じく近現代「女性詩」の中心軸に与謝野晶子と左川ちかを置く。与謝野晶子や永瀬清子は、自身の内面を「わたし」で語る系譜であり、存在意識と語る主体が作品に一体化している。対する左川に始まる系譜は、女性をめぐる予定調和的な世界から外れているがゆえに、語るべき自分が一体「誰」なのかがわからない亀裂を孤独に抱える。そのような存在意識と語る主体が一致しない状況で世界と自身に向き合うことで、新しい詩的表現を獲得したと水田は指摘する。このとき「わたし」はペルソナとなるのだ。それは仮面の声であり、虚構世界に形成された主体である。

具体的に水田は、詩における自然のイメージからペルソナの叫びをすくいとっていく。それはつまり、自然と社会と女性の身体からも孤絶した、現代の異邦人たる自己意識の行方を追うことに他ならない。その世界は伝統的な表象の枠組みを断ち切り、崩壊や終局を予兆するイメージに変貌を遂げている。左川論の一つの到達点ともいえる。

言葉を用いることで「女」であることを疑い、「わたし」を問うた左川を現代詩の系譜に位置付けた水田の射程は、吉原幸子や白石かずこなど戦後の女性詩人に広がっていく。

関連論考としては、『モダニズムと〈戦後女性詩〉の展開』刊行記念の講演とシンポジウム（二〇一二・四）

が、水田宗子編『ジェンダーとアジア　水田宗子対談・鼎談・シンポジウム集三』（城西大学出版会、二〇一六）や『現代詩手帖』（五五―一、二〇一二・一）に活字化されている。また、『ねむらない樹』九号（書肆侃侃房、二〇二二・八）に「モダニズム文学の女性詩人・作家たち」を寄稿。ガートルード・スタイン、ヴァージニア・ウルフや尾崎翠、左川ちかなどモダニズム女性作家に共通する表現（性規範・家族制への違和感、身体とセクシュアリティへの感性、少女性など）に言及している。川村湊らの文学論とも接続し得る論点だろう。

七、翻訳論の現在―坂東里美―

坂東里美「左川ちかと翻訳（一）～（五）」（『contralto』三〇～三四、二〇一二・九）は、左川ちかにおける翻訳の影響を論じた連作エッセイである。

左川の詩風形成に果たした翻訳体験の役割は、小松瑛子以来たびたび指摘されてきた。ただ、左川の翻訳が詩集など単行本に収められることは少なかった。二〇数篇・一九人に及ぶ翻訳元のテキスト研究もなされてこなかったため、ジョイスやウルフといった著名な文学者の文体と比較するものが多かった。

注目すべきユニークな研究・評論としては、菊地利奈「伊藤整と左川ちか―アイルランド文学にみいだした『希望』」（『エール（アイルランド研究）』二八、二〇〇八・一二）、國重游「小説家としての左川ちか―ヴァージニア・ウルフとの比較において」（『ムーンドロップ』一一、二〇〇九・三）、神泉薫「卵をわると月が出る」（『洪水』一四、二〇一四・七／『十三人の詩徒』七月堂、二〇二二）、藤井貞和「韻律を放棄する―左川ちかの試み」（『日本文学源流史』青土社、二〇一六）などが挙げられよう。

坂東の「左川ちかと翻訳」がこれまでの論考と異なるのは、ジョイスとウルフに加え、ハリー・クロスビー、ミナ・ロイ、オルダス・ハクスリーらを含めた総論的な翻訳論となっている点だ。掲載誌が本人の個人誌だったこともあって、今回本書に収めた。

詩人の坂東には、江間章子・山中芙美子・荘原照子など女性のモダニズム詩人に関する評論が複数ある。左川論は他に「モダンガールズその一　失われた詩人―左川ちか―」(『蘭』六〇、二〇〇五・九)、「左川ちか―予見する未来　一九三〇年代の女性前衛詩人たち(一)」(『詩学』六二―三、二〇〇七・三)などがある。

詩人の人生に詩を過剰に引きつけて読み込むことを戒める坂東のスタンスは極めて明快だ。ここ一〇年ほどの左川論は水田を始め、藤本寿彦・鳥居万由実など、作品を作者から独立したテキストとして読む研究にすぐれたものが多い。

また、男性が期待するような女性性や母性をテーマに詩を書かなかった左川たち女性詩人の多くが詩史に残らず埋もれてしまったこと、近現代詩史研究において女性詩人の研究が遅れていることにも坂東は注意を促す。江間章子や富岡多恵子たち先人の問題意識を受け継いでいることがわかる。坂東の文章は短い批評やエッセイが多いが、詩の解釈含め、説得力ある鋭い指摘が少なくない。いずれ一書にまとめられることを期待したい。

「左川ちかと翻訳」では、詩人以前に翻訳家として活動を始めた左川が、ハリー・クロスビーやミナ・ロイなど日本の叙情詩とは異なる新しいテーマ、詩的言語を獲得したことに注目する。とくに翻訳の過程で気に入った言葉やイメージを蓄え、全く別の作品に変容させる左川の試みを指摘している。

ここで左川の翻訳をめぐる状況を少し述べたい。古くからジョイス、ウルフ、シャーウッド・アンダーソン、ミナ・ロイと個別作家たちの翻訳史で左川の名が言及されることはあったものの、英文学の方面では必ずしも関心が高いとはいえなかった。ジョイスを例にみよう。ジョイス『Chamber Music』は、佐藤春夫の部分訳(「金髪のひとよ」『佐藤春夫詩集』第一書房、一九二六)に始まり、これを初めて完訳した左川が『室楽』を刊行(椎の木社、一九三二)、西脇順三郎の訳(『ヂオイス詩集』第一書房、一九三三)がこれに続く。

左川の翻訳は戦前には注目を浴びたが、戦後は佐藤訳と西脇訳が参照されることはあっても、左川訳への詳しい言及は左川の専論を除けば少なかった。ウルフの左川訳も似た傾向にあった。英文学者の篠田一士は、植草甚一との対談「ニューヨークと東京」(『ユリイカ』一〇―一三、一九七八・一一/『対談植草甚一』晶文社、一九七九)で、左川訳『室楽』の古書を買った植草に対し、西脇訳が一番最初の訳ではなかったかと話している。

菊地利奈は、そのような誤解がままあったことについてジェンダーの壁があった可能性を示唆する(「現代アイルランド詩研究及び詩を『翻訳する行為』についての比較文学研究」滋賀大学経済学部・大学院経済学研究科HP、https://www.econ.shiga-u.ac.jp/study/6/1/2/5/5.html)。一九三〇年代当時、女性詩人は決して少なくなかったが、左川のような翻訳に重点的に携わる女性詩人は珍しかった。ましてや二十歳そこそこである。翻訳とジェンダーの問題は今後の論点となるだろう。

現在では状況は目まぐるしく変わりつつある。榊原貴教編『「翻訳詩」事典　フランス編』（ナダ出版センター、二〇一八）に左川ちかが立項されている。筆者も左川が具体的に誰のどのようなテキストをいかに翻訳したかを特定し、翻訳の特徴と創作表現への影響に関し、坂東らの指摘を踏まえて「左川ちか翻訳考：一九三〇年代における詩人の翻訳と創作のあいだ―伊藤整、H・クロスビー、J・ジョイス、V・ウルフ、H・リード、ミナ・ロイを中心に」（『立命館文学』六七七、二〇二二・三）、「ミナ・ロイと左川ちか―翻訳のエクスタシー」（『詩と思想』三―四二三、二〇二二・一二）を著している。

同時期に、菊地利奈「伊藤整と左川ちか―翻訳と創作についての一考」（『ねむらない樹』九、書肆侃侃房、二〇二二・八）、Kunio Shin, "Language questions: Translation, modanizumu, and modernist studies in Japan" *Literature Compass 20-1(2022.12)* https://doi.org/10.1111/lic3.12692、戸塚学「左川ちか訳・ジョイス『室楽』―作家の協同翻訳」（英詩研究会一〇周年記念詩文集『Right Margin』二〇二二・一二）などの論考が立て続けに生まれている。翻訳と受容と創作を視野に入れ、モダニズム文学史の内外で左川ちかを位置付ける作業は、今始まったばかりだ。近刊の『左川ちか　モダニズム詩の明星』（河出書房新社）にも関連論考が多数収録されている。

最後に、左川ちかの詩自体の翻訳についてもここで紹介しておこう。アメリカ在住の中保佐和子による英訳詩集 *The Collected Poems of Chika Sagawa*,Iowa City,Canarium Books,2015（米国PEN翻訳賞、二〇二〇年に新版がModern Libraryより刊行）によって、日本で最も革新的な前衛詩人として海外で広く知られることになる。中保には反翻訳の視点で左川の詩と多言語でコラボレーションした *MOUTH:EATS COLER―Sagawa Chika Translations,Anti-Translations,& Originals*,USA,Factorial Press,2011という問題作もある。これについては、Irina Holca,"Sawako Nakayasu Eats Sagawa Chika: Translation, Poetry, and (Post)Modernism" *Japanese Studies*,41-

3(2021.12),Japanese Studies Association of Australia という論考がある。

左川の詩はドイツ・オランダ・ジョージア・アラビア語でも訳され、チリ(スペイン語)・スペイン(スペイン語・ガリシア語)・ミャンマー・韓国で訳詩集がある。日本でも菊地利奈+キャロル・ヘイズ訳『対訳　左川ちか選詩集　Selcted Translations of Sagawa Chika's Poems』(思潮社、二〇一三)が上梓された。『ねむらない樹』九号には中保、中村多文子(スペイン語訳者)、ホルカ・イリナらによる関連エッセイを収録する。

Alys Moody and Stephen J. Ross,*Global Modernists on Modernism*,New York,Bloomsbury Publishing,2020(Modernist Studies Association 書籍賞)には、日本から平戸廉吉・萩原恭次郎・芥川龍之介・小林多喜二・小林秀雄・左川らが選ばれた。モダニズム文学・現代詩・女性文学といったジャンルで左川ちかへの関心が世界レベルで広がっている。

八、テキストの声に耳を傾けて―エリス俊子―

エリス俊子「左川ちかの声と身体―「女性詩」を超えて―」(『比較文学研究』一〇六、二〇二〇・一二)は詩の声に耳を傾け、日本語モダニズム詩の可能性について再考した、左川研究の最前線を代表する論考である。

比較文学研究者であるエリスには、左川に関する発言が既にいくつかある。"Woman and the Body in Modern Japanese Poetry" *Lectora: Revista de Dones i Textualitat, Dossier, Mujeres en Asia Oriental*, coord. Pau Pitarch Fernandez,2010.1において、与謝野晶子・左川ちか・伊藤比呂美などの詩における身体をセクシュアリティ、愛、母性、死のテーマで論じる。身体に侵入しようとする自然を擬人化し、イメージを展開させる左川の表現の特異性を指摘した。自然との関係において「身体」をどのように位置づけるのか。「左川ちかの声と身体」を読むと、エリスの関心が一貫してきたことがわかる。

「左川ちかの声と身体」では、左川の詩篇における「死」が、詩人の実人生における「死」の予感を物語るものとして強調され過ぎてきた、詩の言葉を殺しているのではないかと批判し、作品そのものの「声」に耳を傾けることを自らに課している。語り手の「私」と詩人本人の体験を切り離す水田たちのスタンスをさらに徹底する一方、「女性詩」との表現には慎重だ。

さらにエリスが強調するのは、強靭な意志を持つ詩のなかの「私」が自然の力と対峙し、絶望的ではあっても抗い闘い続けていることであり、何よりも欲望に根ざした濃厚なエロティシズムが存在することである。エリスの身体論の重要な特徴だ。

関連論考として、エリス俊子「モダニズムの身体─一九一〇年代～三〇年代日本近代詩の展開─」（中央大学人文科学研究所編『モダニズムを俯瞰する』中央大学出版部、二〇一八）がある。萩原朔太郎や左川たち日本の近代詩における身体表象を、国民国家の歴史的社会的文脈を意識しつつ考察している。

九、本書に収録した以外の諸論考

本書に収録した論考以外にも、左川研究において大きな役割を果たした論考はもちろんある。本稿でもたびたび言及した曽根博義『伝記伊藤整』（六興出版、一九七七）はその最たるものだ。小松瑛子による評伝を補う意義もある。曽根博義（一九四〇～二〇一六）は森開社版『左川ちか全詩集』の編纂者の一人であり、伊藤整文学研究の立場で左川に注目した数少ない研究者である。

他に曽根が左川に言及した論考は複数あるが、もっともまとまったものは「詩人伊藤整」（『陸』六─九・一〇・一二、陸俳句会、一九七八・九～一二／「評伝伊藤整　一つの物語」と改題し、明治大正昭和文学研究会監修『未刊行著作集一二　伊藤整』白地社、一九九四に再録）である。本来であれば本書にも収録を考えたが、没後に新しくまとめられた評論集『伊藤整とモダニズムの時代─文学の内包と外延』（花鳥社、二〇二一年）に収載されたばかりであるため、これを見送った。

二〇二三年二～三月には、左川の資料も収蔵する市立小樽文学館で曽根博義展が開催、『伝記伊藤整』の取材テープなども展示された。伊藤との関りでは、『伊藤整氏こいぶみ往来』（講談社、一九八七）など伊藤礼の一連の著作も押さえておきたい。

筆者も初期伊藤整文学における左川ちかの面影を追ってきた。「詩人の誕生―初期伊藤整文学と川崎昇・左川ちか兄妹」(『立命館大学人文科学研究所紀要』一一七、二〇一九・一)、「海の詩人―伊藤整と左川ちか―「海の捨児」から「海の天使」へ」(『日本思想史研究会会報』三五、二〇一九・一)、「詩人の終焉 〈詩人の死〉と伊藤整、「浪の響のなかで」から『左川ちか詩集』(一九三六)へ」(「文学史を読みかえる」研究会編『文学史を読みかえる・論集三』インパクト出版会、二〇二〇・八)、「昭森社『左川ちか詩集』の書誌的考察―伊藤整の編纂態度をめぐって」(『立命館文学』六六九、二〇二〇・九)、「詩人の罪と罰―伊藤整と左川ちか、「鏡の中」「幽鬼の街」(一九三七)論」(『立命館大学人文科学研究所紀要』一二四、二〇二〇・一二)、「詩人の青春―伊藤整『青春』と左川ちか「昆虫」「死の髯」」(『立命館文学』六七三、二〇二一・三)、「詩人の救済―伊藤整と左川ちか、「幽鬼の村」(一九三八)論」(『立命館文学』六七四、二〇二一・七)などだ。伝記的側面や書誌論、伊藤文学との関係に関心が強い筆者は、昨今の左川研究では少数派に属するかもしれない。

やむを得ず本稿では書名だけとなるが、福田知子『微熱の花びら 林芙美子・尾崎翠・左川ちか』(蜘蛛出版社、一九九〇)、たかとう匡子『私の女性詩人ノート』(思潮社、二〇一四)、藤本寿彦『周縁としてのモダニズム 日本現代詩の底流』(双文社出版、二〇〇九)、ルッケル瀬本阿矢『シュルレアリスムの受容と変容 フランス・アメリカ・日本の比較文化研究』(文理閣、二〇二一年)、戸塚学「女たちのモダニティ二 左川ちか「死の髯」「言葉」―世界を二重化する言葉」(『奏』三八、二〇一九・六)、鳥居万由実『「人間ではないもの」とは誰か』(青土社、二〇二二)なども重要な文献である。とくに最新の戸塚論文、鳥居論文などは今後参看されることが増えるだろう。

特集本としては、『江古田文学』六四号「特集天才左川ちか」(日本大学芸術学部江古田文学会、二〇〇六・一一)、『ねむらない樹』九号「特集 詩歌のモダニズム」(書肆侃侃房、二〇二二・八)、川村湊・島田龍編『左川ちか モダニズム詩の明星』(河出書房新社、二〇二三)などがある。以上、『左川ちか全集』所収の

「ブックガイド」も参照されたい。

テキストクリティークの進展についても略述しよう。左川自身、一篇の詩篇を何度も改稿し、異なる詩に改作することがあった。作品を研究する際には初出版から改稿版、詩集版と各ヴァリアントを確認する必要がある。『左川ちか資料集成』（私家本、二〇一七）は各ヴァリアントを集めた影印本だが、切り貼りした収録詩篇に錯簡・錯誤、キャプションに誤記・誤植が頻出する。そのため取り扱うのが極めて難しく、確実性を求めるには原典にあたることが肝要だ。

拙稿「昭森社『左川ちか詩集』の書誌的考察」で明らかにしたように、昭森社版『左川ちか詩集』は文学史上の意義は別として、短期間に編纂された遺稿詩集であることから不備が多く、編者伊藤整による作為も認められる。『左川ちか全詩集』（森開社）は昭森社版未収録作の発掘と書誌研究に意を注ぐ画期的なテキストだった。『左川ちか全集』（書肆侃侃房）は、従前の書誌研究を引き継ぎ、新たに確認された作品及び翻訳詩文・書簡類を集成した。底本も個々に再検討し、異同も明らかにしている。生前の詩人自身の「声」をいかに伝えるか、全詩集と全集それぞれの試行錯誤だったといえる。現在、最も新しいテキスト『左川ちか詩集』（岩波文庫）は、編者である伊藤の名を表に出していないが、昭森社版の事実上の復刻だ。伊藤の眼差しを今に再生産することの意味は見出し難い。また、『資料集成』に依拠し校異がなされている点も信頼性に疑義を生じる。詩人の営為に誠実に向き合うことがテキストにも求められよう。

今後は翻訳論の現在が示唆するように、さらなる研究の多様化が求められる。モダニズム文学・詩史の再考はもちろんのこと、翻訳論、身体論、ジェンダー、北海道の文学と風土、都市論、同時代メディア（文学・絵画・映像）との関係などから、左川ちかを読み解くことだと考える。それは一人の力では到底無理だ。それぞれの論者が詩人の声に耳を傾け、先人の言葉に向き合うこと。そのようにして初めて、時代を超越した「夭折の天才詩人」との神話を乗り越え、左川ちかが私たちの傍らに現れるはずだ。

一〇、同時代評

本書第二部には同時代評・追悼・回想を収録した。残された紙幅もわずかであるので簡潔にとどめるが、本書末収録のものにも若干言及したい。

同時代評として、**饒正太郎「左川ちかの作品」**、**柏木俊三「The street fair」**、**高松章「左川ちか論への序」**、**濱名與志春「CHAMBER MUSIC その他」**、**内田忠「序論的に」**を収録した。いずれも第三次『椎の木』三―二（椎の木社、一九三四・二）で組まれた特集「左川ちかの作品」所収の文章である。

椎の木同人論は編集アシスタントに加わった高祖保肝入りの企画で、記念すべき第一回に左川が選ばれている。「氏の作品が主知の詩であり、感傷性からぬけきつた感性の秀徹さ」と指摘する濱名のように、イメージ豊かな主知的詩人と評価する向きが一般的だった。左川がジョイスやウルフなどの翻訳家として出発したことも影響しているだろう。また、内地的伝統を引きずらない北海道の風土からの影響を指摘する柏木と内田の言も興味深い。一方で、彼らは左川が女であることをことさら強調していない。若い女性が多く活躍していたモダニズム詩壇の一端を窺わせる。

左川の背中を押した先輩詩人たちも左川を熱心に評価している。百田宗治「左川ちか・山中富美子」（『詩と詩論』十二、一九三一・六）、春山行夫「雑感」（『椎の木』一―一二、一九三二・一二）、伊藤整「『今日の詩』第三冊の諸作品について」（『今日の詩』四、一九三一・三）などだ。

とくに北園克衛は「二人の若い女詩人」（『今日の詩』五、一九三一・四）、**「左川ちかと室楽」**（『椎の木』一―一〇、一九三二・一〇）、「左川ちか　室楽」（『椎の木』一―一〇、一九三二・一〇）。「若き女性詩人の場合」（『今日の文学』三―七、一九三三・七）などで健筆を奮った。その多くは『天の手袋』（春秋書房、一九三三）、『黄いろい楕円』（宝文館、一九五三）、『北園克衛全評論集』（沖積舎、一九八八）に収められている。例えば「二人の若い女詩人」ではマドモアゼル左川ちかを知る人は殆んど尠い。進歩的な詩人に於てすら、彼女の真の才能を識る人が凡そ幾人あるであらうか。そんなに、彼女は若いのである。しかし既に、彼女のエスプリは洗練され尽して朗朗たる一個の王国をなしてゐる。

と紹介し、「若き女性詩人の場合」によれば、西脇順三郎は教養の豊かさと技術の確かさにおいて、左川が最もすぐれた女性詩人だと北園に話している。関西の詩人藤村青一の「淡水と気温―左川ちか女に―」（初出一九三二年／『保羅』近代の苑社、一九三二）は、左川ちかに捧げられた詩篇である。そのような崇拝者も既にいた。

伊東昌子は「女流詩人の旗」（『文藝汎論』五―五、一九三五・五）で、「左川ちか氏の作品はその時代に於て一つの頂点を示したものであつた。数多の男性詩人たちをも凌駕したその強靭な青い火は驚異に値するものがあつた」と記している。生前最大級の賛辞の一つだろう。

江間章子には「左川ちか氏」（『文藝汎論』五―八、一九三五・八）がある。左川の低く静かな声と煙草に火を点けるポーズを思い、ウルフになぞらえた。左川は黒い天鵞絨の洋装をまとい、水晶の眼鏡をかけ、黄金虫の指環をはめて銀座を闊歩した。スタイリッシュなモダンガールの左川を「黒い服を着るといふよりも、影を衣裳にして身に着けた素的さだつた」と捉えているのは、詩とファッションを考える上で示唆的である。

二、追悼と回想

追悼文は、詩人の死後表象の初発といえる。左川にあってはどうだったか。『椎の木』（五―三、一九三六・三）と『海盤車』（五―二、一九三六・六）に寄稿された追悼文を本書に収録した。『椎の木』の**萩原朔太郎「手簡」**、**堀口大学「手簡」**、**竹中郁「手簡」**、**北園克衛「※」**、**山村酉之助「左川ちかを憶ふ」**、**阪本越郎「野の花」**、**春山行夫「ペンシル・ラメント」**、**衣巻省三「沢山の天使」**、**山中富美子「左川氏を憶ふ」**、**江間章子「左川さんの思ひ出」**、**高祖**

保「われた太陽」、**乾直恵「思ひ出すまま」**、**西脇順三郎「気品ある思考」**、**中山省三郎「海の天使よ」**、**内田忠「線」**、『海盤車』の**村野四郎「左川ちか子氏のために」**、**江間章子「左川さんの追憶記」**、**田中克己「左川ちかノ詩」**、**加藤一「左川ちか氏のこと」**である。「左川ちか子氏は、最近詩壇に於ける女性詩人の一人者で、明星的地位にあった人であった。この人が死んだことは、何物にもかえがたく惜しい気がする」との朔太郎の一文はよく引用される。なお、『椎の木』(第三次)は、二〇一七年に三人社が復刻版を刊行、外村彰の解題が有用である。

百田宗治には訃報の一報となった「左川ちかの死」(『椎の木』五―二、一九三六・二)を始め、主宰した『椎の木』に左川関連の記述が散見される。本書には**「詩集のあとへ」**(『左川ちか詩集』、昭森社、一九三六/「左川ちかのこと」と改題し『私の綴方帖』に再録、大和出版社、一九四二/『爐邊詩話』柏葉書院、一九四六)を収録した。百田は新鋭詩人の詩集を顕彰する文芸汎論詩集賞の審査員でもあった。「彼女が全く「今日」の胎動の上に立つた本質的なタランの所有者であつたといふ意味からも、彼女が日本のわかき詩壇に印した足跡は相当に重視されてよ」い(「卑見」『文芸汎論』七―四、一九三七・四)と、故人の詩集は審査対象に想定されていなかったが、『左川ちか詩集』の意義を訴えた。

江間章子は、先に引用した「詩壇の訃報」と『椎の木』追悼号の他、病床の左川について記した「詩集について」(『VOU』六、一九三六・二/西村将洋編『コレクション・都市モダニズム詩誌一四』ゆまに書房、二〇一一年に復刻)など、愛惜の言葉をいくつも残している。「私はきつと小説を書く」と江間に語った『椎の木』「左川さんの思ひ出」は印象的だ。**「ある夏の思ひ出　式根島」**(『少女画報』三〇―八、一九四一・八)は伊豆の式根島の旅行を回想する。同行者の「M氏」と「坊ちゃん」とは三浦逸雄と朱門、「K氏」は小松清を指す。

菊池美和子「左川ちか詩集」(『純粋詩』二、一九三七・六)は、左川の詩風を端的に言い当てた批評となっている。左川の訃報を知った菊池は、その死を樋口一葉に重ね合わせている(「岡野房子さんを憶ふ」(岡野房子『野ばら』私家本、一九三七)。

北陸の打和長江は追悼詩「黒縁の写真―逝ける佐川《ママ》ちかの霊に捧ぐ―」(『北陸毎日新聞』一九三六・四・八)を捧げた。**内田忠「左川ちかのこと」**(『日本詩壇』五―三、一九三七・四/『詩のために』椎の木社、一九四〇)には左川からの手紙が引用され、その人柄を偲んでいる。左川は「シルビアビーチ」のような本屋を作りたいとの夢を語り、パリ・セーヌ川左岸に花開いた文化への憧れを持っていたようだ。

左川は伊藤整の青春と切り離しがたい重要な存在だったと看破したのは曽根博義だが、伊藤自身は左川について（おそらく）意図的に直接の言及を避けている。**「『左川ちか詩集』」**（『北海タイムス』一九三七・四・八）はその例外だ。詩集の書評という体裁で、自身が編纂したことに一切触れない伊藤の心理も興味深い。ただ、「日本の女流詩人とは全く違つた斬新なしかも感覚的に確実な才能を示す詩風」といった評価は、伊藤が見届けようとした理想の左川ちか像を思わせる。

次に戦後の回想について主なものを略述する。百田宗治『現代詩』（臼井書房、一九四八）収録の「回想　左川ちか」「解説的に　左川ちか」では、札幌に疎開した百田が「まだ私たちの周辺を駆け廻つてゐるやうな」左川を追懐した。

北園克衛「左川ちか」（『詩学』六―八、「物故詩人追悼特輯」一九五一・八／『黄いろい楕円』に「左川ちかのこと」と改題し収録）は、「自分の書く詩が、他の詩人達が書く詩とあまりにかけ離れてゐるので、戸迷ひして」いたという彼女との出会いから、雑誌『エスプリ』を共同編集していた頃の思い出が語られ重要な証言である。

春山行夫「左川ちか」（『北海日日新聞』一九五四・八・九）は「幻想の中に生きた詩人」と評した。**「小樽以来」**（田居尚『信天翁』六興出版、一九七六）は左川の従兄・田居尚の著書に寄せた文章。田居は戦前に伊藤や川崎昇と同人活動をともにしていた。銀座の井上ビル三階に文芸レビュー事務所が、二階に北園克衛が住んでいた。文芸レビューの編集補助と広告集めに詰めていた左川はそこで北園に出会い、時々アドバイスを受けるようになった。文芸レビュー時代の銀座と若者群像については、衣巻省三「森本忠」（『文芸汎論』六―三、一九三六・三）、伊藤整「詩の運命」（『詩学』二―六、一九四七・一〇）、瀬沼茂樹『伊藤整』（冬樹社、一九七一）など回想がいくつか存在する。

伊藤整「文学的青春伝」（『我が文学生活』二巻、講談社、一九五四）は、東京で小林多喜二・大月源二と文学

論を交わしたときに、左川だったか川崎昇と同行したと書いている。自伝風小説『若い詩人の肖像』（新潮社、一九五六）では、詩人左川ちかではなく、無二の親友の妹・川崎愛として制服の乙女に表象した。

「日本のガートルード・スタインになるのではないか」と見なしていた阪本越郎『「椎の木」の人々について」（『詩学』一六—一〇、一九六一・九）の他、同じモダニズム詩人の**中村千尾「左川ちかの詩」**（『葡萄』二二、一九六二・七）は、一生に一度は聖フランシスの「小さき花」のようなものを書きたいと真剣に語った、文学への左川の希望を書き留めた。

川村欽吾「詩人左川ちか回想」（『地球』六八、地球社、一九七九・七）は、書簡を引用する。川村は「昭和五年」（一九三〇年）の書簡とする、二人の面識はアルクイユのクラブ時代（一九三二年〜）であり、差出人住所の世田谷区発足が三二年五月、「マラルメ紀念詩集」（川村欽吾『LA　MER』、手紙のクラブ）が三四年七月刊行であることなどから、三四年八月の書簡と推定したい。戦後、青森県の弘前高校教員だった川村は、国語の詩の授業で左川ちかを取り上げている（「現代詩の教授上の問題点」『国文学　解釈と教材の研究』三—六、一九五八・六）。

比較的新しいものでは、上田修による追悼詩「左川ちかへの追憶」（『詩集やがて誰も居なくなる』宝文館出版、一九九一）がある。

一二、戦後の左川ちか受容

本書に収録してはいないが、知己による回想以外で戦後七〇年頃までの左川ちかをめぐる言説を略述したい。

敗戦直後の関西の同人誌『近代詩』（一号、文学地帯社、一九四七・六）と『車窓』（二—九、大阪鉄道局竜華検車区国鉄労組青年部、一九四七・一〇）には『左川ちか詩集』から書き写した詩が紹介されている。『近代詩』には「すぐれた詩集をもちながら多くの読者に知られざる詩人の為に毎号この一頁に「詩集紹介」をもうけました」とある。創刊号企画にあえて左川の詩を伝えたいとの熱意が伝わってくる。

旧制第七高等学校時代の黒田三郎は『左川ちか詩集』に感銘を受け、版元昭森社の社主森谷均に思い切って手紙を書いた（「森谷さんの思い出」『詩学』二四―四、一九六九・五）。田村隆一は「死人の眼」（『展望』九五、一九六六・一一）において、「まるで運命が有能な詩人ばかりを狙い打ちでもしたかのように、彼らは死んでいった」と、左川や饒正太郎たちを追悼している。モダニズム詩とともに殉じていった詩人の死を抱えた彼らが「死人のように生きる」ことで、戦後の荒地派が立ち上がっていったのである。

戦後モダニズム詩人の代表格である吉岡実は一九三七年、一八歳のときに『左川ちか詩集』を入手し、詩作を開始した（「救済を願う時―《魚藍》のことなど」『短歌研究』一六―八、一九五九・八／『「死児」という絵』思潮社、一九八〇／増補版、筑摩書房、一九八八）、「読書遍歴」『週刊読書人』一九六八・四・八／『「死児」という絵』）。吉岡の初期詩風には左川ちかの影響がみてとれる。

短歌をつくるより、未知の感覚とイマージュを呼び入れるに絶好の詩型を発見したのだ。それが超現実派の詩であることがやっとわかった。なぜなら、私は唯一人の友もなく、まったく手さぐりでものを書きつづけてきたのだから。そしてわが国の作品を探した。《左川ちか詩集》、北園克衛詩集《白のアルバム》の二冊がそれから以後しばらくは愛読の書となった。　「救済を願う時」

戦後すぐに『左川ちか詩集』は準稀覯本となった。五〇年代の『日本古書通信』をひも解くと、一〇〇〇〜三五〇〇円とかなりの高価格となっている。詩集を読むことは難しくなったが、左川の詩そのものが忘れられたわけではない。戦中の春山行夫他編『新領土詩集』（山雅房、一九四一）を始めとして、北川冬彦他編『日本詩人全集』六巻（創元社、一九五二）、中野重治編『日本現代詩大系』一〇巻（河出書房、一九五一）、野田宇太郎編『世界名詩集大成』一七巻（平凡社、一九五九）などのアンソロジーに詩篇が複数収録されている。

私などの同年配から少し上の年代の詩人たちの中には、「左川ちかの詩、あれはよかったなあ」という者が時々いる。もちろん、彼らは、敗戦後、左川というすでに亡くなっていた詩人の存在を知った人々なのである。『昭和詩史』

と、大岡信が『昭和詩史』(思潮社、一九七七)に著しているが、彼らが左川ちかと出会ったのはまさにこれらのアンソロジーであった。

「薔薇色した刃物みたいな詩のコトバにふれ、ぞっとした」と白石かずこ(「出逢いというハプニング」『青春のハイエナたちへの手紙』三笠書房、一九七〇)は語る。なかでも、歌人塚本邦雄は左川に繰り返し言及する。「この詩人の、陰惨で華麗な詩を私はかつて朔太郎にも拓次にもまして理解した」、「明らかに死をとおして今日を予見していたのだ。詩人の仕事はかかる予見以外に無い」(「詩人について」『詩学』一九五九・七)と評する。塚本は「魔女不在」(『短歌研究』一七—四、一九六〇・四)でも死の主題について左川の名を引いており、「ぴっぱ・ぱっせす—または詩歌における青春」(『序破急』筑摩書房、一九七二)の他、与謝野晶子の歌・左川ちかの詩・岡本かの子の小説を並べ、「男性の如何なる虚構の詐術にもまさる、否それが絶対及び得ぬ、不可侵の、神聖修羅、恍たるパンデモニウムを現出するのである」(「針の座」『詩歌栄頌』審美社、一九七三)と、神秘的に表象している。

五、六〇年代は知己による回想や詩歌人の個人的感想は別として、詩史書にはモダニズム詩人の一人としてかろうじて列挙されていたに過ぎない。管見の限り、昭和初期に「もっとも前衛的な作品」を残したと評した杉浦伊作『中学生のための伸びゆく詩』(宝文館、一九五四)、すぐれた「女流詩人」の一人として左川を取り上げた澤村光博「現代詩の歴史」(『現代詩入門』三—一、雑誌社、一九五七・一)、「詩壇流行のうちそとにあって、異色的な」業績を残した詩人として永井荷風・中勘助・釈迢空・左川ちか・富永太郎らの名を挙げた、野田宇太郎『日本近代詩事典』(青蛙房、一九六二)が目につく程度だ。

嵯峨信之・中野嘉一・西垣脩らが異端作家を論じた座談会「異端とは何か?」(『詩学』二五—一二、一九七〇・一二)で異端の詩人として扱われ、左川から影響を受けたことを西垣が話している。そのように、知る人ぞ知るマイナー詩人であって、好きな人は熱心に愛好するという受容のかたちはこの頃からとなっている。

六〇年代、左川ちかを新たに蘇らせたという意味で最も重要な動きは詩壇にはなかった。作曲家三善晃『白く～左川ちかによる四つの詩』（一九六二）は、左川の「白く」「他の一つのもの」「むかしの花」「Finale」に曲をつけたもので、左川の詩世界に迫っている。『白く』は三善の代表的声楽曲となり、今なお歌い継がれている。「作曲者のことば」（『音楽芸術』二一―八、付録楽譜、一九六三・八）をここでも掲げよう。

左川ちかの詩に不思議な絶望がある　失った声　向う側の音　見えない花　そしてもう近くに居ない夏　しかしそれは艶冶な装いにくるまれ　ほとんど誇り高きものの姿をして居る　微量の毒を含んだ棘が　老人を嗤ひ　少女らの指先に虚しい情感を植え　私を刺した

このような状況を経て、小松瑛子の「黒い天鵞絨の天使―左川ちか小伝」が登場するのである。一九七二年、左川ちかの物語は新たな転換を迎え、現在に至る。

おわりに

本書には最後に森開社版『左川ちか全詩集』に挟まれた栞（浦和淳・千葉宣一・鶴岡善久・小松瑛子・川崎昇・曽根博義）を再録した。このうち千葉には「左川ちか」（稲垣達郎・大岡信選『別冊太陽　近代詩人百人』平凡社、一九七六）、鶴岡には「透徹と跛行―左川ちかへの試み―」（『詩学』三〇―六、一九七五・五／『幻視と透徹―詩的磁場を求めて』沖積舎、一九八三）、左川の詩篇を多く採録したアンソロジー『日本の詩　昭和の詩Ⅰ』（ほるぷ出版、一九七五）、『モダニズム詩集Ⅰ「詩と詩論」「文学」』（思潮社、二〇〇三）がある。

詩歌人でもあった実兄・川崎昇には「左川ちか小伝」（『左川ちか詩集』昭森社、一九三六）や「ひとし君のころ」（『伊藤整全集』一巻月報、新潮社、一九七二）の他、家族を歌った「妹」（『青空』八、一九二三・四）、「帰郷抄」（『青空』一三、一九二四・四）、「母校」（『アカシヤ』一、一九二二・一〇）、「日曜労働」（『青空』九、一九二三・七）、「はは」（第一次『椎の木』五、一九二七・二）、「母」（第二次『椎の木』一―二、一九二八・一二）など、北海道時代を中心とした作品群がある。歌には妹の姿も認められる。この令兄がいなければ、川崎愛は詩人左川ちかにはならなかったかもしれない。

一九二三年に発表された川崎昇「妹」を最後に引用して終わりたい。川崎愛が庁立小樽高女の受験勉強に勤しんでいた頃である。左川ちかの物語はそれから一〇〇年を数える。

入学《いり》たさの一途こころか夜更まで　妹は机に向きて起をり
時折の咳をのがさず臥床ゆ　母は優しき声かけにけり
咳ひとつのがさず床ゆ声かくる　母は子のため未だねむらず
開きたる学校の本に面を伏し　疲れしなべに妹はねむれり
日を積める予習のつかれすべなしや　炬燵にうつ伏し妹は寝《ね》る
しかすかに入学《いり》たきものか身の弱さも　思ひになけん予習する妹

本に伏し今は疲れの寝につける　妹《な》が愛しさにマントきせけり
汽車軌を歩みつ今朝のあたたかさ　砂利のあひより草萌へにけり
（或る日）

左川ちか略年譜

一九一一年（明治四四）

二月一四日、北海道余市郡余市町大字黒川村字登番外地に誕生。本名は川崎愛（ちか）。あいと呼ばれることもあった。母は川崎チヨ。父不詳。僧侶だったという父の顔を愛は知らなかった。異父兄妹に昇とキク。家族は熱心な金光教信者だった。のち同町黒川村二二番地に転居。ちかは肺炎の後遺症で四歳頃まで自由な歩行も困難だった。

一九一七年（大正六）　六歳

相場の暴落で川崎家は土地を手放し経済事情が悪化。母たちと別れ、北海道中川郡本別村（現本別町）の叔母のもとに一人預けられる。和裁を叔母に習う。本別尋常小学校（現本別中央小学校）に入学。

一九二三年（大正一二）　一二歳

余市町立大川尋常小学校（現大川小学校）に転校。家族との生活が始まる。小学校を成績優秀で卒業。春、北海道庁立小樽高等女学校（現小樽桜陽高校）に入学。学費は母と兄が働き負担していた。この頃、兄の親友伊藤整を知る。

一九二四年（大正一三）　一三歳

一〇月、兄が上京。ちかは英語・淡彩画・和裁が得意だった。同校教員の歌人本間重（のちの小田観螢夫人）に目をかけられる。通学汽車では、いつも「昨日見た夢」の話を友人たちに聞かせていた。毎年春先に車窓から溢れる緑に目を痛め、眼科に通院していた。二七年、同校を卒業し補習科師範部に進学。小学校教員免許取得と英語をさらに学ぶためだった。

一九二八年（昭和三）　一七歳

三月、小樽高女補習科修了。四月、伊藤整上京。愛も反対する親族を数ヶ月説得し夏に上京する。中野の兄宅（豊多摩郡中野町二七五三番地）に同居し、新橋の貯金局に非常勤で勤務。詩人との交流が広がる。百田宗治・貞子夫妻に娘のように可愛がられた。

一九二九年（昭和四）　一八歳

一月、兄が伊藤整にちかとの交際を持ちかけるが、伊藤は応じなかった。四月、兄と伊藤らの『文芸レビュー』に左川千賀名義でモルナール・フェレンツの翻訳小説「髪の黒い男の話」を発表。オルダス・ハクスリーの最初の邦訳を手掛ける。文芸レビュー社には編集アシスタント左川麟駛朗として参加。九月、兄が結婚。この頃、百田夫妻から萩原朔太郎との縁談を打診されるも兄が断わった。翻訳指導を受けていた伊藤のもとに通う。一二月、兄夫妻とともに世田谷（豊多摩郡世田谷町二九九四番地）に転居。

この年、散文一篇、翻訳文七篇発表。

一九三〇年（昭和五）　一九歳

初夏、北園克衛と出会う。詩才を認めた北園は詩誌『白紙』のメンバーに加える。八月、初めての詩（「青い馬」「昆虫」）を左川ちか名義で『白紙』『ヴァリエテ』に発表。秋、伊藤整は小川貞子と結婚。この頃、庁立小樽高女の在京同窓会で事務手伝いをし、同校元教員で文化学院創立者河崎なつとの交流が始まったと思われる。

この年、詩五篇、翻訳詩篇一篇、翻訳文一篇発表。

一九三一年（昭和六）　二〇歳

一月、ジェイムズ・ジョイス『室楽』の翻訳を『詩と詩論』などに発表開始。詩と訳詩を各誌に発表し始める。春山行夫らとも親しかった。春頃より腸間粘膜炎に罹患し、約一年間薬を服用する。

この年、『室楽』に加え、詩一一篇、翻訳詩文六篇発表。

一九三二年（昭和七）　二二歳

二月、百田宗治主宰の椎の木茶話会に参加。以後、参会を重ねる。三月、従兄の川崎喜代治が組織した北海道青年教会の機関誌『北海青年』に在京の編集スタッフとして参加。五月、北園克衛たちとアルクイユのクラブ結成。詩誌『マダム・ブランシュ』創刊。巻頭を「白と黒」で飾る。クラブで江間章子と出会い生涯の友人となる。この頃から自分がデザインした黒い服を好んで身に着けるようになる。緋色の裏のついた黒い天鵞絨の短衣、細い黒い線のある絹のシャツ、黒天鵞絨のスカート、広いリボンのついた踵の高い黒い靴、黄金虫の指輪、水晶の眼鏡、黒いベレー帽姿だった。八月、訳詩集『室楽』を左川ちか訳・伊藤整監修のもと椎の木社より刊行。夏頃から新訳を一年近く中断、詩作に集中する。秋に四年ぶりに帰郷。母と妹が転居していた札幌や余市で数週間を過ごした。

この年、詩二二篇、翻訳文一篇発表。

一九三三（昭和八）　二三歳

春頃、富山県高岡市の方等みゆきが主宰する女性詩誌『女人詩』同人となる。詩篇の他、くらたゆかりの詩集『きりのはな』の書評を寄せた。同人で鹿児島の詩人藤田文江と文通をした。三月、百田宗治編『詩抄』一巻（椎の木社）刊行。「記憶の海」など詩六篇収録。六月、翻訳「媚態」（フランシス・フレッチャー小説）を『文芸汎論』に発表。一年ぶりに翻訳を再開した。夏、浜松の詩人浦和淳との交流が始まり、浦和主宰『呼鈴』に詩篇を寄稿する。『呼鈴』の詩人・塩寺はるよに注目していた。九月、翻訳詩「寡婦のジヤズ」を『文学リーフレット』に掲載。ミナ・ロイの最初の邦訳。十二月、北園克衛と流行文化誌『エスプリ』を創刊。編集者として翌年四月の四号まで発行。

この年、詩一八篇、散文二篇、翻訳詩文四篇発表。

一九三四年（昭和九）　二三歳

二月、「椎の木同人論　左川ちかの作品」と題して『椎の木』で特集が組まれる。饒正太郎らが寄稿。四月、『椎の木』に『左川ちか詩集』（百田宗治編、椎の木社）近刊広告。未刊行。八月末、江間章子・『セルパン』編集長の三浦逸雄・朱門父子・小松清らと伊豆の新島に取材旅行。この頃、セーヌ左岸、シルビア・ビーチのシェイクスピア・アンド・カンパニーのような本屋を銀座に開きたいと江間章子に話をした。
この年、詩一九篇、散文七篇、翻訳詩二篇発表。

一九三五年（昭和一〇）　二四歳

二月、アメリカンスクール在学生保坂百合子の家庭教師となる。河崎なつに相談し、百合子を文化学院に入学させた。芦屋で発行された日本最初の月刊ファッション誌『ファツシヨン』二巻三号に随筆「春・色・散歩」を寄稿。四月、「私はきっと小説を書く」と江間章子に話す。八月、「海の捨子」（『詩法』）・「海の天使」（『短歌研究』）を発表。百合子の家族と信州の岡谷・諏訪に旅行。夏頃から腹部の疼痛に悩む。九月末、順天堂病院に通院。一〇月九日、西巣鴨の癌研究所附属康楽病院に入院、胃癌の末期症状と診断。一二月二七日、本人の希望で世田谷の自宅に戻る。
この年、詩一一篇、散文五篇、翻訳詩二篇発表。

一九三六年（昭和一一）

一月、「季節」が『海盤車』に掲載。七日、自宅で死去。「みんな仲良くしてね」「ありがとう」と言い残す。二四歳一一ヶ月。葬儀には衣巻省三・岩佐東一郎・城左門・阪本越郎・春山行夫・江間章子・伊藤整らが参列。遺骨は余市美園墓地に埋葬、三月に金光教余市教会に合祀された。霊称は「川崎愛子姫之霊神」。現在は小樽教会に祀られている。

この年、『椎の木』『海盤車』で追悼特集が組まれ、萩原朔太郎・堀口大學・竹中郁・北園克衛・山村酉之助・阪本越郎・春山行夫・衣巻省三・山中富美子・江間章子・高祖保・乾直恵・西脇順三郎・中山省三郎・内田忠・村野四郎・田中克己・加藤一らが寄稿。一一月、『左川ちか詩集』刊行（伊藤整編集・三岸節子装画、昭森社）。この年、詩二篇、散文（日記）一篇の遺作発表。

＊島田龍編『左川ちか全集』（書肆侃侃房）「年譜」を加除した。年譜の詳細は「左川ちか年譜稿」（『立命館大学人文科学研究所紀要』一二二号、二〇二〇年二月）を参照のこと。

著者紹介

左川ちか（一九一一～三六）本名川崎愛。北海道余市町出身。十勝の本別町で幼少期を過ごす。庁立小樽高等女学校卒業後に上京。一〇代で翻訳家としてデビュー。J・ジョイスやV・ウルフなどを訳した。一九三〇年に筆名を「左川ちか」と改め、詩作を発表する。『詩と詩論』『椎の木』『マダム・ブランシュ』などで活躍。一九三六年に死去、享年二四。J・ジョイス著／左川ちか訳『室楽』（椎の木社、一九三二）。遺稿詩集『左川ちか詩集』（伊藤整編、昭森社、一九三六）、『左川ちか全詩集』（森開社、一九八三）、『左川ちか全集』（書肆侃侃房、二〇二二）。

第一部

小松瑛子（一九二九～二〇〇〇）東京出身。『詩風土』『日本未来派』『核』『情緒』『地球』などの同人。詩集に『朱の棺』（日本未来派、一九六八）、『わたしがブーツをはく理由について』（朱鳥書屋、一九八二）、『ミシュレの言葉は』（青娥書房、一九九七）など。随筆に『新さっぽろ西洋館』（北海道テレビ放送、一九八三）など。北海道の女性詩人の研究をライフワークとした。

富岡多恵子（一九三五～二〇二三）大阪府出身。小野十三郎の影響を受け詩作を展開する。詩集に『返礼』（山河出版社、一九五七）など。七〇年代以降は小説・評論活動に転じた。小説に『ひべるにあ島紀行』（講談社、一九九七）など。評論に『釋迢空ノート』（岩波書店、二〇〇〇）など。『富岡多恵子の発言』全五巻（同前、一九九五）、『富岡多恵子集』全一〇巻（筑摩書房、一九九八～九九）。

江間章子（一九一三～二〇〇五）新潟県出身。戦前は春山行夫らの影響を受けたモダニズム詩人。戦後は中村千尾らと日本女詩人会の機関誌『女性詩』を編集、「夏の思い出」など唱歌の作詞や翻訳、児童書の執筆でも活躍した。詩集に『春への招待』（東京ＶＯＵクラブ、一九三六）など。随筆に『埋もれ詩の焔ら』（講談社、一九八五）など。『江間章子全詩集』（宝文館、一九九九）。左川とは生涯の友人でもあった。

新井豊美（一九三五～二〇一二）広島県出身。詩集に『波動』（あんかるわ叢書刊行会、一九七八）、『夜のくだもの』（思潮社、一九九二）など。評論に『苦海浄土の世界』（れんが書房新社、一九八六）、『近代女性詩を読む』（思潮社、二〇〇〇）、『女性詩史再考　「女性詩」から「女性性の詩」へ』（同前、二〇〇七）など。日本現代詩人会会長も務めた。『新井豊美評論集』（同前、二〇一四）、『新井豊美全詩集』（同前、二〇二二）。

水田宗子（一九三七～）東京都出身。詩人、英文学の研究者としても著名で、彼女が学長、理事長を務めた城西大学（彼女の父親の水田元蔵相が創設者）はフェミニズム研究の牙城となった。詩集に『帰路』（思潮社、二〇〇八）、『アムステルダムの結婚式』（思潮社、二〇一三）、評論集『モダニズムと〈戦後女性詩〉の展開』（思潮社、二〇一二）など。

坂東里美（一九六一～）詩人。論文に「左川ちか―予見する未来　一九三〇年代の女性前衛詩人たち」（『詩学』、二〇〇七・三月）、詩集に『タイフーン』（あざみ書房、二〇〇五）、『約束の半分』（あざみ書房、二〇〇二）、『変装曲』（あざみ書房、二〇〇九）がある。

エリス俊子（一九五六～）兵庫県出身。近代詩の研究者。東京大学、モナッシュ大学、名古屋外国語大学で教鞭を執る。著書に『萩原朔太郎―詩的イメージの構成』（沖積舎、一九八六）、共著に『モダニズムを俯瞰する』（中央大学出版会、二〇一八)、『モダニズムの越境　1』(人文書院、二〇〇二)など。

第二部

伊藤整(一九〇五〜六九)北海道出身。叙情詩人として出発するが作家に転じる。詩集に『雪明りの路』(椎の木社、一九二六)、『冬夜』(近代書房、一九三七)。『日本文壇史』全一八巻(講談社、一九五三〜一九七三)、『若い詩人の肖像』(一九五六、新潮社)など著作多数。『伊藤整全集』全二四巻(新潮社、一九七二〜七四)。同郷の川崎昇と親しく、妹との左川とも古い付き合いだった。

乾直恵(一九〇一〜五八)高知県出身。『椎の木』『詩と詩論』『四季』などで活躍。高祖保と月刊詩誌『苑』を編集した。詩集に『花卉』(椎の木社、一九三五)など。没後、伊藤整らの尽力で全詩集『朝の結滞』(アポロン社、一九五九)が出版。『花卉』の出版を祝う会には左川も出席した。

内田忠(一九〇五〜四四)福井県出身。『今日の詩』『椎の木』で活動。丸岡に帰郷したのちも詩活動を続けた。詩集に『1と2』(椎の木社、一九三三)など。評論に『詩の純粋性』(同前、一九三五)など。『遺稿内田忠全詩集』(則武三雄編、丸岡町文化協議会、一九七二)。

浦和淳(一九一〇〜没年未詳)静岡県出身。戦前戦後の浜松でモダニズム詩人として活動した。『呼鈴』を主宰し、北園のアルクイユのクラブにも参加した。詩集に『悲劇』(蛟竜書房、一九三五)など。『呼鈴』に参加していた左川と文通をしていた。

江間章子　第一部参照

柏木俊三(生没年未詳)山梨県出身。『椎の木』で活動。詩誌『カイエ』を饒正太郎らと創刊。詩集に『栖居』(カイエ社、一九三四)など。

加藤一(生没年未詳)静岡県出身?　横浜(のち神戸・名古屋)を発行所とする『海盤車』("Etoile de Mer")を麻生正とともに創刊する。『文学』『セルパン』などに寄稿。詩集に『夜の馬』(海盤車刊行所、一九三四)。新宿で開催された詩と詩論の会で加藤と出会った左川は、『海盤車』に作品を寄稿することになった。

川崎昇（一九〇四〜八七）北海道出身。左川ちかの兄。親友となった伊藤整と後志の同人誌『青空』（従兄の川崎尚が創刊）に加わり詩歌を寄稿する。伊藤整の詩集『雪明りの路』の名付け親でもある。東京でも『信天翁』、第二次『椎の木』などに関わり、『文芸レビュー』編集に携わる。次第に創作から離れたが、戦後も伊藤たちとの同人誌『春夏秋冬』に参加した。一時期戻った北海道では出版社である川崎書店やデーリィーマン社を創立。

川村欽吾（一九〇八〜二〇〇一）山形県出身。上京し『マダム・ブランシュ』『詩法』同人となったモダニズム詩人。『新領土』にも属した。戦後は青森県詩人協会の会長を務めるなど青森の詩壇で活動した。

菊池美和子（一九一二〜二〇〇二）山口県出身。神戸女学院英語師範科を卒業。阪本越郎の『純粋詩』に同人として参加。『日本詩壇』『文藝汎論』『女人詩』などに寄稿。第一詩集に『たそがれ地方』（昭森社、一九三八）、『噴水のほとり』（花神社、一九七九）など。

北園克衛（一九〇二〜七八）三重県出身。アルクイユのクラブの機関誌『マダム・ブランシュ』を主宰し、多くのモダニズム詩人が集った。デザイナーとしても活躍。詩集に『白のアルバム』（厚生閣書店、一九二九）など。『北園克衛全評論集』（沖積舎、一九八八）。左川と雑誌『エスプリ』を共同編集するなど親しくしていた。

衣巻省三（一九〇〇〜七八）兵庫県出身。稲垣足穂とともに佐藤春夫に師事した。伊藤整らの『文芸レビュー』に参加。詩集に『足風琴』（ボン書店、一九三四）など。小説に『黄昏学校』（版画荘、一九三七）など。第一回芥川賞候補作家でもあった。左川は『足風琴』を書評、衣巻からフォックストロットを習っていた。

高祖保（一九一〇〜四五）岡山県出身。『椎の木』に参加。歌人でもあった。詩集に『希臘十字』（椎の木社、一九三三）、『雪』（文芸汎論社、一九四二）など。陸軍に召集されビルマ（現ミャンマー）で病死。『高祖保集詩歌句篇』（外村彰編、龜鳴屋、二〇一五）。『椎の木』を通じて左川と交流し、誌上で個人特集を組んだ。

阪本越郎（一九〇六〜一九六九）福井県出身。詩集に『雲の衣裳』（厚生閣書店、一九三一）、『海辺旅情』（臼井書房、一九四二）など。お茶の水女子大学元教授。小説家の高見順とは異母弟の関係。『定本阪本越郎全詩集』（弥生書房、一九七一）。

曽根博義（一九四〇〜二〇一六）静岡県出身。日本大学元教授。専門は日本近代文学。編著書に『伝記伊藤整―

詩人の肖像』（六興出版、一九七七）、『伊藤整とモダニズムの時代—文学の内包と外延』（花鳥社、二〇二一）、『文藝時評体系』全七三巻・別巻五（ゆまに書房、二〇〇五～一〇）など。『左川ちか全詩集』（森開社、一九八三）の編纂者の一人。

高松章（一九〇九～八一）。兵庫県出身。神戸一中卒。『椎の木』で活動したモダニズム詩人。『高松章詩集』（谷口彪編、編集工房ノア、一九八二）。

竹中郁（一九〇四～八二）兵庫県出身。『詩と詩論』に寄稿し、シネポエムの方法を試みる。詩集に『象牙海岸』（第一書房、一九三二）など。『四季』の同人としても活動し、戦後は井上靖と児童詩雑誌『きりん』を創刊した。神戸のモダニズム文学を代表する一人。左川とは「冬の詩」を合作している。

田中克己（一九一一～九二）大阪府出身。仲間たちと『コギト』を創刊、『マダム・ブランシュ』にも参加していた。第二次『四季』同人。詩集に『大陸遠望』（子文書房、一九四〇）など。『田中克己詩集』（潮流社、一九九六）。

千葉宣一（一九三〇～二〇二〇）北海道出身。北海学園大学元教授。専門は日本近現代文学。編著書に『現代文学の比較文学的研究　モダーニズムの史的動態』（八木書店、一九七八）、『モダニズムの比較文学的研究』（おうふう、一九九八）など。

鶴岡善久（一九三六～）千葉県出身。滝口修造の影響を受け、詩作とシュルレアリスム研究に取り組む。編著書に『日本超現実主義詩論』（思潮社、一九六六）、『太平洋戦争下の詩と思想』（昭森社、一九七一）、『モダニズム詩集Ｉ』（思潮社、二〇〇三）など。

中村千尾（一九一三～八二）東京市出身。北園克衛に師事。アルクイユのクラブ（『マダム・ブランシュ』）、ＶＯＵクラブ（『ＶＯＵ』）会員。日本女詩人会代表を務めた。詩集に『薔薇夫人』（ボン書店、一九三五）、『日付のない日記』（思潮社、一九六五）など。左川とはよくカフェでお茶を飲んでおしゃべりに花を咲かせた。

中山省三郎（一九〇四～四七）茨城県出身。ツルゲーネフ『猟人日記』などロシア文学者・翻訳者として活躍した。詩人としては日夏耿之介らと活動、詩集に『羊城新鈔』（日孝山房、一九四〇）など。随筆に『海珠鈔』（改造社、一九四〇）。

西脇順三郎（一八九四〜一九八二）新潟県出身。海外文学に親しみ渡英。帰国後、慶應義塾大学教授。詩集に『Ambarvalia』（椎の木社、一九三三）、『旅人かへらず』（東京出版、一九四七）など。戦前のシュルレアリスム運動を主導した。『定本西脇順三郎全集』全一二巻・別巻（筑摩書房、一九九三〜九四）。左川は女性詩人で最も優れた存在だと北園に話した。

萩原朔太郎（一八八六〜一九四二）群馬県出身。口語自由詩を確立し、日本の近代詩に大きな影響を与えた。詩集に『月に吠える』（感情詩社、一九一七）、『青猫』（新潮社、一九二三）など。『萩原朔太郎全集』（補訂版筑摩書房全一五巻・補巻（一九八六〜八九）。左川ちかとは見合いの話が持ち上がったこともあるが、兄の川崎昇が断った。

濱名與志春（一九〇八〜四五）大阪府出身。『椎の木』で活動。一九四〇年、神戸詩人事件で検挙され二年間獄中生活を送った。詩集に『葩の思意』（椎の木社、一九三五）など。訳詩集に『ボヘミア歌』（昭森社、一九三七）、評論に『現代詩に関する七つのテオリア』（同前、一九三九）。

春山行夫（一九〇二〜九四）愛知県出身。上京後、『詩と詩論』を創刊。モダニズム詩運動を理論的に牽引した。詩集に『植物の断面』（厚生閣書店、一九二九）など。評論に『詩の研究』（同前、一九三一）など。戦後は文化史方面のエッセイストとして活動した。『詩と詩論』以降も左川にたびたび執筆の機会を紹介した。

堀口大學（一八九二〜一九八一）東京市出身。外交官の父に従い世界各地を転住。フランス詩の訳詩集『月下の一群』（第一書房、一九二五）を始め、その訳書は多くの文学者に影響を与えた。『堀口大學全集』全九巻・補巻三・別巻（小沢書店、一九八一〜八七）。

村野四郎（一九〇一〜七五）東京府出身。ドイツ文学に親しみながら『詩と詩論』に参加し、『詩法』『新領土』の編集同人などモダニズム詩に深く関わった。詩集に『体操詩集』（アオイ書房、一九三九）など。戦後、北川冬彦とともに日本現代詩人会を設立した。

百田宗治（一八九三〜一九五五）大阪府出身。民衆史派詩人として活躍後、第一次・三次『椎の木』を創刊主宰した。新人の育成に熱心だった。詩集に『ぱいぷの中の家族』（金星堂、一九三一）など。評論に『自由詩以後』（版画荘、一九三七）など。夫妻で左川を実の娘のようにかわいがっていた。

山中富美子（一九一四〜二〇〇五）岡山県出身。小倉（北九州）に在住しながら詩作した。『今日の詩』『詩と詩論』『椎の木』『マダム・ブランシュ』『文芸汎論』などに寄稿、アルクイユのクラブ会員でもあった。『山中富美子詩集抄』（森開社、二〇〇九）。当時、左川と並び称される女性詩人だった。

山村酉之助（一九〇九〜一九五一）大阪府出身。『椎の木』同人として詩を発表する。『四季』『文藝』などにも寄稿した。詩集に『晩餐』（椎の木社、一九三四）、『美しき家族』（椎の木社、一九三五）など。

編者

川村湊（一九五一〜）北海道出身。法政大学名誉教授。文芸批評、近現代文学研究。著作に『川村湊自撰集』（全五巻、作品社、二〇一五〜一六）、編著に『黒い水／穀雨　河林満作品集』（インパクト出版会、二〇二一）、『サハラの水　正田昭作品集』（インパクト出版会、二〇二三）、共編に『中島敦全集』〈別巻〉（筑摩書房、二〇〇二）、『コレクション　戦争×文学』（集英社、二〇一一〜一二）など。

島田龍（一九七六〜）東京都出身。立命館大学人文科学研究所研究員・同文学部授業担当講師。専門は日本文化史。著作に『左川ちか全集』（編著、書肆侃侃房、二〇二二）、『昭和の文学を読む』（共著、ひつじ書房、二〇二一）、『左川ちか　モダニズム詩の明星』（川村湊共編、河出書房新社、二〇二三）、「声の在り処―伊藤整と三人の女たち」（『文學界』七六―一二、二〇二二年一一月）など。

補足：左川ちかが翻訳した『室楽』の著者ジョイスの表記ゆれ（ジョイスなど）は版元の判断で「ジョイス」に統一させて頂いた。

あとがき

本書に込めた編者の願いは、「まえがき」（川村）及び「解説・左川ちか一〇〇年の物語」（島田）に言及した通りである。先人の積み重ねた思いを星座のように繋ぎ、今後の左川ちか像が豊かに展開する一助となるためにだ。想定以上に紙幅が膨らみ、さらに収録したい文章も少なくなかったが、やむを得ず見送った。今後、機会があればと思う。

川村・島田のコンビで「左川ちか展　黒衣の明星」（北海道立文学館特別展）、共編著『左川ちか　モダニズム詩の明星』（河出書房新社）、そして本書とここ数年並走してきた。いずれも詩人としてのみならず、編集者・翻訳家・北海道出身者・モダンな都市生活者・女性表現者などと、いくつもの「左川ちか」を追い求める姿勢を一貫させた。

左川関係の出版をめぐっては一部に功利的な思惑が交錯し、近年も頭を悩ませることが多い。それでも地味で手間がかかる作業を誰かがやらなければならない。すなわち、一定のスキルや環境を持つ研究者や一部の熱心なファンでなければ目にすることが難しかった左川ちかの作品群と関連する資料を広く開くことだ。その思いが我々の共同作業を支えてきた。他にもいくつか企画を温めている。今後も気に留めて頂ければ幸いである。

左川ちかの評価は従来東京発の言説に偏ってきたように思う。しかし、全集が九州の出版社・書肆侃侃房から刊行され、このたび、『左川ちか論集成』が彼女の故郷・北海道の出版社から、それも当地の歴史・文学に関わる意欲的な出版を通じてアクチュアルに現代を撃つ藤田印刷エクセレントブックスから上梓できることに無上の喜びをかみしめている。藤田印刷株式会社の藤田卓也氏、素晴らしい表紙を提供頂いた多賀新氏（左川が小学生時代を過ごした本別町出身）を始め、本書刊行にあたってお力添え頂いた全ての方々に心より感謝申し上げる。

編者（島田龍）

左川ちか論集成

編　者………川村湊・島田龍

発　行………2023年11月10日

発行者………藤田卓也
発行所………藤田印刷エクセレントブックス
〒085-0042　北海道釧路市若草町３－１
TEL　0154-22-4165
FAX　0154-22-2546
印刷所………藤田印刷株式会社
製本所………石田製本株式会社

ISBN 978-4-86538-159-7　C0095